# 해동제국기

통신사 사행록 번역총서 1

# 해동제국기

신숙주 지음
허경진 옮김

海東諸國紀

보고사
BOGOSA

**보한재 신숙주 영정**

보물 제613호. 청주시 상당구 가덕면 인차리 13번지 소재, 1455년 무렵 그림. 1549년 개장(改裝).

夫交隣聘問撫接殊俗必知其情然後
可以盡其禮盡其禮然後可以盡其心
矣我

養安院藏書

主上殿下命臣叔舟撰海東諸國朝聘往來
之舊館敎禮接之例以來臣受
命祗栗謹稽舊籍參之見聞圖其地勢略
叙世係源委風土所尚以至我應接節
目衰輯爲書以進臣叔舟久典禮官且
嘗渡海躬渉其地島呂星散風俗殊異
今爲是書終不能得其要領然因是知

**꼴레즈 드 프랑스(College De France) 소장본 『해동제국기』**

현전하는 최고본으로, 1512년 홍문관 교리 홍언필에게 하사된 필사본이다.

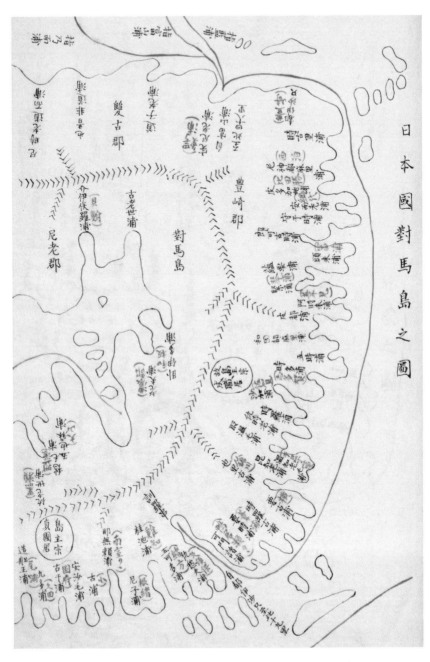

**미국 하버드대학 옌칭도서관에 소장된 필사본 『해동제국기』**
뱃길이 붉은색 선으로 표시되어, 초판 「범례」의 흔적이 남아 있다.

海東諸國紀

日本國

**天皇代序** 天神七代地神五代人皇一百四

代始祖神武天皇名狹野地神末至彥瀲尊

第四子母玉依姬生於周幽王十一年入大

倭州除洲賊定國都至七代孫孝靈天皇時

秦始皇遣徐福入海求仙福遂居不返死而

為神至十四代孫神功天皇始遣使于漢及

我三國自是制度稍備**天皇宮**在東北隅周

以土垣有大門軍士數百把守國王以下諸

국립중앙도서관 소장 갑인자본『해동제국기』

초록본인 듯하다.

## 머리말

'통신사'라고 하면 1607년부터 1811년까지 조선에서 도쿠가와 막부에 12차 파견한 사신을 떠올리게 되지만, 그 이전에도 통신사가 있었다. 당시 일본의 정권을 잡고 있던 무로마치 막부에 8차례의 통신사가 파견되었지만, 익숙하지 않은 뱃길에 병이 들거나 일본 내 사정이 여의치 않아서 5차례만 제대로 성사되었다.

신숙주는 1443년에 서장관 임무를 띠고 무로마치 막부가 있는 교토까지 왕복하였다. 중국이나 일본에 가는 사신들은 대부분 상대국 언어를 할 줄 몰라서 역관이 의사를 소통하였으므로 상대국의 정세를 민첩하게 파악할 수 없었다. 신숙주는 요동을 13회나 오가며 음운을 연구하여『동국정운』등의 운서 편찬을 주도한 언어학자이기도 했으니, 역관을 통해서가 아니라 자신의 견문과 판단으로 중요한 정보들을 수집하고 해석하였다.

조정에 일본을 다녀온 신하들이 많고 역관도 많았지만 성종이 예조판서 신숙주에게 "해동제국의 조빙·왕래·관곡·예접에 대한 규례를 찬술하라"고 명한 것은 적임자가 세상을 떠나기 전에 후손 만대에 참고할 지침서를 출판하기 위한 경륜이었다. 신숙주는 9개월의 일본 체험을 바탕으로 하여『해동제국기』를 지었는데, 류큐 왕국에 관한 일부 기록을 제외하면 대부분 일본에 관해 서술한 인문지리지이지만, '일본국기'가 아니라 바다 동쪽의 여러 나라에 대한 기록이라는 뜻으로 '해동제국기'라는 제목을 달았다. 첫 번째 지도의 제목이 「해동 제국 총도」인데 류큐 왕국은 보이지 않고 일본 본토만 그렸으며, 작은 섬에 여국(女國), 나찰국(羅刹國)이라는 지명을 그대로 표기하였다. 본토의 여러 지방을 여러 나라로 인식한 것이니, 제목부터 일본의 봉건적 특성을 알려주려고 한 것이 아니었을까?

신숙주 당시 일본의 천황은 실권이 없고, 쇼군이라고 해서 강력한 통제력을 지닌 것도 아니었다. 무로마치 막부의 6대 쇼군 아시카가 요시노리는 하리마 영주 아카마쓰에게 암살당했다. 쇼군이 영지를 빼앗아 총애하는 다른 사람에게 줄 것이라는 풍문이 들리자 아카마쓰가 요시노리를 저택에 초대해 죽인 것이었다. 신숙주 일행이 요시노리를 조문하기 위해서 교토에 파견되었는데, 뒤를 이은 열 살짜리 아들 요시카쓰도 6월 12일 신숙주 일행을 접견하고는 한 달 뒤에 죽었다. 쇼군이 부하 영주에게 살해당하는 것 자체가 신숙주 시대 일본의 모습이었다.

일본 각지의 영주들은 막부를 거치지 않고 개별적으로 조선과 교섭하여 무역하고, 선진문물을 수입하고 싶어 했다. 조선은 영주들이 파견하는 사신을 쇼군이 보낸 국왕사와 구분하여 거추사(巨酋使)라 부르고 일본 국왕사보다 한 등급 낮게 대우했는데, 『해동제국기』의 상당 부분이 각지의 거추(巨酋)와 제추(諸酋)를 소개하고, 그들을 접대하는 제도를 정리한 것이다. 거추사(巨酋使)나 제추사(諸酋使)가 조선 조정에 와서 국왕을 알현하는 외교절차를 신숙주는 내빙(來聘)이라 하지 않고 내조(來朝)라고 하여 그들이 우리를 상국으로 섬긴다는 사실을 분명히 했다. 일본의 크고 작은 영주들에게 조선의 관직을 준 것도 이 때문이다. 임진왜란 이후에는 일본 사신들이 부산 왜관에서 외교 업무를 처리하여 상당 부분이 달라졌지만, 1811년에 12차 통신사를 파견할 때까지 『해동제국기』는 한일 두 나라 외교의 지침서가 되었다. 그랬기에 사행원들의 필수 휴대품이 된 것이다.

신숙주의 임종이 가까워지자, 성종이 '하고 싶은 말이 있느냐'고 물었다. 이때 신숙주는 '부디 일본과 화평을 잃지 말라'고 거듭 당부하였다. 『해동제국기』 서문에서 했던 말을 요약한 것이다. 그러나 뱃길의 위험 때문에 통신사행이 차츰 없어지다가 완전히 끊겨, 얼마 후 임진왜란이 일어났다. 1590년에 정세를 염탐하러 보냈던 통신사의 보고를 조정에서 잘못 해석하여, 신숙주의 우려가 현실화되었던 것이다.

임진왜란 이후에 통신사가 12차나 파견되어 교린(交隣) 정책이 성공했지만, 1811년 이후에 통신사가 다시 끊겨져 상대방의 정세를 제대로 알 수 없는 시대가 되었다. 1876년 수신사로 일본에 갔던 김기수(金綺秀)가 모리야마 시게루의 집에서 『해동제국기』를 발견했는데, 온통 메모로 뒤덮여 있었다. 모리야마 시게루는 운양호 사건을 일으키고 강화도조약 체결을 위해 무력으로 위협했던 인물이니, 우리가 『해동제국기』를 잊고 있던 시대에도 일본은 열심히 읽어서 조선을 공부했던 것이다.

평화를 위해 노력하라는 신숙주의 유언은 오늘날에도 의미가 있다. 『해동제국기』가 전형적인 사행록이 아니라 견문기이지만 『통신사 사행록 번역총서』의 제1권으로 간행하는 까닭도 여기에 있다.

2017년 8월 1일
허경진

# 차례

머리말 · 9

일러두기 · 16


해동제국기 서문 ································································ 17

범례 ················································································· 23

해동 제국 총도 ······························································· 24

일본 본국 지도 ······························································· 26

일본 본국 지도 ······························································· 28

일본국 서해도 9주 지도 ················································· 30

일본국 이키노시마 지도 ················································· 32

일본국 쓰시마 지도 ························································ 34

류큐국 지도 ····································································· 36

웅천 제포 지도 ······························································· 38

동래 부산포 지도 ··························································· 40

울산 염포 지도 ······························································· 42

## 일본국기 日本國紀

천황대서(天皇代序) ·························································· 45

국왕대서(國王代序) ·························································· 89

국속(國俗) ······································································· 92

도로의 이수(里數) ······················································· 94

팔도 66주 ······································································· 95

  기나이(畿內) 5주 ······················································· 95

  도산도(東山道) 8주 ··················································· 111

  도카이도(東海道) 15주 ··············································· 113

  산요도(山陽道) 8주 ··················································· 115

  난카이도(南海道) 6주 ··············································· 123

  호쿠리쿠도(北陸道) 7주 ············································· 124

  산인도(山陰道) 8주 ··················································· 126

  사이카이도(西海道) 9주 ············································· 128

  ● 쓰시마(對馬島) ······················································· 150

  ● 이키노시마(壹岐島) ················································· 162

# 류큐국기 琉球國紀

국왕대서(國王代序) ······················································· 167

국도(國都) ····································································· 169

국속(國俗) ····································································· 170

도로이수(道路里數) ······················································· 171

# 조빙응접기 朝聘應接紀

사선정수(使船定數) ······················································· 173

제사정례(諸使定例) ······················································· 175

사선(使船) 대소선부(大小船夫) 정액(定額) ···················· 176

도서(圖書) 지급 ························································ 176

제사 영송(諸使迎送) ·················································· 177

삼포 숙공(三浦熟供) ·················································· 178

삼포 분박(三浦分泊) ·················································· 181

상경인 수(上京人數) ·················································· 181

삼포연(三浦宴) ························································ 182

노연(路宴) ···························································· 183

경중 영전연(京中迎餞宴) ············································· 184

주간의 술 대접[晝奉杯] ·············································· 185

경중 일공(京中日供) ·················································· 185

궐내연(闕內宴) ························································ 186

예조연(禮曹宴) ························································ 187

명일연(名日宴) ························································ 188

하정(下程) ···························································· 188

예사(例賜) ···························································· 189

별사(別賜) ···························································· 190

삼포에 머무는 기한[留浦日限] ········································ 190

선척 수리 장비의 지급[修船給粧] ····································· 190

일본선 철정 체제(日本船鐵釘體制) ··································· 191

상경 도로(上京道路) ·················································· 192

과해료(過海料) ························································ 193

급료(給料) ···························································· 193

제도 연의(諸道宴儀) ·················································· 194

예조 연의(禮曹宴儀) ·················································· 196

삼포금약(三浦禁約) ················································· 198

조어금약(釣魚禁約) ················································· 199

● 하타케야마도노(畠山殿)의 부관인 양심(良心)이 예조의 궤향일에 올린 서계 ·· 200

● 류큐국(琉球國) ··················································· 203


【원문】海東諸國紀 ················································· 213

【영인】海東諸國紀 ················································· 283

## 일러두기

1. 국사편찬위원회 소장 갑인자본을 저본으로 하여 번역하였다.

2. 번역문, 원문, 영인본 순서로 편집하였는데, 영인본도 갑인자본을 사용하였다.

3. 가능하면 일본의 인명이나 지명을 일본어 발음으로 표기하였다.

4. 일본인들이 조선으로 보낸 서계에는 자신들의 관직이나 인명, 지명을 한자식으로 쓴 것이 많다. 이러한 명칭들을 모두 일본어 발음으로 표기하면 어색하기 때문에, 한자음 표기를 그대로 두었다. 서계에 쓴 인명이나 지명이 본문에 다시 나오는 경우에는 일본어 발음으로 표기하였다.

5. 고증할 수 없는 인명이나 지명도 한자음으로 표기하였다. 재판을 낼 때마다 수정 보완하고자 한다.

6. 원주는 번역문 본문에 〔  〕로 표시하고, 9.5포인트로 편집하였다. 원문에서도 〔  〕로 표시하고, 9포인트로 편집하였다.

7. 중요한 용어는 "조선시대 대일외교 용어사전"(한국학중앙연구원)을 인용하여 설명하였다.

# 해동제국기 서문

교린(交隣)과 빙문(聘問)은 풍속이 다른 나라를 위무하고 응접하는 것이므로 반드시 그 실정을 안 뒤에라야 예를 다할 수 있고, 그 예를 다한 뒤라야 마음을 다할 수 있습니다. 우리 주상 전하께서 신(臣) 숙주에게 바다 동쪽 여러 나라의 조빙·왕래의 접대와 예의에 관한 옛 법식을 찬술해 바치라고 명하시니, 신은 명을 받들고서 황송해 마지않았습니다.

삼가 옛 전적을 상고하고 견문을 참조하여 그 지형을 그림으로 그리고 세계(世系)의 본말과 풍토에 따른 습속에서부터 우리가 응대하는 절목에 이르기까지를 대략 서술하여, 한데 모아 책으로 만들어 올립니다. 신 숙주는 오랫동안 예관(禮官)을 맡았으며 또한 일찍이 바다를 건너 직접 그곳에 가보았는데, 섬들이 뭇 별처럼 흩어져 있고 풍속도 각기 달라서 지금 이 책을 만들면서 끝내 핵심을 분명히 드러내지는 못했습니다. 그러나 이 책을 통해 그 경개만이라도 안다면 거의 그 실정을 알고 예를 참작하여 그들의 마음을 수습할 수 있을 것입니다.

삼가 살피건대 동해 가운데 있는 나라가 하나가 아니지만 일본이 가장 오래되고 또한 큽니다. 그 땅은 흑룡강 북쪽에서 시작하여 우리나라 제주의 남쪽까지 이르며, 류큐와 서로 맞닿아 있어 지형이 몹시 깁니다. 처음에 곳곳에서 무리를 이루어 저마다 나라를 세웠는데, 주(周) 평왕(平王) 48년(B.C.724)에 그들의 시조인 사노(狹野)[1]가 군사를 일으켜 각국을 토벌하고 처음으로 주(州)와 군(郡)을 설치하였습니다. 대신(大

臣)들이 각 주군을 차지하고 나누어 다스렸는데, 중국의 봉건 제후들처럼 그다지 예속되어 있지 않았습니다. 습성이 강하고 사나우며 무기를 잘 다루고 배 타기에 익숙합니다.

우리나라와는 바다를 사이에 두고 바라보고 있으므로, 그들을 위무할 때 도에 맞게 하면 예로써 조빙해 오고 도를 잃으면 번번이 함부로 노략질하러 왔습니다. 고려 말에 국정이 어지러워 그들을 위무함에 도를 잃어서 끝내 변방의 근심거리가 되어 바닷가 수천 리 땅이 쑥밭이 되었습니다. 우리 태조께서 군사를 떨쳐 일으키시어 지리산, 동정(東亭), 인월(引月), 토동(兎洞) 등지에서 수십 번을 힘써 싸우신 뒤에야 적들이 함부로 덤빌 수 없게 되었습니다. 개국 이래 역대 성군이 계승하셔서 정사가 맑게 다스려져 내치(內治)가 융성해지니 외복(外服)도 순종하게 되어 변방의 백성들이 편안해졌습니다.

세조께서 중흥(中興)하시어 몇 대의 태평함을 누리게 되자 편안함이 해가 될 것을 염려하게 되었습니다. 그러므로 하늘을 공경하고 백성을 힘써 다스리시며 인재를 뽑아서 여러 정사를 함께 하셨으며 무너지고 폐해진 것을 진작시키고 밝은 기강을 닦으셨습니다. 새벽부터 밤까지 부지런히 정사를 돌보시고[2] 온 정신을 쏟아 다스리셨으니 교화가 이미 흡족하고 가르침이 먼 곳까지 펼쳐져 수륙만리의 먼 곳에서 찾아오지 않는 나라가 없었습니다. 신이 일찍이 듣건대 '이적(夷狄)을 대하는 도

---

1  일본 신화에 등장하는 초대(初代) 천황 진무(神武)의 이름이다. B.C.711년 출생, 재위 기간은 B.C.660년~B.C.585년으로 알려져 있다.
2  새벽부터 ~ 돌보시고 : 원문의 '소의간식(宵衣旰食)'은 날이 아직 밝지 않았을 때 일어나 옷을 입고 해가 저물 때에야 밥을 먹는다는 뜻이다. 제왕이 정사에 부지런한 모습을 칭송하는 표현으로 많이 쓰인다.

는 밖을 치는 데 있는 것이 아니라 안을 닦는 데 있고, 변새(邊塞)에 있는 것이 아니라 조정에 있으며, 전쟁하는 데 있는 것이 아니라 기강을 바로잡는 데 있다.'고 하였으니, 그 말이 이에서 입증됩니다.

익(益)이 순(舜) 임금을 경계하여 말하길, "근심이 없을 때에 경계하여서 법도를 잃지 말고 안일하게 노닐지 말며 즐거운 데 빠지지 말아야 합니다. 어진 이를 임명하되 의심해서는 안 되고 간사한 이를 제거하되 주저해서는 안 되며, 도를 어겨 백성의 칭찬을 구해서는 안 되고 백성의 뜻을 어겨서 자신이 하고 싶은 대로 해서는 안 됩니다. 마음에 태만함이 없고 정사에 황폐함이 없으면 사방의 이적들이 왕께 조회하러 올 것입니다."[3]라고 하였습니다. 순 임금 같은 분에게 익의 경계가 이러하였던 것은 나라를 다스림에 근심이 없는 때에 법도가 쉽게 느슨해지며 즐거움이 쉽게 방탕함에 이르기 때문입니다. 스스로를 닦는 도리에 만일 지극하지 못한 바가 있으면 조정에 행하고 천하에 베풀며 사방의 오랑캐에게까지 미치는 데에 어찌 그 이치를 잃지 않을 수 있겠습니까. 진실로 자신을 닦아 남을 다스리며 안을 닦아 밖을 다스릴 수 있고, 또한 반드시 마음에 게으름이 없고 정사에 황폐함이 없게 된 뒤라야 다스림의 교화가 높고 넓어져 사방 오랑캐에게 모두 통하게 됩니다. 익의 깊은 뜻이 여기에 있는 것이 아니겠습니까?

가까운 것을 버리고 먼 것을 도모하거나 끊임없이 군대를 보내 무력을 뽐내어 오랑캐와 싸우려고 한다면 결국 천하를 피폐하게 만들어 한(漢) 무제(武帝)같이 될 뿐[4]입니다. 자신의 부를 믿고 극도로 사치하여

---

3 근심이 ~ 것입니다. :『상서(尙書)·대우모(大禹謨)』에 나오는 말이다.
4 한(漢) 무제(武帝)같이 될 뿐 : 한 무제(재위 B.C.141~B.C.87)는 건국 초기부터 한나라

오랑캐에게 자랑하려고 한다면 결국 자기 몸도 보전하지 못해 수(隋) 양제(煬帝)처럼 될 뿐[5]입니다. 기강이 서지 않고 장수들은 교만한데 강한 오랑캐에게 함부로 덤벼든다면 결국 제 몸이 치욕스럽게 죽어 석진 (石晉)과 같이 될 뿐[6]입니다. 이는 모두 근본을 버리고 말단을 좇으며 안을 비워두고 밖에 힘쓴 것으로, 안이 다스려지지 않았으니 어찌 바깥에까지 미칠 수가 있겠습니까. '근심이 없을 때에 경계하여, 마음에 나태함이 없고 정사에 황폐함이 없어야 한다.'는 뜻이 없는 것이니, 비록 실정을 찾고 예를 참작하여 그 마음을 수습한다 한들 잘 될 리가 있겠습니까. 광무제(光武帝)가 옥문관(玉門關)을 폐쇄하고 서역의 공물을 거절

---

와 적대적이었던 흉노(匈奴)에 강경정책을 폈다. B.C.129년부터 전쟁을 시작해 위청(衛青), 곽거병(霍去病) 등을 보내 흉노를 토벌하게 하여 B.C.119년에 고비사막 너머로 몰아냈다. 또, B.C.139년 장건(張騫)을 파견하여 서역과의 교통로를 열었으며, 이후 B.C.104년에는 이광리(李廣利)를 보내 파미르 고원 북서쪽의 대완(大宛)을 정벌하였다. 흉노와의 전쟁에 승리한 뒤에는 남쪽과 동쪽에 대한 정벌을 시작하였다. 이러한 무제의 대외정책은 막대한 군사비의 지출로 인한 재정난을 불러왔으며, 이를 벌충하기 위해 실시한 전매제도 등이 불러온 폐단이 한나라의 몰락을 재촉하였다.

5  수(隋) 양제(煬帝)처럼 될 뿐 : 수 양제(재위 604~618)는 즉위 초부터 대대적인 토목공사를 일으켜 만리장성을 쌓게 하고 중단되었던 대운하 공사를 재개하였다. 수도 장안 대신 낙양에 동경(東京)을 건설하게 하고 대운하를 건설하며 40여 개의 행궁을 지었다. 북방으로 돌궐과 토욕혼을 공격하여 영토 확장에 성공했으나, 3차에 걸친 고구려 원정으로 재정을 고갈시켰다. 만년에 강도(江都)로 옮겨 사치스러운 생활을 하다가 근신이었던 우문화급(宇文化及)에게 피살당했다.

6  석진(石晉)과 같이 될 뿐 : 석진은 5대10국 중 하나인 후진(後晉, 936~947)으로, 후당(後唐)의 개국공신 석경당(石敬瑭)이 창건한 나라이기에 왕실의 성을 따서 석진이라고도 불린다. 수도는 개봉이며, 돌궐 사타족 계열의 왕조였다. 석경당은 거란(요나라)의 힘을 빌려 제위에 올라 후진을 세웠으며, 원군의 대가로 국경지역인 연(燕) 일대 16주를 요에 넘겨주고 매년 비단 30필을 조공으로 바칠 것을 약속하였다. 후진은 건국 후에 계속해서 내우외환으로 혼란을 겪었다. 석경당이 죽은 후에 중신 경연광이 요와 상의 없이 석경당의 조카 석중귀(石重貴)를 옹립하여 정권을 장악하였다. 이로 인해 후진은 944년 단주에서 요와 교전을 벌였고 947년 요의 세 번째 원정으로 멸망하게 되었다.

한 것$^7$은 또한 안을 먼저하고 밖을 나중에 하려는 뜻이었습니다. 그러므로 명성이 중국에 넘쳐흘러 오랑캐들에게까지 뻗쳐서 해와 달이 비치는 곳과 서리 이슬이 내리는 곳에 높이고 친애하지 않는 이가 없게 되었으니, 바로 하늘에 짝하는 지극한 공이요, 제왕의 성대한 예절이라 하겠습니다.

지금 우리나라는 저들이 오면 위무해 주고 급료를 넉넉히 주고 예의를 두텁게 하니, 저들이 이를 예사로 여기고 진위를 속이며 곳곳마다 머물면서 걸핏하면 달을 넘깁니다. 갖가지 방법으로 교묘히 속이니, 구렁 같은 욕심은 끝이 없고 조금이라도 뜻에 맞지 않으면 곧 성내는 말을 내뱉습니다. 땅이 떨어져 있고 바다로 막혀 있어 그 처음과 끝을 파헤칠 수 없고 그 진정과 허위를 살필 수가 없습니다. 저들을 대할 때에 선왕의 옛 법식에 따라 진압하는 것이 마땅할 것이나, 정세에 각기 경중(輕重)이 있으므로 또한 후박(厚薄)의 차이가 없을 수 없습니다. 그러나 이러한 자질구레한 절목들은 담당 관리의 일일 뿐입니다. 성상께서는 고인이 경계했던 뜻을 유념하시고 역대의 실책을 거울삼아서 먼저 자신을 닦아 조정에 미치고 사방에 미치고 외역에 미치도록 하신다면 끝내는 하늘에 짝하는 지극한 공에 이르는 데에 어려움이 없을 것이니, 자질구레한 절목이 무슨 염려가 되겠습니까.

7 광무제(光武帝)가 ~ 거절한 것 : 후한(後漢) 광무제 19년(43년)에 흉노가 기근으로 쇠약해졌다는 소식을 듣고 장군들이 이때를 타서 정벌할 것을 제안하자, 광무제는 먼 것을 구하려고 가까운 것을 버려서는 안 된다고 하며 국내의 선정(善政)을 도모하는 것이 우선이라고 답하였다. 그리하여 서역과의 통로인 옥문관을 폐쇄하고 흉노가 보낸 공물을 거절하였다.

성화 7년 신묘년(1471) 늦겨울에 수충협찬계난동덕좌익보사병기정난
익재순성명량경제홍화좌리공신 대광보국 숭록대부 의정부영의정 겸
영경연 예문관 춘추관 홍문관 관상감사 예조판서 고령부원군[8] 신 신숙
주, 절 올리고 머리를 조아리며 삼가 서문을 올립니다.

---

# 범례

○ 지도 속의 황색 선은 도계(道界), 흑색 선은 주계(州界), 홍색 선은
   도로를 표시한 것이다.[9]

○ 일본기(日本紀)는 그 나라 연호를 썼다.

○ 유구기(琉球紀)는 중국 연호를 썼다.

○ 도로는 일본 이수(里數)를 표시했는데, 그 나라의 1리는 우리나라의
   10리에 해당된다.

○ 토지의 계산은 일본의 면적 단위인 정(町)과 단(段)으로 표시했다. 그
   나라의 법에 보통 사람의 보통 걸음으로 두 발 사이를 1보(步)라 하는
   데, 65보가 1단, 10단이 1정이 되며, 1단은 우리나라의 50부(負)에
   해당된다.

○ 거추(巨酋) 이하가 매우 많으므로, 우리나라에 조빙(朝聘)한 자만 살
   고 있는 주(州) 아래에 썼다.

---

9 현재 남아 있는 대부분의 책에는 황색이나 홍색 선 표시가 없다. 미국 하버드대학 옌칭
도서관 소장본에는 황색 선이 있는데, 뱃길을 표시한 것이다. 후대 필사본이어서, 초기
원본과의 관계는 확인할 수 없다.

# 해동 제국 총도

# 圖總國諸東海

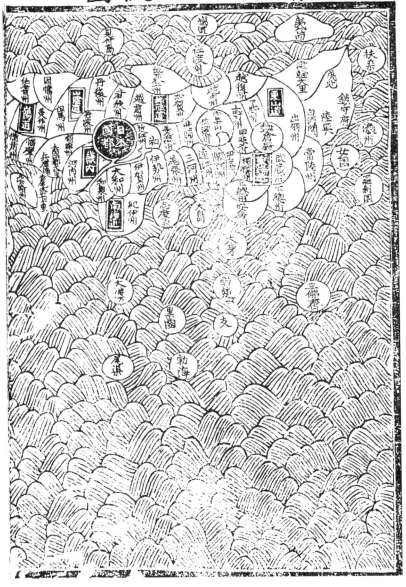

# 일본 본국 지도

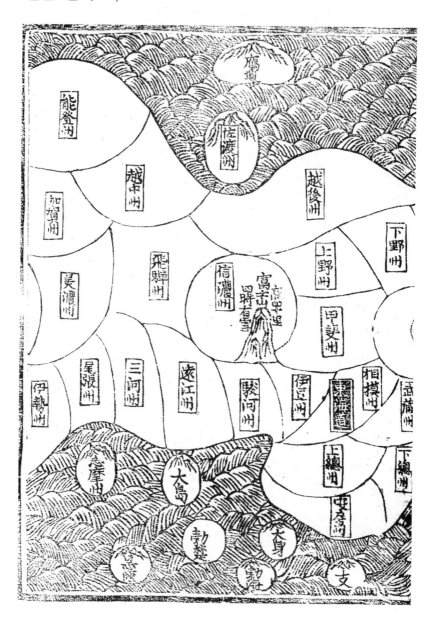

# 일본 본국 지도

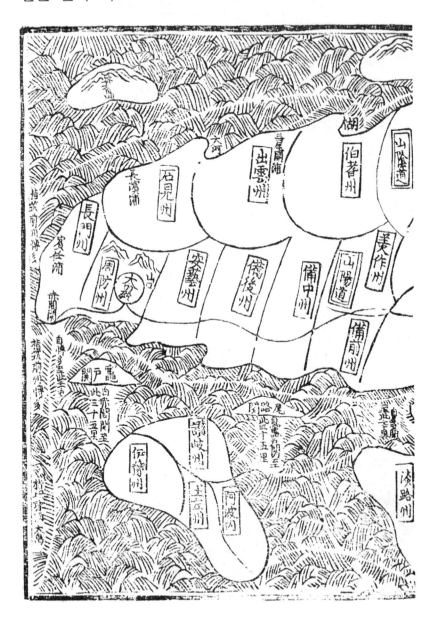

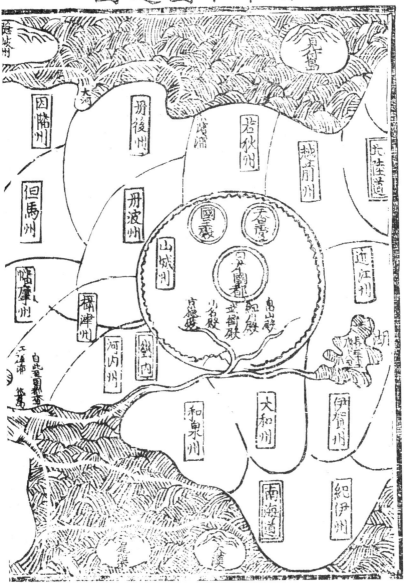

日本本國之圖

# 일본국 서해도 9주 지도

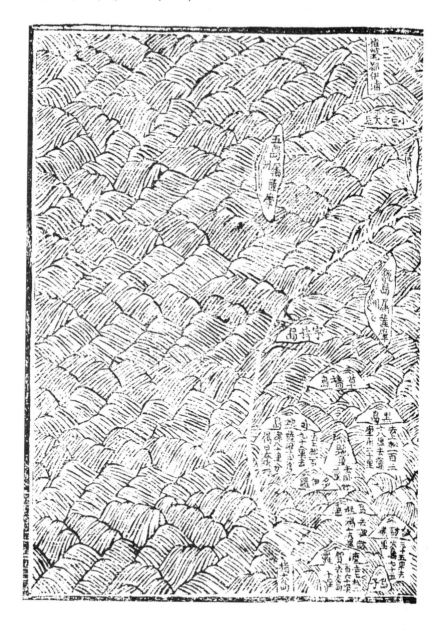

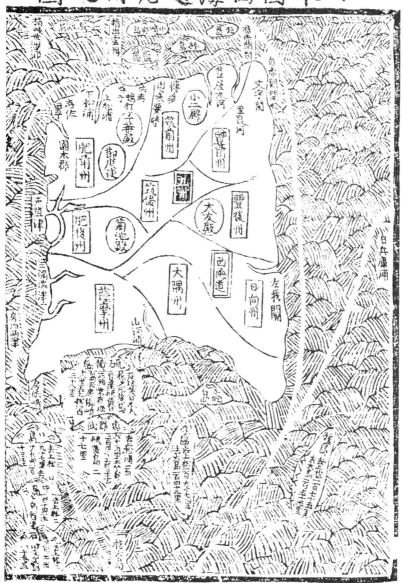

# 일본국 이키노시마 지도

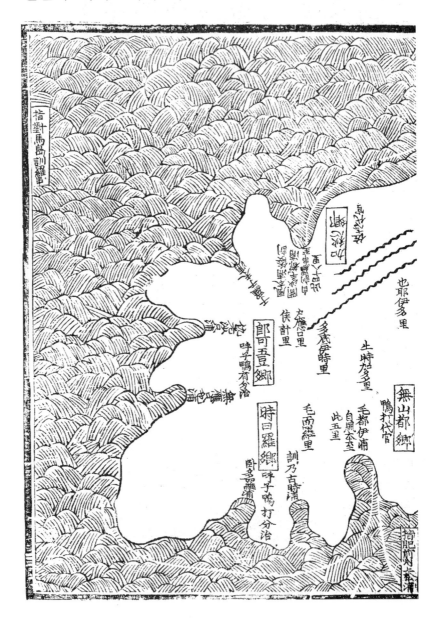

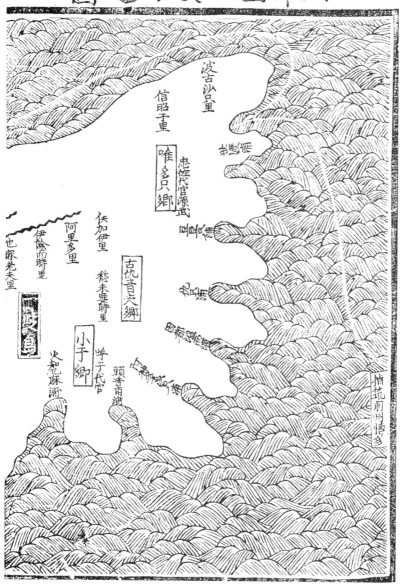

日本國一岐島之圖

# 일본국 쓰시마 지도

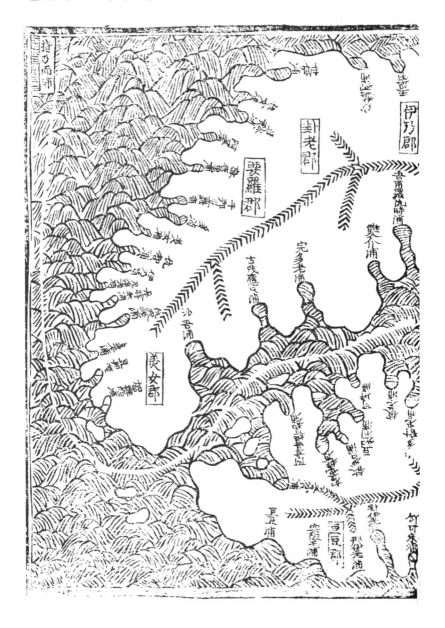

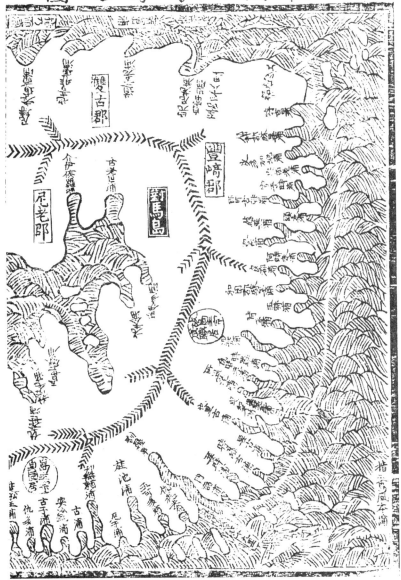

# 류큐국 지도

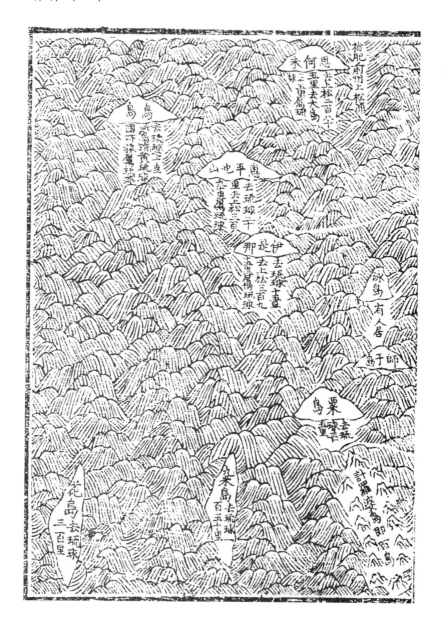

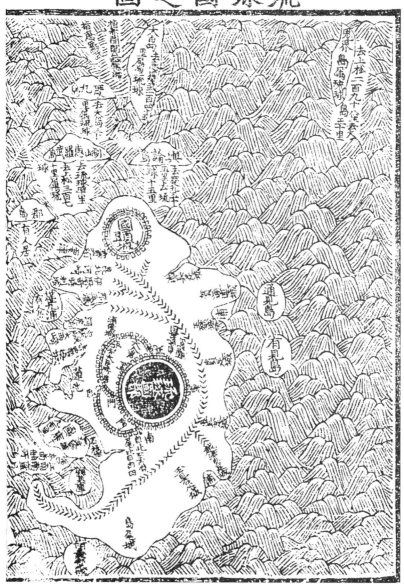

# 웅천 제포 지도[10]

제포(薺浦)[11]에서 김산(金山)[12]을 거쳐 서울에 이르려면 하루에 2식정(息程)씩 가서 13일 걸리고, 대구(大丘), 상주(尙州), 괴산(槐山), 광주(廣州)를 거쳐 서울에 이르려면 14일 걸린다.

　물길로 김해(金海)[황산강에서 낙동강까지 이름], 창녕(昌寧), 선산(善山), 충주(忠州)[금천[13]에서 한강까지 이름], 광주(廣州)를 거쳐 서울에 이르려면 19일이 걸린다.

　웅천에서 제포까지는 5리이며, 항상 머무는 왜인은 308호, 인구는 남녀노소 아울러서 1,722명이고, 사사(寺社)가 열한 군데이다.

---

**10**　신숙주가 일본을 방문하는 동안 계해약조(癸亥約條)가 체결되어 제포, 부산포, 염포의 삼포(三浦)를 드나들 수 있는 배의 척수와 머물러 살 수 있는 일본인의 수, 무역량 등을 한정하는 쇄환정책(刷還政策)을 실시하였으므로 삼포의 지도를 첫머리에 편집한 것이다.

**11**　삼포(염포·부산포·제포)에는 항시적으로 거주하는 항거왜인이 있었고, 외교와 무역을 위해 왕래하는 사송왜인, 흥리왜인이 있었다. 항거왜인들은 흙으로 벽을 쌓고 이엉을 올린 흙집에 살면서 농업이나 어업에 종사했다. 이들은 상행위나 접객행위를 했으며, 부산포의 왜인들은 온천을 즐겼다는 기록이 있다. 왜인이 가장 많이 거주했던 제포에는 한 때 많을 때는 2,500명이나 살았고, 산기슭에는 11개의 절이 있었다. 일상적인 종교생활도 하고 있었음을 알 수 있다. -손승철, 「일본 외교의 달인, 『해동제국기』를 남기다」, 『기록인』 39호, 2017.

**12**　경상북도 김천시(金泉市)가 조선시대에는 김산군(金山郡)이었는데, 1914년에 김산군, 지례군, 개령군, 성주군 신곡면을 합하여 김천군으로 개편되었다가, 1949년에 김천시로 승격되었다.

**13**　충주 남한강 가에 있던 면인데, 세미(稅米)를 보관하던 금천창(金遷倉)이 있었다.

# 熊川薺浦之圖

# 동래 부산포 지도

부산포에서 대구, 상주, 괴산, 광주를 거쳐 서울까지 이르려면 14일 걸리고, 영천(永川), 대재(竹嶺), 충주, 양근(楊根)을 거쳐 서울에 이르려면 15일 걸린다.

동래에서 부산포까지는 25리이고, 항상 머무는 왜인은 67호이며, 남녀노소 아울러서 323명이다.

물길로 양산(梁山)[황산강에서 낙동강까지 이름], 창녕, 선산, 충주[금천에서 한강까지 이름], 광주를 거쳐 서울까지는 21일 걸린다.

# 圖之浦山富萊東

# 울산 염포 지도

염포에서 영천, 대재, 충주, 양근을 거쳐 서울까지 이르려면 15일 걸린다.

물길로 경주(慶州), 단양(丹陽), 충주, 광주를 거쳐 서울에 이르러도 15일 걸린다.

울산에서 염포까지는 30리이고, 항상 머무는 왜인은 36호이며, 남녀 노소 아울러서 131명이고, 사사(寺社)는 한 군데이다.

성화(成化)[14] 10년 갑오 3월에 예조좌랑 남제(南悌)가 삼포(三浦)[15]에서 화재를 당한 왜인을 구호하러 갔다가 지도를 그려 왔다.

---

**14** 명나라 헌종(憲宗)의 연호인데, 1465년부터 1487년까지 사용하였다. 성화 10년 갑오년은 1474년이다.

**15** 삼포(三浦) : 조선시대 왜인에 대한 회유책으로 개항한 웅천의 제포, 동래의 부산포, 울산의 염포를 일컫는 말. 1419년(세종 1) 삼군도체찰사(三軍都體察使) 이종무(李從茂)가 쓰시마를 정벌하자, 쓰시마도주는 신하의 예로서 섬길 것을 맹세하고 경상도의 일부로서 복속하길 청하며 왜구(倭寇)를 스스로 다스릴 것과 조공을 바칠 것을 약속하였다. 세종이 이를 허락하고 삼포(三浦)를 개항하면서 쓰시마도주에게 통상의 권한을 부여, 평화로운 관계로 전환하였다. 1510 삼포에서 왜란이 있어났는데, 이를 삼포왜란(三浦倭亂)이라고 한다. 부산첨사 이우회(李友曾)가 부산에 거주하는 왜인의 수를 제한하고, 웅천현감이 왜인의 식리(殖利)를 금하자, 제포의 항거왜추(恒居倭酋)와 쓰시마의 다이칸(代官) 소 모리치카(宗盛親)가 중심이 되어 쓰시마도주의 전면적인 지원 하에 군사 4,5천 명을 거느리고 와 거제도의 수군 근거지를 공격하였으며 이어 부산포와 웅천을 함락시켰다. 이에 조선은 왜인을 평정하고 삼포를 폐쇄하였다. -조선시대 대일외교 용어사전

# 蔚山塩浦之圖

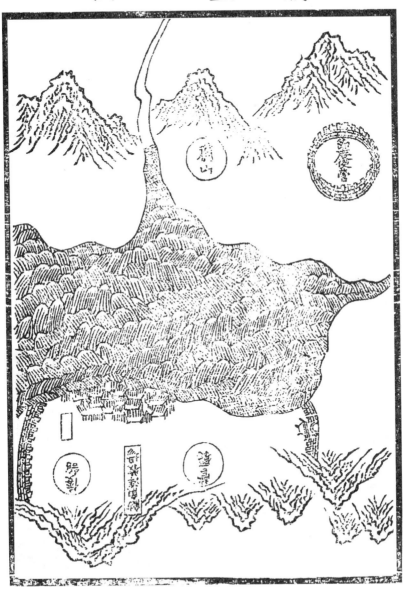

# 일본국기
## 日本國紀

## 천황대서(天皇代序)

**천신 7대(天神七代)**

**지신 5대(地神五代)**

**인황(人皇)의 시조 진무 천황(神武天皇)** : 이름은 사노(狹野)이고, 지신(地神)의 마지막 왕 우가야후키아에즈노미코토(彦瀲尊)[1]의 넷째 아들이다. 어머니는 다마요리히메(玉依姬)인데[세상 사람들이 해신(海神)의 딸이라고 한다.] 경오년(B.C.711)[주(周)나라 유왕(幽王) 11년]에 그를 낳았다. 49세 되던 무오년(B.C.663)에 야마토주(大倭州)에 들어가 나카쓰주(中洲)의 적들을 모두 제거하였으며, 52세 되던 신유년(B.C.660) 정월 경신일에 처음으로 천황이라고 일컬었다. 110세 되던 기미년(B.C.602)에 나라의 수도를 정했다. 재위 기간은 76년, 수명은 127세이다.

---

1 일본 신화의 신의 이름으로, 『고사기(古事記)』에서는 아마쓰히코히코나기사타케우가야후키아에즈노미코토(天津日高日子波限建鵜草葺不合命), 『일본서기(日本書紀)』에서는 히코나기사타케우가야후키아에즈노미코토(彦波瀲武鸕鶿草葺不合尊)라고 표기하였다.

**스이제이 천황(綏靖天皇)** : 진무 천황의 셋째 아들이다. 진무 천황이 죽은 뒤 4년 동안 형제가 함께 국사(國事)를 다스리다가 신사년(B.C.580) 정월에 즉위하였다. 재위기간은 33년, 수명은 84세이다.

**안네이 천황(安寧天皇)** : 스이제이 천황의 태자이다. (즉위한) 원년은 갑인년(B.C.547), 재위기간은 38년, 수명은 84세이다.

**이토쿠 천황(懿德天皇)** : 안네이 천황의 셋째 아들이다. 원년은 임진년(B.C.509), 재위기간은 34년, 수명은 84세이다.

**고쇼 천황(孝昭天皇)** : 이토쿠 천황의 태자이다. 원년은 병인년(B.C.475), 재위기간은 83년, 수명은 118세이다.

**고안 천황(孝安天皇)** : 고쇼 천황의 둘째 아들이다. 원년은 기축년(B.C. 392), 재위기간은 102년, 수명은 137세이다.

**고레이 천황(孝靈天皇)** : 고안 천황의 태자로, 원년은 신미년(B.C.290)이다. 72년 임오년(B.C.219)에 진시황이 서복(徐福)을 보내어 바다로 나가 선복(仙福)[2]을 찾게 하였는데 서복이 드디어 기이주(紀伊州)에 이르러 거하게 되었다. 재위기간은 76년, 수명은 115세이다.

**고겐 천황(孝元天皇)** : 고레이 천황의 태자이다. 원년은 정해년(B.C.214),

---

2 선복(仙福)은 불노불사(不老不死)의 묘약을 말한다.

재위기간은 57년, 수명은 117세이다.

**가이카 천황(開化天皇)** : 고겐 천황의 둘째 아들이다. 원년은 갑신년(B.C. 157)이다. 재위기간은 60년, 수명은 115세이다.

**스진 천황(崇神天皇)** : 가이카 천황의 둘째 아들로, 원년은 갑신년(B.C. 97)이다. 처음으로 옥새(玉璽)와 칼을 주조하고, 오우미주(近江州)의 큰 호수[3]를 개척하였다. 6년 기축년(B.C.92)에 처음으로 아마테라스오미카미(天照大神)에게 제사지냈다.[아마테라스오미카미는 지신의 시조로 속칭 일신(日神)이라고도 하며, 지금도 사방에서 함께 제사지낸다.] 7년 경인년(B.C.91)에 처음으로 아마쓰야시로(天社)와 구니쓰야시로(國社)[4]의 간베(神戸)를[5] 정하였다. 14년 정유년(B.C.84)에 이즈노쿠니(伊豆國)가 배를 바쳤다. 17년 경자년(B.C.81)에 처음으로 여러 나라에게 명하여 배를 만들게 하였다. 재위기간은 68년, 수명은 120세이다. 이때 구마노(熊野)에서 곤겐신(權現神)[6]이 처음 나타났다. 서복이 죽어서 신이 되니 나라 사람들이 지금까지도 그를 제사지낸다.

**스이닌 천황(垂仁天皇)** : 스진 천황의 셋째 아들로, 원년은 임진년(B.C. 29)이다. 13년 갑진년(B.C.17)에 아마테라스오미카미가 강림하였다.

---

3 오우미(近江)의 비파호(琵琶湖)인데, 현재 시가현(滋賀縣)에 있다.
4 아마쓰야시로는 하늘에서 내려온 신을 모시는 신사(神社)이고, 구니쓰야시로는 일본 토착신으로 지신(地神)을 모시는 신사이다.
5 간베(神戸)는 신을 모시는 땅이다.
6 부처가 모습을 감추고 일본에 나타나 신이 된 것이 곤겐신(權現神)이다.

23년 갑인년(B.C.7)에 처음으로 이세노쿠니(伊勢國)의 재궁(齋宮)을 두었다. 25년 병진년(B.C.5)에는 처음으로 덴쇼코타이진구(天照大神宮)를 이세노쿠니(伊勢國)에 세웠다. 재위기간은 99년, 수명은 140세이다.

**게이코 천황(景行天皇) :** 스이닌 천황의 셋째 아들로, 원년은 신미년(71)이다. 13년 계미년(83)에 여러 나라 사람들에게 성씨를 내려주었다. 18년 무자년(88)에 처음으로 나라들의 이름을 정하였다. 재위기간은 60년, 수명은 106세이다.

**세이무 천황(成務天皇) :** 게이코 천황의 넷째 아들로, 원년은 신미년(131)이다. (즉위) 초에 주(州)와 군(郡)을 정하였다. 3년 계유년(133)에 처음으로 대신(大臣)을 두었다. 5년 을해년(135)에 여러 주(州)에서 처음으로 벼를 공물로 바쳤다. 7년 정축년(137)에 여러 주의 경계를 정하였다. 재위기간은 61년, 수명은 107세이다.

**주아이 천황(仲哀天皇) :** 게이코 천황의 손자이고, 야마토타케루노미코토(日本武尊)의 둘째 아들로, 키가 10척이었다. 원년은 임신년(192)이다. 9년 경진년(200)에 처음으로 가구라(神樂)를 제작하였다. 백제국(百濟國)이 처음으로 사신을 보내 왔다. 재위기간은 9년, 수명은 52세이다.

**진구 천황(神功天皇) :** 가이카 천황의 5세손인 오키나가노스쿠네(息長宿禰)의 딸이다. 주아이 천황이 들여서 황후로 삼았는데, 주아이 천황

이 죽자 국사를 주관하였다. 원년은 신사년(201)이다. 5년 을유년(205)
에 신라국(新羅國)이 처음으로 사신을 보내 왔다. 39년 기미년(239)에
처음으로 중국[漢]에 사신을 보냈다.[7] 재위기간은 69년, 수명은 100세
이다.

**오진 천황(應神天皇) :** 주아이 천황의 넷째 아들로, 어머니는 진구 황후
(神功皇后)이다. 원년은 경인년(270)이다. 7년 병신년(276)에 고구려
가 처음으로 사신을 보내 왔다. 14년 계묘년(283)에 처음으로 의복을
제작하였다. 15년 갑진년(284)에 백제에서 서적을 보냈다. 16년 을사
년(285)에 백제왕의 태자가 왔다. 20년 기유년(289)에 중국사람[漢人]
이 처음으로 왔다. 재위기간은 41년, 수명은 110세이다.

**닌토쿠 천황(仁德天皇) :** 오진 천황의 넷째 아들로, 오진 천황이 죽은 뒤
2년 동안 왕이 없다가 계유년(313) 정월에 즉위하였다. 55년 정묘년
(367)에 대신 다케시우치(武內)가 340세에 죽었는데, 그는 역대 여섯
왕을 섬겼다. 61년 계유년(373)에 처음으로 얼음창고를 만들었다. 재
위기간은 87년, 수명은 110세이다.

**리추 천황(履中天皇) :** 닌토쿠 천황의 태자로, 원년은 경자년(400)이다.
처음으로 대신 4명을 두고 국사를 맡겼다. 재위기간은 6년, 수명은
70세이다.

---

7  진구 황후와 오진 천황의 재위 시기는 중국의 위진남북조(魏晉南北朝) 시대와 겹친다.
그래서 '한(漢)'의 번역을 '중국'으로 하였다.

**한제이 천황(反正天皇) :** 닌토쿠 천황의 둘째 아들로, 리추 천황의 동모 (同母) 동생이다. 키는 9척 2촌 반이고, 치아는 1촌으로 구슬을 꿰어 놓은 것 같았다. 원년은 병오년(406), 재위기간은 6년, 수명은 60세 이다.

**인교 천황(允恭天皇) :** 닌토쿠 천황의 셋째 아들로, 한제이 천황의 동모 (同母) 동생이다. 원년은 임자년(412), 재위기간은 42년, 수명은 80세 이다.

**안코 천황(安康天皇) :** 인교 천황의 둘째 아들로, 원년은 갑오년(454)이 다. 처음에 인교 천황이 태자를 세웠으나, 그가 성질이 악독하여 죽 이고, 안코를 태자로 세웠다. 안코가 즉위하여 닌토쿠 천황의 아들인 오오쿠사카 왕(大草香王)을 죽이고 그의 아내를 빼앗아 황후로 삼았 다. 3년 병신년(456) 8월에 오오쿠사카 왕의 아들인 마유와 왕(眉輪王) 이 안코 천황을 시해(弑害)하였다. 안코 천황의 아우인 오하쓰세와카 타케(大泊瀨稚武)가 군사를 일으켜 토벌하니, 마유와 왕은 대신들과 함께 모두 불에 타서 죽었다. 재위기간은 3년, 수명은 56세이다.

**유랴쿠 천황(雄略天皇) :** 인교 천황의 넷째 아들이고 안코 천황의 동모 (同母) 동생으로 곧 오하쓰세와카타케이다. 원년은 정유년(457)이다. 22년 무오년(478)에 단고주(丹後州)의 요사군(餘社郡) 사람이 수강포 (水江浦)에서 고기를 낚다가 큰 거북을 잡았는데, 그 거북이 변하여 여자가 되었다.[8] 재위기간은 23년, 수명은 104세이다.

**세이네이 천황(淸寧天皇)** : 유랴쿠 천황의 셋째 아들로, 원년은 경신년
(480)이다. 5년 갑자년(484)에 죽으니, 재위기간은 5년, 수명은 45세
이다. 천황의 여동생이 즉위하여 이토요 천황(飯豐天皇)이라 칭하였
는데, 그해 12월에 또 죽었다. 처음에 안코 천황의 난리에 리추 천황
의 손자 두 사람이 혹은 단바주(丹波州)에 있다 하고, 혹은 하리마주
(播磨州) 아카시군(赤石郡)에 있다 하였다. 이때에 황자가 없어 모든
주에서 동성(同姓)을 찾아 오타테(小楯)로 하여금 뒤를 잇게 했으니[9],
곧 겐조 천황(顯宗天皇)과 닌켄 천황(仁賢天皇)이다.

**겐조 천황(顯宗天皇)** : 리추 천황의 손자로, 이치베노오시하(市邊押羽)
의 셋째 아들이다. 원년은 을축년(485), 재위기간은 3년, 수명은 48세
이다.

**닌켄 천황(仁賢天皇)** : 겐조 천황의 동모(同母) 형으로, 이름은 오시(大脚)
이다. 처음에 이토요 천황이 죽자 겐조 천황에게 사양하였다가 이때
에 이르러 즉위하였다. 원년은 무진년(488), 재위기간은 11년, 수명은
52세이다.

**부레쓰 천황(武烈天皇)** : 닌켄 천황의 태자로, 원년은 기묘년(499)이다.

---

8 『일본서기(日本書紀)』「웅략기(雄略紀)」에 이 이야기가 실려 있다. 주인공의 이름이 『일
본서기』에서는 '瑞江浦嶋子'로, 『단후국풍토기(丹後國風土記)』「일문(逸文)」에서는 '水江
浦嶼子'로 되어 있다.
9 『일본서기(日本書紀)』「홍계천황(弘計天皇)·현종천황(顯宗天皇)」에 이 이야기가 실려
있다. 소순(小楯)은 오타테, 즉 두 황자를 찾으러 간 신하이다.

대신인 마토리(眞鳥)를 죽였는데[10] 성격이 사람 죽이기를 좋아하였다. 재위기간은 8년, 수명은 57세이다.

**게이타이 천황(繼體天皇)** : 오진 천황의 5세손으로 이름은 히코시(彦主人)[11], 원년은 정해년(507)이다. 16년 임인년(522)에 비로소 연호(年號)[12]를 세워 젠카(善化)라 하였다. 5년 병오년(526)에 연호를 정화(正和)로 고쳤으며, 6년 신해년(531)에 하쓰토(發倒)로 고쳤다. 그해 2월에 죽으니 재위기간은 25년, 수명은 82세이다.

**안칸 천황(安閑天皇)** : 게이타이 천황의 둘째 아들로, 게이타이 천황이 죽은 뒤 2년간 임금이 없었다가 이때에 즉위하였다. 원년은 갑인년(534)[13][연호는 하쓰토(發倒)를 그대로 썼다.], 재위기간은 2년[14]이며, 수명은 70세이다.

**센카 천황(宣化天皇)** : 게이타이 천황의 셋째 아들로, 안칸 천황의 동모(同母) 동생이다. 원년은 병진년(536)이다. 연호를 소초(僧聽)로 고쳤

---

10 『일본서기(日本書紀)』「소박뢰치초료천황 무렬천황(小泊瀨稚鷦鷯天皇 武烈天皇)」에 이 이야기가 실려 있다. 마토리(眞鳥)를 죽인 것이 아니라 그의 아들 혜구리노시비(平群鮪)를 죽였다.

11 『일본서기』에는 게이타이 천황의 아버지 이름이 히코시로 되어 있다.

12 공식적 연호가 아닌, 사연호(私年號). 이후, 일본 최초의 공식 연호는 고토쿠 천황(孝德天皇) 시대의 다이카(大化)이다.

13 안칸 천황의 원년은 임자년(532)으로, 갑인년은 534년이다. 기록상의 착오가 있었던 듯하다.

14 안칸 천황의 재위기간은 5년이다.

으며, 재위기간은 4년, 수명은 73세이다.

**긴메이 천황(欽明天皇) :** 게이타이 천황의 맏아들로[일설에는 센카 천황의 맏아들이라고도 한다.], 원년은 경신년(540)이다. 이듬해 신유년(541)에 연호를 도요(同要)로 고치고, 비로소 문자(文字)를 만들었다. 12년 임신년(552)에 (연호를) 기라쿠(貴樂)로 고쳤으며, 불교(佛敎)가 처음 들어왔다. 3년 갑술년(554)에 연호를 게쓰세이(結淸)로 고쳤으며, 백제에서 오경박사(五經博士)와 의박사(醫博士)를 보내왔다. 5년 무인년(558)에 연호를 게이테이(兄弟)로 고쳤고, 2년 기묘년(559)에 조와(藏和)로 고쳤다. 6년 갑신년(564)에 연호를 시안(師安)으로 고쳤고, 2년 을유년(565)에 와소(和僧)로 고쳤으며, 6년 경인년(570)에는 곤코(金光)로 고쳤다. 재위기간은 32년, 수명은 50세이다.

**비다쓰 천황(敏達天皇) :** 긴메이 천황의 둘째 아들로, 원년은 임진년(572)이다.[연호는 곤코(金光)를 그대로 썼다.] 5년 병신년(576)에 연호를 겐세쓰(賢接)로 고쳤다. 3년 무술년(578) 육재일(六齋日)[15]에 경론(經論)을 펴 보았다는 이유로 그의 태자를 죽였다. 6년 신축년(581)에 연호를 교토(鏡當)로 고쳤다. 3년 계묘년(583)에 신라가 서쪽 변방을 침입하였다. 4년 갑진년(584)에 대신(大臣) 모리야(守屋)가 불법(佛法)이 이롭지 않다는 이유로 불교를 없애자고 주청하여 승려들이 모두 환속하였다. 5년 을사년(585)에 연호를 쇼쇼(勝照)로 고쳤다. 재위 기간은 14년, 수명은 50세이다.

---

15  불가(佛家)에서 8일, 14일, 15일, 23일, 29일, 30일을 육재일이라 한다.

**요메이 천황(用明天皇)** : 긴메이 천황의 넷째 아들로[혹은 열넷째 아들이라고도 한다.], 원년은 병오년(586)이다.[연호는 쇼쇼(勝照)를 그대로 썼다.] 2년 정미년(587)에 쇼토쿠 태자(聖德太子)와 대신(大臣) 소가노 우마코(蘇我馬子) 등이 군사를 이끌고 가서 모리야(守屋)를 토벌하였다.[쇼토쿠 태자는 비다쓰 천황의 손자이며, 요메이 천황의 아들이다.] 재위 기간은 2년, 수명은 50세이다.

**스슌 천황(崇峻天皇)** : 긴메이 천황의 다섯째 아들로[열다섯째 아들이라고도 한다.], 원년은 무신년(588)이다. 이듬해 기유년(589)에 연호를 단세이(端政)로 고쳤다. 재위 기간은 5년, 수명은 72세이다.

**스이코 천황(椎古天皇)**[16] : 긴메이 천황의 딸이다. 어릴 때의 이름은 누카타베(額田部)인데, 비다쓰 천황이 황후로 삼았다. 원년은 계축년(593)인데, 이듬해 갑인년(594)에 연호를 주키(從貴)로 고쳤다. 백제 승려 관륵(觀勒)[17]이 와서 역본(曆本)·천문(天文)·지리(地理) 등의 서적을 주었다. 8년 신유년(601)에 연호를 본텐(煩轉)으로 고쳤다. 2년 임술년(602)에 처음으로 책력(冊曆)을 사용하였다. 4년 갑자년(604)에 처음으로 여러 신하들에게 관(冠)을 하사하였고, 쇼토쿠 태자가 17조법[18]을 제정하였다. 5년 을축년(605)에 연호를 고겐(光元)으로 고쳤고,

---

16  스이코 천황(椎古天皇)의 '椎'는 '推'의 오기이다.

17  관륵(觀勒, ?~?)은 백제의 승려로 일본에 불교를 전파하였다. 중론(中論)·백론(百論)·십이문론(十二門論)의 삼론(三論)에 정통했을 뿐 아니라 의학에도 조예가 깊었다. 602년(무왕 3)에 역본(曆本)과 천문(天文), 지리서(地理書) 및 둔갑(遁甲)과 방술(方術) 등에 관한 책을 가지고 일본으로 건너갔다. 일왕은 그를 겐코사(元興寺)에 머물게 하고 서생을 뽑아 그 책들을 배우게 하였다.

7년 신미년(611)에는 조쿄(定居)로 고쳤다. 3년 계유년(613)에 대직관 (大職冠)[19]이 야마토주(大和州) 다케치군(高市郡)에서 태어났다. 8년 무인년(618)에 연호를 와케이(倭京)로 고쳤다. 3년 경진년(620)에 쇼 토쿠 태자가 졸(卒)하였다. 6년 계미년(623)에 연호를 니오몬(仁王)으로 고쳤다. 2년 갑신년(624)에 음양서(陰陽書)가 처음으로 들어왔다. 처음으로 승정(僧正)·승도(僧都)를 두었는데, 이때에 나라 안의 절이 46개였고, 남자 승려(비구)가 8백 16명이었으며, 여자 승려(비구니)가 5백 69명이었다. 재위 기간은 36년, 수명은 73세이다.

**조메이 천황(舒明天皇)** : 비다쓰 천황의 손자로, 이름은 다무라(田村)이다. 원년은 기축년(629)으로, 연호를 쇼토쿠(聖德)로 고쳤다. 6년 갑오년(634) 8월에 혜성(彗星)이 나타났다. 7년 을미년(635)에 연호를 소요(僧要)로 고쳤으며, 3월에 혜성이 나타났다. 2년 병신년(636)에 크게 가물었다. 6년 경자년(640)에 연호를 메이초(命長)로 고쳤다. 재위

---

**18**  1. 화(和)를 귀히 여기고 무오(無忤)를 종(宗)으로 할 것. 2. 삼보(三寶)를 독경(篤敬)할 것. 3. 조칙(詔勅)을 반드시 삼가 받들 것. 4. 군경백료(群卿百僚)는 예(禮)로써 근본을 삼을 것. 5. 절손기욕(絶飧棄欲)하여 소송(訴訟)을 명변(明辨)할 것. 6. 악(惡)을 징계하고 선(善)을 권장할 것. 7. 사람마다 맡은 것이 있고 장무(掌務)는 과람(過濫)됨이 없도록 할 것. 8. 군경백료는 일찍 조회(朝會)하고 늦게 물러갈 것. 9. 신(信)은 의(義)의 근본이니 모든 일을 신이 있게 할 것. 10. 분노(忿怒)의 마음을 버리고 타인의 비위(非違)를 성내지 말 것. 11. 공과(功過)를 밝혀서 상벌(賞罰)을 반드시 맞게 할 것. 12. 국가의 영조(營造)는 백성에게 부렴(賦斂)하는 일이 없도록 할 것. 13. 제관(諸官)을 임명하는 자는 함께 그 직장(職掌)을 알고 있을 것. 14. 군신백료(群臣百僚)는 질투(嫉妬)하지 말 것. 15. 멸사봉공 (滅私奉公)할 것. 16. 백성을 사역(使役)시키되 농한기를 이용할 것. 17. 일을 혼자 결단하지 말고 반드시 여러 사람과 의논할 것 등이다.

**19**  역사상 대직관(大職冠) 직위를 받은 사람은 후지와라노 가마타리(藤原鎌足, 614~669) 뿐이다. 『속일본기』 등에서 그에 대한 존칭으로 쓰였다.

기간은 13년, 수명은 45세이다.

**고교쿠 천황(皇極天皇)** : 비다쓰 천황의 증손녀인데, 조메이 천황이 황후로 삼았다. 원년은 임인년(642)[연호는 메이초(命長)를 그대로 썼다.], 재위기간은 3년이다.

**고토쿠 천황(孝德天皇)** : 고교쿠 천황의 동모(同母) 동생으로, 원년은 을사년(645)이다.[연호는 메이초(命長)를 그대로 썼다.] 3년 정미년(647)에 연호를 조시키(常色)로 고쳤다. 3년 기유년(649)에 처음으로 8성(省) 백관(百官)과 십선사사(十禪師寺)를 설치하였다. 6년 임자년(652)에 연호를 하쿠치(白雉)로 고쳤다. 재위기간은 10년, 수명은 39세이다.

**사이메이 천황(齊明天皇)**[고교쿠천황이 복위(復位)하였다.] : 원년은 을묘년(655)이다.[연호는 하쿠치(白雉)를 그대로 썼다.] 6년 경신년(660)에 처음으로 물시계를 만들었다. 7년 신유년(661)에 연호를 하쿠호(白鳳)로 고쳤고, 오우미주(近江州)<sup>20</sup>로 도읍을 옮겼다. 재위기간은 7년, 수명은 68세이다.

**덴지 천황(天智天皇)** : 조메이 천황의 태자로, 어머니는 고교쿠 천황이며, 이름은 가즈라키(葛城)이다. 원년은 임술년(662)이다.[연호는 하쿠호(白鳳)를 그대로 썼다.] 7년 무진년(668)에 처음으로 태재사(太宰師)를 임용하였다. 8년 기사년(669)에 대직관(大職冠)을 내대신(內大臣)

---

**20** 오우미주(近江州) : 현재의 시가현 지방이다.

으로 삼고 후지와라(藤原)란 성(姓)을 주었으니, '후지와라' 성은 이때
부터 시작되었다. 대직관이 얼마 뒤에 죽자 오토모 황자(大友皇子)[덴
지 천황의 아들이다.]를 태정대신(太政大臣)[21]으로 삼았으니, 황자가 태
정대신에 임명된 것은 이것이 처음이었다. 처음으로 대납언(大納言)
3인을 두었다. 재위 기간은 10년이다.[22]

**덴무 천황(天武天皇)** : 조메이 천황의 둘째 아들이며, 덴지 천황의 동모
(同母) 동생으로 이름은 오아마(大海人)이다. 원년은 임신년(672)이
다.[연호는 하쿠호(白鳳)를 그대로 썼다.] 덴지 천황 7년에 덴무가 태자
가 되었는데, 덴지 천황이 선위(禪位)하려 하자, 덴무는 사양하고 집
을 나와 요시노산(吉野山)에 숨었다. 덴지 천황이 죽으니 오토모 황자
(太友皇子)가 황위를 찬탈하려고 요시노산을 치려고 하자, 덴무가 농
(濃)·장(張)[23] 2주(州)의 군사를 거느리고 게이조(京城)에 들어와서 오
토모 황자를 토벌하고 드디어 즉위하였다. 2년 계유년(673)에 처음으
로 대·중납언(大中納言)을 두었다. 6년 정축년(677)에 처음으로 시부
(詩賦)를 지었다. 11년 임오년(682)에 처음으로 관(冠)을 만들고, 나라
안에 명하여 남자는 모두 머리털을 묶게 하고, 여자는 모두 머리털을
늘어트리게 하였다. 12년 계미년(683)에 처음으로 수레를 만들었으
며, 은전(銀錢)을 정지시키고 동전(銅錢)을 사용하게 하였다. 13년 갑

---

21  일본 고대의 최고 관부(官府)를 태정관(太政官)이라 하고, 그 장관(長官)을 태정대신이
라 하였다.
22  이 다음에 고분 천황(弘文天皇, 즉위 671~672)이 빠져있다.
23  농(濃)·장(張)은 미노주(美濃州)와 오와리주(尾張州)의 약칭이다. 미노주는 현재의 기
후현 지방이며, 오와리주는 현재의 아이치현 지방이다.

신년(684)에 연호를 스자쿠(朱雀)로 고쳤다. 3년 병술년(686)에 연호를 아카미토리(朱鳥)라 고쳤으며, 혜성이 나타났다. 재위기간은 15년이다.

**지토 천황(持統天皇)** : 덴지 천황의 둘째 딸인데, 덴무 천황이 황후로 삼았다. 원년은 정해년(687)이다.[연호는 아카미토리(朱鳥)를 그대로 썼다.] 7년 계사년(693)에 정(町)과 단(段)을 정하니, 보통 사람의 평균 걸음으로 두 발을 벌린 것을 1보(步)로 하여, 사방(四方) 65보를 1단(段)이라 하고, 10단을 1정(町)이라 하였다. 9년 을미년(695)에 연호를 다이와(大和)로 고쳤다. 3년 정유년(697) 8월에 몬무(文武)에게 선위(禪位)하였다. 재위 기간은 10년이다.

**몬무 천황(文武天皇)** : 덴무 천황의 손자이며, 어머니는 겐메이(元明) 천황이다. 원년은 정유년(697)이다. 이듬해 무술년(698)에 연호를 대장(大長)으로 고치고, 율령(律令)을 정하였다. 4년 신축년(701)에 연호를 다이호(大寶)로 고쳤다. 3년 계묘년(703)에 처음으로 참의(參議)를 두고 동서시(東西市)를 설치하였다. 4년 갑진년(704)에 연호를 게이운(慶雲)으로 고쳤다. 3년 병오년(706)에 처음으로 봉호(封戶)[24]를 정하고, 말(斗)과 되(升)를 만들었다. 재위 기간은 11년, 수명은 25세이다.

**겐메이 천황(元明天皇)** : 덴지 천황의 넷째 딸로, 덴무 천황의 아들인 구

---

24 봉호(封戶) : 고대 귀족을 상대로 한 봉록제도의 하나이다. 특정한 수의 가구를 지급하는 방법으로 '봉호를 먹는다'는 의미에서 실제로 행해진 지급제도를 '식봉(食封)'이라고도 부른다. 식봉에 해당하는 가구 그 자체를 지시하는 경우도 있다.

사카베(草壁) 태자에게 시집가서 몬무 천황을 낳았다. 원년 무신년
(708)에 연호를 와도(和同)로 고쳤다. 4년 신해년(711)에 비로소 비단
을 직조했다. 5년 임자년(712)에 처음으로 이즈모주(出雲州)[25]를 두었
고, 6년 계축년(713)에 처음으로 단고(丹後)[26], 미마사카(美作)[27], 휴가
(日向)[28], 오스미(大隅)[29] 등에 주를 두었다. 7년 갑인년(714)에 비로소
수도의 조리(條里)와 방문(坊門)을 정했다. 8년 을묘년(715)에 연호를
레이키(靈龜)로 고쳤고, 9월에 겐쇼 천황에게 선위하였다. 재위기간
은 8년 수명은 48세이다.

**겐쇼 천황(元正天皇)** : 덴무 천황의 누이이자 겐메이 천황의 딸로, 이름
은 히다카(氷高)이다. 원년은 을묘년(715)이며, 3년 정사년(717)에 연호
를 요로(養老)로 고쳤다. 2년 무오년(718)에 혜성이 나타났다. 4년 경
신년(720)에 신라에서 와서 서쪽 변방을 토벌했다. 8년 갑자년(724) 2
월에 쇼무 천황에게 선위하였다. 재위 기간은 10년, 수명은 69세이다.

**쇼무 천황(聖武天皇)** : 덴무 천황의 태자로, 이름은 오비토(首)이다. 원
년 갑자년(724)에 연호를 진키(神龜)로 고쳤다. 5년 무진년(728)에 비
로소 진사시(進士試)를 마련하였다. 6년 기사년(729)에 연호를 덴표
(天平)로 고쳤다. 19년 정해년(747)에 처음으로 근위대장군(近衛大將

25  이즈모주(出雲州) : 지금의 시마네(島根)현 지방이다.
26  단고(丹後) : 지금의 교토부(京都府)의 북부이다.
27  미마사카(美作) : 지금의 오카야마(岡山)현의 동북부이다.
28  휴가(日向) : 지금의 미야자키(宮崎)현이다.
29  오스미(大隅) : 지금의 가고시마(鹿兒島)현의 남동부이다.

軍)을 두었다. 21년 기축년(749) 7월에 고켄 천황에게 선위하였다. 재위기간은 26년, 수명은 56세이다.

**고켄 천황(孝謙天皇)** : 쇼무의 딸로, 이름은 아베(阿閉)이다. 원년 기축년(749)에 연호를 덴표쇼호(天平勝寶)로 고쳤다. 8년 병신년(756)에 벌레가 하치만신사(八幡神社)[30]의 기둥을 좀먹어 천하태평(天下太平)이라는 글자를 만들었다. 9년 정유년(757)에 연호를 덴표호지(天平寶字)로 고쳤다. 2년 무술년(758) 8월에 아와지 천황에게 선위하였다. 재위기간은 10년이다.

**아와지 폐제(淡路廢帝)** : 덴무 천황의 손자이다. 원년 무술년(758)에[연호로 덴표호지(天平寶字)를 썼다.] 도쿄(道鏡)[31]를 대신(大臣)으로 삼았다. 8년 을사년(765)에 고켄 천황에게 폐위되어서, 아와지주로 추방되었다. 재위기간은 8년, 수명은 32세이다.

**쇼토쿠 천황(稱德天皇)** [고켄 천황이 복위하여 류키(隆基)로 개명하였다.] : 아와지 천황 8년 을사년(765) 정월에 군사를 일으켜 그를 폐위시키고, 다시 즉위하여 연호를 덴표진고(天平神護)로 고쳤다. 3년 정미년(767)에 연호를 진고케이운(神護景雲)으로 고쳤다. 재위기간은 5년, 수명

---

30 하치만신사(八幡神社)는 오진(應神) 천황을 제사하는 신사(神祠)를 말한다.

31 도쿄(道鏡)는 나라시대 쇼토쿠 천황(고켄 천황)의 총애를 받아 막강한 권세를 누렸던 승려이다. 고켄 태상천황이 병에 걸리자 간병하여 낫게 하였고, 이를 계기로 항상 천황을 가까이에서 보좌하였다. 하지만 이 일로 고켄 태상천황과 준닌 천황 사이에 대립이 생겼고 준닌 천황은 황위에서 쫓겨났다. 도쿄는 고켄 천황의 절대적 신임을 얻어 대신선사(大臣禪師)로 임명되어 문무백관의 배례를 받았다.

은 53세이다.

**고닌 천황(光仁天皇)** : 덴지 천황의 손자로, 이름은 시라카베(白璧)이다.
원년 경술년(770)에 연호를 호키(寶龜)로 고쳤다. 쇼토쿠 천황이 죽고
후사가 없었으므로, 대신들이 함께 의논하여 그를 천황으로 세웠다.
혜성이 나타났다. 3년 임자년(772)에 처음으로 내공(內供)을 두었다.
대신 도쿄가 죽었다. 7년 병진년(776)에 당나라에 사신을 보냈다. 12
년 신유년(781)에 연호를 덴오(天應)로 고쳤고, 4월에 간무 천황에게
선위하였다. 재위기간은 12년, 수명은 73세이다.

**간무 천황(桓武天皇)** : 고닌 천황의 태자로, 이름은 야마노베(山部)이다.
원년은 신유년(781)이다. 이듬해 임술년(782)에 연호를 엔랴쿠(延曆)
로 고쳤다. 3년 갑자년(784) 10월에 야마시로(山城)<sup>32</sup>의 나가오카(長
岡)로 도읍을 옮겼다. 12년 계유년(793)에 대납언(大納言) 후지와라 오
구로(藤小黑)<sup>33</sup>에게 명하여 참의좌대변(左大辯) 고사(古佐)<sup>34</sup>와 함께 모
의하게 하니, 야마시로 야군(野郡)인 우다무라(宇多村)가 바로 국중의
기름진 땅이라 하였다. 13년 갑술년(794) 10월 신유일에 나가오카로
부터 헤이안조(平安城)로 도읍을 옮겼으니, 바로 지금의 교토(京都)이

---

**32** 야마시로(山城) : 지금의 교토부 남부로, 고대 기나이(機內)의 하나이다. 처음에는 山
背로 표기되었지만, 헤이안 천도 이후 山城이 되었다.
**33** 후지와라 오구로(藤原小黑, 733~794) : 후지와라노 오구로마로(藤原小黑麻呂)라고 하
며, 나라시대의 귀족으로 후지와라의 북쪽 가문 출생이다. 관위는 정3위(正三位)·대납언
(大納言)을 지내고 종2위(從二位), 훈2등(勳二等)을 받았다.
**34** 고사(古佐) : 기노 고사미(紀古佐美, 733~797)를 가리킨다. 헤이안 시대의 귀족이다.

다. 가모묘진(賀茂明神)에게 명하여 조리와 방문을 정하게 하였다. 17
년 무인년(798)에 중납언(中納言)인 사카노우에노 다무라(坂上田村
瓦)[35]가 기요미즈데라(淸水寺)를 창건했다. 23년 갑신년(804)에 5번째
황자 가즈라하라 친왕(楓原親王)[36]에게 다이라(平)라는 성(姓)을 하사
했으니, 헤이씨(平氏)는 이로부터 시작되었다. 재위기간은 26년, 수
명은 70세이다.

**헤이제이 천황(平城天皇)** : 간무 천황의 태자로, 이름은 아테(安殿)이다.
원년 병술년(806)에 연호를 다이도(大同)로 고쳤다. 4년 기축년(809)
4월에 사가에게 선위하였다. 재위기간은 4년, 수명은 51세이다.

**사가 천황(嵯峨天皇)** : 간무 천황의 둘째 아들이자 헤이제이 천황의 동모
제(同母弟)이다. 원년은 기축년(809)이다. 이듬해 경인년(810)에 연호
를 고닌(弘仁)으로 고쳤다. 14년 계묘년(823) 정월에 혜성이 나타났
고, 4월에 준나에게 선위하였다. 재위기간은 15년, 수명은 57세, 혹
은 46세라고도 한다. 학식이 넓고 성품이 고상하며 글을 좋아하였고,
더욱이 서법(書法)에 능숙하였다. 후궁(後宮) 14인으로부터 47명의 아

---

**35** 사카노우에노 다무라(坂上田村瓦)의 '瓦'는 '丸'의 오기이다. 사카노우에노 다무라마로
(坂上田村麻呂, 758~811)를 가리킨다. 부친은 가리타마로(刈田麻呂)이다. 791년 정동부
사(征東副使)로서 에미시(蝦夷)를 토벌하고 정이대장군(征夷大將軍, 세이이타이쇼군)이
되었다. 802년 이사와 성을 쌓아 진수부를 옮기고 에미시 평정에 공을 남겼다. 810년 구스
코의 변에서는 헤이제이 천황의 군을 방어했다. 무장으로 존숭되었고, 정이대장군의 직명
은 이후 막부의 수장에게 주어졌다.

**36** 가즈라하라 친왕(楓原親王)의 '楓'은 '葛'의 오기이다. 가즈라하라 친왕(葛原親王, 786~
853)은 간무 천황(桓武天皇)의 셋째 아들로 헤이씨(平氏)의 시조이다.

들을 낳았다.

**준나 천황(淳和天皇)** : 간무 천황의 셋째 아들로, 이름은 오토모(大伴)이다. 원년은 계묘년(823)이다. 이듬해 갑진년(824)에 연호를 덴초(天長)로 고쳤다. 5년 무신년(828)에, 비로소 제주(諸州)와 7도를 정하였다. 10년 계축년(833)에 닌묘에게 선위하였다. 재위기간은 11년, 수명은 55세이다.

**닌묘 천황(仁明天皇)** : 사가 천황의 둘째 아들로 이름은 마사라(正良)이다. 원년은 계축년(833)이다. 이듬해 갑인년(834)에 연호를 에이와(永和)로 고쳤다.[37] 4년 정사년(837)[38]에 혜성이 나타났다. 5년 무오년(838) 5월에 눈이 내렸다. 15년 무진년(848)에 연호를 가쇼(嘉祥)로 고쳤다. 3년 경오년(850) 3월에 병으로 몬토쿠(文德)에게 선위하고 곧바로 출가하였다. 재위기간은 18년, 수명은 41세이다.

**몬토쿠 천황(文德天皇)** : 닌묘 천황의 태자이다. 원년은 경오년(850)이다. 이듬해 신미년(851)에 연호를 닌주(仁壽)로 고쳤다. 2년 임신년(852)에 혜성이 나타났다. 4년 갑술년(854)에 연호를 사이코(齊衡)로 고쳤다. 3년 병자년(856) 3월에 지진이 일어났다. 4년 정축년(857)에 연호를 덴안(天安)으로 고쳤다. 재위기간은 9년, 수명은 33세이다.

---

**37** 연호를 에이와(永和)로 고쳤다 : 실제 이 시기의 연호는 '조와/쇼와(承和)'이다. '에이와'는 일본 남북조시대의 연호 중 하나로, 1375년부터 1379년에 해당한다.

**38** 원문에 정해년이라 하였지만, 4년은 정사년이다.

후궁 6명이 29명의 자식을 낳았다.

**세이와 천황(清和天皇)** : 몬토쿠 천황의 넷째 아들로, 이름은 고레히토 (惟仁)이며 법명은 소테이(素貞)이다. 원년은 무인년(858)으로, 이때 나이 9세였다. 충인공(忠仁公) 요시후사(良房)[39]가 섭정을 했다. 이듬 해 기묘년(859)에 연호를 조간(貞觀)으로 고쳤다. 6년 갑신년(864)에 혜성이 나타났다. 14년 임진년(872)에 요시후사가 죽었다. 18년 병신 년(876)에 여섯째 아들 사다즈미 친왕(貞純親王)에게 미나모토(源)라 는 성(姓)을 하사하니, 겐씨(源氏)가 이로부터 시작되었다. 11월에 요 제이(陽成)에게 선위하였다. 재위기간은 19년, 수명은 32세이다.

**요제이 천황(陽成天皇)** : 세이와 천황의 태자로, 이름은 사다아키라(貞 明)이다. 원년은 병신년(876)으로, 이때 나이 9세였다. 소선공(昭宣公) 모토쓰네(基經)[40]가 섭정이 되었다.[모토쓰네는 요시후사의 양자로, 중납 언 나가라(長良)의 셋째 아들이다.] 이듬해 정유년(877)에 연호를 간교 (元慶)로 고쳤다. 8년 갑진년(884) 2월에 고코(光孝)에게 선위하였다. 재위기간은 9년, 수명은 81세이다.

**세고코 천황(光孝天皇)** : 닌묘 천황의 셋째 아들로, 이름은 도키야쓰(時 康)이다. 원년은 갑진년(884)이다. 이듬해 을사년(885)에 연호를 닌와 (仁和)로 고쳤다. 재위기간은 4년, 수명은 58세이다.

---

39  충인공(忠仁公) 요시후사(良房) : 후지와라노 요시후사(藤原良房, 804~872).
40  소선공(昭宣公) 모토쓰네(基經) : 후지와라노 모토쓰네(藤原基經, 836~891).

**우다 천황(宇多天皇)** : 고코의 셋째 아들로, 이름은 사다미(定省)이다. 법명은 구리(空理)였다가 뒤에 곤고카쿠(金剛覺)로 바꿨다. 원년은 정미년(887)이다.[연호는 닌와를 그대로 썼다.] 3년 기유년(889) 4월에 연호를 간표(寬平)로 고쳤다. 3년 신해년(891) 정월에 섭정 모토쓰네가 죽었다. 9년 정사년(897) 7월에 다이고(醍醐)에게 선위했다. 재위기간은 11년이다. 간표 천황(寬平天皇)으로도 불렸으며, 수명은 66세이다.

**다이고 천황(醍醐天皇)** : 우다 천황의 태자로, 이름은 아쓰기미(敦仁)이다. 원년은 정사년(897)이다. 이듬해인 무오년(898)에 연호를 쇼타이(昌泰)로 고쳤다. 3년 경신(900)에 우대신(右大臣) 관원도(菅原道)를 태재진외사(太宰眞外師)로 삼았다. 4년 신유(901)에 연호를 엔기(延喜)로 고쳤으며, 관원도를 자지태재부(紫芝太宰府)로 방출하였다. 3년 계해(903)에 관원도가 죽었다. 7년 정묘년(907)에 혜성이 나타났다. 23년 계미년(923)에 연호를 엔초(延長)로 고쳤다. 8년 경인년(930) 6월에 청량전(淸凉殿)에 벼락이 떨어지고, 또 대납언(大納言) 기요쓰라(淸貫)와 우대변(右大弁) 기세이(希世)에게 벼락이 떨어지니, 사람들이 관원도 때문이라고 하였다. 9월에 스자쿠(朱雀)에게 선위하였다. 재위기간은 34년, 수명은 46세이다. 후궁 11인으로부터 아들 36명을 낳았다.

**스자쿠 천황(朱雀天皇)** : 다이고 천황(醍醐天皇)의 열한째 아들로[장자(長子)라고도 한다.], 이름은 유타아키라(寬明)이며, 법명은 부쓰다주(佛陀樹)이다. 원년은 경인년(930)인데, 나이가 8세였으므로 정신공(貞信公) 다다히라(忠平)가 섭정이 되었다.[소선공(昭宣公)의 넷째 아들이다.] 이듬해인 신묘년(931)에 연호를 조헤이(承平)로 고쳤다. 8년 무술년

(938) 4월부터 8월에까지 큰 지진(地震)이 일어나 연호를 덴교(天慶)로 고쳤다. 2년 기해년(939) 2월에 마사카도(將門)와 스미토모(純友)가 반역(叛逆)을 꾀하므로 3년 경자년(940)에 마사카도와 스미토모를 토벌하였다. 4년 신축년(941)에 섭정 다다히라를 관백(關白)으로 삼았다. 9년 병오년(946)에 무라카미(邑上)에게 선위하였다. 재위기간은 17년, 수명은 30세이다.

**무라카미 천황(邑上天皇)** [무라카미 천황(村上天皇)이라고도 한다.] : 다이고 천황의 열넷째 아들이고, 스자쿠 천황의 동모제로, 이름은 나리아키라(成明)이다. 원년은 병오년(946)이다. 이듬해인 정미년(947)에 연호를 덴랴쿠(天曆)로 고쳤다. 2년 무신년(948) 9월에 궁궐에 불이 났다. 3년 기유년(949) 8월에 섭정 다다히라가 죽었다. 6년 임자년(952)에 나라 안의 여러 신들에게 한 계급(階級)을 올려 주었다. 11년 정사년(957)에 연호를 덴토쿠(天德)로 고쳤다. 4년 경신년(960)에 궁궐에 불이 났다. 5년 신유년(961) 정월에 연호를 오와(應化)[41]로 고쳤다. 혜성이 나타났다. 2년 임술년(962)에 혜성이 나타났다. 3년 계해년(963) 11월에 혜성이 나타났다. 민간에 기근이 들어 쌀 한 말 값이 백 전(百錢)이나 되었다. 궁궐에 또 불이 났다. 4년 갑자년(964)에 연호를 고호(康寶)[42]로 고쳤다. 재위기간은 22년, 수명은 42세이다.

**레이제이 천황(冷泉天皇)** : 무라카미 천황의 둘째 아들로, 이름은 노리히

---

41 오와(應化)의 '化'는 '和'의 오기이다.
42 고호(康寶)의 '寶'는 '保'의 오기이다.

라(憲平)이다. 원년 정묘년(967)에 청신공(淸愼公) 사네요리(實賴)<sup>43</sup>[정
신공(貞信公)의 맏아들이다.]를 관백으로 삼았다. 이듬해 무진년(968)
에 연호를 안나(安和)로 고쳤다. 2년 기사년(969) 8월에 엔유(圓融)에
게 선위하였다. 재위기간은 3년, 수명은 62세이다.

**엔유 천황(圓融天皇) :** 무라카미 천황의 다섯째 아들로, 레이제이 천황
의 동모제이며, 이름은 모리히라(守平)이다. 원년은 기사년(969)인데,
이때 나이 11세였다. 이듬해 경오년(970)에 연호를 덴로쿠(元祿)<sup>44</sup>로
고쳤다. 5월에 관백 사네요리가 죽어서 겸덕공(謙德公) 고레타다(伊
尹)<sup>45</sup>[정신공의 손자]를 섭정으로 삼았다. 3년 임신년(972)에 겸덕공이
죽어서 충의공(忠義公) 가네미치(兼通)<sup>46</sup>[고레타다의 동모제]를 관백으
로 삼았다. 4년 계유년(973)에 연호를 덴엔(天延)으로 고쳤다. 3년 을
해년(975)에 혜성이 나타났다. 4년 병자년(976) 5월에 궁궐에 불이 났
다. 7월에 연호를 조겐(貞元)으로 고쳤다. 11월에 충의공이 죽어서 염
의공(廉義公) 요리타다(賴忠)<sup>47</sup>[청신공의 둘째 아들이다.]를 관백으로 삼
았다. 3년 무인년(978)에 연호를 덴겐(天元)으로 고쳤다. 3년 경진년
(980) 7월에 큰 비바람이 불어 나성문(羅城門)이 무너졌다. 11월에 궁
궐에 불이 났다. 5년 임오년(982)에 궁궐에 불이 났다. 6년 계미년
(983)에 연호를 에이칸(永觀)으로 고쳤다. 2년 갑신년(984) 8월에 가잔

43  청신공(淸愼公) 사네요리(實賴) : 후지와라노 사네요리(藤原實賴, 900~970).
44  덴로쿠(元祿)의 '元'는 '天'의 오기이다.
45  겸덕공(謙德公) 고레타다(伊尹) : 후지와라노 고레타다/고레마사(藤原伊尹, 924~972).
46  충의공(忠義公) 가네미치(兼通) : 후지와라노 가네미치(藤原兼通, 925~977).
47  염의공(廉義公) 요리타다(賴忠) : 후지와라노 요리타다(藤原賴忠, 924~989).

(華山)['華'는 '葉'으로 쓰기도 한다.]에게 선위하였다. 재위기간은 16년, 수명은 33세이다.

**가잔 천황(華山天皇)**[48] : 레이제이 천황의 태자로 이름은 모로사다(師貞)이다. 원년은 갑신년(984)이다. 이듬해 을유년(985)에 연호를 간나(寬和)로 고쳤다. 2년 병술년(986) 6월에 이치조(一條)에게 선위하고 출가하였다. 법명은 입각(入覺)이다. 재위기간은 2년, 수명은 41세이다.

**이치조 천황(一條天皇)** : 엔유 천황의 태자로, 이름은 가네히토(懷仁), 법명은 쇼진카쿠(精進覺)이다. 원년은 병술년(986)으로, 이때 나이가 7세였다. 우대신(右大臣) 가네이에(兼家)[49][충의공의 동모제]를 섭정으로 삼았다. 이듬해 정해년(987)에 연호를 에이엔(永延)으로 고쳤다. 3년 기축년(989) 7월에 혜성이 나타나, 연호를 에이소(永祚)로 고쳤다. 2년 경인년(990) 5월에 섭정 가네이에를 관백으로 삼았는데, 7월에 죽었다. 가네이에의 맏아들 미치타카(道隆)[50]를 관백으로 삼고 섭정을 맡겼다. 11월에 연호를 쇼랴쿠(正曆)로 고쳤다. 6년 을미년(995) 2월에 연호를 조토쿠(長德)로 고쳤다. 4월에 섭정 미치타카가 죽어서 그의 동모제인 미치카네(道謙)[51]를 관백으로 삼았다. 5월에 또 죽어서 동모제 미치나가(道長)[52]가 관백이 되었다. 궁궐에 불이 났다. 5년 기해년

---

48  가잔 천황(華山天皇)의 '華'는 '花'의 오기이다.

49  우대신(右大臣) 가네이에(兼家) : 후지와라노 가네이에(藤原兼家, 929~990).

50  미치타카(道隆) : 후지와라노 미치타카(藤原道隆, 953~995).

51  미치카네(道謙)의 '謙'은 '兼'의 오기이다. 후지와라노 미치카네(藤原道兼, 961~995).

52  미치나가(道長) : 후지와라노 미치나가(藤原道長, 966~1028).

(999)에 연호를 조호(長保)로 고쳤다. 궁궐에 불이 났다. 3년 신축년(1001)에 궁궐에 불이 났다. 6년 갑진년(1004)에 연호를 간코(寬弘)로 고쳤다. 2년 을사년(1005)에 궁궐에 불이 났다. 8년 신해년(1011) 6월에 산조(三條)에게 선위하였다. 재위기간은 26년, 수명은 32세이다.

**산조 천황(三條天皇)** : 레이제이 천황의 둘째 아들로, 이름은 오키사다(居貞)이다. 원년은 신해년(1011)이다. 이듬해 임자년(1012)에 연호를 조와(長和)로 고쳤다. 궁궐에 불이 났다. 4년 을묘년(1015)에 궁궐에 불이 났다. 5년 병진년(1016) 정월에 관백 미치나가가 섭정이 되었다. 7월에 고이치조(後一條)에게 선위하였다. 재위기간은 6년, 수명은 32세이다.

**고이치조 천황(後一條天皇)** : 이치조 천황의 둘째 아들로, 이름은 아쓰히라(敦成)이다. 원년은 병진년(1016)으로, 이때 나이 9세였다. 이듬해 정사년(1017)에 연호를 간닌(寬仁)으로 고치고 미치나가의 맏아들 요리미치(賴通)[53]를 섭정으로 삼았다. 2년 무오년(1018) 6월에 혜성이 나타났다. 3년 기미년(1019)에 미치나가가 출가하여 법명을 교칸(行觀)이라 하였다. 요리미치를 관백으로 삼았다. 5년 신유년(1021)에 연호를 지안(治安)으로 고쳤다. 4년 갑자년(1024)에 연호를 만주(萬壽)로 고쳤다. 5년 무진년(1028)에 연호를 조겐(長元)으로 고쳤다. 2년 기사년(1029)에 혜성이 나타났다. 2월부터 3월까지 눈이 많이 와서 이 해에 크게 기근이 들었다. 9년 병자년(1036) 4월 고스자쿠(後朱雀)에게

---

**53** 요리미치(賴通) : 후지와라노 요리미치(藤原賴通, 992~1074).

선위하고 바로 출가하였는데, 이날 밤에 죽었다. 재위기간은 21년, 수명은 29세이다. 시신을 화장하여 유골을 정토사(淨土寺)에 안치했 는데, 유언을 따른 것이다.

**고스자쿠 천황(後朱雀天皇)** : 이치조 천황의 셋째 아들로, 고이치조 천황 의 동모제, 이름은 아쓰나가(敦良)이다. 원년은 병자년(1036)인데, 이 듬해 정축년(1037)에 연호를 조랴쿠(長曆)로 고쳤다. 3년 기묘년(1039) 에 궁궐에 불이 났다. 4년 경진년(1040)에 연호를 조큐(長久)로 고쳤 다. 3년 임신년(1042)에 궁궐에 불이 났다. 5년 갑신년(1044)에 연호를 간토쿠(寬德)로 고쳤다. 2년 을유년(1045) 정월에 고레이제이(後冷泉) 에게 선위하고 바로 죽었다. 재위기간은 10년, 수명은 37세이다. 시 신을 화장하여 유골을 원교사(圓敎寺)에 안치하였다.

**고레이제이 천황(後冷泉天皇)** : 고스자쿠 천황의 태자로, 이름은 지카히 토(親仁)이다. 원년은 을유년(1045)인데, 이듬해 병술년(1046)에 연호 를 에이쇼(永承)로 고쳤다. 3년 무자년(1048)에 궁궐에 불이 났다. 8년 계사년(1053)에 연호를 덴기(天喜)로 고쳤다. 4년 병신년(1056)에 혜성 이 나타났다. 5년 정유년(1057)에 태극전(太極殿)에 불이 났다. 6년 무 술년(1058)에 연호를 고헤이(康平)로 고쳤으며, 궁궐에 불이 났다. 3 년 경자년(1060)에 혜성이 나타났다. 8년 을사년(1065)에 연호를 지랴 쿠(治曆)로 고쳤다. 4년 무신년(1068) 4월에 죽었다. 재위기간은 24 년, 수명은 44세이다. 시신을 화장하여 유골을 원교사에 안치했다.

**고산조 천황(後三條天皇)** : 스자쿠 천황(朱雀天皇)의 둘째 아들로 이름은

다카히토(尊仁)이다. 원년은 무신년(1068)이다. 요리미치(賴通)의 동
모제인 노리미치(教通)를 관백으로 삼았다. 이듬해인 기유년(1069)에
연호를 엔큐(延久)로 고쳤다. 4년 임자년(1072) 12월에 시라카와(白河)
에게 선위하였다. 재위기간은 5년, 수명은 40세이다. 화장하여 유골
을 선림사(禪林寺)에 안치하였다.

**시라카와 천황(白河天皇)** : 고산조 천황의 태자로 이름은 사다히토(貞仁)
이다. 원년은 임자년(1072)이다.[연호는 엔큐를 그대로 썼다.] 3년 갑인
년(1074)에 요리미치가 죽었다. 연호를 조호(承保)로 고쳤다. 2년 을
묘년(1075)에 궁에 불이 났다. 9월에 관백 노리미치가 죽으니, 요리미
치의 둘째 아들 모로자네(師實)를 관백으로 삼았다. 4년 정사년(1077)
에 연호를 조랴쿠(承曆)로 고치고, 5년 신유년(1081)에 연호를 에이호
(永保)로 고쳤다. 2년 임술년(1082)에 혜성이 나타났다. 4년 갑자년
(1084)에 연호를 오토쿠(應德)로 고쳤다. 3년 병인년(1086)에 호리카와
(堀川)[호리카와(堀河)라고도 한다.]에게 선위하고 바로 출가하여 법명
을 엔자쿠(圓寂)라 하였다. 재위기간은 15년, 수명은 77세이다.

**호리카와 천황(堀川天皇)** : 시라카와 천황의 둘째 아들이다. 원년은 병인
년(1086)이다. 이때 나이 8세이어서 관백 모로자네를 섭정으로 삼았
다. 이듬해인 정묘년(1087)에 연호를 간지(寬治)로 고쳤다. 8년 갑술
년(1094)에 모로자네의 장자 모로미치(師通)를 관백으로 삼았다. 연호
를 가호(嘉保)로 고쳤다. 3년 병자년(1096)에 연호를 에이초(永長)로
고쳤다. 지진(地震)이 일어났다. 2년 정축년(1097)에 연호를 조토쿠(承
德)로 고쳤다. 혜성이 나타났다. 3년 기묘년(1099)에 관백 모로미치가

죽었다. 연호를 고와(康和)라 고쳤다. 3년 신사년(1101)에 노리자네가
죽었다. 6년 갑신년(1104)에 연호를 조지(長治)로 고쳤다. 2년 을유년
(1105)에 모로미치의 장자 다다자네(忠實)를 관백으로 삼았다. 3년 병
술년(1106)에 연호를 가쇼(嘉承)로 고쳤다. 2년 정해년(1107) 7월에 죽
었다. 재위기간은 22년, 수명은 29세이다.

**도바 천황(鳥羽天皇)** : 호리카와 천황의 태자로 이름은 무네히토(宗仁)이
다. 원년은 정해년(1107)인데, 이때 나이가 5세였다. 이듬해인 무자년
(1108)에 연호를 덴닌(天仁)으로 고쳤다. 2년 기축년(1109)에 혜성이
나타났다. 3년 경인년(1110)에 연호를 덴에이(天永)로 고쳤다. 4년 계
사년(1113)에 연호를 에이큐(永久)로 고쳤다. 6년 무술년(1118)에 연호
를 겐에이(元永)로 고쳤다. 2년 기해년(1119)에 혜성이 나타났다. 3년
경자년(1120)에 연호를 호안(保安)으로 고쳤다. 2년 신해년(1121)에 다
다자네의 장자 다다미치(忠通)를 관백으로 삼았다. 4년 계묘년(1123)
정월에 스토쿠(宗德)[혹은 스토쿠(崇德)라 한다.]에게 선위하고, 바로
출가하여 법명을 구카쿠(空覺)라 하였다. 재위기간은 17년, 수명은
54세이다.

**스토쿠 천황(宗德天皇)**[54] : 도바 천황의 태자로, 이름은 아키히토(顯仁)이
다. 원년은 계묘년(1123)이다. 이때 나이는 5세이어서 관백 다다미치
를 섭정으로 삼았다. 이듬해인 갑진년(1124)에 연호를 덴지(天治)로
고쳤다. 3년 병오년(1126)에 연호를 다이지(大治)로 고쳤다. 혜성이 나

---

54 스토쿠 천황(宗德天皇)의 '宗'은 '崇'의 오기이다.

타났다. 6년 신해년(1131)에 연호를 덴쇼(天承)로 고쳤다. 2년 임자년 (1132)에 연호를 조쇼(長承)로 고쳤다. 혜성이 나타났다. 4년 을묘년 (1135)에 연호를 호엔(保延)으로 고쳤다. 4년 무오년(1138)에 혜성이 나타났다. 7년 신유년(1141) 7월에 연호를 에이지(永治)로 고쳤다. 12 월에 폐위(廢位)를 당하였다. 재위기간은 19년, 수명은 46세이다.

**고노에 천황(近衛天皇)** : 도바 천황의 여섯째 아들로, 이름은 나리히토 (體仁)이다. 원년은 신유년(1141)이고, 나이는 3세였다. 이듬해인 임술 년(1142)에 연호를 고지(康治)로 고쳤다. 3년 갑자년(1144)에 연호를 덴요(天養)로 고쳤다. 혜성이 나타났다. 2년 을축년(1145)에 연호를 규 안(久安)으로 고쳤다. 혜성이 나타났다. 7년 신미년(1151)에 연호를 닌 페이(仁平)로 고쳤다. 4년 갑술년(1154)에 연호를 규주(久壽)로 고쳤 다. 2년 을해년(1155)에 혜성이 나타났다. 7월에 죽었다. 재위기간은 15년, 수명은 17세이다.

**고시라카와 천황(後白河天皇)** : 도바 천황의 넷째 아들이고, 스토쿠 천황 의 동모제(同母弟)로, 이름은 마사히토(雅仁)이다. 원년은 을해년(1155) 이다. 이듬해인 병자년(1156)에 연호를 호겐(保元)으로 고쳤다. 7월에 천황이 스토쿠(崇德)와 싸움을 벌였는데 스토쿠가 패전하자, 드디어 산주(讚州)[55]로 추방하였다. 스토쿠의 장수 오주[56] 판관(奧州判官) 미나 모토노 다메요시(源爲義)와 좌대신 요리나가(賴長)는 벌을 받아 죽었

---

55  산주(讚州) : 사누키노쿠니(讚岐)이다.

56  오주(奧州) : 미치노쿠니(陸奧)이다.

다. 시모쓰케 모리(下野守) 요시토모(義朝)를 좌마두(左馬頭)로, 아키
모리(安藝守) 다이라노 기요모리(平淸盛)[57]를 하리마 자사(播磨刺史)로
삼아 세운 공을 상 주었다. 3년 무인년(1158) 8월에 섭정 다다미치가
사퇴하였다. 이달에 니조(二條)에게 선위하고 뒤에 출가하였으며, 법
명은 교신(行眞)이다. 재위기간은 4년, 수명은 66세이다.

**니조 천황(二條天皇)** : 고시라카와 천황의 태자로, 이름은 모리히토(守
仁)이다. 원년은 무인년(1158)인데, 이때 나이 16세였다. 다다미치(忠
通)의 장자 모토자네(基實)를 관백으로 삼았는데, 그 또한 16세였다.
이듬해인 기묘년(1159)에 연호를 헤이지(平治)로 고쳤다. 우금오(右金
吾) 노부요리(信賴)와 좌마두(左馬頭) 요시토모(義朝)가 난을 일으켜
12월 밤에 왕궁(王宮)에 불을 지르자, 천황이 로쿠하라(六波羅)[58] 대이
(大貳) 다이라 기요모리(平淸盛)의 집으로 피신하였다. 노부요리의 군
사가 무너지고 요리토모가 멸족(滅族)당했다. 요(輿)·미(尾)·엔(遠)·
부(武)·기(紀)[59] 5주(州)를 기요모리의 종족(宗族)에게 봉하여 상으로
주었다. 2년 경진년(1160)에 연호를 에이랴쿠(永曆)로 고쳤다. 이 해에
병위좌(兵衛佐) 미나모토노 요리토모(源賴朝)를 이즈(伊豆)로 귀양보

---

57 다이라노 기요모리(平淸盛, 1118~1181) : 헤이안 시대(平安時代) 말기의 무장(武將)·
공경(公卿)이다. 다이라노 다다모리(平忠盛)의 맏아들로서 호겐(保元)의 난에서 고시라카
와(後白河) 천황의 신뢰를 얻었고, 헤이지(平治)의 난으로 겐씨(源氏)에게도 승리를 거두
어 '헤이케 천하'를 이루었고, 무사로서는 최초로 정1위 태정대신(太政大臣)의 자리에 올
랐다.
58 로쿠하라(六波羅) : 교토(京都) 가모가와(鴨川) 동쪽 언덕의 고조오도리(五條大路)부터
시치조오도리(七條大路) 일대의 지명이다.
59 요(輿)는 이요국(伊予國), 미(尾)는 오와리국(尾張國), 엔(遠)은 도오토우미국(遠江國),
부(武)는 무사시국(武藏國), 기(紀)는 이가국(伊賀國)을 가리킨다.

냈다. 2년 신사년(1161)에 연호를 오호(應保)로 고쳤고, 3년 계미년(1163)에 연호를 조칸(長寬)으로 고쳤다. 6월에 전 섭정(攝政) 다다미치가 출가하여, 2년 갑신년(1164)에 죽었다. 3년 을유년(1165)에 연호를 에이만(永滿)으로 고쳤다. 왕궁에 불이 났다. 6월에 로쿠조(六條)에게 선위하였다. 재위기간은 8년, 수명은 22세이다.

**로쿠조 천황(六條天皇)** : 니조 천황의 태자로 이름은 노부히토(順仁)이다. 원년은 을유년(1165)인데, 이때 나이 2세였다. 이듬해 병술년(1166) 7월에 관백 모토자네가 죽자, 다다미치의 둘째 아들 모토후사(基房)를 섭정으로 삼았다. 8월에 연호를 닌안(仁安)으로 고쳤다. 3년 무자년(1168) 2월에 다카쿠라 천황(高倉天皇)에게 선위하였다. 재위기간은 4년, 수명은 13세이다.

**다카쿠라 천황(高倉天皇)** : 고시라카와 천황의 둘째 아들로, 이름은 노리히토(憲仁)이다.[가네히토(兼仁)라고도 한다.] 원년은 무자년(1168)인데, 이때 나이 8세였다. 이듬해인 기축년(1169)에 연호를 가오(嘉應)로 고쳤다. 이때 다이라노 기요모리(平淸盛)의 맏아들 시게모리(重盛)는 내대신(內大臣)이 되어 좌대장(左大將)을 겸하고, 아우 무네모리(宗盛)은 중납언(中納言)이 되어 우대장(右大將)을 겸하였다. 그리하여 부자와 형제의 권세가 한 나라를 좌우하였다. 3년 신묘년(1171)에 연호를 조안(承安)으로 고쳤고, 5년 을미년(1175)에는 안겐(安元)으로 고쳤다. 3년 정유년(1177) 4월에 혜성이 나타났다. 게이조(京城)에 불이 나서 공경(公卿)의 집들이 많이 불에 탔고, 이내 왕궁에까지 번져 주작문(朱雀門)에서 태극전(太極殿)에 이르기까지 여러 관아와 8성(省)이 모두 타버렸다. 8월에 연호를 지쇼(治承)로 고쳤다. 2년 무술년(1178)에 혜성이 나타났다. 3년 기해년(1179)에 섭정(攝政) 모토후사(基房)[60]가 사건에 연루되어 좌천되자, 모토자네(基實)의 맏아들 모토미치(基通)[61]를 관백으로 삼았다. 6월에는 큰 바람이 불었으며, 10월에는 지진이 있었다. 4년 경자년(1180) 2월에 안토쿠(安德)에게 선위하였다. 재위기간은 13년, 수명은 21세이다.

이 해 8월 23일에 미나모토노 요리토모(源賴朝)[62]가 군사를 일으켜 사가미주(相模州)의 이시바시산(石橋山)에서 헤이씨(平氏)와 전쟁을 벌였다. 28일에 또 미우라(三浦)[63]에서 전쟁을 벌였다. 그 이튿날 요리토모는 배를 타고 호주(房州)[64]의 오우라(小浦)로 건너갔다. 11월 12일에 헤이씨의 대장(大將) 시게히라(重衡)[65]가 삼정사(三井寺)[66]를 불태웠으나 겐씨(源氏)가 먼저 간토(關東)를 함락시키고 드디어 그 땅을 차지하였다. 12월에 관군을 크게 일으켜 동쪽으로 겐씨를 치려고 후지하(富士河)[67]까지 갔으나, 더 나아가지 못하고 돌아왔다.

---

**60** 모토후사(基房) : 후지와라노 모토후사(藤原基房, 1145~1230). 후지와라노 다다미치(藤原忠通)의 다섯째 아들이다.

**61** 모토미치(基通) : 고노에 모토미치(近衛基通, 1160~1233). 고노에 모토자네(近衛基實)의 장남이다.

**62** 미나모토노 요리토모(源賴朝, 1147~1199) : 일본 헤이안(平安) 시대 말기, 가마쿠라(鎌倉) 시대 초기의 무장으로, 겐페이갓센(源平合戰)에서 겐씨(源氏)를 이끌었으며, 가마쿠라 막부(鎌倉幕府)를 개창한 초대 쇼군(將軍)이다.

**63** 미우라(三浦) : 현재의 가나가와현 지방이다.

**64** 호주(房州) : 아와노국(安房國)의 별칭. 현재의 도쿠시마현 지방이다.

**65** 시게히라(重衡) : 다이라노 시게히라(平重衡, 1157~1185). 다이라노 기요모리(平淸盛)의 다섯째 아들이다.

**66** 삼정사(三井寺) : 시가현(滋賀縣)의 오쓰시(大津市)에 있는 천태종 사문파의 총본산인 원성사(園城寺)의 다른 이름이다.

**안토쿠 천황(安德天皇) :** 다카쿠라 천황의 태자로, 이름은 도키히토(言仁)이다. 원년은 경자년(1180)으로, 이때 나이 3세였다. 이듬해인 신축년(1181)에 연호를 요와(養和)로 고쳤다. 2월에 겐씨와 헤이씨가 농주(濃州)[68]에서 전쟁을 벌였는데, 다이라노 기요모리(平淸盛)가 죽었다. 기요모리가 국정을 잡았던 기간은 23년이었다. 2년 임인년(1182)에 연호를 주에이(壽永)로 고쳤다. 6월에 헤이씨가 월상(越上)에다 군사를 주둔시키고 겐씨와 크게 싸웠으나, 헤이씨가 불리해지자 다시 임판(臨坂)에서 결전하였다. 헤이씨의 군대가 크게 무너지자, 겐씨는 승세를 몰아 드디어 게이조(京城)를 함락시켰다. 7월에 천황이 구라마산(鞍馬山)에서 예악(叡岳)으로 달아나니, 장인(藏人)[69] 유키이에(行家)[70]는 군사 6만 명을 거느리고 우지(宇治)에서 게이조로 들어오고, 또 관자(冠者) 기소 요시나카(木曾義仲)[71]는 군사 8만 명을 거느리고 아와타구치(粟田口)에서 게이조로 들어왔다. 11월에 법주(法主) 사원(寺院)을 공격하였으나 왕의 군대가 패전하자, 요리토모가 아우 요시쓰네(義經)를 보내어 요시나카(義仲)를 토벌하였다. 2년 계묘년(1183)에 헤이씨가 천황을 데리고 서해(西海)로 달아났다. 재위 기간은 4년

---

**67** 후지하(富士河) : 현재의 후지카와구치코 정(富士河口湖町). 야마나시현 남부의 미나미쓰루 군(南都留郡)에 소속된 행정 구역이다.

**68** 농주(濃州) : 미노주(美濃州)의 약칭. 현재의 기후현 지방이다.

**69** 장인(藏人) : 장인은 일본 율령제하의 벼슬로 천황의 비서 역할을 맡았다.

**70** 유키이에(行家) : 미나모토노 유키이에(源行家, ?~1186). 헤이안 시대 말기의 무장. 미나모토노 다메요시(源爲義)의 열 번째 아들이다.

**71** 기소 요시나카(木曾義仲, 1154~1184) : 일본 헤이안 시대 말기의 겐씨의 주요 무장들 중의 한 사람이다. 헤이씨가 천황을 옹위하고 빠져나간 게이조에 입성하여 임시 무가 정권을 세웠다.

이다.

**고토바 천황(後鳥羽天皇)** : 다카쿠라 천황의 셋째 아들로, 이름은 다카히라(尊成)이다. 안토쿠 천황 주에이(壽永) 2년(1183) 8월에 즉위하였는데, 이때 나이 4세였다. 모토후사의 맏아들 모로이에(師家)를 섭정으로 삼았다가 이듬해 갑진년(1184)에 모로이에를 파직하고, 모토미치를 다시 섭정으로 삼았으며, 연호를 겐랴쿠(元曆)로 고쳤다. 2월에 겐씨와 헤이씨가 셋쓰국(攝津國)[72]의 이치노타니(一谷)에서 전쟁을 벌였고, 2년 을사년(1185) 2월에 또 사누키국(讚岐國)[73]의 야시마(八島)에서 전쟁을 벌였으며, 3월에 또 나가토주(長門州)[74]의 단노우라(壇浦)에서 전쟁을 벌였는데, 헤이씨가 패전하였다. 안토쿠의 조모(祖母) 고시라카후(後白河后)가 안토쿠를 품에 안고 바다에 몸을 던져 죽으니, 이때 천황의 나이 8세였다. 헤이씨 및 후궁(後宮) 가운데 따라 죽은 자가 많았는데, 지금까지 나가토주(長門州)에 소상(塑像)을 만들어 놓고 전토(田土)를 주어 제사 지낸다. 7월에 큰 지진이 있었다. 8월에 연호를 분지(文治)로 고쳤다. 2년 병오년(1186)에 섭정 모토미치를 파직하고, 다다미치(忠通)의 셋째 아들 가네자네(兼實)를 섭정으로 삼았다. 5년 기유년(1189)에 우대장 미야모토노 요리토모가 오슈(奧州)를 정벌하

---

72　셋쓰국(攝津國) : 율령제 하에서는 기나이(畿內道)를 형성하는 5국 가운데 하나인데, 지금의 오사카부 북중부 및 효고현 고베시 스마구 동부지역이다.

73　사누키국(讚岐國) : 율령제 하에서는 난카이도(南海道)에 속했는데, 지금의 가가와현(香川縣) 일대이다.

74　나가토주(長門州) : 나가토국(長門國). 율령제 하에서는 산요도(山陽道)에 속했는데, 지금의 야마구치현(山口縣) 서부지역이다.

여 크게 이겼다. 6년 경술년(1190)에 연호를 겐큐(建久)로 고쳤다. 7년 병진년(1196)에 섭정 가네자네가 사퇴하니, 모토미치를 다시 관백으로 삼았다. 9년 무오년(1198) 정월에 쓰치미카도(土御門)에게 선위하니, 재위기간은 16년이다.

준토쿠 천황의 조큐(承久) 3년 신사년(1221)에 오키주(隱岐州)[75]로 찬출되어 호(號)를 오키인(隱岐院)이라 하였는데, 이곳에서 죽었다. 60세까지 살았다. 공경(公卿)들이 당(黨)으로 연좌(連坐)되어 죽은 자가 매우 많았다.

**쓰치미카도 천황(土御門天皇)** : 고토바 천황의 태자로, 이름은 다메히토(爲仁)이다. 원년은 무오년(1198)인데, 이때 나이 4세였다. 모토미치를 다시 섭정으로 삼았다. 이듬해인 기미년(1199)에 연호를 쇼지(正治)로 고쳤다. 우대장 미야모토노 요리토모가 죽으니 나이는 53세였다. 3년 신유년(1201)에 연호를 겐닌(建仁)으로 고쳤다. 3년 계해년(1203)에 가네자네의 둘째 아들 요시쓰네(良經)를 섭정으로 삼았다. 4년 갑자년(1204)에 연호를 겐큐(元久)로 고쳤다. 3년 병인년(1206)에 섭정 요시쓰네가 죽자, 모토미치의 맏아들 이에자네(家實)를 섭정으로 삼고, 연호를 겐에이(建永)로 고쳤다. 2년 정묘년(1207)에 연호를 조겐(承元)[영원(永元)이라고도 한다.]으로 고쳤다. 2년 무진년(1208)에 주작문에 불이 났다. 4년 경오년(1210)에 혜성이 나타났다. 11월에 준토쿠(順德)에게 선위하였다.

준토쿠 천황의 조큐(承久) 3년 신사년(1221)에 도사(土佐)[76]에 유배

---

**75** 오키주(隱岐州) : 현재의 시마네현 지방이다.

(流配)되었다가, 뒤에 아와(阿波)[77]로 옮겨서 호를 아와노인(阿波院)이라 하였다. 재위기간은 13년, 수명은 27세이다.

**준토쿠 천황(順德天皇)** : 고토바 천황의 셋째 아들로, 이름은 모리나리(守成)이다. 원년은 경오년(1210)이다. 이듬해인 신미년(1211)에 연호를 겐랴쿠(建曆)로 고쳤고, 3년 계유년(1213)에 겐포(建保)로 고쳤다. 6년 무인년(1218) 9월 임금의 수레에 벼락이 떨어졌다. 7년 기묘년(1219)에 연호를 조큐(承久)로 고쳤다. 궁궐에 불이 났다. 3년 신사년(1221)에 폐위되어, 사도(佐渡)[78]로 찬출되었는데, 호를 사도노인(佐渡院)이라 하였다. 재위기간은 12년, 수명은 46세이다.

**폐황(廢皇)** [선제(先帝)라고도 하며, 혹은 전동궁(前東宮)이라고도 한다.] : 준토쿠 천황의 태자로, 이름은 가네나리(懷誠)[79]이다. 원년은 신사년(1221)으로, 이때 나이가 4세였다. 요시쓰네(良經)의 장자인 미치이에(道家)[80]를 섭정으로 삼았다. 5월에 간토 장군(關東將軍) 무사시 수(武藏守) 야스토키(泰時), 사가미 수(相模守) 도키후사(時房), 좌마두(左馬頭) 요시우지(義氏) 등이 군사를 일으켜 게이조(京城)를 공격해 우치교(宇治橋)에서 크게 전쟁을 벌이고, 게이조로 들어가 도바(鳥羽)를 오키(隱岐)[81]로, 쓰치미카도(土御門)를 아와(阿波)[82]로 옮기고 결국 천

---

76 도사(土佐) : 현재의 고치현 지방이다.
77 아와(阿波) : 현재의 도쿠시마현 지방이다.
78 사도(佐渡) : 현재의 니가타현 지방이다.
79 가네나리(懷誠)의 '誠'은 '成'의 오기이다.
80 미치이에(道家) : 구조 미치이에(九條道家, 1193~1252)이다.

황을 폐위시켰다. 재위기간은 70일[98일이라고도 하며, 혹은 26일이라고도 한다.], 수명은 17세이다.

**고호리카와 천황(後堀川天皇) :** 다카쿠라 천황의 아들인 모리사다(守貞) 친왕의 아들로, 이름은 유타히토(茂仁)이다. 원년은 신사년(1221)인데, 이때 나이가 11세였다. 이에자네(家實)를 다시 섭정으로 삼았다. 이듬해인 임오년(1222)에 연호를 조오(貞應)로 고쳤다. 3년 갑신년(1224)에 연호를 겐닌(元仁)으로 고쳤다. 2년 을유년(1225)에 연호를 가로쿠(嘉祿)로 고쳤다. 3년 정해년(1227)에 연호를 안테이(安貞)로 고쳤다. 2년 무자년(1228)에 섭정 이에자네가 사퇴하자, 미치이에(道家)를 다시 관백(關白)으로 삼았다. 3년 기축년(1229)에 연호를 간키(寬喜)로 고쳤다. 3년 신묘년(1231)에 미치이에가 사퇴하여, 그의 장자인 노리자네(敎實)를 관백으로 삼았다. 이 해에 큰 기근이 들었다. 4년 임진년(1232) 4월에 연호를 에이조(永貞)[83]로 고쳤고, 10월에 시조(四條)에게 선위하였다. 재위기간은 12년, 수명은 23세이다.

**시조 천황(四條天皇) :** 고호리카와 천황의 태자로, 이름은 미쓰히토(秀仁)이다. 원년은 임진년(1232)인데, 이때 나이가 2세였다. 관백인 노리자네를 섭정으로 삼았다. 이듬해인 계사년(1233)에 연호를 덴푸쿠(天福)로 고쳤다. 2년 갑오년(1234)에 연호를 분랴쿠(文曆)로 고쳤다.

---

2년 을미년(1235)에 섭정 노리자네가 죽자, 미치이에를 다시 섭정으로 삼았고, 연호를 가테이(嘉禎)로 고쳤다. 3년 정유년(1237)에 미치이에가 사퇴하였으므로, 이에자네의 장자인 가네쓰네(兼經)를 섭정으로 삼았다. 4년 무술년(1238)에 연호를 랴쿠닌(曆仁)으로 고쳤다. 2년 기해년(1239)에 연호를 엔오(延應)로 고쳤다. 2년 경자년(1240)에 연호를 닌지(仁治)로 고쳤다. 2년 신축년(1241)에 큰 기근이 들었다. 3년 임인년(1242) 정월에 죽었다. 재위기간은 11년, 수명은 12세이다.

**고사가 천황(後嵯峨天皇)** : 쓰치미카도 천황의 넷째 아들로, 이름은 구니히토(郡仁)[84]이다. 원년은 임인년(1242)으로, 이때 나이 23세였다. 섭정 가네쓰네를 관백으로 삼았다. 3월에 가네쓰네가 사퇴하자, 미치이에의 둘째 아들인 요시자네(良實)를 관백으로 삼았다. 이듬해인 계묘년(1243)에 연호를 간겐(寬元)으로 고쳤다. 4년 병오년(1246) 정월에 관백 요시자네가 사퇴하자, 미치이에의 셋째 아들인 사네쓰네(實經)를 섭정으로 삼았다. 후카쿠사(深草)에게 선위하고 뒤에 출가하였으며, 법명은 소가쿠(素覺)이다. 재위 기간은 5년, 수명은 53세이다.

**고후카쿠사 천황(後深草天皇)**[85] : 고사가 천황의 태자로, 이름은 히사히토(久仁)이다. 원년은 병오년(1246)으로, 이때 나이 4세였다. 이듬해 정미년(1247)에 섭정이었던 사네쓰네(實經)가 그만두어, 가네쓰네를 섭정으로 삼았다. 연호를 호지(寶治)로 고쳤다. 3년 기유년(1249)에

---

84 구니히토(郡仁)의 '郡'은 '邦'의 오기이다.
85 원문에는 후카쿠사(深草)라 표기되었지만, 고후카쿠사(後深草)가 맞는 표현이다.

연호를 겐초(建長)로 고쳤다. 4년 임자년(1252)에 간토(關東)에 행차
하였다. 이에자네의 둘째 아들인 가네히라(兼平)를 섭정으로 삼았다.
8년 병진년(1256)에 연호를 고겐(康元)으로 고쳤다. 2년 정사년(1257)
에 연호를 쇼카(正嘉)로 고쳤다. 3년 기미년(1259)에 연호를 쇼겐(正
元)으로 고쳤다. 이 해에 큰 기근이 들었고 봄여름에 전염병이 또 유
행해서, 굶주림과 병으로 죽은 이들을 이루 헤아릴 수가 없었고 해골
이 도로에 널려 있었다. 전 섭정이었던 가네쓰네(兼經)가 죽었다. 11
월에 가메야마(龜山)에게 선위하고, 뒤에 출가하였다. 재위기간은 14
년이다.

**가메야마 천황(龜山天皇)** : 고사가 천황의 셋째 아들로 이름은 쓰네히토
(恒仁)이다. 원년은 기미년(1259)으로, 이때 나이 11세였다. 이듬해 경
신년(1260)에 연호를 분오(文應)로 고쳤다. 2년 신유년(1261)에 연호를
고초(弘長)로 고쳤다. 섭정 가네히라가 파직되어, 전 좌대신(左大臣)
요시자네(良實)를 다시 섭정으로 삼았다. 4년 갑자년(1264)에 연호를
분에이(文永)로 고쳤다. 2년 을축년(1265)에 섭정 요시자네가 그만두
어, 좌대신 사네쓰네(實經)를 다시 관백으로 삼았다. 3년 병인년(1266)
7월에 간도우 장군이 서울에 들어왔다. 8월에 큰 바람이 불었다. 4년
정묘년(1267)에 관백인 사네쓰네가 그만두자 가네쓰네의 장자인 모토
히라(基平)를 관백으로 삼았다. 5년 무진년(1268)에 몽고의 사신이 왔
고, 게이조에 불이 났다. 관백인 모토히라가 죽어서 모토히라의 장자
인 모토타다(基忠)를 관백으로 삼았다. 6년 기사년(1269)에 몽고 사신
이 왔다. 7년 경오년(1270) 2월에 고사가가 죽자, 천황의 상중이라 하
여 5절(五節)[86]을 금하였다. 10년 계유년(1273) 정월에 혜성이 나타났

다. 5월에 관백인 모토타다가 그만두어, 노리자네(敎實)의 장자인 다다이에(忠家)를 관백으로 삼았다. 큰 가뭄이 들었고, 궁궐에 불이 났다. 11년 갑술년(1274)에 몽고의 군사가 서쪽 변방을 침공했다. 고우다(後宇多)에게 선위하고 출가하여, 호를 젠린인(禪林院)이라 하였다. 재위기간은 16년이다.

**고우다 천황(後宇多天皇) :** 가메야마 천황의 둘째 아들로 이름은 요히토(世仁)이다. 원년은 갑술년(1274)으로, 이때 나이가 8세였다. 관백 다다이에(忠家)가 그만두어 사네쓰네(實經)의 장자인 이에쓰네(家經)를 섭정으로 삼았다. 이듬해인 을해년(1275)에 연호를 겐지(建治)로 고쳤다. 몽고의 사신이 왔다. 2년 병자년(1276) 11월에 황자가 탄생했다. 3년 정축년(1277) 정월에 천황이 원복(元服)을 입고 관을 썼다. 7월에 게이조에 불이 났다. 4년 무인년(1278)에 연호를 고안(弘安)으로 고쳤다. 정월에 지진이 났고, 2월에 혜성이 나타났으며, 4월에 지진이 나고 또 우박이 내렸다. 4년 신사년(1281)에 몽고의 군사들이 하카다(博多)를 공격했는데, 마침 큰 바람을 만나 몽고의 배가 침몰했다. 10년 정해년(1287) 8월에 섭정 가네히라(兼平)가 그만두어 요시자네(良實)의 장자인 모로타다(師忠)를 관백으로 삼았다. 10월에 후시미(伏見)에게 선위하였다. 재위기간은 14년이다.

**후시미 천황(伏見天皇) :** 후카쿠사 천황의 태자로 이름은 히로히토(熙仁)

---

**86** 5절(五節) : 일본 고대의 민속으로 11월 중축일(中丑日)로부터 풍명절회(豊明節會)까지 행하는 여악(女樂)을 말한다.

이다. 원년은 정해년(1287)으로, 22세였다. 즉위한 날에 지진이 두 번 있었다. 이듬해인 무자년(1288)에 연호를 쇼오(正應)로 고쳤다. 6월에 대납언(大納言) 사네카네(實兼)의 딸을 비(妃)로 들였다. 이 달에 지진이 10회 있었다. 2년 기축년(1289)에 모토히라(基平)의 장자 이에모토(家基)를 관백으로 삼았다. 4년 신묘년(1291)에 이에모토가 사퇴하여, 다다이에(忠家)의 장자 다다노리(忠敎)를 관백으로 삼았다. 6년 계사년(1293)에 관백 다다노리가 사퇴하여 이에모토를 다시 관백으로 삼았고, 연호를 에이닌(永仁)으로 고쳤다. 4월부터 6월에 이르기까지 가마쿠라(鎌倉)에 지진이 있었다. 산이 무너지고 집이 부서졌으며, 백성 가운데 죽은 자가 7만여 명에 이르렀다. 4년 병신년(1296)에 관백 이에모토가 죽어 가네타다(兼忠)를 관백으로 삼았다. 5년 정유년(1297)에 궁궐에 불이 났다. 6년 무술년(1298) 7월에 지묘(持明)에게 선위하였다. 재위기간은 12년, 수명은 53세이다.

**지묘 천황(持明天皇)**[고후시미 천황(後伏見天皇)이라고도 한다.] : 후시미 천황의 태자로 이름은 다네히토(春仁)[87]이다. 원년은 무술년(1298)이다. 가네모토(兼基)를 섭정으로 삼았다.[이후에는 관백과 섭정이 나오지 않으나, 지금까지 세습해 왔다. 그러나 천황의 가사만 관장할 뿐이고, 다시 국정에 참여하지는 않았다.] 다음해인 기해년(1299)에 연호를 쇼안(正安)으로 고쳤다. 재위기간은 4년, 수명은 49세이다.

**고니조 천황(後二條天皇)** : 고우다 천황의 태자로 이름은 구니하루(邦治)

---

87  다네히토(春仁)의 '春'은 '胤'의 오기이다.

이다. 원년은 신축년(1301)이다. 이듬해 임인년(1302)에 연호를 겐겐
(乾元)으로 고쳤고, 2년 계묘년(1303)에는 가겐(嘉元)으로 고쳤으며,
4년 병오년(1306)에는 도쿠지(德治)로 고쳤다. 2년 정미년(1307) 8월
에 죽었다. 재위기간은 7년, 수명은 24세이다.

**가잔 천황(花山天皇)** [하나조노(花園)라고도 한다.] : 지묘(持明) 천황의 둘
째 아들로[후시미(伏見) 천황의 둘째 아들이라고도 한다.] 이름은 도미히
토(富仁)이다. 원년은 정미년(1307)이다. 이듬해인 무신년(1308)에 연
호를 엔쿄(延慶)로 고쳤고, 3년[88] 신해년(1311)에 오초(應長)로 고쳤으
며, 2년 임자년(1311)에 쇼와(正和)로 고쳤고, 6년 정사년(1317)에 분포
(文保)로 고쳤다. 2년 무오년(1318) 2월에 고다이고(後醍醐)에게 선위
하였다. 재위기간은 11년, 수명은 53세이다.

**고다이고 천황(後醍醐天皇)** : 고우다 천황의 둘째 아들로, 이름은 다카하
루(尊治)이다. 원년은 무오년(1318)이다. 이듬해인 기미년(1319)에 연
호를 겐오(元應)로 고쳤고, 3년 신유년(1321)에 겐코(元亨)로 고쳤으
며, 4년 갑자년(1324)에 쇼추(正中)로 고쳤다. 3년 병인년(1326)에 가
랴쿠(嘉曆)로 고쳤고, 4년 기사년(1329)에 겐토쿠(元德)로 고쳤으며,
3년 신미년(1331)에 겐코(元弘)로 고쳤다. 이 해에 겐씨가 헤이씨를
공격하자 천황이 몰래 게이조를 빠져 나와 피신하였다. 세이와(淸和)
천황이 어린 나이에 즉위하여 요시후사(良房)가 섭정하면서부터 어린
임금이 계속 이어지자, 정권이 섭정에게 귀속되었다. 다카쿠라 천황

---

[88] 연호와 연도가 조금씩 차이가 나는데, 간지를 기준으로 하여 번역하였다.

때에 와서는 헤이씨가 권력을 마음대로 휘두르니 천황의 섭정도 정사에 참여하지 못했다. 미나모토노 요리토모가 이즈(伊豆)[89]에서 군사를 일으켜, 헤이씨를 내쫓고 대대로 가마쿠라(鎌倉)[90]를 차지하고 있었다. 이때에 와서 후지와라노 니야마(源仁山)가 또 헤이씨를 공격해 내쫓고 바로 국정을 장악하였다. 천황의 재위기간은 16년[91], 수명은 45세이다.[92]

**고곤 천황(光嚴天皇)** : 지묘 천황의 태자로, 이름은 가즈히토(量仁)이다. 원년은 계유년(1333)이다. 이듬해인 갑술년(1334)에 연호를 겐무(建武)로 고쳤다. 재위기간은 5년, 수명은 52세이다.

**고묘 천황(光明天皇)** : 지묘 천황의 둘째 아들로, 이름은 도요히토(豊仁)이다. 원년은 정축년(1337)이다. 이듬해인 무인년(1338)에 연호를 랴쿠오(曆應)로 고쳤고, 5년 임오년(1342)에 고에이(康永)로 고쳤으며, 4년 을유년(1345)에 조와(貞和)로 고쳤다. 5년 기축년(1349) 10월에 스코(崇光)에게 선위하였다. 재위기간은 13년, 수명은 62세이다.

**스코 천황(崇光天皇)** : 고곤 천황의 태자로, 이름은 오키히토(興仁)이다. 원년은 기축년(1349)이다. 이듬해인 경인년(1350)에 연호를 간노(觀應)로 고쳤다. 2년 신묘년(1351) 8월에 고코곤(後光嚴)에게 선위하였

---

**89** 이즈(伊豆) : 현재의 시즈오카현 지방이다.

**90** 가마쿠라(鎌倉) : 현재의 가나가와현 지방이다.

**91** 고다이고 천황의 재위 기간은 22년이다.

**92** 이 다음으로 남조(南朝)의 천황은 기재하지 않았으며, 북조(北朝)의 천황으로 넘어갔다.

다. 재위기간은 3년, 수명은 65세이다.

**고코곤 천황(後光嚴天皇)** : 고곤 천황의 둘째 아들로, 이름은 이야히토 (彌仁)이다. 원년은 신묘년(1351)이다. 이듬해인 임진년(1352)에 연호 를 분나(文和)로 고쳤고, 5년 병신년(1356)에 엔분(延文)으로 고쳤으 며, 6년 신축년(1361)에 고안(康安)으로 고쳤다. 2년 임인년(1362)에 조지(貞治)로 고쳤고, 7년 무신년(1368)에 오안(應安)으로 고쳤다. 4년 신해년(1371) 3월에 고엔유(後圓融)에게 선위하였다. 재위기간은 21 년, 수명은 37세이다.

**고엔유 천황(後圓融天皇)** : 고코곤 천황의 태자로, 이름은 오히토(緒仁) 이다. 원년은 신해년(1371)이다.[연호는 오안(應安)을 그대로 썼다.] 5년 을묘년(1375)에 연호를 에이와(永和)로 고쳤고, 5년 기미년(1379)에 고 랴쿠(康曆)로 고쳤으며, 3년 신유년(1381)에 에이토쿠(永德)로 고쳤다. 3년 계해년(1383) 12월에 고마쓰(小松)[고코마쓰(後小松)라고도 한다.] 에게 선위하였다. 재위기간은 13년이다.

**고마쓰 천황(小松天皇)** : 고엔유 천황의 태자로, 이름은 모토히토(幹仁) 이다. 원년은 계해년(1383)이다. 이듬해인 갑자년(1384)에 연호를 시 토쿠(至德)로 고쳤고, 4년 정묘년(1387)에 가쿄(嘉慶)로 고쳤으며, 4년 경오년(1390)에 고오(康應)로 고쳤다. 2년 신미년(1391)에 메이토쿠(明 德)로 고쳤고, 4년 갑술년(1394)에 오에이(應永)로 고쳤다. 19년 임진 년(1412) 8월에 쇼코(稱光)에게 선위하였다. 재위 기간은 30년, 수명 은 57세이다.

**쇼코 천황(稱光天皇) :** 고마쓰 천황의 태자로, 이름은 미히토(實仁)이다. 원년은 임진년(1412)이다.[연호는 오에이(應永)를 그대로 썼다.] 35년[93] 무신년(1428)에 연호를 쇼초(正長)로 고쳤으며, 7월에 죽었다. 재위기간은 17년, 수명은 29세이다.

**지금의 천황(고하나조노 천황, 後花園天皇) :** 스코 천황의 증손자로, 이름은 히코히토(彦仁)이다. 원년은 무신년(1428)이다. 이듬해인 기유년(1429)에 연호를 에이쿄(永享)로 고쳤고, 13년 신유년(1441)에 가키쓰(嘉吉)로 고쳤으며, 4년 갑자년(1444)에 분안(文安)으로 고쳤다. 6년 기사년(1449)에는 호토쿠(寶德)로 고쳤고, 4년 임신년(1452)에 교토쿠(亨德)로 고쳤으며, 4년 을해년(1455)에 고쇼(康正)로 고쳤다. 3년 정축년(1457)에 조로쿠(長祿)로 고쳤고, 4년 경진년(1460)에 간쇼(寬正)로 고쳤으며, 7년 병술년(1466)에 분쇼(文正)로 고쳤다.[94] 2년 정해년(1467)에는 오닌(應仁)으로 고쳤고, 3년 기축년(1469)에 분메이(文明)로 고쳤다. 지금 신묘년(1471)은 분메이 3년이다.

# 국왕대서(國王代序)

국왕의 성은 겐씨(源氏)이다.[제56대 세이와(淸和) 천황 18년 병신년에 제6

---

**93** 다른 천황과는 달리 선대 천황의 연호를 그대로 쓰면서 원년도 그대로 계산했기 때문에, 재위기간 17년에 '오에이 35년'이라고 쓰게 된 것이다.

**94** 천황이 고쓰치미카도(後土御門)로 바뀌었기 때문에 연호가 바뀌었다. 신숙주가 저술하는 동안 천황이 바뀐 사실을 반영하지 못했다.

황자 사다즈미친왕(貞純親王)에게 미나모토(源)라는 성을 주었으니, 겐씨는
이때부터 비롯되었다. 곧 당 희종(唐僖宗) 건부(乾符) 3년(876)이다.] 고시라
카와(後白河) 천황 호겐(保元) 3년 무인년(1158)에 정이대장군(征夷大將
軍) 미나모토노 요리토모(源賴朝)가 가마쿠라(鎌倉)를 주관하였다. 니조
(二條) 천황 에이랴쿠(永曆) 원년 경진년(1160)에 요리토모가 병위좌(兵
衛佐)가 되어 이즈주(伊豆州)로 쫓겨났다. 이때 다이라노 기요모리(平淸
盛)가 정권을 장악하고 부자와 형제가 요직을 차지하여 정치와 정벌이
그의 수중에 있었다. 교만하고 사치하며 음탕하고 포학하여 백성들이
내심 불만을 가지고 있었다. 요리토모가 이즈주(伊豆州)에서 군사를 일
으켜 서쪽으로 와서 먼저 간토(關東)지역[95]을 점령하고, 여러 번 싸워
이겨 그 기세를 타서 영토를 휩쓸었다.

안토쿠(安德) 천황 주에이(壽永) 원년 임인년(1182)에 드디어 게이조
(京城)에 들어가니, 헤이씨(平氏)는 패하여 안토쿠 천황을 데리고 서해
(西海)로 도망갔다. 이에 고토바(後鳥羽) 천황을 세우고, 그대로 가마쿠
라를 차지하여 대를 이어 물려주면서 12대까지 전하여 니야마(仁山)에
이르렀다.

고다이고(後醍醐) 천황 신미년(1331)에 다시 헤이씨를 공격하여 그 당
을 모두 내쫓고 국정을 총괄하여 호를 스스로 도지도노(等持殿)[96]라 하
였다. 니야마가 죽고 아들 미즈야마(瑞山)가 이어받아 호를 호쿄인도노

---

**95** 간토(關東)지역 : 도오토미국(遠江國)·시나노국(信濃國)·에치고국(越後國)의 경계 밖
의 동쪽지역을 의미한다.
**96** 도지도노(等持殿) : 아시카가 다카우지(足利尊氏). 가마쿠라시대(鎌倉時代) 후기부터
남북조시대(南北朝時代)의 무장으로, 무로마치막부(室町幕府)의 초대 정이대장군(征夷大
將軍)이며, 아시카가 쇼군가의 시조이다.

(寶篋院殿)[97]라 하였다. 미즈야마가 죽고 아들 요시미쓰(義滿)[후에 출가
하여 법명은 도기(道義)라 하였다.]가 이어받아 호를 로쿠온인도노(鹿苑院
殿)라 하였다. 요시미쓰가 죽고 아들 요시모치(義持)[후에 출가하여 법명
을 도센(道詮)이라 하였다.]가 이어받아 호를 쇼조인도노(勝定院殿)라 하
였다. 요시모치가 죽고 아들 요시노리(義敎)가 이어받아 호를 후코인도
노(普廣院殿)라 하였다.

요시노리는 대신들이 차지한 땅이 너무 넓어 제어하기 어렵기 때문
에 점차 나누어 봉하려고 하였다. 대신 가운데 아카마쓰도노(赤松殿)라
는 사람이 있었는데, 그의 종제(從弟)가 요시노리에게 총애를 받았다.
요시노리는 아카마쓰의 땅을 나누어 그 종제에게 봉해주려고 아카마쓰
의 가신(家臣)에게 말하였는데, 가신이 그 일을 아카마쓰에게 누설하였
다. 지금의 천황 가키쓰(嘉吉) 원년 신유년(1438)[정통(正統) 6년]에 아카
마쓰가 군사를 매복시키고 요시노리를 청하여 집에서 연회하였다. 요
시노리가 병사를 많이 대동하고 가니, 내청(內廳)으로 들어오기를 청하
였다. 술이 취하자 마구간의 말을 풀고 문을 닫으니 복병이 나와 곧
요시노리를 시해하였다. 오우치 모치요(大內持世)는 창에 맞았으나 겹
담을 넘고 **빠져나와** 간레이(管領)[98] 호시카와(細川) 등과 함께 요시노리

---

**97** 호쿄인도노(寶篋院殿) : 아시카가 요시아키라(足利義詮)로 남북조시대(南北朝時代)의
무로마치막부(室町幕府) 제2대 쇼군(將軍)이다.

**98** 간레이(管領) : 일본 중세 무로마치막부(室町幕府)의 재상직(宰相職). 관령(管領)은 관
직과 영지(領地)를 관리·지배한다는 의미이다. 막부의 최고 직책으로 쇼군을 보좌하고
막부의 정무를 총괄하였다. 간레이다이(管領代)가 있어, 간레이의 직무를 대행하기도 하
였다. 아시카가씨(足利氏) 일족인 시바씨(斯波氏)·호소카와씨(細川氏)·하다케야마씨(畠
山氏)의 세 가문이 교대로 간레이 직에 취임하여 3관령(三管領) 혹은 3직(三職)이라고 하
였다. 무로마치막부가 규슈(九州) 지방을 다스리기 위하여 하카타(博多)에 둔 규슈탄다이
(九州探題) 또한 간레이이며, 따라서 진서관령(鎭西管領, 진제이칸레이)이라고도 하였다.

의 아들 요시카쓰(義勝)를 세웠다. 3년 계해년(1443)에 병으로 죽으니 다시 그의 아우 요시나리(義成)를 세웠다. 요시나리가 죽자 또 그의 아들 요시마사(義政)를 세웠으니, 바로 지금의 이른바 국왕이다. 그 나라에서는 감히 왕이라 칭하지 못 한다.

다만 어소(御所)라 칭할 뿐이고, 명령 문서는 명교서(明教書)라 한다. 매년 새해 아침에 대신을 거느리고 한 번 천황을 알현할 뿐, 평상시에 서로 만나지 않는다. 국정(國政)과 이웃 나라와의 외교 관계도 천황은 모두 간여하지 않는다.

## 국속(國俗)

천황의 아들은 그 친족과 혼인한다. 국왕의 아들은 여러 대신과 혼인한다.
○ 여러 대신(大臣) 이하의 관직은 세습한다. 그 직전과 봉호는 모두 정해진 제도가 있다. 그러나 세월이 오래 지나 서로 섞여서 바꿀 수 없게 되었다.
○ 형벌은 태(笞), 장(杖)이 없고, 가산을 적몰하거나, 유배하기도 하며, 죄가 무거우면 죽인다.

---

조선에서는 간레이의 지위를 인정하여 일본 국왕사의 예처럼 간레이다이의 사절도 쓰시마도주의 문인(文引) 없이 조선에 도항하여 접대를 받도록 하였고, 통신사 파견 때에도 백세면주(白細綿紬) 10필, 백세저포(白細苧布) 10필, 흑세마포(黑細麻布) 10필, 잡채화석(雜彩花席) 15장, 표피 2령, 호피 4령 등 쇼군 다음가는 예물을 지급하였다. -조선시대 대일외교 용어사전

○ 전세는 생산량의 3분의 1만 취하며, 다른 요역은 없다.[모든 공역에는 모두 사람을 모집해서 쓴다.]

○ 무기는 창과 칼 쓰기를 좋아한다.[사람들이 쇠를 제련해 칼날을 만드는 데 정교함이 비할 데 없다.] 활은 길이가 6~7척이며, 나무의 결이 곧은 것을 취한다.  대로 그 안팎을 둘러싸고 아교로 붙인다.

○ 해마다 1월 1일·3월 3일·5월 5일·6월 15일·7월 7일·7월 15일·8월 1일·9월 9일·10월 해일을 명절로 삼는다. 대소 구별 없이 고향 사람들과 친족끼리 모여 잔치하고 술 마시는 것을 즐거움으로 삼고, 서로 물품을 선사한다.

○ 음식에는 칠기를 사용하며, 높은 어른에게는 토기를 사용한다.[한 번 사용하면 버린다.] 젓가락만 있고 숟가락은 없다.

○ 남자는 머리를 짧게 자르고 묶으며, 사람마다 단검을 차고 다닌다. 여자들은 눈썹을 뽑고 이마에 눈썹을 그리며, 등에 머리를 늘어뜨리고 다리[99]로 이어, 그 길이가 땅에 끌린다. 용모를 꾸미는 남녀는 모두 그 이빨을 검게 물들인다.

○ 서로 만나면 무릎을 꿇고 앉아서 예를 갖추고, 만약 길에서 어른을 만나게 되면 신과 갓을 벗고 지나간다.

○ 집은 나무 판자로 지붕을 덮는다. 다만 천황과 국왕이 사는 곳이나 사원에는 기와를 사용한다.

○ 사람들은 차 마시기를 좋아한다. 길가에 다점을 두어 차를 파니, 길 가는 사람이 돈 1문(文)을 주고 차 한 주발을 마신다. 사람 사는 곳마다 천 명, 백 명이 모이게 되면, 시장을 열고 가게를 둔다. 부자들은

---

**99** 체(髢) : 다리(여자들의 머리숱이 많아 보이라고 덧대어 넣었던 딴 머리).

의지할 데 없는 여자들을 데려다가 옷과 밥을 주고 얼굴을 꾸민다. 게이세이(傾城)[100]라 부르며, 지나가는 손님을 끌어들여서 유숙시키고, 술과 음식을 내주고 돈을 받는다. 그러므로 길가는 사람은 양식을 준비하지 않는다.

○ 남녀 구분 없이 모두 그 나라 글자를 익힌다.[나라의 글자는 가타칸나라고 부르는데 모두 47자이다.] 오직 승려만이 경서를 읽어 한자를 안다.

○ 남녀의 의복은 모두 아롱진 무늬로 물들이는데, 푸른 바탕에 흰 무늬이다. 남자의 상의는 무릎까지 내려오고, 하의는 길어서 땅에 끌린다. 갓은 없고 에보(烏帽)를 쓴다.[대나무로 만들고, 정수리 되는 부분은 평평하게 하고 앞뒤는 뾰족하게 하여 겨우 상투를 가린다.] 천황·국왕 및 그 친족들이 쓰는 것은 다테에보(立烏帽)라 부른다.[곧고, 정수리 되는 부분은 둥글고 뾰족하다. 높이는 반 척이고 생초로 만든다.] 삿갓은 부들과 대나무, 또는 삼나무로 만든다.[남녀가 외출할 때 쓴다.]

## 도로의 이수(里數)

우리나라 경상도 동래현의 부산포에서 쓰시마의 도이사키(都伊沙只)까지 48리이다.

○ 도이사키에서 후나코시우라(船越浦)까지 19리이다.

○ 후나코시우라에서 이키노시마(一岐島) 가자모토우라(風本浦)까지 48리이다.

---

[100] 게이세이(傾城) : 유녀.

○ 가자모토우라에서 지쿠젠 주(筑前州)의 하카타(博多)까지 38리이다.

○ 하카타에서 나가토 주(長門州)의 아카마가세키(赤間關)까지 30리이
   다.[가제모토우라에서 아카마가세키까지 바로 가면 46리이다.]

○ 아카마가세키에서 가마도세키(竈戶關)까지 35리이다.

○ 가마도세키에서 오노미치세키(尾路關)까지 35리이다.

○ 오노미치세키에서 효고세키(兵庫關)까지 70리이다.[모두 수로이다.]

○ 효고세키에서 수도까지 18리이다.[육로이다.]

○ 모두 합하면 수로가 323리, 육로가 18리이다.[우리나라의 이수로 계산
   하면 수로가 3,230리, 육로가 180리이다.]


# 팔도 66주 [쓰시마, 이키시마 덧붙임]


## 기나이(畿內)[101] 5주


### 야마시로주(山城州)

지금의 국도(國都)이다. 성처럼 험준한 산이 있어서 북에서 남으로 뻗어

---

**101** 기나이(畿內) : 황궁이나 수도 주변지역을 지칭하는 행정구역. 기나이는 율령국가가
정한 행정구역으로 야마시로(山城)·야마토(大和)·가와치(河內)·셋쓰(攝津) 4개국을 가리
키며 시키나이(四畿內)라고 일컬었다. 뒤에 가와치국(河內國)에서 이즈미국(和泉國)이 분
립하여 고키나이(五畿內)가 되었는데, 이를 강항(姜沆)은 『간양록』에서 기내5국(畿內五國)
이라고 하였다. 율령국가를 형성한 제씨족(諸氏族)의 거주지역을 행정상 특별 취급한 것이
다. 통신사 일행이 지나간 지역은 야마시로국·가와치국·셋쓰국 등이며, 이들 3개국을
각각 야마시로주(山城州)·야마토주(大和州)·셋쓰주(攝津州)라고도 하였다. -조선시대
대일외교 용어사전

동서로 빙 둘러 있는데, 남쪽에 이르러 합하지 않고 따로 원산(圓山)이 그 어귀에 솟아 있다. 두 시내가 동쪽과 서쪽에서 내려와 원산에 이르러 합류하여 남쪽으로 흘러 바다로 들어간다. 국도의 거리와 도로가 모두 반듯하게 사방으로 통한다. 매 1정(町)마다 중로(中路)가 있고 3정이 1조 (條)가 되며, 조에는 대로(大路)가 있어서 정연하여 어지럽지 않다. 모두 9조로, 20만 6천여 호이다. 마을에는 시장이 있다. 국왕 이하 여러 대신 들이 모두 나눠받은 땅을 소유하고 있어 봉건제후같이 세습한다. 비록 외주(外州)에 살더라도 또한 모두 서울에 집을 두고서 '경저(京邸)'라 일 컫는다. 소속된 군은 8개이며, 논이 1만 1122정이다.

**천황궁** : 동북쪽 귀퉁이에 있다. 흙담으로 둘렀으며 대문이 있는데 군사 수백 명이 지키고 있다. 국왕 이하 여러 대신들이 휘하의 군사 들로 돌아가면서 번갈아 지킨다. 문을 지나는 이들은 모두 말에서 내린다. 궁중의 경비는 따로 두 개 주(州)를 두어 거기서 세금을 거두어 바친다.

**구니오도노(國王殿)** : 천황궁의 서북쪽에 있고 또한 흙담이 있다. 군 사 10여 명이 그 문을 지키고 있는데, 대신 등이 휘하에 병사를 거느리고 번갈아 숙직을 한다. 고쇼(御所)라고 한다.

**하타케야마도노(畠山殿)** : 천황궁의 동남쪽에 거하여 대대로 사부에 이(左武衛)[102] 호소카와(細川)와 서로 번갈아 관제(管提)가 되었으니,

---

[102] 사부에이(左武衛) : 사부에이는 사부에이도노(左武衛殿)라고도 하며, 시바씨(斯波氏) 를 가리키는데, 무로막치막부의 관령가(管領家)로 호소카와씨(細川氏), 하타케야마씨(畠 山氏) 등과 함께 삼관령(三管領)이라 불렸다. 1428년 좌무위(左武衛) 미나모토 요시아쓰 (源義淳)가 처음으로 조선에 사신을 보내어 내조(來朝)한 이래 여러 차례 사신을 보내왔 다. -조선시대 대일외교 용어사전

곧 간레이(管領)이다. 국왕을 보좌하여 정권을 잡았다. 지금의 천황 고쇼(康正) 원년 을해년(1455)[경태(景泰) 6년]에 우리나라에 사신을 보내어 내조하였다. 서계[103]에 '관제전산수리대부(管提畠山修理大夫) 원의충(源義忠)'이라 칭했다.[104] 간세이(寬正) 6년 을유년(1465)[성화(成化) 1년]에 요시타다가 죽고 그의 아들 요시카쓰(義勝)가 뒤를 이었다. 분메이(文明) 2년 경인년(1470)[성화(成化) 6년]에 사신을 보내어 내조하였다. 서계에 '관제 전산좌경대부(管提畠山左京大夫) 원의승(源義勝)'이라 칭했다.

○ 또한 미나모토노 요시나리(源義就)라는 자가 간쇼(寬正) 원년 경진년(1460)에 사신을 보내어 내조하였다. 서계에 '옹하기월능오

---

**103** 서계(書契) : 조선시대 때 조선과 쓰시마가 주고받은 공식 외교문서. 서계는 조선 후기 쓰시마와의 통교·무역에 관한 모든 교섭을 수행할 때 기본이 되었던 조선정부의 공식 외교문서이며, 조선정부의 최종안에 관한 확인은 물론 양국간의 정치·외교·경제·사회·문화에 관한 교류를 아는 데 기본이 되는 사료이다. 쓰시마도주나 막부관리에게 보내는 서계도 대개 국서의 양식과 같았는데, 그 길이는 2척 4촌, 너비는 5촌 5푼이고, 매첩 4행씩이었다. 대상 인원은 처음에는 집정(執政, 老中) 4인, 봉행(奉行) 6인에게만 보냈는데, 1682년 집정 1인, 집사(家老) 3인, 서경윤(西京尹)·근시(近侍) 각각 1인으로 바뀌었다. 그리고 1719년에 다시 바뀌어 집정과 근시·서경윤 각각 1인에게만 서계를 보냈다. 격식은 국서와 거의 같고 상대의 직위에 따라 보냈다. 집정에게는 예조참판, 쓰시마도주에게는 예조참의, 반쇼인(萬松院)·이테이안(以酊庵)·호행장로(護行長老)에게는 예조좌랑의 이름으로 작성하였다. 서계와 함께 항상 상대의 직위에 따른 선물목록(別幅)이 첨부되었으며, 일본측에 대한 회답국서(回答國書)와 회답서계(回答書契)의 양식도 정해져 있었다. 이들 서계를 통해 양국간에 주고받은 외교 문서의 형태나 내용을 알 수 있다. -조선시대 대일외교 용어사전

**104** 미나모토노 요시타다(源義忠)는 본래 하타케야마 요시타카(畠山義忠)인데, 하타케야마(畠山) 대신 미나모토 혹은 겐(源)으로 불리는 성으로 칭한 것은 하타케야마씨의 본성이 겐(源)씨이기 때문이다. 본래 하타케야마씨의 선조는 간무(桓武) 헤이씨(平氏)였으나 후에 아시카가 요시즈미(足利義純) 시기에 헤이씨 계통의 하타케야마씨는 사라지고 세이와(淸和) 겐씨의 한 흐름인 가와치(河內) 겐씨 계통의 하타케야마씨만이 살아남았기 때문에 서계에 겐씨라 칭한 것이다.

주총태수전산우금오독(雍河紀越能五州摠太守畠山右金吾督) 원조신
의취(源朝臣義就)'이라 칭했다. 요시나리는 요시타다의 동모제(同
母弟)이다. 도쿠혼(德本)의 아들인데 동종(同宗)이기 때문에 모두
하타케야마(畠山)라고 하였다.

**호소카와도노(細川殿) :** 구니오도노(國王殿)의 서쪽에 거하여 대대로
하타케야마(畠山) 사부에이(左武衛)와 서로 번갈아가며 관제(管提)
가 되었다. 미나모토 모치유키(源持之)가 죽고 아들 가쓰모토(勝
元)[105]가 뒤를 이었는데, 이때 우리나라에 아직 사신을 보내지 않았
다. 가쓰모토가 야마나 미나모토 노리토요(山名源敎豐)[106]의 딸과
결혼하였으나 아들이 없었으므로, 노리토요(敎豐)가 자신의 어린
아들을 양자로 삼게 하였다. 그 뒤에 노리토요는 국왕에게 견책을
당하여 외주(外州)로 내쫓겼다. 그 아들 요시야스(義安)[107] 등 2인이
국왕을 모시고 있었는데, 노리토요가 두 아들로 하여금 국왕에게
'자신이 되돌아오게 해달라'고 청하게 하였다. 하지만 두 아들은
아버지의 성품이 나쁘기 때문에 돌아와서 틈이 생길까 두려워하여
청하지 않았다. 이에 가쓰모토로 하여금 청하게 하니, 가쓰모토가
국왕에게 청하여 바로 돌아오게 되었다. 이에 노리토요는 가쓰모
토에게 깊이 감사하는 마음을 가졌다.

---

**105** 가쓰모토(勝元) : 호소카와 가쓰모토(細川勝元, 1430~1473). 일본 무로마치 시대의
유력 슈고 다이묘이자, 쇼군가 아시카가 가문의 방계로 간레이직을 돌아가며 맡는 세 가
문 중 하나인 호소카와 가문(細川氏)의 당주이다.

**106** 야마나 미나모토 노리토요(山名源敎豐) : 야마나 모치토요(山名持豐)의 오기이다. 모
치토요는 이후 출가 후의 법명인 야마나 소젠(山名宗全)으로 널리 알려져 있다. 사실, 노
리토요는 모치토요(소젠)의 아들이다.

**107** 요시야스(義安) : 야마나 노리토요(山名敎豐)인 듯하다.

가쓰모토가 아들을 낳았는데, 양자인 노리토요의 아들을 길러 중으로 만들자 노리토요가 노하였다. 이에 가쓰모토와 원수가 되어 서로 전쟁을 벌였다. 노리토요의 외손 오우치도노(大內殿)[108]와 사위 잇시키도노(一色殿)[109]·도키도노(土岐殿)[110] 등이 군사를 일으켜 노리토요를 도우니, 가쓰모토는 국왕을 수중에 끼고 천황을 자신의 진중으로 옮겼다. 대소 여러 신하들이 호소카와(細川)를 따르는 이가 많았다. 경도의 니조(二條) 이북을 불사르고, 연못을 파고 수비하여 서로 대치한 지가 지금 6년째이다. 가쓰모토의 나이는 40여 세이다.

○ 또 모치카타(持賢)[111]란 인물이 있어, 분메이(文明) 2년 경인년(1470)에 사신을 보내어 내조하였다. 서계(書狀)에는 '세천우마두(細川右馬頭) 원조신(源朝臣) 지현(持賢)'이라 하였다. 모치카타는 가쓰모토의 아버지 모치유키(持之)의 동생이다. 모치카타는 아들이 없었는데, 가쓰모토가 그의 집 뒤에 별실을 지어 덴큐(典廐)라 불렀는데, 모치카타를 그곳에 두고 스승으로 섬겼다. 모치카타는 연로하였고, 혹은 이미 죽었다고도 한다.

○ 또 호소카와 가쓰시(細川勝氏)가 있으니, 가쓰모토와 종형제이다. 분메이(文明) 2년 경인년(1470)에 사신을 보내어 내조하였다. 처음에는 가미마쓰우라 나구야능등수(上松浦那久野能登守) 후지와라 아사미 요리나가(藤原朝臣賴永)가 주린(壽藺) 서기(書記)를 보내

---

108  오우치도노(大內殿) : 오우치 마사히로(大內政弘, 1446~1495).

109  잇시키도노(一色殿) : 잇시키 요시나오(一色義直, ?~1498).

110  도키도노(土岐殿) : 도키 시게요리(土岐成賴, ?~1497).

111  모치카타(持賢) : 호소카와 모치카타(細川持賢).

어 내조하였다.

이때 우리나라의 세조께서는 일본국왕에게 통신하기를 의논하고 있었는데, 바람이 험하고 물길이 멀어서 제추사(諸酋使)[112]를 통하여 통문(通問)하고자 했다. 이때 관(館)에 있던 자 가운데 주린(壽藺)[113]이 조금 사정을 알고 있었기에 바로 명령하여 국서(國書)와 예물을 주어서 국왕에게 보내고, 또 예조(禮曹)에 명하여 오우치 마사히로(大內殿)와 요리나가(賴永)를 서계로 이끌고 호송하여 사물(賜物)을 함께 보내었다.

분쇼(文正) 1년 병술년(1466) 5월에 명령을 받고 돌아갔는데, 경

---

112 제추사(諸酋使) : '제추(諸酋)'는 '여러 수령'이라는 뜻으로 일본 내의 작은 지방의 영주들을 가리킨다. 조선에서는 일본 국왕 외에 조선과 왕래하였던 다이묘(大名)를 대신(大臣)과 제추(諸酋) 혹은 거추(巨酋)와 제추로 등급을 나누어 대우하였다. '거추'는 '제추' 가운데서도 세력이 큰 자를 말한다. 조선 전기, 막부의 장군(將軍, 쇼군)이 보내는 '일본국왕사(日本國王使)' 외에 일본 각지의 영주들도 사신을 보냈는데, 이를 '제추사(諸酋使)'라고 하였다.

113 주린(壽藺) : 무로마치시대(室町時代)의 승려. 1466년 히젠(肥前) 가미마쓰우라(上松浦) 후지와라 요리나가(藤原賴永)의 사자로 조선에 건너와 화호(和好)를 청하였다. 같은 해 5월 주린화상이 돌아갈 때, 오우치도노(大內殿)와 요시나가에게 줄 유서(諭書)와 표피(豹皮) 1장·호피(虎皮) 1장·유지석(油紙席) 2장·면포(綿布)와 저포(苧布) 각각 3필씩·필묵(筆墨)·서책(書册)·식물(食物) 등 예물을 보냈다. 1470년 주린은 다시 와 유서와 사물(賜物)을 해적(海賊)에게 약탈당하였음을 알렸으나, 조선 조정에서는 진실성이 결여된 것으로 판단하였다. 이때 주린 등 일본국왕사들을 위해 영창전(永昌殿)과 선정전(宣政殿)에서 잔치를 베풀어 주었다. 1443년 통신사행 때 주린은 야마시로국(山城國)에서 서장관 신숙주(申叔舟)로부터 칠언고시를 받은 적이 있는데, 그 시가 『동문선』 제8권에 〈일본의 승려 주린의 시축에 제하다[題日本僧壽藺詩軸]〉라는 시제로 수록되어 있다. 이 시를 두고 1764년 오와리(尾張) 번주의 명을 받들어 조선통신사를 접대하며 조선문사들과 시문을 주고받았던 마쓰다이라 군잔(松平君山)은 "듣자하니, 산성주에 통신사 오던 날, 숙주 신공이 오색 필체 남겨, 주린의 시축 안에 형승을 읊었는데, 전해져 지금까지 일실되지 않았네[曾聞山城通信日, 叔舟申公留彩筆, 壽藺軸中詠形勝, 流傳至今猶未失.]"라는 시구를 남겼다. -조선시대 대일외교 용어사전

인년(1470)에야 다시 왔다. 주린이 다음과 같이 말했다.

"그해 6월에 가미마쓰우라(上松浦)에 돌아가서 배를 수리하고 행장을 준비하여 정해년(1467) 2월에 가미마쓰우라에서 국도(國都)를 향하여 떠났습니다. 수도에서 군사들이 들고 일어나자, 해적(海賊)이 사방에 가득하여 남해(南海) 길이 막혔으므로, 북해(北海)를 따라 가서 4월이 되어서야 와카사주(若狄州)[114][일본 음으로 와가사(臥可沙)라고 한다.]에 도착할 수 있었습니다. 국왕에게 급히 달려가 아뢰니, 국왕이 병사를 보내어 맞이하였습니다. 그러나 도적이 들끓어서 혹은 샛길을 따라서 가고, 혹은 머물러 지체하면서 온갖 고생을 다 겪고 60일 만에야 국도에 도착하여 서장과 예물을 국왕에게 전달하고 도후쿠지(東福寺)에 묵고 있었습니다. 국왕은 이때 호소카와도노(細川殿) 진중에서 야마나도노(山名殿)와 서로 겨루고 있는 실정이어서 답서를 써서 줄 경황이 없었으므로 무자년(1468) 2월에 와서야 답서를 받게 되었습니다. 국왕은 답사(答使)가 없을 수 없다는 점에 대하여 다시 의논하였고 또 가쓰씨(勝氏)에게 명하여 방물을 준비하고 사신을 보내게 하였습니다. 가쓰씨는 자기가 서장을 만들어 심원 동당(心苑東堂)[115] 등을 보내어 주린과 함께 왔

114 와카사주(若狄州)의 '狄'은 '狹'의 오기이다.

115 동당(東堂): 승직(僧職)의 명칭. 오산(五山)의 주지를 뜻하고, 동암(東庵)이라고도 한다. 승도(僧徒)들은 법인(法印)·법무(法務)·법안(法眼)·법교(法橋)·장로(長老)·서당(西堂)·동당(東堂) 등의 관호(官號)가 있어 사(士)로 대접하였다. 동당은 원래 사원의 동쪽에 있는 건물을 뜻하는데, 관사제도의 확립으로 주지의 임기가 정해짐에 따라 전 주지가 머무는 요(寮)를 서당(西堂)이라고 부르고 현 주지가 머무는 곳을 서당의 상대개념으로 동당(東堂)이라고 하였다. 이것이 동당의 기원이다. 무로마치(室町) 시대 이후 점차 선승(禪僧)이 위계화되면서 오산의 주지를 동당, 그 외 여러 산(山)과 십찰(十刹)의 주지를 서당이라고 부르게 되었다. 이테이안(以酊菴)의 윤번승(輪番僧)들도 오산의 주지를 임명하였기 때

습니다."

주린이 또 이렇게 말했다.

"오우치 마사히로의 서신과 사물(賜物)은 사람을 시켜 전송하도록 하였는데 그만 해적(海賊)에게 약탈당하였습니다."

그의 말은 지나치게 허황되어서 다 믿을 수는 없다.

**사부에이도노(左武衛殿)** : 구니오도노의 남쪽에 있다. 대대로 하타케야마(畠山)·호소카와(細川)와 서로 교체하며 간레이(管領)가 되어, 다른 나라의 사신을 접대하는 모든 사무를 관장하였다. 고코곤 천황(後光嚴天皇) 오안(應安) 3년 경술(1397)[선덕(宣德) 3년]에 미나모토노 요시아쓰(源義淳)가 사신을 보내어 내조하였다. 서계에 '좌무위(左武衛) 원의순(源義淳)'이라 칭했다. 요시토시(義敏)가 자리를 계승한 간쇼(寬正) 원년 경진년(1460)에 사신을 보내 내조하였다. 서계에 '좌무위(左武衛) 원의민(源義敏)'이라 칭했다. 요시카도(義廉)가 자리를 계승한 4년 계미년(1463)에 사신을 보내 내조하였다. 서계에 '좌무위장군(左武衛將軍) 원의렴(源義廉)'이라 칭했다.

**야마나도노(山名殿)** : 구니오도노(國王殿)의 서쪽에 있다. 지금 천황 조로쿠(長祿) 3년 기묘년(1459)[천순(天順) 3년]에 처음으로 사신을 보내 내조(來朝)하였다. 서계(書契)에 '단번백작인비전후예석구주총태수(但幡伯作因備前後藝石九州總太守) 산명상대(山名霜臺) 원조신(源朝臣) 교풍(敎豐)[116]'이라 칭했다. 노리토요(敎豐)는 출가하여 법명을 소젠(宗全)이라 하였는데, 현재 호소카와(細川)와 대립하고

문에 모두 동당이다. -조선시대 대일외교 용어사전
**116** 각주 105 참조.

있다. 국왕에게 배다른 동생이 있었는데 일찍이 출가하여 호를 조
도인(淨土院)이라 하였다. 국왕에게 후사가 없어 환속하도록 명하
여 후사로 삼고자 했다. 호를 이마데가와도노(今出川殿)라 하였다.
1년 뒤에 국왕이 아들이 낳자 이마데가와에게 말했다. "너는 반드
시 내 아들에게 자리를 물려주어야 한다." 이마데가와가 맹세하고
허락하였다. 야마나는 이때 이미 호소카와와 원수지간이었다. 호
소카와는 국왕을 끼고 호령했으며, 야마나 또한 이마데가와를 추
대하며 대적하였다. 국왕은 올해 37세이며 국왕의 아들은 7세이
다. 이마데가와도노는 32세이다. 노리토요의 두 아들 요시야스(義
安) 등은 국왕을 모시고 있어 감히 노리토요의 편을 들지 못했다.
맏아들 요시야스가 얼마 뒤에 죽었다. 요시야스의 아들이 야마나
의 처소에 있어서 야마나가 장차 후사로 삼고자 했다.

○ 분메이(文明) 원년 기축년(1469)에 요시야스가 사신을 보내 내
조했다.  서계에는 '단파단후단마인번백기비전비후팔개주총태수
(丹波丹後但馬因幡伯耆備前備後八個州總太守)  산명(山名)  탄정소필
(彈正少弼)  원조신(源朝臣)  의안(義安)이 산명(山名)  좌금오(左金吾)
원조신(源朝臣)  종전(宗全)의 업을 잇는다.'고 하였다. 소젠(宗全)의
서계에서도 또한 '나의 영토 여덟 개 주를 모두 요시야스에게 준
다.'고 하였다. 2년 경인년(1470)에 소젠이 또 사신을 보내 내조하
였다. 서계에는 '인백단삼주태수(因伯丹三州太守)  산명소필(山名少
弼)  원교풍(源敎豐)'이라 칭하였다.

**교고쿠도노(京極殿)** : 하타케야마도노(畠山殿)의 남쪽에 거하여, 대대
로 형정(刑政)을 맡았다. 조로쿠(長祿) 2년 무인년(1458)에 미나모
토노 모치키요(源持淸)가 사신을 보내어 내조하였다. 서계에 '경조

윤(京兆尹) 강기운삼주자사(江岐雲三州刺史) 주경극(住京極) 좌좌목
씨(佐佐木氏) 겸(兼) 태선대부(太膳大夫) 원지청(源持淸)[117]'이라 칭하
였다. 출가하여 법명은 세이칸(生觀)이라 하였다.

○ 또 미나모토노 다카타다(源高忠)란 자가 있어 분메이(文明) 2
년 경인년(1470)에 사신을 보내어 내조하였다. 서계에 '소사대(所司
代) 경극(京極) 다하(多賀) 풍후주(豐後州) 원고충(源高忠)'이라 하였
고, 그 사신이 미나모토노 다카타다는 세이칸의 동모형(同母兄)이
라 하였다. 3년 신묘년(1471)에 또 시게히로(榮熙)라는 자가 사신을
보내어 내조하였다. 서계에 '산음로(山陰路) 은기주수(隱岐州守) 호
대(護代) 좌좌목윤(佐佐木尹) 좌근장작감(左近將作監) 원영희(源榮
熙)'라 하였고 사신이 세이칸의 동모제(同母弟)라 하였다. 처음에
다카타다는 이미 세이칸의 형이라 칭하고, 시게히로는 또 그 아우
라 칭하여 그 말을 믿기 어려워 그 사신을 접대하는 것을 허락하지
않았다. 그 사신이 굳이 머물고 돌아가지 않으므로 쓰시마의 특송
(特送)의 예로써 접대하였다. 그 사신이 예조에 말하기를, "세이칸
의 형제는 다만 시게히로 한 사람뿐이고, 다카타다는 세이칸의 족
친 휘하의 사람입니다.[118] 시게히로가 있을 적에 오키주(隱岐州)에

---

**117** 원지청(源持淸) : 미나모토노 모치키요(源持淸)는 본래 교고쿠 모치키요(京極持淸)인
데, 교고쿠(京極) 대신 미나모토 혹은 겐(源)으로 불리는 성으로 칭한 것은 본래 교고쿠씨
의 본성이 겐(源)씨이기 때문이다. 우다(宇多) 겐씨의 자손으로 오우미(近江) 겐씨라고도
한다.

**118** 사신의 말과 같이 1470년 서계에서 세이칸(生觀) 즉, 교고쿠 모치키요(京極持淸; 본문
의 미나모토노 모치키요)의 형이라고 칭한 다카타다(高忠)는 본래 다가 다카타다(多賀高
忠)로, 오우미(近江) 교고쿠씨(京極氏)의 중신(重臣)인데, 세이칸(生觀)의 세 번째 아들 마
사쓰네(政經)의 가신이었다. 그런데 모치키요는 동생이 없고 형 모치타카(持高)뿐으로,
1471년 서계에서 세이칸의 동생이라고 칭한 시게히로(榮熙)와 그의 형 모치타카가 동일인

있었습니다." 하였다.

**우부에이도노(右武衛殿)** : 고려 말기부터 해구(海寇)가 근심거리였기에 문하부(門下府)[119]에서 관서성탐제(關西省探題) 상공(相公)이라는 자에게 서장을 보내어 해구를 단속하게 하였다. 우리 왕조가 개국한 후 다시 왕래하고 서장을 주고받았으나, 그곳에서 온 서장이 소실된 까닭에 상세한 칭호는 알 수 없다.

쇼콘 천황(稱光天皇) 오에이(應永) 15년 무자년(1408)[영락 6년]에 의정부의 답서에서 비로소 '구주목(九州牧) 우무위장군(右武衛將軍) 원공(源公)'이라 일컫기 시작했다.

16년 기축년(1409)에 미나모토노 도친(源道鎭)[120]이 사신을 보내어 내조하였다. 서장에서는 구주부탐제(九州府探題)라 일컫기도 하고, 혹은 진서[121]절도사(鎭西節度使), 혹은 구주백(九州伯), 구주도독(九州都督), 구주도원수우무위(九州都元帥右武衛), 혹은 구주도독부탐제(九州都督府探題)라 하였으며, 우무위(右武衛)라고만 일컫기도 하고, 혹은 구주총관(九州摠管)이라고도 하였다. 앞뒤로 이름을 부르는 것이 일정하지 않았으나, 나라 사람들은 우부에이도노(右武衛殿)라 불렀다.

27년 경자년(1420)에 도친(道鎭)이 연로하여 아들인 요시토시(義

---

물인지는 확인할 수 없다.

**119**　문하부(門下府) : 고려 시대에 나라의 정사를 총괄하던 중앙 최고의 통치 기관으로 이후 조선 전기 의정부를 설치하기 전까지 중앙 최고의 의결기관이기도 하였다.

**120**　미나모토노 도친(源道鎭) : 도친(道鎭)은 시부카와 미쓰요리(澁川滿賴, 1372~1446)의 법명이다. 시부카와는 겐씨(源氏)라고도 일컬어지는 미나모토(源)씨의 한 지파에 소속된 성씨이다.

**121**　진서(鎭西) : 규슈(九州)의 별칭으로 '진제이'라고 읽는다.

俊)에게 정사를 위임하였다. 스스로는 전 도원수(前都元帥)라 일컫고, 요시토시는 구주도독(九州都督) 좌근대부장감(左近大夫將監)이라 일컬었다.[122] 이때부터 부자가 모두 계속하여 사신을 보냈으며, 그들이 진상한 방물도 매우 풍성하여 우리나라에서도 공물에 대해 후하게 보답하였다.

31년 갑진년(1424)에 도친이 서계에 "뜻밖의 송사가 생겨 서울에 들어간다."고 이르고 가더니, 그 뒤로는 그 왕성(王城)에 있었다.[123] 다만 도친이 사신을 보내어 구걸하였으나, 지금의 천황 에이쿄(永享) 2년 기유년(1429)[선덕 4년] 이후로는 사신을 보내지 않았다.[124]

분쇼(文正) 원년 병술년(1466)에는 게이조(京城) 삽하(澁河) 원조신(源朝臣) 요시타카(義堯)[125]가 사신을 보내어 내조하였다.[126] 그 사신이 말하기를, "요시타카의 아비가 이전에 우부에이(右武衛) 서해도(西海道) 구주총관(九州總管)이었다."고 하였으나, 상세한 내용은 제대로 말하지 못하였다. 아마도 도친의 후손일 것이다.

**가이도노(甲斐殿)** : 사부에이(左武衛)의 신하로, 사부에이의 일을 전

---

**122** 또 미쓰요리의 아들 요시토시는 쓰시마 정벌(1419)과 관련하여 조선에 사신을 보낸 인물들 중 하나이다.

**123** 실제로 미쓰요리는 이후 1446년 교토에서 죽었다.

**124** 시부카와 가(家)는 오에이(應永) 30년(1423)에 쇼니 미쓰사다(少貳滿貞)와의 싸움에서 패하고, 32년에 또다시 패하였다. 이로 인해 1428년에 시부카와 요시토시가 구주탐제(九州探題) 직에서 물러나게 되었는데, 이와 관련된 내용으로 보인다. 한편 실록에 따르면 1429년 이후로도 1438년에 미쓰요리가 사신을 보내고 토산물을 바쳤다는 기록이 있다(세종실록 81권, 20년 6월 26일).

**125** 의요(義堯) : '요시타카'라고 읽는다. 시부카와 요시타카(澁川義堯, 생몰년 불명)로 추정된다.

**126** 실록에는 정해년(1467) 기사에 나와 있다(세조실록 41권, 13년 1월 8일).

담하고 있다. 분메이 원년 기축년(1469)에 미나모토노 마사모리(源政盛)가 사신을 보내 내조했다. 서계에 '갑비원미월농사주수(甲斐遠尾越濃四州守)'라고 칭했다. 그 사신은 거추사(巨酋使)의 예(例)로 접대하였다.

**이세가미(伊勢守)** : 마사치카(政親)가 분메이 2년 경인년(1470)에 사신을 보내 내조했다. 서계에 '국왕회수(國王懷守) 납정소(納政所) 이세수(伊勢守) 정친(政親)'이라 칭했다. 서계에서 대략 이르길, "호소카와와 야마나가 사사로이 전쟁을 일으켜서 게이조가 크게 어지럽습니다. 제가 중지시키려 했으나 그럴 수가 없었습니다. 두 사람의 죄가 매우 크므로 부상전하(扶桑殿下)[127]의 명에 의하여 제후들의 여러 군대를 모아 장차 태평성대를 만들고자 합니다. 대국의 여력을 입고자 하니, 명주, 무명, 모시, 쌀을 바랍니다." 그가 진상한 방물 또한 풍성한데다가 마사치카는 국왕의 근시(近侍) 중 우두머리로 제반 정무를 출납하는 자였으므로, 특별히 면포와 정포 각 일천 필과 쌀 오백 석을 주어서 군수에 보태고 국왕에게 전달하게 하였다. 또 마사치카에게 따로 회사(回賜)했으며 그 사신은 거추사의 예로 접대하였다.

**노리미치(敎通)** : 경인년(1470)에 '주린(壽藺)이 호송한다.'고 칭하며 사신을 보내 내조했다. 서계에 '산성거주(山城居住) 사천이여주인(四川伊與住人) 하야형부대보(河野刑部大輔) 등원조신(藤原朝臣) 교통(敎通)'이라 칭했다. 주린이 병란 중에 왕래하였으므로 호송하여 왔다고 칭한 자가 많았다. 아래도 이와 같다.

---

127  부상전하(扶桑殿下) : 일본 막부의 장군을 뜻한다.

**지종(之種)** : 경인년(1470)에 '주린이 호송한다'고 칭하며 사신을 보내 내조했다. 서계에 '경성봉행두(京城奉行頭) 반미비전수(飯尾肥前守) 등원조신(藤原朝臣) 지종(之種)'이라 칭하였다. 그 사신이 말하길, 그가 국왕을 가까이 모신다고 했다. 사신은 특송사(特送使)[128]의 예로 접대하였다.

**노부타다(信忠)** : 경인년(1470)에 '주린이 호송한다.'고 칭하며 사신을 보내 내조했다. 서계에 '경성거주(京城居住) 종견준하수(宗見駿河守) 원조신(源朝臣) 신충(信忠)'이라 칭했다.

**가쓰타다(勝忠)** : 경인년(1470)에 '주린이 호송한다.'고 칭하며 사신을 보내 내조했다. 서계에는 '경성거주(京城居住) 응야민부소보(鷹野民部少輔) 원조신(源朝臣) 등충(勝忠)'이라 칭했다.

**건주(建冑)** : 경인년(1470)에 주린을 접대했다고 하여 사신을 보내 내조했다. 서계에 '혜일산내상희상암주지(彗日山內常喜詳庵住持) 건주(建冑)'라고 칭했다. 건주는 글을 잘 했다. 희상암(喜詳庵)은 도쿠후지(東福寺) 안에 있다.

**창요(昌堯)** : 무자년(1468)에 사신을 보내 내조했다. 서계에 '경성동산청수사주지(京城東山淸水寺住持) 대선사(大禪師) 창요(昌堯)'라고 칭했다. 소 사다쿠니(宗貞國)[129]의 청으로 접대했다. 일본이 나라가 어지럽고 흉년이 들어 우리에게 기식하려는 자가 매우 많았으므로

---

**128** 특송사(特送使) : 규정된 사선(使船) 이외에 특별히 보고할 일이 있을 때 도래(渡來)한 쓰시마도주(對馬島主)의 사선이다. 이 특송사 제도는 세종 25년(1443) 계해약조에 의해 규정되었다가 중종 7년(1512) 임신약조 때에 폐지되었다. 그 후 광해군 원년(1609) 기유약조가 체결되면서 3척으로 규정되어 세견선에 포함되었다.

**129** 소 사다쿠니(宗貞國) : 쓰시마 10대 도주(島主)이다.

그전에 사신을 보내지 않았던 사람은 모두 접대를 허락하지 않았
는데, 사신들이 억지로 삼포에 머물면서 돌아가지 않았다. 소 사다
쿠니가 사람을 보내 청하여서 마침내 접대를 허락하였다. 아래도
이와 같다.

**모치쇼키(用書記)** : 기축년(1469)에 사신을 보내 내조했다. 서계에는
'심수암주지(深修庵住持) 용서기(用書記)'라 칭했다. 소 사다쿠니의
청으로 접대했다.

## 야마토주(大和州)

군은 13개, 논은 17,614정이다.

## 이즈미주(和泉州)

군은 3개, 논은 4,126정이다.

## 가와치주(河內州)

군은 11개, 논은 19,097정이다.

## 셋쓰주(攝津州)

군은 14개, 논은 1,126정이다.

**다다요시(忠吉)** : 지금의 천황 오닌(應仁) 원년 정해년(1467)[성화 3년]
에 사신을 보내어 내조하였다. 서계에 '기내(畿內) 섭진주(攝津州)
병고진평방(兵庫津平方) 민부위(民部尉) 충길(忠吉)'이라 칭했다. 도
서[130]를 받고,[131] 세견선(歲遣船)[132] 1척을 보내기로 약조하였다.

**요시미쓰(吉光)** : 무자년(1468)에 사신을 보내어 내조하였다. 서계에

**130** 도서(圖書) : 조선정부가 일본 통교자를 통제하기 위하여 쓰시마도주 등에게 통교
증명으로 발급해 준 구리 도장. 조선에서는 관인(官印)을 인장(印章), 사인(私印)을 도서
(圖書)라고 하여 서로 구분했으며, 도서는 인면(印面)에 사용자의 실명이나 성명을 새겨
넣은 구리로 만든 도장이다. 도서를 발급받은 일본인은 수도서인(受圖書人)이라 불렀다.
발급 이유는 통교권자가 아닌 사람이 통교권자를 사칭하면서 통교하는 것을 방지하려는
것이었다. 즉 조선통교권자의 특권을 보호받을 목적으로 일본이 조선정부에 청원하여 발
급하게 되었다. 그 시원은 확실하지 않으나 1418년(세종 즉위년)에 일본의 요청으로 예조
에 명하여 만들도록 한 것으로 추정된다. 도장을 도서라고 부른 유래는, 도서(圖書, 책)에
도장을 찍어서 소유자를 표시하던 관습에서 비롯된 것이라고 한다. 조선에서는 무절제한
왜인의 출입을 제한하기 위하여 도서가 찍힌 서계(書契)를 가져오는 수도서인(受圖書人)
이나 수도서선(受圖書船)에 한하여 각 포소(浦所)에서 통상을 허락했다. 도서를 만들면
이를 찍어 각 포소의 독(櫝, 나무로 짠 궤짝)에 넣어 보관해 두고, 도서를 받은 왜인이
오면 그것을 꺼내 확인하도록 했는데, 절대로 대출·차용을 허용하지 않았다. 도서는 쓰시
마 도주가 물품 지급을 요청할 때, 사청(私請)인 경우는 소(宗)라는 성명 위에 찍고, 사청
이 아닌 경우는 직함 위에 찍도록 되어 있었다. 가장 중요한 경우 세 번 찍은 삼착도서(三
着圖書)부터 이착도서(二着圖書)·일착도서(一着圖書)의 순으로 용건의 중요도에 따라 날
인횟수가 달랐으며, 찍힌 수에 따라 지급하는 양곡의 수량도 달랐다. 도서의 사용범위는
점차 확대되어 거추급(巨酋級) 왜사(倭使)나 규슈지방(九州地方)의 왜인에게까지 쓰시마
도주의 도서를 받아오도록 함에 따라 쓰시마 도주의 권한도 그 만큼 확대되었다. 쓰시마
도주가 죽으면 그 아들에게 계승을 허락했는데, 왜인의 출입을 제한하자 왜인들은 빈번히
위조·변조하는 폐단이 나타났다. -조선시대 대일외교 용어사전

**131** 수도서(受圖書) : 위사(僞使, 거짓 사신)를 억제하기 위해 조선과 수교하는 일본인에
게 이름을 새긴 도서(圖書)를 부여한 제도이다.

**132** 세견선(歲遣船) : 조선시대에 일본의 각 지방으로부터 교역을 위해 해마다 도항해
온 선박. 연례송사(年例送使)라고도 하며, 고려시대의 진봉선(進奉船)에서 유래한다. 조
선은 건국 직후부터 왜구를 막기 위해 회유적인 교류와 통제정책을 실시하였다. 그래서
평화적으로 교역을 희망하는 자들에게는 후하게 접대한다는 원칙을 세워 자유로운 무역
을 허락하였다. 이러한 회유책이 왜구금압에는 큰 성과가 있었지만, 이들이 연속해서 도
항해 오자 조선에서는 군사적인 위협과 경제적인 부담을 느끼게 되었다. 그리하여 태종
때부터는 각종 통제책을 세웠다. 통제책은 주로 서계(書契)·도서(圖書)·문인(文引)·세견
선정약(歲遣船定約)·포소제한(浦所制限) 등이다. 세견선정약이란 교역을 원하는 자들이
매년 보낼 수 있는 선박의 수를 한정하는 것이다. 이 제도는 1424년 규슈탄다이(九州探提)
에게 매년 봄과 가을에 한 번씩 교역선을 보내오는 것을 허락한 것이 그 시초이다. 그
뒤 1443년에는 계해약조(癸亥約條)를 맺어 쓰시마도주(對馬島主) 소씨(宗氏)에게 50척을
허락해 세견선 규정을 매듭지었다. 그러나 그 수는 계속 증가하여 1471년에 완성된 『해동

'기내(畿內) 섭진주(攝津州) 서궁진위(西宮津尉) 장염비중수(長鹽備
中守) 원길광(源吉光)'이라 칭했다. 소 사다쿠니(宗貞國)의 청으로
접대해 주었다.

**마사나가(昌壽) :** 무자년(1468)에 사신을 보내어 내조하였다. 서계에
'기내(畿內) 섭진주(攝津州) 불법호지(佛法護持) 사천왕사주지(四天
王寺主持) 비구(比丘) 창수(昌壽)'라 칭했다. 소 사다쿠니(宗貞國)의
청으로 접대해 주었다.


## 도산도(東山道)  8주


### 오우미주(近江州)
군은 24개, 논은 33,402정 5단이다.


### 미노주(美濃州)
군은 18개, 논은 14,824정 5단이다.

---

제국기(海東諸國紀)』에 의하면 세견선 정약자의 총수는 112척 내지 126척에 이르게 된다.
이에 조선에서는 그 통제책을 강화해 1512년에 다시 임신약조(壬申約條)를 맺어 쓰시마도
주의 세견선을 25척으로 감하기도 하였다. 그 뒤 임진왜란으로 통교가 단절되었다가 1609
년에 기유약조(己酉約條)에 의해 국교가 재개되면서 일본과의 통교를 쓰시마도주에게 일
원화시켰다. 이때 세견선은 쓰시마주에게 20척(특송선 3척 포함)으로 한정했으며, 그밖
에는 수직인선(受職人船)·수도서선(受圖書船) 5척만을 허가하였다. 1635년 겸대제(兼帶
制)가 실시되면서부터는 이들 세견선을 1년에 8회로 나누어 보낸다는 의미에서 연례팔송
사(年例八送使)라고 하였다. 세견선의 왕래는 무역이 주된 목적이었지만, 모든 선박에 반
드시 외교문서인 서계를 가져와야 했으며, 정관(正官)이 승선하여 외교적인 절차를 밟아
야만 교역이 가능했으므로 외교와 무역이 분리되지 않은 조공(朝貢) 형태의 무역이 이루
어졌다고 할 수 있다. -조선시대 대일외교 용어사전

## 히다주(飛驒州)

군은 3개, 논은 1,615정 5단이다.

## 시나주(信濃州)

군은 10개, 논은 39,025정 3단이다.

**요시미네(善峯)** : 무자년(1468)에 사신을 보내어 내조하였다 서계에, '신농주(信濃州) 선광사주지(禪光寺主持) 비구(比丘) 선봉(善峯)'이라 칭했다. 소 사다쿠니(宗貞國)의 청으로 접대해 주었다.

## 고즈케주(上野州)

군은 14개, 논은 32,140정 3단이다.

## 시모쓰케주(下野州)

화정(火井)[133]이 있고, 유황이 생산된다. 군은 9개, 논은 27,460정이다.

## 데와주(出羽州)

온천이 있고, 금이 생산된다. 군은 10개, 논은 26,090정 2단이다.

## 무쓰주(陸奧州)

금이 생산된다. 군은 35개, 논은 51,162정 2단이다.

---

**133** 천연 가스가 나오는 곳이다.

## 도카이도(東海道) 15주

### 이가주(伊賀州)

군은 4개, 논은 1,500정이다. 이 주에 아마테라스오미카미(天照大神)의 사당이 있는데, 나라에서 신분 귀천과 거리의 원근에 상관없이 모두 찾아와서 제사를 지낸다.

### 이세주(伊勢州)

수은이 생산된다. 군은 13개, 논은 19,024정이다.

### 시마주(志摩州)

군은 2개, 논은 97정이다.

### 오와리주(尾張州)

군은 8개, 논은 11,940정이다.

### 미카와주(參河州)

군은 8개, 논은 8,820정이다.

### 도토우미주(遠江州)

군은 13개, 논은 12,967정이다.

### 이즈주(伊豆州)

온천 2개소, 화정(火井) 1개소가 있다. 유황이 생산된다. 군은 3개, 논은

2,814정이다.

## 스루가주(駿河州)
군은 7개, 논은 9,717정이다.

## 가이주(甲斐州)
군은 4개, 논은 14,003정이다.

## 사가미주(相模州)
군은 8개, 논은 12,236정 1단이다.

## 가즈사주(上總州)[134]
군은 12개, 논은 22,876정(町) 6단(段)이다.

가마쿠라도노(鎌倉殿)가 있는 곳을 나라 사람들은 동도(東都)라고 하는
데, 지금 가마쿠라도노는 미나모토씨 니야마(源氏 仁山)의 후손이다. 가
마쿠라 동쪽 지역에 옹거하여 배반한 지 20여 년이 되었는데, 국왕이
여러 번 공격하여도 이기지 못하였다.

## 시모우사주(下總州)[135]
군은 11개, 논은 33,001정(町)이다.

---

134  현재의 지바현 중부이다.
135  현재의 지바현 북부 및 이바라키현의 일부이다.

# 히타치주(常陸州)[136]

군은 14개, 논은 49,009정(町) 6단(段)이다.

# 무사시주(武藏州)[137]

군은 24개, 논은 35,074정(町) 7단(段)이다.

# 아와주(安房州)[138]

군은 4개, 논은 4,345정(町) 8단(段)이다.

# 산요도(山陽道)  8주

# 하리마주(幡摩州)[139]

군은 12개, 논은 11,246정(町)이다.

   **요시이에(吉家)** : 정해년(1467)에 사신을 보내어 관음보살이 현상(現像)한 것을 축하하였다.[140] 서계(書契)에는 '번마주(幡摩州) 실진대

---

**136**  현재의 이바라키현이다.

**137**  현재의 도쿄도 사이타마현이다.

**138**  현재의 지바현 남부이다.

**139**  하리마주(幡摩州)의 '幡摩'는 '播磨'의 오기로, 현재의 효고현 남부이다.

**140**  조선 세조 때의 문신 최항(崔恒, 1409~1474)이 왕명을 받아 관음보살의 현상(現相)을 기록한 『관음현상기(觀音現相記)』가 있는데, 1461년(세조 7)에 간행된 것이다. 1461년, 왕이 경기 지방을 순수(巡狩)하고 지평(砥平) 상원사(上院寺)에서 유숙하던 날 밤, 관음보살이 나타나 상서로운 빛이 온 누리를 비치고 아름다운 음악이 들리다가 한참 만에 흩어졌다. 이에 세조는 크게 기뻐하여 그 절에 우상(優賞)을 내리고 죄인들을 사면하였으며, 정부의 관원들은 축배(祝杯)를 올렸다고 한다.

관(室津代官) 등원조신(藤原朝臣) 길가(吉家)'라 칭했다. 상원사(上院寺)에 관음보살이 현상하고, 원각사(圓覺寺)에 우화사리(雨花舍利)가 나타나는 기이한 일이 있은 뒤부터 여러 주에서 사신을 보내어 축하하는 이들이 매우 많았다. 비록 그 전에는 사신을 보내지 않았을지라도 모두 접대를 허락하였으니, 이하도 모두 같다.

**모리히사(盛久)** : 무자년(1468)에 사신을 보내어 관음보살이 현상한 것을 축하하였다. 서계에는 '번마주(幡摩州) 태수(太守) 주간포(周間浦) 거주(居住) 원광록(源光祿) 성구(盛久)'라 칭했다.

# 미마사카주(美作州)[141]
군은 7개, 논은 11,022정(町) 4단(段)이다.

# 비젠주(備前州)[142]
군은 8개, 논은 13,210정(町) 2단(段)이다.

**데이키치(貞吉)** : 정해년(1467)에 사신을 보내어 관음보살이 현상한 것을 축하하였다. 서계에는 '비전주(備前州) 란도진대관(卵島津代官) 등원정길(藤原貞吉)'이라 칭했다.

**히로이에(廣家)** : 무자년(1468)에 사신을 보내어 관음보살이 현상한 것을 축하하였다. 서계에는 '비전주(備前州) 소도진대관(小島津代官) 등원광가(藤原廣家)'라 칭했다.

---

141 현재의 오카야마현 동북부이다.
142 현재의 오카야마현 동남부이다.

# 빗추주(備中州)[143]

동(銅)이 생산된다. 군은 9개, 논은 10,227(町) 8단(段)이다.


# 빈고주(備後州)[144]

동(銅)이 생산된다. 군은 14개, 논은 9,269정(町) 2단(段)이다.

**요시야스(吉安)** : 정해년(1467)에 사신을 보내어 관음보살이 현상한 것을 축하하였다. 서계에는 '비후주(備後州) 해적대장(海賊大將) 요원좌마조(橈原左馬助) 원길안(源吉安)'이라 칭했다.

**마사요시(政良)** : 무자년(1468)에 사신을 보내어 내조(來朝)하였다. 서계에는 '비후주(備後州) 고기성대장군(高崎城大將軍) 원조신(源朝臣) 정량(政良)'이라 칭했으며, 소 사다쿠니(宗貞國)의 청으로 접대하였다.

**미쓰요시(光吉)** : 무자년(1468)에 사신을 보내어 내조하였다. 서계에는 '비후주(備後州) 지진대관(支津代官) 등원조신(藤原朝臣) 광길(光吉)'이라 칭했으며, 소 사다쿠니의 청으로 접대하였다.

**가덕(家德)** : 무자년(1468)에 사신을 보내어 내조하였다. 서계에는 '비후주(備後州) 삼원진태수(三原津太守) 재경조(在京助) 원가덕(源家德)'이라 칭했으며, 소 사다쿠니의 청으로 접대하였다.

**다다요시(忠義)** : 기축년(1469)에 사신을 보내어 내조하였다. 서계에는 '비후주(備後州) 수호대관(守護代官) 산명사궁(山名四宮) 원조신(源朝臣) 충의(忠義)'라 칭했으며, 소 사다쿠니의 청으로 접대해주

---

143 현재의 오카야마현 서부이다.
144 현재의 히로시마현 동부이다.

었다.

## 아키주(安藝州)[145]

군은 8개, 논은 7,250정(町) 9단(段)이다.

**지평(持平)** : 경신년(1440)에 사신을 보내어 내조하였다. 서계에는 '안
예주(安藝州) 소조천(小早川) 미작수(美作守) 지평(持平)'이라 칭했
다. 세견선(歲遣船) 1척을 약조하였다. 그의 아버지 상하(常賀)는 국
왕을 가까이에서 모신다.

**구니시게(國重)** : 갑신년(1464)에 사신을 보내어 내조하였다. 서계에
는 '안예주(安藝州) 해적대장(海賊大將) 등원조신(藤原朝臣) 촌상비
중수(村上備中守) 국중(國重)'이라 칭했다. 도서(圖書)[146]를 받고, 세
견선(歲遣船) 1척을 약조하였다.

**노리자네(敎實)** : 무자년(1468)에 사신을 보내어 관음보살이 현상한
것을 축하하였다. 서계에는 '안예주(安藝州) 태수(太守) 등원무전
(藤原武田) 대선대부(大膳大夫) 교실(敎實)'이라 칭했다.

**구게(公家)** : 무자년(1468)에 사신을 보내어 관음보살이 현상한 것을
축하하였다. 서계에는 '안예주(安藝州) 엄도태수(嚴島太守) 등원조
신(藤原朝臣) 공가(公家)'라 칭했다.

## 스오주(周防州)

하엽록(荷葉綠)[147]이 생산되며, 온천이 있다. 군은 6개, 논은 7,257정(町)

---

145 현재의 히로시마현 서부이다.

146 왜인(倭人)에게 내조(來朝)할 수 있는 신표로 내려준 구리로 된 도장(圖章)이다.

9단(段)이다.

**오우치도노(大內殿)** : 다타라씨(多多良氏)이다. 대대로 주(州)의 오우치현(大內縣) 야마구치(山口)[148][일본 음으로는 '야망구지(也望仇知)']에 거주하면서 스오(周防)·나가토(長門)·부젠(豐前)·지쿠젠(筑前) 4주의 땅을 관장하며, 군대가 가장 강하다. 일본인이 말하기를 백제왕 온조(溫祚)의 후손이 일본에 들어와 처음에 스오주(周防州) 다타라포(多多良浦)에 도착하였는데, 그 지명으로 성씨를 삼았으며, 지금까지 8백여 년에 걸쳐 모치요(持世)까지 23대가 되었는데, 세상에서 칭호를 오우치도노(大內殿)라 하였다고 한다. 모치요 대에 이르러 아들이 없자 조카 노리히로(教弘)를 후사로 삼았다. 노리히로가 죽자, 그의 아들 마사히로(政弘)가 뒤를 이었다. 오우치(大內)의 군대가 강성해지자, 구주(九州) 이하가 감히 그 명령을 어기는 일이 없었다. 그 계보가 백제에서 나왔다고 해서 우리나라와 가장 친밀하였다. 야마나 소젠(山名宗全)이 호소카와 가쓰모토(細川勝元)와 서로 적이 되고부터 마사히로가 군대를 거느리고 가 야마나를 원조하였는데, 지금까지 6년이 되도록 돌아오지 않으니, 쇼니(少貳)가 이 틈을 타서 하카다(博多) 재부(宰府) 등 옛 영지를 취하였다. 상세한 것은 지쿠젠주 쇼니도노(少貳殿)에 보인다.

**히로야스(弘安)** : 경인년(1410)에 사신을 보내어 내조하였다. 서계에 '주방주(周防州) 산구소사대(山口所司代)[149] 삼하수(杉河守) 원홍안

---

147  하엽록(荷葉綠) : 단청(丹青)의 원료인 오채(五采)의 하나, 녹색의 염료로 연잎에서 채취하였다.
148  야마구치(山口) : 현재 혼슈 서쪽 끝에 위치한 현이다.
149  소사대(所司代) : 무로마치막부(室町幕府)의 관직명이다. 군사·경찰조직인 사무라이

(源弘安)'이라 일컬었다. 오우치도노(大內殿)의 대관(代官)[150]으로 현재 야마구치(山口)에 거하여 지키고 있다.

**노리유키(敎之) :** 갑술년(1454)에 사신을 보내어 내조하였다. 서계에 '주방주(周防州) 대내(大內) 진량(進亮) 다다량(多多良)[151] 별가(別駕)[152] 교지(敎之)'[153]라 일컬었다. 오우치도노 마사히로(大內殿政弘)[154]의 숙부이다. 세견선 1척을 약조하였다.

**아키히데(藝秀) :** 정해년(1467)에 사신을 보내어 와서 부처의 설법이 이루어진 것을 치하하였다. 서계에 '주방주(周防州) 태전태수(太畠太守) 해적대장군(海賊大將軍) 원조신(源朝臣)[155] 예수(藝秀)'라 하였다.

**요시나리(義就) :** 정해년(1467)에 사신을 보내어 와서 관음보살이 나타난 것을 치하하였다. 서계에 '주방주(周防州) 상관태수(上關太守)

---

도코로(侍所)를 통솔하였던 소사(所司)의 대관(代官)으로, 후에 변화하여 교토의 치안을 관할하는 지위가 되었다.

150  대관(代官) : 군주(君主)가 없는 영주(領主)를 대신하여 임지(任地)의 사무를 담당하는 직책을 의미한다. 무로마치시대(室町時代)에 막부(幕府) 직할령(直轄領)의 관리자를 대관(代官)이라 하였다.

151  다다량(多多良) : 오우치(大內)의 본성(本姓). 백제 성명왕(聖明王)의 세 번째 왕자의 후예라고도 한다. 주오국부(周防國府)의 스케(介)를 세습한 좌청관인(在廳官人)부터 대두한 수호대명(守護大名) 혹은 전국대명(戰國大名)이다. 스오국(周防國), 나가토국(長門國), 이와미국(石見國), 후젠국(豊前國), 지쿠젠국(筑前國)의 수호직(守護職)에 보임(補任) 되는 등 전성기에는 6개국을 다스렸다.

152  별가(別駕) : 스케(介)의 관직의 중국식 명칭이다.

153  노리유키(敎之) : 오우치 노리유키(大內敎幸, 1430~1472).

154  오우치도노 마사히로(大內殿政弘) : 오우치 마사히로(大內政弘, 1446~1495).

155  원조신(源朝臣) : 아소미(朝臣)는 본래 천황에의 충성심의 정도에 따라 성(姓)의 우열과 대우의 차이를 주기 위해 설정된 또 하나의 성이다. 그러나 시간이 지날수록 무사가문의 득세, 하급귀족의 몰락 등의 배경으로 아소미(朝臣)는 서열을 매기기 위한 성으로써의 의미를 잃고 공식문서에 사용하는 형식적인 것이 되어 버렸다.

겸렬(鎌苅) 원의취(源義就)'라 하였다.

**마사요시(正吉)** : 무자년(1468)에 사신을 보내어 와서 관음보살이 나타난 것을 치하하였다. 서계에 '주방주(周防州) 상관수(上關守) 옥야(屋野) 등원조신(藤原朝臣) 정길(正吉)'이라 하였다.

**모리요시(盛祥)** : 무자년(1468)에 사신을 보내어 와서 관음보살이 나타난 것을 치하하고, 겸하여 표류인(漂流人)에 대해 보고하였다. 서계에 '부전진대관(富田津代官) 원조신(源朝臣) 성상(盛祥)'이라 하였다.

## 나가토주(長門州)

구리와 인철(刃鐵)이 생산된다. 군은 5, 논은 4천 9백 2정 4단이다.

**히로시(弘氏)** : 정해년(1467)에 사신을 보내어 와서 관음보살이 나타난[156] 것을 치하하였다. 서계에는 '안예(安藝)·석견(石見)·주방(周防)·장문(長門)의 네 주의 수호대관(守護代官) 도월전수(陶越前守) 다다량(多多良) 조신(朝臣) 홍씨(弘氏)'라 하였다.

**미쓰히사(光久)** : 정해년(1467)에 주린이 호송한다면서, 사신을 보내어 내조하였다. 서계에 '장문주(長門州) 문사포대장군(文司浦大將軍) 원광구(源光久)'라 하였다.

---

156 세조 10년 갑신(1464) 5월 2일(갑인) 왕조실록에 "근일에 효령 대군(孝寧大君)이 회암사(檜巖寺)에서 원각 법회(圓覺法會)를 베푸니, 여래(如來)가 나타나고 감로(甘露)가 내렸다. 황가사(黃袈裟)의 중(僧) 3인이 탑(塔)을 둘러싸고 정근(精勤)하는데 그 빛이 번개와 같고, 또 빛이 대낮과 같이 환하였고 채색(彩色) 안개가 공중에 가득 찼다. 사리 분신(舍利分身)이 수백 개였는데, 곧 그 사리를 함원전(含元殿)에 공양(供養)하였고, 또 분신(分身)이 수십 매(枚)였다. 이와 같이 기이한 상서(祥瑞)는 실로 만나기가 어려운 일이므로, 다시 흥복사(興福寺)를 세워서 원각사(圓覺寺)로 삼고자 한다."라 하였다.

**다다히데(忠秀)** : 정해년(1467)에 사신을 보내어 와서 관음보살이 나타난 것을 치하하였다. 서계에 '장문주(長門州) 적간관진수(赤間關鎭守) 고석(高石) 등원충수(藤原忠秀)'라 일컬었다. 신묘년(1471)에 또 사신을 보내어 와서 우리나라의 표류인의 일을 보고하였다.

**다다시게(忠重)** : 정해년(1467)에 사신을 보내어 와서 사리(舍利)의 분신(分身)한 것을 치하하였다. 서계에 '적간관태수(赤間關太守) 시전(矢田) 등원조신(藤原朝臣) 충중(忠重)'이라 하였다.

**요시나가(義長)** : 무자년(1468)에 사신을 보내어 와서 관음보살이 나타난 것을 치하하였다. 서계에 '장문주(長門州) 빈중관태수(賓重關太守)[157] 야전(野田) 등원조신(藤原朝臣) 의장(義長)'이라 일컬었다.

**구니시게(國茂)** : 무자년(1468)에 사신을 보내어 와서 관음보살이 나타난 것을 치하하였다. 서계에 '장문주(長門州) 취미(鷲尾) 다다량(多多良) 조신(朝臣) 국무(國茂)'라 하였다.

**마사미쓰(正滿)** : 무자년(1468)에 사신을 보내어 내조하였다. 서계에 '장문주(長門州) 건주만주도대관(乾珠滿珠島代官) 궁내두(宮內頭) 등원정만(藤原正滿)'이라 하였다. 소 사다쿠니의 청으로 접대해 주었다.

**다다나리(貞成)** : 기축년(1469)에 사신을 보내어 내조하였다. 서계에는 '장문주(長門州) 삼도위(三島尉) 이하라준하수(伊賀羅駿河守) 등원정성(藤原貞成)'이라 하였다. 소 사다쿠니의 청으로 접대해 주었다.

---

**157** 빈중관태수(賓重關太守) : '빈중관(賓重關)'은 히주(肥中)라 하고 '賓重' 혹은 '賓任'라고 쓰기도 하였다. 이곳은 오우치 모리미(大內盛見)가 야마구치(山口)부터 히주(肥中)까지 가도(街道)를 설치하였는데 조선무역이 이루어지면서 이 지역이 중요시되었다.

# 난카이도(南海道)  6주

## 기이주(紀伊州)
군은 7개, 논은 7천 2백 3정 7단이다.

## 아와지주(淡路州)
군은 2개, 논은 2천 7백 37정 3단이다.

## 아와주(阿波州)[158]
군은 9개, 논은 3천 4백 14정 5단이다.
> **요시나오(義直)** : 무자년(1468)에 사신을 보내어 와서 관음보살이 나타난 것을 치하하였다. 서계에는 '아파주(阿波州) 명도포대장군(鳴渡浦大將軍) 원조신(源朝臣) 의직(義直)'이라 하였다.

## 이요주(伊豫州)[159]
군은 14개, 논은 1만 5천 5백 7정 4단이다.
> **성추(盛秋)** : 무자년(1468)에 사신을 보내어 내조하였다. 서계에는 '이예주(伊豫州) 천야산성수(川野山城守) 월지조신(越知朝臣) 성추(盛秋)'라 하였다. 소 사다쿠니의 청으로 접대해 주었다.
> **사다요시(貞義)** : 무자년(1468)에 사신을 보내어 내조하였다. 서계에는 '이예주(伊豫州) 겸전관해적대장(鎌田關海賊大將) 원정의(源貞

---
158  지금의 도쿠시마현(德島縣)이다.
159  지금의 에히메현(愛媛縣)이다.

義)'라 하였다. 소 사다쿠니의 청으로 접대해 주었다.

## 사누키주(讚岐州)[160]

군은 11개, 논은 1만 8천 8백 30정 1단이다.

## 도사주(土佐州)[161]

군은 7개, 논은 6천 2백 28정이다.

# 호쿠리쿠도(北陸道) 7주

## 와카사주(若狹州)[162]

3개의 군이 있으며, 논은 3천 80정 8단이다.

　**다다쓰레(忠常)** : 신묘년(1471)에 "주린이 호송한다."고 칭하며, 사신
　을 보내어 내조하였다. 서계에는 '약협주(若狹州) 십이관일번원부
　수(十二關一番遠敷守) 호비중수(護備中守) 원조신(源朝臣) 충상(忠常)'
　이라 하였다.

　**요시쿠니(義國)** : 무자년(1468)에 사신을 보내어 내조하였다. 서계에
　는 '약협주 대빈진수호대관 좌위문대부 원의국(若狹州大濱津守護代
　官左衛門大夫源義國)이라 하였다. 소 사다쿠니의 청으로 접대해 주
　었다.

---

160　지금의 가가와현(香川縣)이다.

161　지금의 고치현(高知縣)이다.

162　와카사주(若狹州)의 '狄'은 '狹'의 오기이다. 지금의 후쿠이현(福井縣)이다.

## 에치젠주(越前州)[163]

군은 6개, 논은 1만 7천 8백 39정 5단이다.

## 엣추주(越中州)[164]

온천이 있으며, 논은 1만 7천 99정 5단이다.

## 에치고주(越後州)[165]

군은 7개, 논은 1만 4천 9백 36정 5단이다.

## 노토주(能登州)[166]

군은 4개, 논은 8천 2백 97정이다.

## 사도주(佐渡州)[167]

군은 3개, 논은 3천 9백 28정 3단이다.

## 가가주(加賀州)[168]

군은 4개, 논은 1만 2천 7백 67정 4단이다.

---

163 지금의 후쿠이현(福井縣)이다.
164 지금의 도야마현(富山縣)이다.
165 지금의 니가타현(新潟縣)이다.
166 지금의 이시카와현(石川縣)이다.
167 지금의 니가타현(新潟縣)이다.
168 지금의 이시카와현(石川縣)이다.

## 산인도(山陰道) 8주

### 단바주(丹波州)
군은 5개, 논은 1,846정 9단이다.

### 단고주(丹後州)
짙고 무거운 청동이 생산된다. 군은 6개, 논은 5천 5백 37정이다.

> **이에쿠니(家國)**: 무자년(1468)에 사신을 보내 내조하였다. 서계에 '단
> 후주(丹後州) 전이좌진(田伊佐津) 평조신(平朝臣) 문사랑(門四郎) 가
> 국(家國)'이라 칭했다. 소 사다쿠니의 청으로 접대해 주었다.

### 다지마주(但馬州)
군은 8개, 논은 7,140정이다.

> **겐 구니요시(源國吉)**: 정해년(1467)에 사신을 보내 와서 사리분신(舍
> 利分身)한 것을 치하하였다. 서계에 '단마주(但馬州) 진산관(津山關)
> 좌좌목(佐佐木) 병고조(兵庫助) 원국길(源國吉)'이라 칭했다.

### 이나바주(因幡州)
군은 7개, 논은 8,126정이다.

### 호키주(伯耆州)
군은 6개, 논은 8,830정이다.

> **요시야스(義保)**: 기축년(1469)에 사신을 보내 내조하였다. 서계에 '백
> 기주태수(伯耆州太守) 연야(緣野) 원조신(源朝臣) 의보(義保)'라 칭

했다. 소 사다쿠니의 청으로 접대해 주었다.

## 이즈모주(出雲州)

군은 10개, 논은 9,430정 8단이다.

**모리마사(盛政)** : 정해년(1467)에 '주린(壽藺)이 호송한다.'고 칭하며 사신을 보내 내조하였다. 서계에 '출운주(出雲州) 미보관경(美保關卿) 좌위문대부(左衛門大夫) 등원조신(藤原朝臣) 성정(盛政)'이라 칭했다.

**고준(公順)** : 정해년(1467)에 사신을 보내 와서 관음보살이 현상한 것을 치하하였다. 서계에 '출운주(出雲州) 견미관처(見尾關處) 송전비전태수(松田備田太守) 등원조신(藤原朝臣) 공순(公順)'이라 칭했다.

**기추(義忠)** : 기축년(1469)에 사신을 보내 내조하였다. 서계에 '출운주(出雲州) 유관해적대장(留關海賊大將) 등원조신(藤原朝臣) 의충(義忠)'이라 칭했다. 소 사다쿠니의 청으로 접대해 주었다.

## 이와미주(石見州)

군은 6개, 논은 4,918정이다.

**가즈카네(和兼)** : 스후 가네사다(周布兼貞)의 아들이다. 정묘년(1447)에 친히 와서 교역 허가서를 받았다. 서계에 '석견주(石見州) 인번수(因幡守) 등원(藤原) 주포화겸(周布和兼)'이라 칭했다. 세견선 1척을 보내기로 약조하였다.

**마사무네(賢宗)** : 경인년(1470)에 사신을 보내 내조하였다. 서계에 '석견주(石見州) 앵정진(櫻井津) 토옥수리대부(土屋修理大夫) 평조신(平朝臣) 현종(賢宗)'이라 칭했다.

**히사나오(久直)** : 정해년(1467)에 '주린이 호송한다.'고 칭하며 사신을 보내 내조하였다. 서계에 '석견주(石見州) 익전수(益田守) 등원조신 (藤原朝臣) 구직(久直)'이라 칭했다.

**마사노리(正敎)** : 정해년(1467)에 '주린이 호송한다.'고 칭하며 사신을 보내 내조하였다. 서계에 '석견주(石見州) 삼주(三住) 고마수(古馬 守) 원씨조신(源氏朝臣) 정교(正敎)'라 칭했다.

**요시히사(吉久)** : 무자년(1468)에 '주린이 호송한다.'고 칭하며 사신을 보내 내조하였다. 서계에 '석견주(石見州) 북강진태수(北江津太守) 평조신(平朝臣) 길구(吉久)'라 칭했다.

## 오키주(隱岐州)

군은 4개, 논은 584정 9단이다.

**히데요시(秀吉)** : 기축년(1469)에 사신을 보내 내조하였다. 서계에 '은 기주태수 원조신 수길(隱岐州太守源朝臣秀吉)'이라 칭했다. 소 사다쿠니의 청으로 접대해 주었다.

## 사이카이도(西海道) 9주

## 지쿠젠주(筑前州)

산이 해변으로부터 3리 거리에 있다. 산꼭대기에 화정(火井)이 있어, 해가 바로 비치면 연기와 불꽃이 하늘로 솟는다. 화정의 물이 끓어서 넘쳐 응고하면 유황이 된다. 유황이 나오는 대부분의 섬은 모두 이와 같다. 군은 15개, 논은 1만 8천 3백 28정 9단이다. 주(州)에 하카타(博多)

가 있는데, 혹은 패가대(覇家臺)나 석성부(石城府), 냉천진(冷泉津), 거기진(宮崎津)으로 일컫기도 한다. 거주하는 사람은 만여 호인데, 쇼우니도노(小二殿)와 오토모도노(大友殿)가 나누어 다스린다. 쇼우니(小二)는 서남쪽 4천 호를 다스리고, 오토모(大友)는 동북쪽 6천 호를 다스린다. 후지와라 사다나리(藤源貞成)를 대관(代官)으로 삼았다. 거주민들은 행상을 직업으로 삼는다. 류큐(琉球)와 남만(南蠻) 등의 장삿배가 모이는 지역이다. 북쪽에는 백사장 30리가 있는데, 소나무가 숲을 이루었다. 일본에는 모두 해송(海松)뿐인데, 오직 여기에만 육송(陸松)이 있어 일본인들이 그림을 그려서 기이한 명승이라고 한다. 우리나라에 왕래하는 사람은 규슈(九州) 중에서 하카타(博多)에 사는 사람이 가장 많다.

**쇼니도노(小二殿)** : 거재부(居宰府), 혹은 대도독부(大都督府)라 일컫기도 한다. 서북쪽으로 하카타(博多)와의 거리는 3리이다. 백성들의 집은 2,200여 호(戶)이며, 정병(正兵)은 5백여 명이다. 겐씨(源氏)가 대대로 주관하여 '축풍비삼주(筑豐肥三州) 총태수(摠太守) 태재부도독(太宰府都督) 사마소경(司馬少卿)'이라 칭하고, 호를 쇼니도노(少二殿)라 하였다. 미나모토 요시노리(源嘉賴) 대에 와서 지금 천황[169] 가키쓰(嘉吉) 원년 신유년(1441)에 대신(大臣) 아카마쓰(赤松)가 난을 일으키자 국왕이 모든 주에 징병을 하였는데, 쇼니도노만이 오지 않으므로 국왕은 오우치도노(大內殿)에게 명하여 쇼니도노를 토벌하였다.

요시노리(嘉賴)의 군사가 패전하여 히젠주(肥前州) 히라도 요시쓰네(平戶源義)의 거소로 달아났다가 쓰시마(對馬島)로 찾아가서

---

[169]  고하나조노 천황(後花園天皇, 즉위 1428~1464)이다.

미녀포(美女浦)에 머물렀는데, 쓰시마 역시 그의 관할이었다. 오우
치도노가 마침내 쇼니도노의 관할인 지쿠젠주(筑前州) 하카타(博
多) 재부(宰府) 등지를 차지하였다. 뒤에 요시노리가 옛 땅을 회복
하고자 하여 군사를 동원하여 가미마쓰우라(上松浦)에 이르렀다.
오우치도노가 진격하여 그를 패배시켰으므로, 요시노리는 달아나
쓰시마로 돌아왔다. 요시노리가 죽자, 아들 노리요리(敎賴)가 뒤를
이었다. 정해년(1467)에 노리요리는 쓰시마 군사를 이끌고서 하카
타와 재부의 중간인 견월(見月) 땅에 이르렀는데, 오토모도노(大友
殿)와 오우치 대관(大內代官) 가신(可申)에게 패하여 죽었다. 쓰시
마 대관 소 모리나오(宗盛直) 등도 따라서 패망(敗亡)하였다.

　기축년(1469)에 국왕은 오우치도노가 야마나(山名)와 편당했다
고 해서, 쇼니도노에게 명령해 옛 땅을 되찾도록 하고, 또 모든 주
(州)에 명령하여 그를 돕도록 하였다. 그해 가을 7월에 쓰시마주
소 사다쿠니(宗貞國)가 군사를 일으켜 노리요리의 아들 요리타다
(賴忠)를 받들고 출정하니, 가는 길에 제추(諸酋)들이 그를 호송하
며 도왔다. 바로 재부(宰府)에 이르러 옛 영토를 모두 되찾았다.
요리타다는 재부에 이르자 소 사다쿠니에게 명령하여 하카타(博多)
를 지키게 하였는데, 사다쿠니 자신은 수미요시(愁未要時)[쇼니도노
의 관할인데 하카타의 서남쪽 반 리 거리에 있고, 민가는 2백여 호이다.]
에 머물러 있고, 휘하를 보내어 하카타를 지키게 하였다.

　히젠주(肥前州) 지바도노(千葉殿)가 그 아우와 사이가 좋지 않았
으므로, 쇼니도노는 그 아우를 편들어 사다쿠니에게 명하여 지바
도노를 치게 하였다. 사다쿠니가 곤란해 했으나 쇼니도노가 강제
로 보냈는데, 마침 큰 눈이 내려 패전하고 돌아왔다. 쓰시마 군사

천 명도 얼어 죽은 자가 많았다. 나가토(長門), 지쿠젠, 이키(一岐)
지역에 해적(海賊)이 들끓었다.

　지금 신묘년(1471) 봄에 우리나라 선위관(宣慰官) 전양민(田養民)
등이 요리타다와 사다쿠니를 위로하고자 쓰시마에 갔다. 사다쿠니
는 이 소식을 듣고 "해적들이 길을 막기 때문에 선위관이 올 수
없으니, 내가 마땅히 맞이하러 가야 한다."라 하고는, 군사들을 남
겨서 하카타와 수미요시를 지키게 하고, 요리타다에겐 보고하지
않고 자신만 쓰시마로 돌아왔다. 요리타다가 전에 쓰시마에 있을
때 세견선(歲遣船) 1, 2척을 약조하였다. 지금 그는 본토로 돌아갔
으나 그의 사신은 거추사(巨酋使)의 예(例)로 접대하였다.

**호군(護軍)**[170] **도안(道安)** : 일찍이 류큐국(琉球國) 사신이 되어 우리나
라에 내빙(來聘)한 적이 있었는데, 이로 인하여 왕래하게 되었다.
을해년(1455)에 와서 도서(圖書)[171]를 받았으며, 정축년(1457)에 와
서 관직을 받았다.[172] 오토모도노(大友殿)의 관하(管下)이다.

---

**170** 호군(護軍) : 조선시대 오위(五衛)에 두었던 정4품 서반 무관직으로 정원은 4원이다.
문관·무관·음관(蔭官)에서 임명하고 봉록(俸祿)만을 지급, 실제 직무는 맡지 않는 원록체
아직(原祿遞兒職)이었다.

**171** 도서(圖書) : 조선(朝鮮)조 때 왜인(倭人)에게 내조(來朝)할 수 있는 신표로 내려준
구리로 된 도장(圖章)이다.

**172** 관직을 받았다[受職] : (조선에 투화(投化) 혹은 향화(向化)하여 조선정부로부터 관직
을 받은 일본인을 수직왜인(受職倭人)이라 하였다.) 조선정부는 건국 초부터 왜구에 대한
회유책으로 왜구가 투항해 오면 이들 향화왜인(向化倭人)에게 관직을 수여하였다. 이들에
게는 토지와 가옥, 식량 등을 하사하고 취처(娶妻)를 허용했다. 또한 왜구 토벌에 공이
있는 자, 왜구의 두목이나 조선술, 제련술 등 특수한 기술을 가진 자에게도 관직을 제수하
였다. 이들은 조선에 그대로 거주하는 자들도 있었고, 일본으로 돌아가서 사송왜인(使送
倭人)이나 흥리왜인(興利倭人)으로 조선에 도항하는 자도 있었다. 『조선왕조실록』과 『해
동제국기』에는 1396부터 1555년까지 총 90명의 수직왜인이 나온다. 이중 23명은 향화

**사정(司正) 임사야문(林沙也文)** : 도안(道安)의 아들이다. 경인년(1470)에 아버지를 따라와서 관직을 받았다. 오토모도노의 관하이다.

**호군(護軍) 소게 시게루(宗家茂)** : 을해년(1455)에 와서 도서를 받고 관직도 받았다. 부상(富商) 석성부 대관(石城府代官) 무네카네(宗金)의 아들이다. 무네카네는 오토모도노가 임명하였으므로, 오토모도노의 관하이다.

**사과(司果)**[173] **신영(信盈)** : 기축년(1469)에 와서 관직을 받았다. 귀화하여 죽었으며 중추부사(中樞府事)를 지냈던 등안길(藤安吉)의 사위이다. 안길(安吉)의 아버지는 일찍이 내조할 때에 경관(京館)[174]에서 죽어 동쪽 교외에 장사지내 주었는데, 그 어머니는 안길에게 명하여 우리나라 조정을 받들면서, 아버지 무덤을 지키도록 하였다. 안길이 죽자, 아우 무촌(茂村)이 또 와서 우리 조정을 받들어 부사과

---

왜인이고 나머지 67명은 일본 거주인이다. 향화수직왜는 대부분이 쓰시마인(對馬島人)으로 태조·태종대에 수직했으며, 그 중 상당수는 일본으로 귀환한 후에 통교왜인(通交倭人)으로 내조(來朝)하였다. 일본 거주 수직왜는 쓰시마(對馬島), 이키도(壹岐島), 지쿠젠(筑前)에 거주하는 왜인들이 대부분이었다. 『동래부접왜등록가고사목록초책(東萊府接倭狀啓謄錄可考事目錄抄冊)』에는 마당고라(馬堂古羅), 신시로(信時老), 야나가와 시게오키(柳川景直), 다치바나 도모마사(橘智正, 井出彌六左衛門), 원신안(源信安) 등이 수직인(受職人)으로 기록되어 있다. 수직왜인은 그 공로나 신분에 따라 사정(司正)·사과(司果) 등 미관말직에서부터 당상관에 이르기까지 여러 계층이 있었으며, 이들에게는 관직에 상응하는 예우와 관복을 하사하였다. 국내에 거주하는 수직왜인은 각지에 분산시켰다. 1444년부터는 일본에 거주하는 왜인들에게도 관직을 제수했는데, 이들은 '일본거주 수직왜인'이라고 하였다. 일본거주 수직왜인은 매년 한 번씩 조선 관복을 입고 조선에 건너와서 국왕을 알현해야 했다. 이때는 거추사(巨酋使)와 같은 예우를 받았고, 무역의 혜택도 받을 수 있었다. 수직왜인이 수도서인(受圖書人)이 되거나, 수도서인이 수직왜인이 되어 이중의 혜택을 받는 경우도 있었다. −조선시대 대일외교 용어사전

173 사과(司果) : 오위(五衛)에 속한 정6품 관직이다.

174 경관(京館) : 고려 및 조선 시대 서울에 온 외국 사신 등에게 숙식(宿食)을 제공하거나 무역을 행하도록 하기 위해 설치한 기관이다. 왜인 경우에는 동평관에 머물렀다.

(副司果)가 되었다. 안길의 어머니는 때때로 배(船)를 보냈으며, 등 씨모(藤氏母)라 일컬었다. 오토모도노의 관하이다.

**우지사토(氏鄕)** : 을해년(1455)에 사신을 보내어 내조하였다. 서계에 는 '축전주(筑前州) 종상조신(宗像朝臣) 씨향(氏鄕)'이라 칭하였다. 세견선 1척을 약조하였다. 쇼니도노의 관하이다. 우지토시(氏俊)와 함께 국왕의 명령을 받아 종상전주(宗像殿主)가 되어 휘하에 군사 를 두었다.

**사다나리(貞成)** : 신사년(1461)에 사신을 보내어 내조하였다. 서계에 '축전주냉천진위(筑前州冷泉津尉) 겸(兼) 내주태수전원(內州太守田 原) 등원정성(藤原貞成)'이라 칭하였다. 도서(圖書)를 받았고, 세견 선 1, 2척을 약조하였다. 오토모도노의 족친(族親)이며, 하카타(博 多)의 대관(代官)이다.

**노부시게(信重)** : 병자년(1456)에 사신을 보내어 내조하였다. 서계에 '축전주(筑前州) 냉청진(冷泉津) 등원(藤原) 좌등사랑(佐藤四郎) 신 중(信重)'이라 칭하였다. 세견선 1척을 약조하였다. 신묘년(1471) 겨 울에 류큐국왕의 사신으로 와서 중추부 동지사(中樞府同知事)[175]의 관직을 받았다. 하카타의 부유한 상인(商人) 정청(定淸)의 사위이 며, 오토모도노의 관하이다.

**안직(安直)** : 정해년(1467)에 사신을 보내어 우리나라 표류인을 보내 왔다. 서계에 '축전주(筑前州) 거기진기주신(筥崎津寄住臣) 등원손

---

**175** 중추부 동지사(中樞府同知事) : 조선시대 중추부의 종2품 관직이다. 동지중추부사(同 知中樞府事)라고도 한다. 중추부는 조선시대 일정한 직무가 없는 당상관(堂上官)들을 우 대하기 위해 설치된 관청이다. 본래 나라의 군사관계, 즉 출납·병기·군정·경비·차섭(差 攝) 등의 일을 맡은 관청이던 중추원(中樞院)을 1466년(세조 12)에 중추부로 고쳤다.

우위문위(藤原孫右衛門尉) 안직(安直)'이라 칭하였다. 하치만신(八幡神)[176] 유수전(留守殿)의 관하이다.

**나오키치(直吉)** : 정해년(1467)에 우리나라 표류인을 보내왔다. 서계에 '축전주(筑前州) 거기진기주(筥崎津寄住) 등원병위차랑(藤原兵衛次郞) 직길(直吉)'이라 칭하였다. 노부시게(信重)의 형의 아들이다. 하치만신 유수전의 관하였으며, 하코자키(筥崎津)에 거처하였다.

**시게이에(重家)** : 정해년(1467)에 우리나라 표류인을 보내왔다. 서계에 '냉천진(冷泉津) 포영신(布永臣) 평여삼랑(平與三郞) 중가(重家)'라 칭하였다. 오토모도노의 관하이다.

**지카요시(親慶)** : 정해년(1467)에 사신을 보내어 관음보살이 현상한 것을 치하하였다. 서계에 '축전주(筑前州) 태토방북기진(胎土邦北崎津) 원조신(源朝臣) 친경(親慶)'이라 칭하였다.

**마사이에(正家)** : 정해년(1467)에 '주린이 호송한다' 칭하였고, 사신을 보내어 내조하였다. 서계에 '축전주(筑前州) 상이도대장군(相以島大將軍) 원조신(源朝臣) 정가(正家)'라 칭하였다.

**우지토시(氏俊)** : 정해년(1467)에 사신을 보내와서 사리분신(舍利分身)[177]을 치하하였다. 서계에 '축전주(筑前州) 종상선사무(宗像先社務) 씨준(氏俊)'이라 칭하였다.

**도경(道京)** : 무자년(1468)에 사신을 보내어 내조하였다. 서계에 '축전주(筑前州) 사도태수(絲島太守) 대장씨(大藏氏) 도경(道京)'이라 칭하였다. 소 사다쿠니의 청으로 접대해 주었다.

---

**176** 하치만신(八幡神) : 전쟁의 신이자 일본의 호국신.

**177** 사리분신(舍利分身) : 부처의 사리(舍利)가 나타나는 현상.

**승번(繩繁)** : 무자년(1468)에 사신을 보내어 내조하였다. 서계에 '명도 (名島) 즐도(櫛島) 양도태수(兩島太守) 등원(藤原) 승번(繩繁)'이라 칭하였다. 소 사다쿠니의 청으로 접대해 주었다.

**성직(成直)** : 기축년(1469)에 사신을 보내어 내조하였다. 서계에 '축전 주(筑前州) 총정소(聰政所) 추월태수(秋月太守) 원성직(源成直)'이라 칭하였다. 소 사다쿠니의 청으로 접대해 주었다. 오토모도노의 관 하로 아키즈키도노(秋月殿)라 일컬었으며, 무재(武才)가 있었다.

**신세(信歲)** : 병술년(1466)에 사신을 보내와서 관음보살이 현상한 것 을 치하하였다. 서계에 '축전주(筑前州) 마생(麻生) 등원(藤原) 신세 (信歲)'라 칭하였다. 정해년(1467)에 또 사신을 보내 왔으나, 꼭 필 요한 것이 아니어서 접대하지 않았다.


## 지쿠고주(筑後州)

군은 10개, 논은 13,851정 8단이다.


## 부젠주(豐前州)

군은 8개, 논은 13,278정 2단이다.

**구니키치(邦吉)** : 무자년(1468)에 사신을 보내와 내조하였다. 서계에 '풍전주(豐前州) 사도해적대장(蓑島海賊大將) 옥야정(玉野井) 등원 조신(藤原朝臣) 방길(邦吉)'이라 칭하였다. 소 사다쿠니의 청으로 접대해 주었다.

**도시유키(俊幸)** : 무자년(1468)에 사신을 보내어 내조하였다. 서계에 '풍전주(豐前州) 언산좌주(彦山座主) 흑천원(黑川院) 등원조신(藤原 朝臣) 준행(俊幸)'이라 칭하였다. 소 사다쿠니의 청으로 접대해 주

었다. 오토모도노의 관하로 언산(彦山)에 거처하였다. 무재(武才)
가 있었다.

## 분고주(豐後州)

다섯 곳에 온천이 있다. 군은 8개, 논은 7,524정(町)이다.

**오토모도노(大友殿)** : 겐씨가 세습하여 거주한다. 민호(民戶)는 1만여
호이고 현재 병사는 2천 명이다. 하카다 동쪽 6, 7리 되는 거리에
있다. 하카다를 겸하여 관할하며, 쇼니(小二)와 나누어 다스린다.
처음에 미나모토노 모치나오(源持直)가 '풍축량후주태수(豐筑兩後
州太守)'라 칭하며 지금 천황 에이쿄(永享) 원년 기유년(1429)[선덕
(宣德) 4년]에 처음으로 사신을 보내 내조했는데, 이때부터 사신이
끊어지지 않았다. 9년 정사년(1437)에 또 미나모토노 지카시게(源
親重)라는 자가 '풍축양후주태수'라 칭하며 사신을 보냈다. 그 서계
에 모치나오를 백부라고 칭했고, 모치나오의 서계에도 또한 친척
지카시게에게 양위한다고 되어 있다.

조로쿠(長祿) 원년 정축년(1457)에 이르러 또 지카시게(親繁)[178]라
는 자가 '풍주대우(豐州大友)'라고 칭하며 사신을 보냈으며, 미나모
토노 모치나오의 사신도 왔다. 예조에서 그 사신 및 함께 온 여러
사신들에게 물으니 모두 '모치나오와 쇼니도노가 동시에 영토를
잃었고, 오우치도노(大內殿)가 지카시게를 모치나오 대신 오토모
도노로 삼았으며, 지금 오우치와 아키노 주(安藝州)가 서로 공격하
고 있으므로 모치나오와 쇼니가 그 틈을 타서 땅을 회복하려고 하

---

**178** 지카시게(親繁) : 앞에 나온 지카시게(親重)와 같은 인물이다.

는데 아직 성공하지 못했다'고 하였다. 혹은 미나모토노 모치나오가 종제 지카시게를 입양하여 후사로 삼았는데 오우치가 쇼니를 토벌하고 지카시게를 내쫓고 그 아우 지카쓰네(親綱)[179]로 대신했다고도 했다.

2년 무인년(1458)에 지카시게(親繁)가 또 사신을 보냈다. 서계에 이르기를 "증조부 이래로 서계를 받들고 사신을 통하였는데 구주(九州)가 전란으로 무너진 뒤로 비록 선대의 가업을 잇기는 하였으나 때에 맞춰 경의를 표하지 못하였습니다."라고 하였다. 간쇼(寬正) 원년 경진년(1460)[천순(天順) 4년]에 또 모로야쓰(師能)라는 자가 '풍축수(豐筑守) 대선대부(大膳大夫)'라 칭하고 사신을 보내왔다. 그 서계에 대략 이르기를 "오토모 모치나오가 대국의 은혜를 입은 것이 오래되었는데, 지난해 시월에 세상을 떠났습니다. 제가 모치나오의 적손이 되어 오토모의 가업을 계승하였습니다."라고 하였다.

올해 신묘년(1471)에 풍주일전수호(豐州日田守護) 지카쓰네(親常)가 사신을 보내 내조했다. 그 사신이 말하길, "지카쓰네는 지금 오토모도노인 마사치카(政親)의 아우입니다. 전(前) 오토모 지카시게(親重)가 연로하여 아들 마사치카에게 물려주었습니다. 마사치카는 곧 오우치 마사히로(政弘)의 매부입니다. 쇼니가 땅을 회복할 때 마사치카가 오우치를 돕고자 하였으나 아버지인 지카시게가 왕명을 어길 수 없다고 여겨 마침내 쇼니를 도왔습니다."라고 하였다. 또 이때 온 여러 사신들에게 물으니 그 말이 모두 똑같았다.

이 해 겨울에 온 국왕사(國王使)[180] 광이장주(光以藏主)가 말했다.

---

179　원문에는 '親繩'이라고 되어 있으나, 지카쓰네가 맞다.

"미나모토노 모치나오는 처음에 아들이 없어서 종제인 지카시게 (親繁)를 후사로 삼았는데, 지카시게는 지금의 오토모도노로 나이 는 61세입니다. 장자 마사치카는 지금 부젠주(豐前州) 태수로, 장차 뒤를 이을 것입니다. 모치나오가 이미 지카시게를 후사로 세웠는 데 뒤에 아들 둘을 낳았습니다. 장자는 모로야쓰이고 둘째는 능견 (能堅)으로, 모두 작은 땅에 봉해졌습니다."

그가 말한 지카시게(親重)라는 자는 어떤 사람인지 알 수 없다. '繁'과 '重' 두 글자가 '國'의 뜻과 가까우므로 혹 '重'이라고 칭한다 고 한다. 그가 말한 친승(親繩)이란 자는 지카시게(親繁)의 동모제

---

**180** 막부장군과 관백(關白) 등 일본의 최고 통치권자가 조선국왕에게 파견한 사절. 조선 전기에 조선국왕과 무로마치 쇼군(室町將軍) 사이에는 적례적 교린관계(敵禮的 交隣關係) 에 입각하여 사절이 왕래하면서 우호적인 관계를 유지하였다. 조선국왕과 막부장군 간의 적례적 교린외교 체제는 1401년과 1403년에 각각 명 황제로부터 책봉을 받고 중국의 책봉 체제에 편입된 것을 계기로 성립되었다. 조선에서는 막부장군에게 회례사(回禮使)·보빙 사(報聘使)·통신사(通信使)라는 명칭으로 18회의 사신을 파견했다. 반면에 막부장군이 조 선국왕에게 파견하는 일본국왕사(日本國王使)는 70회였으며, 주로 태종과 세종대 그리고 성종 이후에 집중되었다. 조선전기 일본국왕사의 통교 목적은 피로인(被虜人) 송환과 왜 구 금제(禁制)의 약속, 조선과의 화호(和好) 및 대장경(大藏經) 구청(求請), 사찰 건립자금 의 요청이 대부분이었다. 그러나 이것은 표면적인 이유일 뿐이며, 실질적인 통교 목적은 다른 통교자들처럼 교역을 통한 경제적 이익의 추구였다. 삼포왜란(三浦倭亂) 이후에는 조선과의 통교관계를 회복하기 위한 화의(和儀) 요청과 세견선 및 수직·수도서선의 복구 를 요청하는 것으로 변화되어 갔다. 임진왜란 이후 국교재개 교섭의 결과 체결된 기유약 조에서는 조선에 도항할 수 있는 정식 외교사행으로 '국왕사', '세견송사(歲遣送使)', '수직 왜(受職倭)', '수도왜(受圖倭)' 네 종류를 인정했으며, 조선 전기와는 달리 쓰시마도주를 제외한 다른 다이묘(大名)들은 독자적으로 조선에 사절을 파견할 수 없었다. 국왕사의 경우 조선 후기에 단 1회도 파견되지 않았다. 1629년 3월 겐포(玄方)·미무라 우네메(三村 采女, 平智廣) 일행이 국왕사(國王使)를 자처하고 도항하여 상경했지만 일본국왕(막부장 군)의 서계(書契)를 지참하지 않았기 때문에 조선정부가 국왕사로 접대하지 않았다. 이들 의 접대를 맡았던 선위사(宣慰使) 정홍명(鄭弘溟)은 국서(國書)를 지참하지 않은 왜사(倭 使)의 상경을 막지 못했고, 또한 일본국왕사(日本國王使)의 격으로 접대할 수 없음에도 교자(轎子)를 타도록 허락했다는 이유로 문책당했다. ─조선시대 대일외교 용어사전

로, 분고 주(豊後州)의 작은 땅에 봉해졌으며 이미 죽은 지 40년이 되었다. 같은 때에 온 류큐의 사신과 하카다 사람 부시게(信重)가 말하였다. "지카시게의 다섯 아들 중 첫째는 고로(五郞)라고 하는 데 이가 곧 마사치카로, 나이는 30여 세이며 대를 이을 아들입니다. 둘째는 지카쓰네로, 20여 세이며 지금 히타수(日田守)입니다. 셋째는 시치로(七郞)로 나이는 18세이고, 넷째는 승려이며 다섯째는 어립니다."

오토모도노는 구주 중에서 군대가 가장 강하므로 쇼니 아래로 모두가 공경하여 섬긴다. 그러나 오토모라고 칭해지는 자는 몇 사람이다. 분고주는 구주의 동쪽에 있는데 땅이 가장 멀어 오는 사람이 드물어서 그 진위를 능히 분별할 수가 없다. 그러므로 주고받은 서계와 여러 사신들의 말을 우선 기록해 두어 뒷날 고찰할 수 있게끔 한다.

**지카쓰네(親常)** : 오토모도노의 이모제이다. 신묘년(1471)에 사신을 보내 내조했다. 서계에 '일전군수호(日田郡守護) 수리대부(修理大夫) 대장(大藏) 친상(親常)'이라 칭했다.

**구니미쓰(國光)** : 경진년(1460)에 사신을 보내 우리 표류인에 대해 알렸다. 정해년(1467)에 또 사신을 보내 관음보살이 나타난 것을 치하했다. 서계에 '풍후주(豊後州) 일전군태수(日田郡太守) 원조신(源朝臣) 국광(國光)'이라 칭했다.

**시게자네(茂實)** : 무자년(1468)에 사신을 보내어 내조하였다. 서계에 '풍후주 수호대관 목부 산성수 무실(豊後州守護代官木部山城守茂實)'이라 칭했다. 소 사다쿠니의 청으로 접대해 주었다.

## 히젠주(肥前州)[181]

온천이 두 군데, 군은 11개, 논은 14,432정이다. 주에 가미마쓰우라(上松浦), 시모마쓰우라(下松浦)가 있는데, 모두 해적(海賊)이 사는 곳이다. 고려 말기에 우리나라 변방에서 도적질하는 자는 마쓰우라(松浦)와 이키노시마(壹岐島)·쓰시마 사람이 대개 많았다. 또 고토(五島)[182][오다도(五多島)라고도 한다.]가 있으니, 중국에 가는 일본인의 배가 바람을 기다리는 곳이다.

> **절도사(節度使)** : 기축년(1469)에 사신을 보내어 내조하여, 세견선 1, 2척을 약조하였다. 서계에는 '구주절도사 원교직(九州節度使源敎直)'이라 칭했다. 혹은 구주도원수(九州都元帥) 또는 구주총관(九州摠管)이라 칭하기도 했다. 히젠주 아야비지(肥前州阿也非知)에 거주하였으며, 작은 성이 있는데, 하카다 남쪽 15리에 있다. 민호(民戶)는 1천여 호이고, 정병(正兵)은 2백 50여 명이며, 구주(九州)의 병졸을 총관하여 다스렸다. 쓰시마 사람 종대선(宗大繕) 등이 말하기를, "처음에 교직(敎直)이 대내전(大內殿)을 도왔었는데, 뒤에 쇼니도노(小貳殿)가 영토를 회복하자, 쇼니도노를 두려워하여 그 거주지를 버리고 몰래 히고주(肥後州) 야망가지(也望加知)로 갔습니다."라고 하였다.

> **지바도노(千葉殿)** : 기묘년(1459)에 사신을 보내어 내조하였다. 거주

---

181 지금의 나가사키현(長崎縣) 사가현(佐賀縣) 지방이다.

182 고토(五島) : 고토는 규수(九州) 맨 끝 나가사키항(長崎港)부터 서쪽으로 100km에 위치하여 북동 쪽에서 남서쪽 80km에 걸쳐 존재하는 크고 작은 섬 140여개를 가리킨다. 중세에 고토는 마쓰우라수군(松浦水軍)의 마쓰우라당(松浦黨)에 속하는 우쿠씨(宇久氏)가 가마쿠라시대(鎌倉時代) 이후 세력을 넓혀 우쿠지마(宇久島)에서 고토 열도 거의 전부를 지배하였다.

지에 작은 성이 있으며, 북쪽으로 하카다와 15리 떨어져 있다. 민가는 1천 2백여 호이고, 정병(正兵)은 5백여 명이다. 서계에 '비전주 소성 천엽개원윤(肥前州小城千葉介元胤)'이라 칭했다. 세견선 1척을 약조하였다.

**원의(源義)**: 을유년(1465)에 사신을 보내어 내조하였다. 서계에 '호자 일기수 원의(呼子一岐守源義)'라 칭했다. 세견선 1, 2척을 약조하였다. 쇼니도노의 관하로서 호자(呼子)에 거주하였다. 휘하에 군병이 있고 호자전(呼子殿)이라 칭했다.

**원납(源納)**: 을해년(1455)에 사신을 보내어 내조하였다. 서계에 '비전주 상송포파다도 원납(肥前州上松浦波多島源納)'이라 칭했다. 도서(圖書)를 받고 세견선 1, 2척을 약조하였다. 쇼니도노의 관하로서 하타노시마(波多島)에 거주하며, 장정은 10여 명에 지나지 않았다.

**원영(源永)**: 병자년(1456)에 사신을 보내어 내조하였다. 서계에 '비전주 상송포 압타 원영(肥前州上松浦鴨打源永)'이라 칭했다. 도서(圖書)를 받고 세견선 1, 2척을 약조하였다. 쇼니도노의 관하로서 압타(鴨打)에 거주한다. 휘하의 병졸이 있고 압타전(鴨打殿)이라 일컬었다.

**등원차랑(藤原次郎)**: 병자년(1456)에 사신을 보내어 내조하였다. 서계에 '비전주 상송포 구사도주 등원차랑(肥前州上松浦九沙島主藤原次郎)'이라 칭했다. 세견선 1, 2척을 약조하였다.

**원우위(源祐位)**: 정축년(1457)에 사신을 보내어 내조하였다. 서계에 '비전주 상송포 나호야 보천사 원우위(肥前州上松浦那護野寶泉寺源祐位)'라 칭했다. 세견선 1척을 약조하였다. 승려가 되어 보천사(寶泉寺)에 거주하였다.

**원성(源盛)** : 정축년(1457)에 사신을 보내어 내조하였다. 서계에 '비전주(肥前州) 상송포(上松浦) 단후태수(丹後太守) 원성(源盛)'이라 칭했다. 도서(圖書)를 받고 세견선 1척을 약조하였다. 쇼니도노(小二殿)[183]의 관하이며 휘하에 병사가 있다.

**원덕(源德)** : 병자년(1456)에 사신을 보내어 내조하였다. 서계에 '비전주(肥前州) 상송포(上松浦) 신전(神田) 능등수(能登守) 원덕(源德)'이라 칭했다. 도서(圖書)를 받고 세견선 1척을 약조하였다.

**원차랑(源次郞)** : 기축년(1469)에 사신을 보내어 내조하였다. 서계에 '비전주(肥前州) 상송포(上松浦) 좌지(佐志) 원차랑(源次郞)'이라 칭했다. 도서를 받고 세견선 1척을 약조하였다. 쇼니도노(小二殿)의 관하로서 무예에 능하였으며 휘하의 병사가 있다. 사시도노(佐志殿)라 하였다.

**의영(義永)** : 병자년(1456)에 사신을 보내어 내조하였다. 서계에 '비전주(肥前州) 상송포(上松浦) 구사도주(九沙島主) 등원조신(藤原朝臣) 축후수(筑後守) 의영(義永)'이라 칭했다. 도서를 받고 세견선 1척을 약조하였다.

**원의(源義)** : 을해년(1455)에 사신을 보내어 내조하였다. 서계에 '비전주(肥前州) 하송포(下松浦) 일기주태수(壹岐州太守) 지좌(志佐) 원의(源義)'라 하였다. 세견선 1~2척을 약조하였다. 쇼니도노(小二殿)의 관하로서 무예에 능하였으며 휘하의 병사가 있었다. 시사도노(志佐

---

183 쇼니도노(小二殿) : '少弐'라고 표기하기도 한다. 지쿠젠(筑前)과 히젠(肥前) 등 북규슈(北九州) 지방의 어가인(御家人)·수호대명(守護大名)이다. 쇼니씨(少弐氏)는 무토 스케나리(武藤資頼)가 태재부(大宰府)의 차관(次官)인 태재소이(大宰少弐)에 임명된 후 시작되었다.

殿)라 하였다.

**원만(源滿)** : 정축년(1457)에 사신을 보내어 내조하였다. 서계에 '비전
주(肥前州) 하송포(下松浦) 삼율야태수(三栗野太守) 원만(源滿)'이라
하였다. 세견선 1척을 약조하였다. 쇼니도노(小二殿)의 관하로 휘
하의 병사가 있으며 미쿠리노(三栗野)에 거주하였다.

**원길(源吉)** : 을축년(1445)에 처음 사신을 보내어 내조하였다. 서계에
'비전주(肥前州) 하송포(下松浦) 산성태수(山城太守) 원길(源吉)'이
라 하였다. 도서를 받고 세견선 1척을 약조하였다.

**원승(源勝)** : 을해년(1455)에 사신을 보내어 내조하였다. 서계에 '오도
(五島) 우구수(宇久守) 원승(源勝)'이라 하였다. 도서를 받고 세견선
1~2척을 약조하였다. 정축년(1457)에는 우리나라의 표류인을 돌려
보내 주었기 때문에 특별히 배 1척을 더 추가해주었다. 우쿠지마(宇
久島)에 거주하여 고토(五島)를 총괄하였으며, 휘하의 병사가 있다.

**소필 홍(少弼弘)** : 정축년(1457)에 사신을 보내어 내조하였다. 서계에
'비전주(肥前州) 전평(田平) 우진(寓鎭) 원조신(源朝臣) 탄정(彈正)
소필(少弼)[184] 홍(弘)'이라 하였다. 세견선 1~2척을 약조하였다. 휘
하의 병사가 있다.

**원의(源義)** : 병자년(1456)에 처음으로 사신을 보내어 내조하였다. 서
계에 '비전주(肥前州) 평호(平戶) 우진(寓鎭) 비주태수(肥州太守) 원
의(源義)'라 하였다. 도서를 받고 세견선 1척을 약조하였다. 소필
홍(少弼弘)의 아우로서 휘하의 병사가 있고, 히라도(平戶)[185]에 거주

---

**184** 소필(少弼) : 율령제(律令制)에서 탄정대(彈正台 ; 감찰·경찰기구)의 차관(次官). 정오
위하(正五位下)에 해당한다.

하였다.

**후지와라 요리나가(藤原賴永)** : 병술년(1466)에 주린(壽藺) 서기(書記)를 보내어 내조하였다. 서계에 '비전주(肥前州) 상송포(上松浦) 나구야(那久野) 등원뇌영(藤原賴永)'이라 하였다. 주린이 서계(書契)와 예물을 받아서 국왕에게 전하였다. 이 사실은 위의 야마시로주(上山城州) 호소카와씨(細川氏) 조(條)에 나타나 있다. 나쿠노(那久野)에 거주하였다.

**원종전(源宗傳)** : 무자년(1486)에 사신을 보내어 내조하였다. 서계에 '비전주(肥前州) 상송포(上松浦) 다구(多久) 풍전수(豐前守) 원종전(源宗傳)'이라 하였다. 소 사다쿠니(宗貞國)의 청으로 접대해 주었다. 다쿠(多久)[186]에 거주하여 휘하의 병사가 있다.

**원태(源泰)** : 무자년(1468)에 사신을 보내어 내조하였다. 서계에 '비전주(肥前州) 상송포(上松浦) 파다(波多) 하야수(下野守) 원태(源泰)'라 하였다. 소 사다쿠니의 청으로 접대해 주었다. 하다(波多)에 거주하고 휘하의 병졸이 있었다.

**사랑좌위문(四郞左衛門)** : 을유년(1465)에 미나모토 미쓰(源滿)의 사신으로 우리나라에 와서 동참(同參)[187]이란 관직을 받았다. 정해년(1467)과 무자년(1468)에 연이어 왔으므로 접대를 허락하지 않았다.

**미나모토사다(源貞)** : 정해년(1467)에 사신을 보내어 내조하고, 관음보살이 나타난 것을 치하하였다. 서계에 '비전주(肥前州) 하송포대

---

185  히라도(平戶) : 현재 규수(九州) 나가사키현(長崎縣) 지역이다.
186  다쿠(多久) : 현재 규수(九州) 사가현(佐賀縣) 지역이다.
187  동참(同參) : 조선 초의 의정부에 설치했던 동참지의정부사(同參知議政府事)의 준말이다.

도태수(下松浦大島太守) 원조신(源朝臣) 정(貞)'이라 칭했다. 오시마(大島)[188]에 거주하였으며, 휘하의 병졸이 있었다.

**미나모토요시(源義)** : 정해년(1467)에 사신을 보내어 내조하고, 관음보살이 나타난 것을 치하하였다. 서계에 '비전주(肥前州) 하송일기진기태수(下松一岐津崎太守) 원의(源義)'라 칭했다. 휘하의 병졸이 있었다.

**사다시게(貞茂)** : 기축년(1469)에 사신을 보내어 내조하였다. 서계에 '오도도대도태수(五島悼大島太守) 원조신(源朝臣) 정무(貞茂)'라 칭했다. 소 사다쿠니의 청으로 접대해 주었다. 고토(五島)에 거주하였으며, 원승(源勝) 관하의 미약한 자였다.

**미나모토시게(源茂)** : 정해년(1467)에 사신을 보내와서 우화사리(雨花舍利)를 치하하였다. 서계에 '오도옥포수(五島玉浦守) 원조신(源朝臣) 무(茂)'라 칭했다. 고토(五島)에 거주하였으며, 원승(源勝) 관하의 미약한 자였다.

**미나모토사다(源貞)** : 정해년(1467)에 사신을 보내와서 관음보살이 나타난 것을 치하하였다. 서계에 '오도태수(五島太守) 원정(源貞)'이라 칭했다. 고토(五島)에 거주했으며, 원승(源勝) 관하의 미약한 자였다.

**후지와라세이(藤原盛)** : 기축년(1469)에 사신을 보내어 내조하였다. 서계에 '오도일도태수(五島日島太守) 등원조신(藤原朝臣) 성(盛)'이라 칭했다. 소 사다쿠니의 청으로 접대해 주었다. 고토(五島)에 거주했으며, 원승(源勝) 관하의 미약한 자였다.

**청남(清男)** : 기축년(1469)에 사신을 보내어 내조하였다. 서계에 '비전

---

188  오시마(大島) : 도쿄(東京)의 남서쪽 이즈(伊豆) 반도 동쪽 해상에 있는 섬이다.

주(肥前州) 피저군(彼杵郡) 피저원강(彼杵遠江) 청원조신(淸原朝臣)
청남(淸男)'이라 칭했다. 소 사다쿠니의 청으로 접대해 주었다.

**후지와라 시게토시(源重俊)** : 정해년(1467)에 사신을 보내어 사리가 분
신(分身)한 것을 치하하였다. 서계에 '비전주(肥前州) 태촌태수(太村
太守) 원중준(源重俊)'이라 칭했다. 태촌(太村)에 거주했으며, 무예
에 능하고 휘하의 병졸이 있었다.

**후지와라 노부요시(源信吉)** : 무자년(1468)에 사신을 보내와서 관음보
살이 나타난 것을 치하하였다. 서계에 '비전주(肥前州) 풍도진태수
(風島津太守) 원신길(源信吉)'이라 칭했다.

**후지와라 도요히사(源豐久)** : 신묘년(1471)에 사신을 보내어 내조하였
다. 서계에 '평호우진(平戶寅鎭) 비주태수(肥州太守) 원풍구(源豐
久)'라 하였다. 아비 요시마쓰(義松)가 기축년(1469)에 서거하자, 요
시마쓰가 받은 도서(圖書)를 보내고 새 도서를 받기를 청하므로,
이에 보내 주었다.

## 히고주(肥後州)

온천이 있다. 군이 14개, 논은 1만 5천 3백 97정이다.

**기쿠치도노(菊池殿)** : 병자년(1456)에 사신을 보내어 내조하였다. 서
계에 '비축이주태수(肥筑二州太守) 등원조신(藤原朝臣) 국지위방(菊
池爲邦)'이라 칭했다. 세견선 1, 2척을 약조하였다. 경인년(1470)에
또 사신을 보내어 도서(圖書)를 받았다. 관할하는 군사는 2천여 명
이다. 대대로 기쿠치도노(菊池殿)라 일컬었으며, 대대로 히고주(肥
後州)를 주관하였다.

**후지와라 다메후사(藤原爲房)** : 을해년(1455)에 사신을 보내어 내조하

였다. 서계에 '비후주(肥後州) 등원위방(藤原爲房)'이라 칭했다. 세견선 1척을 약조하였다.

**교신(敎信) :** 기묘년(1459)에 사신을 보내어 내조하였다. 서계에 '비후주(肥後州) 8대(八代) 원조신(源朝臣) 교신(敎信)'이라 칭했다. 세견선 1척을 약조하였다.

**마사시게(政重) :** 정해년(1467)에 사신을 보내와서 관음보살이 나타난 것을 치하하였다. 이보다 앞서 두 번이나 우리나라의 표류인을 구조하였다. 서계에 '비후주(肥後州) 대장군(大將軍) 대교(大橋) 원조신(源朝臣) 정중(政重)'이라 칭했다.

**무교(武敎) :** 정축년(1457)에 무마(武磨)라는 자가 사람을 보내어 내조하였으나, 먼 곳에 있는 긴요하지 않은 사람이라 하여 접대하지 않았다. 정해년(1467)에 무교(武敎)라 이름을 고치고 사람을 보내와서 관음보살이 나타난 것을 치하하였다. 서계에 '비후주(肥後州) 고뢰군(高瀨郡) 등원무교(藤原武敎)'라 칭했다. 기쿠치도노(菊池殿)의 족친으로서 그 관하가 되어 다카세(高瀨)에 거주하였다.


## 휴가주(日向州)
군이 5개, 논은 7천 2백 36정이다.


## 오스미주(大隅州)
군이 8개, 논은 6백 73정이다.

## 사쓰마주(薩摩州)

유황이 생산된다. 군이 13개, 논은 4천 6백 30정이다.

　**모리히사(盛久)** : 정축년(1457)에 사신을 보내어 내조하였다. 서계에 '살마주(薩摩州) 일향태수(日向太守) 등원성구(藤原盛久)'라 칭했다. 세견선 1, 2척을 약조하였다.

　**히로히사(熙久)** : 을해년(1455)에 사신을 보내어 내조하였다. 서계에 '살마주(薩摩州) 이집원우진우주태수(伊集院寓鎭隅州太守) 등원희구(藤原熙久)'라 칭했다. 세견선 1, 2척을 약조하였다.

　**모치히사(持久)** : 정축년(1457)에 사신을 보내어 내조하였다. 서계에 '살마주(薩摩州) 도진(島津) 등원조신(藤原朝臣) 지구(持久)'라 하였다. 세견선 1척을 약조하였다. 다다쿠니(忠國)의 족친으로서 그의 관하가 되어 시마즈(島津)에 거주하였다.

　**원충국(源忠國)** : 정축년(1457)에 사신을 보내어 내조하였다. 서계에 '살마삼주태수도진 원충국(薩摩三州太守島津源忠國)'이라 칭했다. 세견선 1척을 약조하였다. 정해년(1467)에 관음보살이 나타난 것을 축하하려고 또 사신을 보내었다. 서계에 '일우살삼주태수도진육오(日隅薩三州太守島津陸奥) 원충국(源忠國)'이라 칭했다. 국왕의 족친으로서 사쓰마(薩摩)·휴가(日向)·오스미(大隅) 3주의 일을 총괄하였다.

　**등원충만(藤原忠滿)** : 정해년(1467)에 사신을 보내어 와서 관음보살이 나타난 것을 치하하였다. 서계에 '살마주 일기도대관(薩摩州壹岐島代官) 등원충만(藤原忠滿)'이라 칭했다.

　**지길(只吉)** : 무자년(1468)에 사신을 보내어 내조하였다. 서계에 '살마주방박대관(薩摩州房泊代官) 지길(只吉)'이라 칭했다. 소 사다쿠니의 청으로 접대해 주었다.

**구중(久重)** : 무자년(1468)에 사신을 보내어 내조하였다. 서계에 '살마 주 시래천벌태수 대장씨(薩摩州市來千伐太守大藏氏) 구중(久重)'이 라 칭했다. 소 사다쿠니의 청으로 접대해 주었다.

**국구(國久)** : 무자년(1468)에 사신을 보내어 내조하였다. 서계에 '시래 태수 대장씨(市來太守大藏氏) 국구(國久)'라 칭했다. 소 사다쿠니의 청으로 접대해 주었다. 충국(忠國)의 종제로서 그 관하가 되어 부부 (部府)에 거주하였다.

**길국(吉國)** : 기축년(1469)에 사신을 보내어 내조하였다. 서계에 '살마 주 내종도태수(薩摩州內種島太守) 길국(吉國)'이라 칭했다. 소 사다 쿠니의 청으로 접대해 주었다.

**지영(持永)** : 기축년(1469)에 사신을 보내어 내조하였다. 서계에 '살마 주 도진 등원조신(薩摩州島津藤原朝臣) 지영(持永)'이라 칭했다. 소 사다쿠니의 청으로 접대해 주었다.

# 쓰시마(對馬島)

군(郡)은 8개이다. 민가는 모두 바닷가 포구를 따라 살고 있는데, 모두 82포(浦)다. 남에서 북은 사흘길이고, 동에서 서는 하룻길, 혹 한나절 길도 된다. 사방이 모두 돌산이라 토지가 메마르고 백성들이 가난하여 소금을 굽고 고기를 잡아 팔아서 생활한다. 소씨(宗氏)가 대대로 도주 (島主) 노릇을 하는데, 그 선조는 소케이(宗慶)이다. 소케이가 죽자 아 들 영감(靈鑑)이 계승하고, 영감이 죽자 아들 사다시게(貞茂)가 계승하 고, 사다시게가 죽자 아들 사다모리(貞盛)가 계승하고, 사다모리가 죽 자 아들 시게모토(成職)가 계승하였다. 시게모토가 죽자 계승할 아들 이 없었다. 정해년(1467)에 도민(島民)들이 사다모리(貞盛)의 동모제(同 母弟)인 모리쿠니(盛國)의 아들 사다쿠니(貞國)를 세워 도주(島主)로 삼 았다.

군수(郡守) 이하 지방 관리는 모두 도주가 임명하는데 또한 세습하며, 토지와 염호(鹽戶)를 나누어 예속시킨다. 3교대로 7일 만에 서로 교체 하여 도주의 집을 수직한다. 군수는 자기의 관할 구역을 매년 흉작인지 풍작인지를 실지로 조사하여 세를 받아들이되, 그 3분의 1을 취하고 또한 그것을 3분하여 2분은 도주에게 바치고 1분은 자신이 사용한다. 도주의 목장은 네 군데인데, 말이 2천여 필이나 되고, 등허리가 굽은 말이 많다. 생산품은 감귤(柑橘)과 목저(木楮)뿐이다.

남과 북에 높은 산이 있는데 모두 천신(天神)이라 이름하여 남은 자신 (子神), 북은 모신(母神)이라 한다. 풍속이 신(神)을 숭상하여 집집마다 소찬(素饌)으로 제사지내고, 산의 초목이나 금수(禽獸)도 감히 침범하는 사람이 없다. 죄인이 신당(神堂)으로 도망가면 또한 감히 쫓아가 체포하지 못한다.

　위치가 해동(海東) 여러 섬들의 요충이어서 우리나라에 왕래하는 각지의 추장들이 반드시 경유해야 할 곳이므로, 모두 도주의 문인(文引)을 받은 뒤에라야 오게 된다. 도주 이하가 각기 사선(使船)을 보내는 것이 해마다 일정한 액수(額數)가 있는데, 쓰시마는 우리나라에 가장 가까운 섬인데다가 매우 가난하기 때문에 해마다 쌀을 차등 있게 주었다.

## 8군(郡)

### 도요사키군(豐崎郡)[1] [도이사기군(都伊沙只郡)이라고도 한다.]

　군수(郡守) 소 모리토시(宗盛俊) : 소 사다쿠니(宗貞國)의 이복형(異腹兄)이다. 전에 소 사다쿠니가 군수이었다가, 지금은 모리토시에게 전해준 것이다. 모리토시는 고우포(古于浦)[2]에 거주하면서 멀리서 다스린다. 무자년(1468)에 사신을 보내어 내조하였다. 서계에 '대마도(對馬島) 수호대관(守護代官) 평조신(平朝臣) 종(宗) 조륙(助六) 성준(盛俊)'이라 칭했다.

---

1　8군 가운데 도요사키군만 일본식 표기이며, 나머지 7군 82포의 이름은 일본 음을 한국 한자음으로 표기한 것이다. ―中村榮孝,「朝鮮初期の文獻に見える日本の地名」,『日鮮關係 史の研究』, 吉川弘文館, 1965.
2　쓰시마후추(對馬府中)가 있던 포구인데 쓰시마국의 부(府)가 있어서 고쿠후(國府)라 불렸다. 메이지유신 직후에 이즈하라(嚴原)로 개칭되었다.

## 두두군(豆豆郡)

군수(郡守) 소 히코지로 모리요(宗彦次郎盛世)

## 이내군(伊乃郡)

군수(郡守) 소 모리히로(宗盛弘) : 스케모치(資茂)의 아들이고 소 사다
모리(宗貞盛)의 손아래 누이의 남편이다. 을축년(1445)에 사신을 보
내어 내조하였다. 서계에 '대마주(對馬州) 종(宗) 우위문위(右衛門
尉) 성홍(盛弘)'이라 하였다. 세견선 4척과 해마다 쌀과 콩 합쳐 15
석을 주기로 약조하였다.

## 괘로군(卦老郡) [인위군(仁位郡)이라고도 한다.]

군수(郡守) 소 시게히데(宗茂秀) : 계축년(1433)에 사신을 보내어 내조하
였다. 서계에 '출우수(出羽守) 종(宗) 대선(大膳) 무수(茂秀)'라 하였다.
아들이 없어, 아우 시게나오(茂直)의 아들 소 히코쿠로 사다히데(宗
彦九郎貞秀)를 아들로 삼았다. 시게히데의 아버지 가모(賀茂)가 일찍
이 도주(島主) 영감(靈鑑)을 내쫓고 그 직책을 빼앗았다. 영감의 아들
사다시게(貞茂)가 도로 빼앗았으나, 가모의 족속이 강성하여 절사(絶
嗣)하지는 못하고 시게히데를 도대관(都代官)으로 삼은 것이다.

## 요라군(要羅郡)

군수는 도주(島主) 자신이 맡았다.

## 미녀군(美女郡)

군수는 도주 자신이 맡았다.

## 쌍고군(雙古郡)

군수는 도주 자신이 맡았다.

## 이로군(尼老郡)

**군수 소 모리이에(宗盛家)** : 소 사다모리(宗貞盛)의 재종 동생으로 사다모리의 사위가 되었다. 갑자년(1444)에 사신을 보내어 내조하였다. 서계에 '대마주(對馬州) 종(宗) 신농수(信濃守) 성가(盛家)'라 하였다. 세견선 4척이었는데, 임신년(1452)에 그들의 청으로 3척을 추가하고 해마다 쌀과 콩을 합쳐 20섬을 주기로 약조하였다.

**호군(護軍) 다라이라(多羅而羅)** : 일명은 이라쇄문가차(而羅灑文家次)요, 일명은 이라쇄문가계(而羅灑文家繼)요, 일명은 평송이라쇄문가계(平松而羅灑文家繼)요, 일명은 태랑이랑(太郎二郎)이라 하였다. 경진년(1460)에 도서(圖書)를 받았고, 오면 쌀과 콩을 합쳐 10석을 주었다. 적(賊)의 우두머리였다.

## 82포(浦)[3]

**시고리포(時古里浦)**[4] [20여 호(戶)이다.]
**이신도마리포(尼神都麻里浦)** [1백여 호이다.]

---

3 쓰시마 포구 지명은 대부분 일본어 발음을 한자로 음차하여 표기한 것이기에 일본어 발음으로 바꾸지 않았다.
4 포(浦)는 일본어 지명에 없던 글자인데 신숙주가 포구, 어촌이라는 사실을 강조하기 위해 붙였다.

**피다가지포(皮多加地浦)** [50여 호이다.]

**안이노포(安而老浦)** [20여 호이다.]

　**사직(司直) 원무기(源茂崎)** : 을해년(1445)에 우리나라 표류인(漂流人)
　을 구한 공로로 관직을 받았다.

**수우시포(守于時浦)** [50여 호이다.]

**낭가고시포(郎加古時浦)** [30여 호이다.]

**두미포(頭未浦)** [10여 호이다.]

**온요포(蘊要浦)** [1백여 호이다.]

**긴포(緊浦)** [40여 호이다.]

**아시미포(阿時未浦)** [1백여 호이다.]

**피도포(皮都浦)** [20여 호이다.]

**화인도마리포(和因都麻里浦)** [20여 호이다.]

**오시포(五時浦)**[5] [20여 호이다.]

**시다포(時多浦)** [3백 50여 호이다.]

**사가포(沙加浦)** [5백여 호이다.]

　**호군(護軍) 육랑쇄문(六郎灑文)** : 기묘년(1459)에 와서 도서(圖書)를 받
　았다. 오면 쌀과 콩을 합쳐 10섬을 주었다.

　**호군(護軍) 아마두(阿馬豆)** : 예전에는 이키노시마(壹岐島) 모도이포(毛
　都伊浦)에 거주하였다. 해적의 우두머리 미야우치 시로(宮內四郎)
　의 아들이다. 무인년(1458)에 도서를 받았고, 오면 쌀과 콩을 합쳐
　10섬을 주었다. 무자년(1468)에 우사라성수(又四羅盛數)라고 개명

---

5　포(浦)는 우리말로 훈차하여 '오시개'로 읽을 수 있다. 시다포는 '시다개'이다. ―심보경,
「해동제국기 지명에 반영된 한일 중세어 표기법」 참조.

하였다.

**사정(司正) 도라마도(都羅馬都)** : 육랑쇄문(六郞灑文)의 아들이다. 갑신년(1464)에 와서 관직을 받았다.

**사정(司正) 도라이로(都羅而老)** : 귀화한 철장(鐵匠) 간지사야문(干知沙也文)의 아들이다. 아버지를 따라 우리나라에 와서 관직을 받았다. 지금은 본도(本島)로 돌아갔다.

**봉성행(奉盛幸)** : 본래는 중국 사람이다. 도주 소 시게모토(宗成職) 때에 서계(書契)와 문인(文引)을 담당하였다. 정축년(1457)에 도주의 요청에 따라 도서를 받았다. 세견선 1척을 약조하였다. 서계에 ‘해서로(海西路) 관처진수(關處鎭守) 봉성행(奉盛幸)’이라 칭했다.

**직성(職盛)** : 옛 대관(代官) 소 모리나오(宗盛直)의 아들이다. 무자년(1468)에 사신을 보내어 내조하였다. 기축년(1469)에 또 사신을 보내어 내조하였다. 아버지를 이어 세견선을 요청하였으나 도주의 서계가 없었기 때문에 들어주지 않았다. 서계에 ‘대마주(對馬州) 평조신(平朝臣) 종(宗) 사랑(四郞) 직성(職盛)’이라 칭했다.

**시라포(時羅浦)** [10여 호이다.]

**구시로포(仇時老浦)** [30여 호이다.]

**소온로포(所溫老浦)** [1백여 호이다.]

**온지로모포(溫知老毛浦)** [60여 호이다.]

**곤지로포(昆知老浦)** [40여 호이다.]

**야리고포(也里古浦)** [30여 호이다.]

**요고포(要古浦)** [20여 호이다.]

**시라고포(時羅古浦)** [20여 호이다.]

**요시포(要時浦)** [10여 호이다.]

**가문제포(可門諸浦)** [30여 호이다.]

**훈라곶(訓羅串)** [1백여 호이다.]

> **상호군(上護軍) 평무지(平茂持)** : 다이라 모리히데(平盛秀)의 아우인데, 종형 로쿠로지로(六郎次郎)의 뒤를 이었다. 오면 쌀과 콩을 합쳐 15섬을 주었다.

> **호군(護軍) 피고시라(皮古時羅)** : 다이라 시게모치(平茂持)의 아우이다. 갑신년(1464)에 관직을 받고, 기축년(1469)에 도서(圖書)를 받았다. 오면 쌀과 콩을 합쳐 10섬을 주었다.

> **부사과(副司果) 평이야지(平伊也知)** : 다이라 시게모치(平茂持)의 아들인데, 또 하나의 이름은 하야타 히코하치(早田彦八)라고 한다. 경인년(1470)에 도주(島主)의 요청으로 관직을 받았다.

**구수음부포(仇愁音夫浦)** [20여 호이다.]

**오가다포(吾可多浦)** [20여 호이다.]

**계지포(桂地浦)** [4백여 호이다.]

**이우포(尼于浦)** [10여 호이다.]

**나무뢰포(那無賴浦)** [30여 호이다.]

**고포(古浦)** [10여 호이다.]

**안사모포(安沙毛浦)**

**고우포(古于浦)** [1백여 호이다.]

> **도주(島主) 소 사다쿠니(宗貞國)** : 현재의 천황(天皇) 가키쓰(嘉吉) 3년 계해년(1443)[정통(正統) 8년]에 소 사다모리(宗貞盛)가 도주이었을 때, 세견선 50척을 약조하고 만약 부득이 보고할 일이 있으면 정수(定數) 외의 배를 보내기로 하였는데 이를 특송(特送)이라 하였다. 한 해에 쌀과 콩을 합쳐 2백 섬을 주기로 하였다.

**소 사다히데(宗貞秀)** : 소 사다쿠니(宗貞國)의 장자로, 사다쿠니와 함께 거주한다. 정해년(1467)에 사신을 보내어 내조(來朝)하였는데, 서계에 '대마주(對馬州) 평조신(平朝臣) 정수(貞秀)'라 하였다. 세견선 7척과 한 해에 쌀과 콩 합쳐 15석을 주기로 약조하였다. 사다히데가 사다쿠니의 관직을 이었기 때문에 배 보내는 것과 쌀 주는 것을 모두 이전대로 하였다.

**모리토시(盛俊)** : 야마자키 군수(豐崎郡守)이다.[자세한 것은 야마자키 군 조에 보인다.]

**국행(國幸)** : 올해 신묘년(1471)에 쓰시마의 특송(特送)으로 내조(來朝)하였다. 겸하여 삼포(三浦)의 일을 살피었다. '종(宗) 대선(大膳) 국행(國幸)'이라 칭했다. 도주가 가까이하고 신임하였기 때문에 별도의 예로 후하게 대우하고 보냈다.

**구다포(仇多浦)** [30여 호이다.]

**조선오포(造船五浦)** [10여 호이다.]

**앙가미포(仰可未浦)** [10여 호이다.]

**괘이로포(卦伊老浦)** [20여 호이다.]

**나이로포(那伊老浦)** [20여 호이다.]

**안좌모포(安佐毛浦)** [50여 호이다.]

**두두포(豆豆浦)** [3곳을 합하여 3백여 호이다.]

**종무세(宗茂世)** : 일명 소 도라쿠마마루(宗虎熊丸)인데, 소 사다모리의 조카이다. 을해년(1455)에 세견선 3척과 쌀과 콩 합쳐 10석을 주기로 약조하였다. 서계에 '구주시소관사(九州侍所管事) 평조신(平朝臣) 종언팔랑(宗彦八郎) 무세(茂世)'라 칭했다.

**세이포(世伊浦)** [20여 호이다.]

**구여포(仇女浦)** [2곳을 합하여 50여 호이다.]

**사수포(沙愁浦)** [4곳을 합하여 3백여 호이다.]

　**국구(國久)** : 기유년(1429)에 도주(島主)의 요청으로 인하여 도서(圖書)를 받았다. 서계에 '대마주 좌호군대관 평조신 종파마안(對馬州佐護郡代官平朝臣宗播磨安) 국구(國久)'라 칭했다. 세견선 1척을 약조하였다. 천신산(天神山)의 해적(海賊)을 관할하면서 현재 군사를 거느리고 하카다(博多)에 있다.

　**종언구랑 사다히데(宗彦九郎貞秀)** : 옛날의 대관(代官)이던 소 모리나오(宗盛直)의 종제인데, 괘로 군수(卦老郡守) 종무수(宗茂秀)가 세워 후사(後嗣)로 삼았다. 경진년(1460)에 사신을 보내어 내조하였다. 서계에 '대마주 평조신 종언구랑(對馬州平朝臣宗彦九郎) 정수(貞秀)'라고 칭했다. 도서(圖書)를 받고, 세견선 1척을 약조하였다.

　**상호군(上護軍) 종성길(宗盛吉)** : 소 모리이에(宗盛家)의 아우이다. 계미년(1463)에 도서를 받았다. 그들이 오면 쌀과 콩을 합하여 15섬을 주었다. 지금은 그가 죽고 아들이 있는데, 현재까지 사신을 보내지 않고 있다.

　**종무수(宗茂秀)** : 괘로(卦老) 군수이다.

　**종무직(宗茂直)** : 종무수의 동복제(同腹弟)이다.

**아리포(阿里浦)** [1백여 호이다.]

**마오리포(麻吾里浦)** [20여 호이다.]

**우나두라포(于那豆羅浦)** [50여 호이다.]

**다포(多浦)** [1백여 호이다.]

**미녀포(美女浦)** [6백 50여 호이다.]

**구지지포(仇知只浦)** [세 곳을 합해서 1백 50여 호이다.]

**이내포**(伊乃浦) [두 곳을 합해서 1백여 호이다.]

**이다로포**(尼多老浦) [3백여 호이다.]

**시시미포**(是時未浦) [20여 호이다.]

**구파로포**(仇波老浦) [20여 호이다.]

**두라포**(豆羅浦) [1백여 호이다.]

**가라수포**(加羅愁浦) [50여 호이다.]

**사수나포**(沙愁那浦) [4백여 호이다.]

> **국길**(國吉) : 무자년(1468)에 사신을 보내어 내조하였다. 서계에 '좌수
> 나 대관 평조신 종석견수 국길(佐須那代官平朝臣宗石見守國吉)'이라
> 칭했다.

**오온포**(吾溫浦) [1백여 호이다.]

> **호군**(護軍) **피고여문**(皮古汝文) : 무인년(1458)에 관직을 받고 경진년
> (1460)에 도서(圖書)를 받았다. 삼포(三浦)에 상주하는 왜인(倭人)을
> 맡아 다스렸다.

> **사정**(司正) **소온피파지**(所溫皮破知) : 종무(宗茂)의 차자(次子)인데, 종
> 무실(宗茂實)이라 이름을 고쳤다. 정해년(1467)에 도주(島主)의 청
> 으로 관직을 받았다.

> **종무차**(宗茂次) : 경진년(1460)에 우리나라 표류인들을 구출하여 내조
> 하였다. 정해년(1467)에도 또 왔다. '대마주 상진군 추포 평조신 종
> 백기수(對馬州上津郡追浦平朝臣宗伯耆守) 무차(茂次)'라 칭했다.

**이시로도이포**(尼時老道伊浦) [70여 호이다.]

**도우로포**(道于老浦) [40여 호이다.]

**야음비도포**(也音非道浦) [인가(人家)가 없다.]

**와니로포**(臥尼老浦) [10여 호이다.]

**가오사지포**(可吾沙只浦) [신당(神堂)이 있다.]

**아오두라가지포**(阿吾頭羅可知浦) [1백여 호이다.]

**가리야도포**(可里也徒浦) [2백여 호이다.]

**민사지포**(敏沙只浦) [2백여 호이다.]

**두지동포**(頭知洞浦) [2백여 호이다.]

> **중추(中樞) 평무속(平茂續)** : 적도(賊徒)의 괴수 소다(早田)의 아들이다. 일찍이 우리나라에 와서 벼슬하여 중추(中樞)가 되었는데, 지금은 쓰시마로 돌아갔다.

> **호군(護軍) 중미오랑(中尾吾郎)** : 평무속(平茂續)의 아들인데, 나카오 단조(中尾彈正)가 세워 후사(後嗣)로 삼았다. 무자년(1468)에 관직을 받았다.

**가시포**(可時浦) [1백 50여 호이다.]

> **호군(護軍) 정가문수계(井可文愁戒)** : 아버지는 적도(賊徒)의 괴수 정대랑(井大郎)인데, 기해년(1419)에 동정(東征)했을[6] 때 공이 있었다. 을유년(1465)에 도서를 받았다. 한 해 동안에 쌀과 콩을 합하여 10섬을 주기로 하였다. 임오년(1462)에 아비의 관직을 세습하였다.

**피로포**(皮老浦) [40여 호이다.]

**다계로포**(多計老浦) [80여 호이다.]

**구로세포**(仇老世浦) [1백 40여 호이다.]

---

6 태종 때에 60여차나 왜구가 침략하자. 태종이 세종에게 왕위를 물려주고 1419년에 이종무(李從茂)를 삼군도체찰사에 임명해 쓰시마를 정벌하였다. 병선 227척과 군사 1만 7285명을 동원하여 6월 19일 주원방포를 떠나 20일 쓰시마에 상륙하였다. 114명의 목을 베고 가옥 1939호를 불 태우며 배 129척을 노획한 뒤에도 몇 차례 수색이 이어지자 도주 소 사다모리가 항복해, 7월 3일 거제도로 돌아왔다. 이후에 왜구의 침략이 줄어들었다.

**호군(護軍) 피고구라(皮古仇羅)** : 해적의 괴수인 호군(護軍) 등무가(藤武家)이니, 왜훈(倭訓) 변사야문(邊沙也文)의 아들이다. 을유년(1465)에 관직도 받고 도서도 받았다. 우리나라에 오면 쌀과 콩 10석을 주었다.

**수모포(愁毛浦)** [4백여 호이다.]

**오야마포(吾也麻浦)** [5백여 호이다.]

**노부포(老夫浦)** [2백여 호이다.]

**와이다포(臥伊多浦)** [1백여 호이다.]

**고로세포(古老世浦)** [50여 호이다.]

**개이사나포(介伊俟那浦)** [2백여 호이다.]

**호군(護軍) 시란가모(時難價毛)** : 평가구(平家久)이니, 왜훈 화지란쇄모(和知難灑毛)의 아들이다. 무자년(1468)에 관직을 받았다.

**오보라구시포(吾甫羅仇時浦)** [50여 호이다.]

**쌍개포(雙介浦)** [50여 호이다.]

**완다로포(完多老浦)** [1백여 호이다.]

**고무응지포(古茂應只浦)** [2백여 호이다.]

**사오포(沙吾浦)** [1백여 호이다.]

# 이키노시마(壹岐島)

향(鄕)은 7개, 논은 6백 20정(町) 6단(段)이다. 마을은 내륙쪽 마을이 13개이고, 바닷가 포구가 14개이다. 동쪽에서 서쪽까지는 한나절 길이고, 남쪽에서 북쪽까지는 하룻길이다. 시사(志佐)·사시(佐志)·호자(呼子)·압타(鴨打)·염진류(鹽津留)로 나누어 다스린다. 시장이 3개소이며 논과 밭이 반반인데, 토질은 오곡의 경작에 적합하다. 수세(收稅)는 쓰시마와 같다.

## 7향(七鄕)

### 가수향(加愁鄕)

사시 대관(佐志大官)이 주관한다.

### 유다지향(惟多只鄕)

시사 대관(志佐代官) 원무(源武)가 주관한다.

무자년(1468)에 도서(圖書)를 받고 세견선 배 1, 2척을 약조하였다. 서계에 '일기수호 대관 진궁 병부소보 원무(壹岐守護代官眞弓兵部少輔源武)'라 칭했다.

## 고구음부향(古仇音夫鄕)

원경(源經)이 주관한다.

기축년(1469)에 도서를 받고 세견선 1, 2척을 약조하였다. 서계에 '상송
포 염진류 조차랑 원경(上松浦鹽津留助次郞源經)'이라 칭했다.

　　**원중실(源重實)** : 정축년(1457)에 세견선 1척을 약조하였다. 서계에 '상
　　　송포 염진류 송림원주 원중실(上松浦鹽津留松林院主源重實)'이라 칭
　　　했다.

　　**종수(宗殊)** : 기묘년(1459)에 사신을 보내어 내조(來朝)하였다. 서계에
　　　'일기주 상송포 염진류 관음사종수(壹岐州上松浦鹽津留觀音寺宗殊)'
　　　라 칭했다. 세견선 1척을 약조하였다.

## 소우향(小于鄕)

호자 대관(呼子代官) 원실(源實)이 주관한다.

세견선 1척을 약조하였다. 서계에 '상송포 호자 일기주대관 목산대도
원실(上松浦呼子壹岐州代官牧山帶刀源實)'이라 칭했다. 경인년(1470)에
원실의 아들 정(正)이 사신을 보내어 내조하였다. 서계에 "지난해 6월에
아버지가 관군(官軍)의 선봉이 되었다가 적에게 죽었으므로 신(臣)이 가
업을 계승하였습니다." 하였다. 그의 아버지를 대우하던 예에 의거하여
관대(館待)[1]해 주었다.

## 무산도향(無山都鄕)

압타 대관(鴨打代官)이 주관한다.

---

1　왜관(倭館)에서 사자(使者)를 등급에 따라 접대하는 대우.

### 시왈라향(時日羅鄕)

호자(呼子)와 압타(鴨打)에서 나누어서 다스리는데 각기 대관(代官)이
있다.

### 낭가오두향(郞可吾豆鄕)

호자와 압타에서 나누어 다스리는데, 각기 대관이 있다.

# 13리(十三里)

**파고사지(波古沙只)** [1백 50여 호이다.]

**신소우(信昭于)** [70여 호이다.]

**신가이(信加伊)** [1백 30여 호이다.]

**아리다(阿里多)** [50여 호이다.]

**이제이시(伊際而時)** [1백여 호이다.]

**수미요시(愁未要時)** [70여 호이다.]

**야마로부(也麻老夫)** [90여 호이다.]

**야나이다(也那伊多)** [3백여 호이다.]

**우시가다(牛時加多)** [1백여 호이다.]

**다저이시(多底伊時)** [90여 호이다.]

**모이라(毛而羅)** [50여 호이다.]

**후계(侯計)** [80여 호이다.]

**호응구(戶應口)** [50여 호이다.]

# 14포(十四浦)

**세도포(世渡浦)** [30여 호이다.]

**두두지포(豆豆只浦)** [20여 호이다.]

**구지포(仇只浦)** [20여 호이다.]

**인도온이포(因都溫而浦)** [40여 호이다.]

**아신다사지포(阿神多沙只浦)** [40여 호이다.]

**두음보포(頭音甫浦)** [40여 호이다.]

**화지야마포(火知也麻浦)** [1백여 호이다.]

**모도이포(毛都伊浦)** [1백 호이다.]

　　**호군(護軍) 삼보랑대랑(三甫郎大郎) :** 적(賊)의 괴수 호군(護軍) 등영(藤永)의 계자(繼子)이다. 신사년(1461)에 도서(圖書)를 받았다. 우리나라에 오면 쌀과 콩을 합해서 10섬을 주었다.

　　**사정(司正) 유라다라(有羅多羅) :** 또 하나의 이름은 가문수계 원정(可文愁戒源貞)이니, 삼보랑대랑(三甫郎大郎)의 형이다. 무인년(1458)에 관직을 받았다.

　　**사정 두류보시(豆流保時) :** 등구랑(藤九郎)의 차자인데, 경인년(1470)에 관직을 받았다. 장자(長子) 야삼보라(也三甫羅)가 지금 우리나라에 와서 벼슬하여 사정(司正)이 되었다.

**훈내고시포(訓乃古時浦)** [40여 호이다.]

**와다라포(臥多羅浦)** [1백여 호이다.]

**무응지야포(無應只也浦)** [1백 40여 호이다.]

**구로사지포(仇老沙只浦)** [20여 호이다.]

**우라우미포(于羅于未浦)** [50여 호이다.]

## 가자모토우라(風本浦)<sup>2</sup> [일본 음은 간사모도우라(間沙毛都于羅)이다.]

2　현재의 나가사키현(長崎縣) 이키시(壹岐市) 가쓰모토초(勝本町) 가쓰모토우라(勝本浦).
이키노시마(壹岐島)의 북부에 위치하고 있고, 에도시대에는 어업권만을 부여받아 고래잡
이로 번영한 어촌이다. 조선후기 통신사행 중 마지막 1811년을 제외한 사행 때마다 사신
일행이 주로 이곳 류구지(龍宮寺)와 다옥(茶屋)에 묵었고, 이키를 관할하는 히라도(平戸)
도주(島主)의 접대를 받았다. 당시에는 가쓰모토항(勝本港)의 쇼무라만(正村灣)의 수심이
얕아서 본선(本船)을 매어둘 수 없었기 때문에 일본의 재래식 목선[和船]에 옮겨 타고 항
구로 들어갔다. −조선시대 대일외교 용어사전

# 류큐국기
## 琉球國紀

## 국왕대서(國王代序)

국왕은 세습한다. 홍무(洪武) 23년 경오년(1390)에 국왕 찰도(察度)가 (고려 공양왕에게) 사신을 보내어 내조(來朝)하였는데, '유구국(琉球國) 중산왕(中山王)'이라 칭했다. 이때부터 해마다 사신을 보내었고, 그 세자(世子) 무녕(武寧)도 방물(方物)을 헌상하였다. 영락(永樂) 7년 기축년(1409)에 그 손자 사소(思紹)가 사신을 보내어 '유구국 중산왕'이라 칭했다. 그 서계(書契)에 대략, "선조왕(先祖王) 찰도(察度)와 선부왕(先父王) 무녕(武寧)이 잇따라 훙서(薨逝)하여 각 채(寨)가 불화하게 되었으므로, 여러 해 동안 싸우느라 그동안 소원했었습니다. 금번에 명나라 황제의 은전으로 왕작(王爵)의 봉을 받게 되었습니다." 하였다.

　(영락) 16년 무술년(1418)에 또 사신을 보내어, '유구국(琉球國) 중산왕(中山王) 이남(二男) 하통(賀通) 연우진(蓮寓鎭)'이라 칭했다. 그 서계에 대략, "제 형이 금년에 별세하였기에 제가 이제 사신을 보내어 통문(通問)합니다."라고 하였다.

　선덕(宣德)[1] 6년 신해년(1431)에 '유구국 중산왕 상파지(尙巴志)'라 칭하고 사신을 보냈다.

경태(景泰) 4년 계유년(1453)에 '유구국 중산왕 상금복현(尙金福見)'이라 칭하고 사신을 보냈다.

(경태) 6년 을해년(1455)에 '유구국왕(琉球國王) 상태구(尙泰久)'라 칭하고 사신을 보냈다. 천순(天順) 2년 무인년(1458)에 '유구국왕(琉球國王) 현(見)'이라 칭하고 사신을 보냈다. 3년 기묘년(1459)에 다시 '상태구(尙泰久)'라 칭하고 사신을 보냈다.

(천순) 5년 신사년(1461)에 사신을 보내어 '유구국왕(琉球國王) 상덕(尙德)'이라 칭했다. 성화(成化) 2년 병술년(1466)에 또 '상덕'이라 칭하고 사신을 보냈다.

(성화) 7년 신묘년(1471) 겨울에 국왕이 사신 자단서당(自端書堂)을 보내 내조(來朝)하였는데, 자단이 다음과 같이 말했다.

"쇼하시(尙巴志) 이상은 알지 못합니다. 쇼(尙)는 성(姓)이고, 하시(巴志)는 호이며, 이름은 억재(億載)입니다. 상금복현(尙金福見)의 이름은 김황성(金皇聖)이요, 쇼타이쿠(尙泰久)의 이름은 진물(眞物)이요, 쇼도쿠(尙德)의 이름은 대가(大家)인데, 형제가 없습니다. 지금 왕의 이름은 중화(中和)이고, 아직 호는 없는데, 16세에 종성(宗姓)인 단봉전주(丹峯殿主)의 딸에게 장가들었습니다. 왕의 아우의 이름은 어사(於思)이며, 13세입니다. 둘째 아우의 이름은 절계(截溪)이며, 10세입니다. 국왕이 거주하는 지명이 주잔(中山)이므로 주잔왕(中山王)이라 일컬었습니다."

삿토(察度)[2] 때부터 사신을 보내기 시작한 이래 계속하여 끊기지 않았

---

1 선덕(宣德) : 중국 명(明)나라 선종(宣宗) 때의 연호(年號, 1426~1435). 이하 모두 명나라 연호이다.

2 삿토(察度, 1321~1395) : 산잔 시대 주잔왕국(中山王國)의 제1대 왕이다.

으며, 방물(方物)을 진상하는 데에도 무척 신중하였다. 혹은 직접 자기 나라(유구국) 사람을 보내기도 하고, 혹은 자기 나라에 있는 일본인 상인을 사신으로 보내기도 하였다. 그 서(書)를 혹은 전(箋)[3]으로, 혹은 자문(咨文)[4]으로, 혹은 서계(書契)로 보내어 격식이 일정하지 않았으며, 그 칭호와 성명도 정해진 것이 없었다. 류큐국은 우리나라와 거리가 가장 멀어 자세한 것을 알아낼 수 없으므로, 우선 조빙(朝聘)과 명호(名號)의 차례를 기록하여 뒷날의 고증을 기다린다.

## 국도(國都)

나라가 남해(南海)의 가운데에 있는데, 남북이 길고 동서가 짧다. 도읍에는 석성(石城)이 있으며, 여러 섬이 별처럼 늘어서 있으니, 치하(治下)에 36개 섬이 있다. 그 땅에서 유황(硫黃)이 나오는데, 1년 동안 파내어도 다시 구덩이가 가득 차서 캐내는 것이 끝이 없다. 해마다 중국에 사신을 보내어 유황 6만 근과 말 40필을 바친다.

**양회(梁回)** : 선덕(宣德) 5년 경술년(1430)에 사자를 보내어 내조하였다. 서계에 '유구국(琉球國) 장사(長史) 양회(梁回)'라 칭했다.

---

3  전(箋) : 한문 문체(文體)의 하나이다. 한(漢), 위(魏) 시대에 천자, 태자, 제왕 등에게 올리던 상주문(上奏文)을 통틀어 이르던 말이며, 후세에는 황후나 태자에게 올리던 상주문을 이르던 말이다.
4  자문(咨文) : 외교상의 통보, 교섭 등을 목적으로 왕래하는 문서를 이른다.

**이금옥(李金玉)** : 성화(成化) 4년 무자년(1468)에 사자를 보내어 내조하
였다. 서계에 '유구국(琉球國) 총수장(摠守將) 이금옥(李金玉)'이라 칭
했다.

**등민의(等悶意)** : 성화 5년 기축년(1469)에 사자를 보내어 내조하였다.
서계에 '유구국(琉球國) 중평전대도(中平田大島) 평주수(平州守) 등민
의(等悶意)'라 칭했다.

## 국속(國俗)

땅은 좁고 사람은 많으므로 해상 무역(海上貿易)을 업으로 한다. 서쪽으
로는 남만(南蠻)·중국과 통하고, 동쪽으로는 일본·우리나라와 통한다.
일본과 남만의 상선이 또한 국도(國都)와 바닷가 포구에 모이므로, 나라
사람들이 포구에 가게를 설치하여 서로 물건을 사고 판다.

국왕은 누(樓)에 거처하는데, 매번 외국 사신과 연회를 열고자 임시
누각을 만들고 그곳에서 접대한다. 중국과 우리나라에서 국서(國書)를
보내면 깃발을 갖추어 맞이한다.

좌·우장사(左右長史) 두 사람이 있어, 국왕의 명령을 출납한다. 또한
오군통제부(五軍統制府), 의정사(議政司), 육조(六曹)가 있다.

땅의 기후는 늘 따뜻하여 서리와 눈이 오지 않으므로, 초목이 시들지
않는다.

논은 한 해에 두 번 수확하는데, 매번 11월에 씨를 뿌리고 3월에 모내
기하여 6월에 수확한다. 바로 또 씨를 뿌리고, 7월에 모내기하여, 10월

에 또 수확한다.

남녀의 의복은 일본과 대동소이(大同小異)하다.


## 도로이수(道路里數)

우리나라 경상도 동래현 부산포(富山浦)에서 쓰시마(對馬島)의 도이사
키(都伊沙只)까지 48리이다.

○ 도이사키에서 후나코시우라(船越浦)까지 19리이다.

○ 선월포에서 이키노시마(壹岐島)의 가자모토우라(風本浦)까지 48리
이다.

○ 가자모토우라에서 모도이포(毛都伊浦)까지 5리이다.

○ 모도이포에서 히젠주(肥前州) 나가사키현(長崎縣)의 가미마쓰우라(上
松浦)까지 13리이다.

○ 가미마쓰우라에서 에라부(惠羅武)까지 165리이다.

○ 에라부에서 오시마(大島)까지 145리이다.

○ 오시마에서 도구도(度九島)까지 30리이다.

○ 도구도에서 여론도(輿論島)까지 55리이다.

○ 여론도에서 류쿠 국도(琉球國都)까지 15리이다.

○ 총 543리이다. [우리나라의 이수(里數)로 계산하면 5,430리이다.]

# 조빙응접기
## 朝聘應接紀*

## 사선정수(使船定數)

국왕 및 여러 거추사(巨酋使)[1]가 오면 접대한다.

○ 쓰시마주(對馬島主)는 세견선 50척을 허가받았다. 혹 다른 일로 특별히 배를 보내게 되면 특송선(特送船)이라 칭했다. [일정한 수가 없다.]

○ 여러 주(州)의 제추(諸酋)[2]는 혹 세견선 1, 2척만 허가받았다. [현재 합

---

* 1470년대 1년에 일본으로부터 조선에 입항한 선박 수가 220여 척이나 되고, 입국 일본인 수도 6천 명에 이르렀다. 모든 내조자는 원칙적으로 사절의 형식을 갖추어 입항했는데, 이들에 대한 접대규정을 29개 항목으로 세분하여 기술했다. 예를 들면 「제사정례」의 장에서는 이들을 4종류로 구분하였는데, 이들은 삼포로 입항한 후, 각기 정해진 인원만이 서울로 상경하여 국왕을 알현하고, 나머지는 삼포에 체류하면서 무역을 행했다. −손승철, 「일본 외교의 달인 신숙주, 『해동제국기』를 남기다」, 『기록인』 39호, 2017.

1 거추사(巨酋使) : 대신사(大臣使)를 포함한 유력 다이묘(大名)의 사신을 가리킨다.

2 제추(諸酋)는 '여러 수령'이라는 뜻으로, 쓰시마주(對馬島主)를 비롯한 일본의 여러 작은 지방의 영주를 말하는데, 소추(小酋)라고도 하였다. 조선에서는 일본국왕 이외에 조선에 왕래하였던 다이묘(大名)를 대신(大臣)과 제추(諸酋) 혹은 거추(巨酋)와 제추로 등급을 나누어 대우하였다. '거추'는 제추 가운데서도 세력이 큰 자를 말한다. 조선 전기에 막부의 쇼군이 보내는 일본국왕사(日本國王使) 외에 일본 각지의 영주들도 사신을 보냈는데, 이를 '제추사(諸酋使)'라고 하였다. 1609년 기유약조(己酉約條)가 체결된 이후에는 제추가 사신을 보내는 예가 없어지고 단지 쓰시마도주의 세견선(歲遣船)이 허용되었다. 1466년 3월 히젠(肥前) 가미마쓰우라(上松浦) 나고야(名古屋)의 후지와라 요리나가(藤原賴永)가

계가 40명인데, 명단이 여러 주(州)에 있다.] 혹은 1년에 세견선 1척만 허가받았다. [합계가 27명인데, 명단이 여러 주에 있다.] 모두 일정한 규약이 있다. 그 나머지 제추는 혹 일이 있어 내조(來朝)하기도 하고, 혹 사자를 보내기도 하는데, 모두 그때그때 임금의 교명(敎命)을 받아 응접하였다.

○ 우리나라의 관직을 받은 사람은 1년에 한 번 내조(來朝)하고, 사람을 보내지 못한다.

○ 국왕사는 으레 부선(副船)이 있어 혹은 3척까지 되기도 한다. 거추사만 부선이 있으며, 그 나머지는 모두 배 1척씩이다.

○ 여러 사자(使者)는 모두 쓰시마주(對馬島主)의 문인(文引)[3]을 받은 다

---

주린(壽藺)이라는 승려를 사신으로 조선에 보내어 화호(和好)를 청하였다. 조선은 일본국왕에게 통신하는 것을 의논하여, 풍파가 험하고 수로가 멀기 때문에 제추의 사신을 통하여 통문(通問)하기로 하였다. 이에 5월 주린이 돌아갈 때 국왕에게 보낼 국서와 예물, 오우치도노(大內殿)와 요시나가에게 줄 유서(諭書)와 예물을 함께 보내었다. −조선시대 대일외교 용어사전

3 조선에 도항하는 왜인에게 쓰시마도주가 발행한 도항허가증명서(渡航許可證明書). 노인(路引)·스이코(吹嘘)·스이쿄(吹擧)라고도 하였다. 조선에 도항하는 사자는 도항 선박의 크기, 정관(正官)·격인(格人)의 인원수가 적힌 문인을 반드시 소지해야 했다. 이 때문에 문인은 왜상(倭商)에 대한 징세와 통제, 그리고 군사적인 목적 이외에 조선에 도항하는 왜인들에 대한 일종의 통제수단이었으며, 도서(圖書)·서계(書契) 등과 함께 사용되었다. 1426년 쓰시마 경차관(敬差官) 이예(李藝)가 쓰시마도주와 정약(定約)함으로써 시행되었는데, 이후 조선의 강력한 왜인 통제책이 되었다. 신숙주의『해동제국기』조어금약(釣魚禁約)을 보면, 쓰시마 사람으로서 조선 연안에 와서 고기잡이를 하기 위해서는 쓰시마도주의 삼착도서문인(三着圖書文引)을 교부받아서 지세포(知世浦, 거제도)에 도착하여 만호(萬戶)에게 문인을 바친 뒤, 다시 만호로부터 문인을 발급 받아야만 했다. 재발급 받은 문인을 가지고 고초도(孤草島)의 정해진 곳에서만 고기잡이를 할 수 있었고, 고기잡이를 마치면 지세포로 돌아와 만호에게 재발급한 문인을 돌려주고 세어(稅魚)를 바쳤다. 만호는 도주의 문인에 회비(回批, 회보 증명)하여 도장을 찍어 돌려줌으로써 서로 증거로 삼았다. 문인이 없는 자와 풍랑(風浪)을 이기지 못하였다고 하며 무기를 가지고 횡행하는 자는 적(賊)으로서 논죄하였다. 조선 전기에 문인을 지참해야만 하는 사절은 쓰시마도주가 보

음에야 우리나라에 온다.


# 제사정례(諸使定例)

여러 사자를 관대(館待)<sup>4</sup>하는 4가지 예가 있으니, 국왕사가 한 예이다.

○ 여러 거추사가 한 예이다.[일본의 하타케야마(畠山)·호소카와(細川)·사
부에이(左武衛)·교고쿠(京極)·미나모토(山名)·오우치(大內)·쇼니(小二)
등이 거추(巨酋)가 된다.]

○ 구주절도사(九州節度使)·쓰시마주(對馬島主)의 특송(特送)<sup>5</sup>이 한 예

---

낸 사자나 일본 서부 지역의 영주들의 사선(使船)들이었으며, 일본국왕사(日本國王使)는
제외되었다. 그러나 1609년에 체결된 기유약조에서는 일본국왕사도 쓰시마도주의 문인
을 지참하도록 규정하였다. 문인제도를 통해서 조선에 도항하려는 사선이 쓰시마도주의
세력 아래로 편입되었고, 소씨(宗氏)의 조일통교권(朝日通交權)이 확립되었다. ―조선시
대 대일외교 용어사전

4  관대(館待) : 관사(館舍)에서 외국 사신을 접대하는 것. 또는 사신을 대접하는 일에 대
한 통칭. 태평관(太平館), 동평관(東平館), 북평관(北平館) 등의 객관에서 사신을 접대하는
것을 말한다. 중국 사신은 태평관, 일본 사신은 동평관, 여진족은 북평관에서 접대하였다.
관대는 조선왕조실록에서 단 몇 건에 한해 중국과 관련된 상황에서 사용되었고, 대부분의
경우에는 왜(倭)와 관련되어 있다. 이로 미루어 볼 때, 이 용어는 외국 사신을 대접하는
일이나 조선의 사신이 외국에서 대접받은 것에 대한 명칭으로도 간혹 쓰였으나, 그보다는
일본 사신 접대와 관련된 용어로 인식되었음을 알 수 있다. ―조선시대 대일외교 용어사전

5  특송(特送) : 규정된 사선(使船) 외에 특별히 보고할 일이 있을 때 조선으로 파견된 쓰시
마도주(對馬島主)의 사선. 특송사 제도는 1443년 계해약조에 의해 규정되었다가 중종 7년
(1512) 임신약조 때 폐지되었다. 그 후 1609년 기유약조가 체결되면서 3척으로 규정되어
세견선에 포함되었다. 별차왜(別差倭)라고도 한다. 『속대전』 예전(禮典) 대사객(待使客)
조에는, '사자로 온 왜인이 왜관에 유숙할 때, 정해진 날 이외에는 접대하는 것을 허용하지
아니한다. 날짜별 지공은 5일 이전이면 요리한 음식으로 하고, 5일 이후에는 마른 재료를
준다. 왜관에 유숙할 수 있는 날의 기한은 특송사는 1백 10일, 기타의 사자는 85일로 한
다.'고 규정하였다. ―조선시대 대일외교 용어사전

이다.

○ 제추사(諸酋使)와 쓰시마 사람으로 수직인(受職人)이 한 예이다.

## 사선(使船) 대소선부(大小船夫) 정액(定額)

배는 세 등급이 있는데, 25척(尺) 이하가 소선(小船)이고, 26척에서 27척까지가 중선(中船)이며, 28, 29척에서 30척까지가 대선(大船)이다. 선부(船夫)는 대선이 40명, 중선이 30명, 소선이 20명이 정액(定額)이다.

객사(客使)가 우리나라에 오면 삼포(三浦)의 절제사(節制使)·만호(萬戶)가 차사원(差使員)과 더불어 선체(船體)를 재고, 또한 선부(船夫)의 인원수를 점검한다. 선부가 비록 많더라도 정원을 초과하지 못하며, 만일 부족하면 점검된 인원수대로만 요(料)를 주었다. 이 때문에 삼포(三浦)에 항시 거주하는 사람들이 이름을 속여 점검을 받고 그 요(料)를 나누어 가졌으므로, 간사한 속임수가 날로 심해졌다. 현재는 임금의 교명(教命)을 받아 다만 선체(船體)만 재어 3등급으로 액수를 정하여 요(料)를 주고, 사람은 점검하지 않는다.

○ 국왕사는 선체를 재거나 인원수를 점검하지 않는다. 다만 보고 파악한 것을 액수로 정하여 보고하고 아울러 요(料)를 준다.

## 도서(圖書) 지급

도서를 지급할 때에는 견본을 종이에 붙여 예조(禮曹)와 전교서(典校署)

에 둔다. 또한 삼포(三浦)에도 나누어 두었다가, 서계(書契)가 올 때마다 조사하여 그 진위(眞僞)를 식별한다.

## 제사 영송(諸使迎送)

국왕사는 3품(品)의 조관(朝官)을 보낸다. 경통사(京通事)[6]를 인솔하여 삼포(三浦)에서 영접하게 하고, 돌아갈 때도 호송하게 한다.

○ 여러 거추사는 경통사를 보내어 삼포에서 영접하게 하고, 돌아갈 때에는 조관이 경통사를 인솔하여 호송하게 한다.

○ 쓰시마주(對馬島主)의 특송사(特送使)와 구주절도사(九州節度使)는 향통사(鄕通事)[7]로 하여금 인솔하게 하고, 서울에 올라오면 조관이 호

---

6 경통사(京通事) : 조선시대 수도 한양(漢陽)에서 일본어 통역을 맡았던 역관(譯官). 원래는 조선시대 중앙에서 한어·여진어·일본어 등으로 통역을 맡았던 역관을 가리키며, 지방의 향통사(鄕通事)를 염두에 두고 일컬었던 말이다. 역관은 사역원(司譯院)에 나아가 벼슬하고 정기 취재(取才)에 응시해야 하였으며, 6품 이상의 참상관(參上官)으로 승급하기 위해서는 역과(譯科)에 합격해야만 했다. 어학으로는 한어(漢語)·몽고어(蒙古語)·여진어(女眞語)·일본어(日本語)가 있었으며, 청나라 건국 후에는 여진어가 청어(淸語)로 바뀌었다. 통사(通事)는 4도목취재(四都目取才)라는 특별 채용 시험에서 상등(上等)으로 합격한 사람을 가리키거나 외국 사행에 따라가는 역관을 통칭하기도 하였다. 경통사는 언어에 능통하였기 때문에 때로 외교관 역할도 수행하였다. 일본 국왕이 보낸 사신들을 3품 조관(朝官)인 선위사(宣慰使)와 함께 삼포(三浦)에서 맞이했다. 사신의 급이 낮은 거추(巨酋)가 보낸 사신은 경통사가 혼자 맞이했으며, 돌아갈 때는 조관과 함께 호송하였다. -조선시대 대일외교 용어사전

7 향통사(鄕通事) : 조선시대 부산 등 지방에서 일본어 통역을 맡았던 역관(譯官). 원래는 조선시대 지방에서 한어(漢語)·여진어·일본어 등으로 통역을 맡았던 역관을 가리키며, 중앙의 경통사(京通事)를 염두에 두고 일컬은 말이다. 조선시대 통역관의 양성은 중앙에서는 사역원(司譯院)에서, 지방에서는 각 지방에 있는 역학원(譯學院)에서 맡았다. 한어·여진어·일본어 등의 언어 습득이 주축이 되었는데, 평양·의주·황주 등에 한학역학원(漢學譯

송하게 한다.


# 삼포 숙공(三浦熟供)[8]

국왕사가 삼포에 머물 때에는 상관인(上官人)·부관인(副官人)[정사(正

---

學院)을 설치하여 한학생도 각각 30명씩 양성하였고, 제포·부산포·염포 등에 왜학역학원(倭學譯學院)을 설치하여 생도 각각 6–10명을 양성하였다. 이들은 주로 사신의 급이 낮은 거추(巨酋)나 또는 쓰시마도주가 보낸 사신들을 수행하면서 통역을 맡았다. 통역 이외에도 향통사는 왜인들과 인삼 등을 밀매하여 막대한 수입을 얻기도 하였다. 『속대전(續大典)』에 의거하면, 향통사가 어두운 밤에 왜인과 사사로이 만나거나 몰래 매매하는 행위를 모두 잠상금물(潛商禁物)의 율(律)로 논단(論斷)하였다. 조선 초기에 쓰시마도주의 특송사(特送使)와 구주절도사(九州節度使)의 사자는 향통사가 인솔하여 상경하였다. 1448년 6월 향통사 김귀선(金貴善)이 일본국 사신을 따라와 왜인과 서로 친압하자, 감호관(監護官)과 일본국 사신의 사사로운 행동을 논책한 적이 있다. 1458년 3월 왜관 밖에 나가 왜인과 밀담을 한 향통사 정안직(鄭安直)을 국문하였다. 1596년 10월 일본에서 도망 나온 향통사 정철명(鄭哲命)을 압송하여 적의 정세를 묻도록 전교하였다. −조선시대 대일외교 용어사전

**8** 숙공(熟供) : 익힌 음식으로 접대하는 것. 일본 사신에 대한 숙공의 경우, 그 기간은 일본 사신이 왜관(倭館)에 머무를 수 있는 기한 속에 포함된다. 숙공의 기간이 1특송사(特送使)와 대차왜(大差倭)의 경우 5일이고, 부특송(副特送)은 6일, 다른 모든 송사(送使)와 차왜(差倭)는 2일이다. 재판차왜(裁判差倭)에게 지급된 조반(早飯)을 보면 흰죽[白粥]·팥죽·떡·메밀국수 각 1사발, 가자미·대구어·방어·생밤·참깨떡·소나무 열매·호두·계란·말린 해삼·개암 등이었다. 숙공의 구체적인 절차는 다음과 같다. 하선다례(下船茶禮) 다음날 훈도(訓導)와 별차(別差)가 편복(便服)을 입는다. 대차왜의 경우에는 차비관(差備官)이 함께 참여한다. 왜관 대청(大廳)에 나아가 동쪽 벽에서 서쪽을 향해 서면, 정관(正官) 이하 봉진압물(封進押物) 등은 모두 서쪽 벽에서 동쪽을 향해 서서, 서로 마주 보고 읍한 후에 각각 자리에 나가 앉는다. 왜통사(倭通事)로 하여금 말을 전하고 이어 찬과 삼색죽(三色粥)을 내놓는다. 시봉(侍俸), 반종(伴從) 등에게는 별도의 장소에서 찬을 주었다. 다례의(茶禮儀)와 같이 다섯 번 순배한 후에 다시 한 잔을 권한다. 왜사(倭使) 역시 그 주찬(酒饌)을 내어 대접한다. 특송사와 대차왜의 경우 2일간 직접 대접하고, 그 나머지 모든 송사와 차왜는 1일간 직접 대접한다. 『계미동사일기(癸未東槎日記)』 5월 1일 조에 "관(館)에 들어가 한참 있으니 진무(振舞)라는 것을 청하여 베푸는데, 술과 안주가 모두 정결하였고, 관원 일행에도 모두 숙공으로 대접했다."라고 했다. −조선시대 대일외교 용어사전

使)는 상관인이라 칭하고, 부사(副使)는 부관인이라 칭한다. 이하 마찬가지]
· 정관(正官)[선주(船主)와 압물시봉(押物侍奉)을 정관이라 칭한다. 이하 마
찬가지] 수행원은 인원을 헤아려 익힌 음식을 제공하고, 그 나머지 선부
(船夫)는 요(料)$^9$를 지급한다.

○ 여러 거추사와 특송사, 절도사의 사자 중에서 정관(正官) 이상은 익
   힌 음식을 제공한다.

○ 제추사 이하는 요(料)를 지급한다.[하루에 두 끼를 준다. 요를 주는 것은
   모두 같다.]

○ 국왕사는 조반(早飯)에는 정관(正官) 이하에게 거식칠과상(車食七果
   床)$^{10}$을 차려주고, 수행원에게는 거식오과상(車食五果床)을 차려주는

---

**9**  요(料) : 왜관 소속 관리나 조선 사행원 및 송사(送使)나 차왜(差倭) 등에게 지급하는
쌀. 원래는 관원에게 급료로 주는 쌀을 이르던 말이다. 요미(料米)라고도 하고, 특히 왜인
에게 주는 쌀을 왜요미(倭料米)라고도 한다. 왜관 소속 관리에게는 매달 초하루에 직급에
따라 요미를 지급하였는데, 쌀과 콩은 부산창(釜山倉)에서 지급하고, 베[布]는 동래부 서
계소(書契所)에서 지급하였다. 훈도(訓導)와 별차(別差)에게는 매달 초하루에 각각 요미
1섬 9말, 콩 12말, 목면 2필을 지급하였고, 3월부터 8월까지 6개월은 점심미(點心米)로
매달 초하루에 3말을 지급하였다. 송사(送使)나 차왜(差倭) 등이 오면, 왜관에 머무르는
기한은 물론 요미(料米)·병미(餠米)·콩 등 일공(日供) 등을 규정에 따라 지급하였다. 매일
정관 1명에게 요미 4되, 도선주(都船主) 1명·봉진(封進) 1명에게 각각 요미 4되, 반종(伴
從) 1명은 규외(規外)로 제감(除減)하고 2명에게는 각각 요미 3되, 격왜(格倭) 40명에게는
각각 요미 2되를 제공하였다. 1678년 왜관을 옮길 때 왜인이 쓰시마의 기술자를 많이 거느
리고 왔는데, 이들에게 지급해 준 요미와 공가(工價)가 지극히 많아 쌀은 9천여 섬이고,
은(銀)은 6천여 냥에 이르렀다. 통신사행 때 일본은 하정(下程)의 찬물(饌物) 및 일행의
요미를 주었는데, 사행 연도와 지역에 따라 다소 차이가 있다. 표왜(漂倭)에게 지급하는
요미는 각종 송사나 차왜에 따라 그리고 직급에 따라 날마다 요미 5되부터 3되까지 차등
있게 지급하였다. 왜선이 바람에 표류하여 동래 경계 상에 정박하면 땔나무와 물은 지급
하되 요미는 지급하지 않았으나 뒤에 달라졌다. 만약 동래 경계 밖 좌우 연해에 정박하면
요미를 계산하여 지급하였다. −조선시대 대일외교 용어사전

**10**  일본 사신에게 일곱 가지 종류의 안주를 대접한 술상차림. 거식(車食)은 찬품(饌品)의
하나로, 상차림의 규모를 나타내는 단어로 사용되었다. 『세종실록』 1420년 7월 19일 기록

데, 모두 세 가지 탕(湯)을 제공한다.

○ 조·석반(朝夕飯)은 상관인(上官人)·부관인은 칠첩상(七楪床)의 밥과 국에다 두 가지 탕(湯)과 두 가지 적(炙)을 제공한다. 정관(正官)과 수행원은 오첩상(五楪床)의 밥과 국에다 두 가지 탕과 한 가지 적을 제공한다.

○ 점심은 상관인(上官人)·부관인·정관(正官)은 오첩상의 밥과 국에다 한 가지 탕을 제공한다. 수행원은 삼첩상(三楪床)의 밥과 국에다 한 가지 탕을 제공한다.

○ 여러 거추사는 국왕사와 같으며, 절도사(節度使)의 사자와 특송사(特送使)도 국왕사와 같다. 조반(早飯)은 건어(乾魚)가 주첩(主楪)인 오과상(五果床)에다 세 가지 탕이다.

---

에, 왕대비의 재를 올리는 물품 가운데 '꽃핀 모양의 거식[開花車食]'이 쓰인 것으로 보아 절편류 또는 유밀과의 종류로 추정된다. 거식칠과상(車食七果床)은 술, 점점과(點點果)와 유밀과(油蜜果) 오성이부(五星二部), 실과(實果) 오성이부, 나물과 고기를 섞은 음식 오성이부, 대육(大肉) 건저(乾猪) 등을 일곱 가지로 마련하여 올린 상차림이다. 일본의 국왕사(國王使)가 삼포(三浦)에 머물 때 상관인(上官人)과 부관인(副官人), 정관(正官), 수행원에게 익힌 음식을 제공하였는데, 조반(早飯)에는 정관 이하의 거식칠과상을, 수행원에게는 거식오과상(車食五果床)을 차려주었으며 아울러 삼도탕(三度湯)을 제공하였다. 여러 거추사(巨酋使)와 절도사(節度使)의 특송사(特送使)도 마찬가지로 대접받았다. 국왕사를 한강(漢江)에서 영접하여 연회할 때 상관인과 부관인에게는 거식칠과상을, 정관 이하에게는 거식오과상을 차려주고 사도탕(四度湯)을 제공하였다. 거추사가 사관(使館)에 처음 도착했을 때의 영접 연회 물품은 국왕사를 한강에서 영접하는 연회 물품과 같았다. 명일연(名日宴) 때에는 국왕사(國王使) 이하 여러 사자들에게 상관인과 정관 이상은 거식칠과상을, 수행원에게는 거식오과상을 차려주고, 사도탕을 제공하였다. 3일에 한 번씩 주봉배(晝奉杯)를 제공했는데 상관인·부관인·정관·대객(對客)은 거식칠과상을, 수행원에게는 거식오과상을 제공하고, 삼도탕을 주었다. -조선시대 대일외교 용어사전

# 삼포 분박(三浦分泊)[11]

쓰시마는 세견선 50척을 허가받았는데, 25척은 내이포(乃而浦)에 정박하고, 25척은 부산포에 정박한다. 나머지 여러 사자의 배는 각자 임의대로 삼포(三浦)에 나누어 정박한다.

# 상경인[12] 수(上京人數)

---

**11** 삼포 분박(三浦分泊) : 조선으로 건너오는 일본 선박을 삼포에 고루 나누어 정박하도록 한 제도. 처음에는 흥리왜선(興利倭船)에 대해서만 삼포 분박이 적용되었으나, 뒤에는 쓰시마도주의 사송선(使送船) 및 기타 지역에서 보내는 사송선과 일본국왕사(日本國王使)를 포함한 모든 사송선에 대해서도 한정된 포소(浦所)에 정박하도록 하였다. 이는 입항하는 선박이 1개소에 함께 입항하면 혼잡하기 때문에 이를 피하기 위해서이다. 쓰시마도주에게 삼포에 분박하도록 강력히 요구하였고, 도주는 문인(文引)을 발급할 때 정박할 항구를 지정하여 이를 시행하도록 하였으나, 엄격히 지켜지지는 않았다. -조선시대 대일외교 용어사전
**12** 상경인(上京人) : (15-16세기 조선에 통교했던 일본인이 한양까지 올라왔던 경로를 왜인조경도로(倭人朝京道路), 왜인가도(倭人街道)라고도 한다.) 통교자(通交者)는 왕이 있는 수도까지 상경하여 국왕을 알현하는 것으로 되어있는데, 그때 회사품(回賜品)을 하사받고 교역을 허가받았다. 경로에서는 양식이나 역마를 지급받는 등 후하게 대우받았다. 이로 인해 일본에서 건너오는 사람이 급증했고 접대로 인해 피폐해지는 지역이 발생하기 시작하여 상경하는 통로를 한정하게 되었다. 1421년에 2개의 도로로 한정한 것이 최초이고, 1423년에는 수로를 중심으로 하는 1개 노선을 정했는데, 배가 들어오기 불편한 경우에는 2개 육로를 통하도록 하였다. 1428년에 "삼포 분박(三浦分泊)"을 따라 전대의 3개 노선을 기초로 하여 3개 육로를 설정하고 적당히 수로를 이용하도록 했다. 통교자가 내이포(乃而浦)에 치우치기 십상이었기 때문에 1438년에는 내이포로부터의 상경 노선을 2개로 늘리고, 부산포(釜山浦)와 염포(鹽浦)에 도항하는 자들의 상경 노선을 합쳐 1개 노선으로 만들었다. 1547년 정미약조(丁未約條)의 결과 포소(浦所)를 부산포 하나로 통합하게 되었고, 중로(中路)·좌로(左路)·우로(右路)·수로(水路)를 설정하게 되었다. 이 경로는 임진왜란과 정유재란 당시 일본군의 공격로가 되었다. 왜란 이후 조선 정부는 일본인의 상경을 일체 불허하고 왜관에서 접대한 후 돌려보내는 방침을 내렸다. -조선시대 대일외교 용어사전

국왕사는 25인이다.

○ 여러 거추사는 15인이다.

○ 특송사(特送使)는 3인인데, 별도의 예는 배로 한다.

○ 구주절도사(九州節度使)의 사자는 3인인데, 짐이 5바리(駄)가 넘으면 1인을 늘린다. 5바리가 될 때마다 인원을 늘리되 5인을 초과하지는 못한다.

○ 제추사는 1인인데, 짐이 5바리가 되면 1인을 늘리되 3인을 초과하지는 못한다.

○ (조선의) 관직을 받은 사람[受職人]으로 당상관(堂上官)은 3인을 보내고, 상호군(上護軍) 이하는 2인을 보낸다.

○ 쓰시마에서는 배 50척을 보내는데, 배 1척마다 1인을 보낸다. 짐이 5바리에 차면 1인을 늘리되, 2인을 초과하지 못한다.


## 삼포연(三浦宴)

국왕사에게는 삼포(三浦)에 머무는 동안 연회를 3회 제공한다.[그 가운데 1회는 선위사(宣慰使)가 차리고, 2회는 차사원(差使員)이 차린다.] 돌아갈 때에는 1회를 제공한다.[차사원이 차린다.]

○ 제추사가 삼포에 머무는 동안 2회를 제공하고, 돌아갈 때에는 1회를 제공한다.[모두 차사원이 차린다. 아래도 이와 같다.]

○ 특송사와 절도사(節度使)의 사자에게는 삼포에 머무는 동안 1회를 제공하고, 돌아갈 때도 이와 같다. 이키노시마(壹岐島) 이외의 제추사는 삼포에 머무는 동안 1회를 제공한다.

○ 선위사(宣慰使)가 차린 연회는 상관인(上官人)·부관인에게는 장거식
(長車食) 외에 안주를 차리고, 소일과(小一果) 사항상(四行床)을 배설
한다. 정관(正官)도 선위사가 차리는데, 다만 한 가지 과일이 없다.
수행원에게는 마제거식(馬蹄車食) 칠과상(七果床)과 지야생화(紙野生
花)와[아래도 이와 같다.] 3가지 탕에 점점과(點點果)와 대육(大肉)[꿩과
도야지]를 차린다.

○ 차사원(差使員)의 연회는 상관인(上官人)과 부관인에게는 마제거식
외에 안주를 차리고, 사항상을 배설한다. 정관(正官) 대객(對客)에게
는 삼항상(三行床)을 배설한다. 수행원은 마제거식과 칠과상을 차리
며, 그 나머지는 선위사가 차리는 연회와 같다.[국왕사 이하는 모두
이와 같다.]

○ 연회할 때마다, 배에 머물러 있는 선부(船夫)에게는 매인에게 밀가루
1되, 기름 1홉, 건어(乾魚) 1마리, 생어육(生魚肉) 적당량, 백주(白酒)
1복자[鐥]를 제공한다.


# 노연(路宴)[13]

**국왕사** : 경상도에서는 세 곳에서 노연(路宴)을 차리는데, 한 곳은 관찰
사가 차리고, 두 곳은 수령이 차린다. 충청도와 경기도에서는 각각
한 곳인데, 관찰사가 차린다.

---

13 노연(路宴) : 쓰시마에서 파견하는 팔송사(八送使)와 특송사(特送使)에 대한 환영 연회
인 연향의(宴享儀)의 일종. 노차연(路次宴)이라고도 한다. -조선시대 대일외교 용어사전

**여러 거추사(巨酋使)** : 경상도에서는 두 곳인데, 한 곳은 관찰사가 직접 차리고, 한 곳은 수령이 차린다. 충청도와 경기도에서는 각각 한 곳인데, 관찰사가 직접 차린다. 돌아갈 때도 이와 같다.

**특송사와 절도사의 사자** : 경상도와 충청도에서 각각 한 곳이다. 돌아갈 때도 이와 같다.[수령이 차린다.]

**제추사(諸酋使) 이하** : 이키노시마 이외의 사람에게는 경상도와 충청도에서 각각 한 곳이고, 쓰시마 사람에게는 경상도 한 곳 뿐이다. 돌아갈 때도 이와 같다.[수령이 차린다.]

○ 관찰사의 연회 물품은 삼포 선위사의 연회와 같고, 수령의 연회 물품은 삼포 차사원 연회의 물품과 같다.[국왕사 이하도 이와 같다.]


## 경중 영전연(京中迎餞宴)

국왕사는 한강(漢江)에서 영접하여 연회한다. 상관인(上官人)·부관인에게는 거식칠과상(車食七果床)을 차리고, 정관(正官) 이하는 거식오과상을 차리는데, 모두 네 가지 점점과(點點果)와 유밀과(油蜜果) 오성이부(五星二部)·실과(實果) 오성이부·나물과 고기를 교합한 오성이부[이상은 예빈시(禮賓寺)에서 제공한다.], 대육(大肉) 건저(乾猪) 3마리[사재감(司宰監)에서 제공한다.], 술[사온서(司醞署)에서 제공한다.] 등을 차린다.

여러 거추사(巨酋使)가 처음 사관(使館)에 도착했을 때의 영접 연회 물품은 국왕 사신을 한강에서 영접하는 연회의 물품과 같다. 돌아갈 때에는 모두 한강에서 전송한다.

## 주간의 술 대접[畫奉杯]

국왕사에게는 3일에 한 번씩 제공한다. 상관인(上官人)·부관인·정관(正官)·대객(對客)은 [예빈시정(禮賓寺正)이 사정이 있을 경우 내자시정(內資寺正)이나 내섬시정(內贍寺正)이 대행한다.] 거식칠과상(車食七果床)을 제공하고, 수행원에게는 거식오과상을 제공하는데, 모두 세 가지 탕에 점점과 [예빈시(禮賓寺)에서 차린다.]·술 [사온서(司醞署)에서 차린다.] 등을 제공한다.
○ 여러 거추사도 국왕사와 같다.

## 경중 일공(京中日供)

국왕사에게 제공하는 조반(早飯)과 세 끼 식품은 삼포(三浦)에서와 같다. 마른 식품으로 받기를 원하면 조반은 익힌 음식으로 주고, 나머지 세 끼는 5일에 한 번씩 합해 준다. 정관(正官) 이상은 한 사람에게 중미(中米) 2말, 황두(黃豆) 6말[선주압물시봉(船主押物侍奉)은 콩 5말], 밀가루 7되, 마른고기 1백 50마리, 조기 5마리, 청어 20마리, 새우젓 3되, 준치 2마리, 생선 5마리, 소금 5홉, 참기름 2홉, 간장 3되, 초 1되 5홉, 미역 10냥, 겨자 2홉, 차(茶) 1홉을 준다. 승려에게는 생선과 젓을 빼고 참버섯, 표고버섯, 죽순, 오해소(吾海召) 각 5홉씩을 준다. 청주(淸酒)는 3병, 땔나무 35근, 탄(炭)은 2월부터 9월까지는 2말 5되, 10월부터 정월까지는 5말 5되를 준다. 수행원 한 사람에게 중미 2말, 황두(黃豆) 4말, 메밀(木麥米) 5홉을 주고, 그 나머지는 위와 같다.

○ 여러 거추사(巨酋使)에게 조반과 세 끼 식품을 그냥 제공하는데, 국왕사의 예와 같다.

○ 쓰시마 특송사와 절도사의 사자도 또한 국왕사와 같다.[도급(都給)할 때에는 밀가루·말린 고기·준치·생선·차(茶)·참버섯은 제외한다.]

○ 제추사 이하는 1일 두 끼 식품을 그냥 제공하는데, 중미 1말 5되, 황두 3말[수행원은 2말], 청주 2병에 잡물은 특송사의 예와 같다. 조반은 익힌 것으로 대접한다.

○ 싸리 홰[杻炬]는 국왕사에게 매일 3자루씩 제공한다.[사재감에서 제공한다.]


## 궐내연(闕內宴)


국왕사는 진상 숙배(進上肅拜)한 뒤에 잔치를 베푼다. 상관인과 부관인은 다식(茶食) 외에 안주를 차리고, 소일과 사항상(小一果四行床)에 사허을거피(絲虛乙巨皮)·사표화영락(絲表花纓絡)·주향구(炷香具)를 배설하며, 정관 대객은[내시부(內侍府) 관원이다.] 마제거식(馬蹄車食) 안주를 차리고, 사항상을 배설한다.[이상은 조계청(朝啓廳)에서 한다.] 수행원 대객은[내시부 관원이다.] 마제거식 구과상을 차리는데[이상은 근정문(勤政門) 남행랑(南行廊)에서 한다.], 모두 네 가지 탕에 점점과와[상(床)과 탕은 내섬시에서 준비한다.] 술과[사온서에서 준비한다.] 대육(大肉)을[사축서(司畜署)에서 준비한다. 아래도 이와 같다.] 차린다.

○ 하직 숙배(下直肅拜)할 때의 잔치 차림도 진상 숙배의 예와 같다.

○ 제추사는 국왕사의 예와 같다.

○ 쓰시마 특송사와 구주절도사의 사자는 상관인과 부관인에게는 다식
(茶食) 외에 안주를 차리고 소일과 사항상을 배설한다.[허을거피(虛乙
居皮)는 국왕사의 예와 같다.] 대객 정관은 마제거식 사항상을 차리고,
수행원은 마제거식 구과상을 차리는데, 모두 네 가지 탕에 점점과와
대육(大肉)을 차린다.

○ 제추사와 수직인(受職人) 쓰시마 사람들에게는 모두 마제거식 사항상
을 차리고, 수행원 대객에게는 마제거식 구과상을 차리는데, 모두 네
가지 탕에 점점과와 건대육을 차린다.[사재감(司宰監)에서 마련한다.]

## 예조연(禮曹宴)

국왕사의 위로연은 상관인과 부관인은 산자(散子) 외에 소일과 사항상
과 저포화(紵布花)를 차리며,[권화(勸花)도 같다.] 정관은 장거식 사항상
과 지화(紙花)를 차린다.[권화도 같고 수행원도 또한 같다.] 예조 당상관은
마제거식 삼항상을 차리며,[아래는 모두 같다.] 수행원은 마제거식 구과
상을 차리는데, 모두 네 가지 탕에 점점과와[이상은 예빈시에서 마련한
다.] 대육(大肉)과[사축서(司畜署)에서 마련한다.] 승려에게는 떡을 주는데 예
빈시에서 마련한다.] 술이[사온서에서 마련한다.] 있다. 기생 2명은 상례
(常例)의 갑절이며, 근장사령(近杖使令) 30명은 모두 조례(皁隷)의 의관
(衣冠)을 착용한다.[병조에서 마련한다.]

○ 전별연(餞別宴)도 이와 같다.

○ 제추사는 국왕사의 예와 같다.

○ 쓰시마 특송사와 구주절도사의 사자에 대한 연회 물품은, 국왕사와

같으며, 지화도 있다.[권화도 같다.]

○ 제추사 이하는 상관인은 장거식 사항상을 차리고, 수행원은 마제거
식 구과상을 차리는데, 모두 네 가지 탕에 점점과와 대육이 있고 지
화도 있다.[권화도 같다.]

## 명일연(名日宴)

국왕사 이하 대소 여러 사자에게 상관인과 정관 이상은 거식 칠과상을
차리고, 수행원은 거식 오과상을 차리는데, 모두 네 가지 탕에 점점과가
있다.

## 하정(下程)[14]

국왕사와 거추사(巨酋使)에게는 모두 3회를, 구주절도사의 사자와 특송
사에게는 2회를 하는데, 매회에 떡·술·과일·소채·해채(海菜)·말린 버

---

**14** 하정(下程) : 사신이 숙소에 도착하면 주식(酒食) 등 일상 수요품을 공급하는 것. 하정이
란 본래 '노잣돈'을 뜻하는데, 일본 사신이 왜관(倭館)에 도착하면 5일에 한 번씩 술과
음식을 공급하는 것을 말한다. 조선에서는 왜사가 왜관에 도착하면 국왕사(國王使)와 거추
사(巨酋使)에게는 모두 세 차례, 규슈탄다이(九州探題)의 사자와 특송사(特送使)에게는 모
두 두 차례에 걸쳐 술·떡·과일·소채(蔬菜)·해채(海菜)·생선 등의 물품을 예조(禮曹)에서
계품(啓稟)하여 지급했다. 규례에 따라 지급했으므로 '예하정(例下程)'이라고 했으며, 5일
에 한 번씩 지급했으므로 '오일차(五日次)'라고도 했다. 일본의 경우 조선통신사 일행에게
5일마다 양식을 주었으므로 오일하정(五日下程)이라고 불렀다. 1일 반미(飯米)의 수는 각
역참마다 정해진 예가 있었고, 술과 간장·생선·야채 이하 모든 물품은 각 역참에서 생산되
는 각기 다른 산물을 지급했고, 수량에 가감이 있었다. —조선시대 대일외교 용어사전

섯·죽순·두부·밀가루·꿀·건어육·생어육·젓·겨자·오미자차(五味子
茶)·기름·간장·초 등의 물품을 예조(禮曹)가 위에 아뢰어 지급한다. 그
횟수와 물품은 접대의 후박(厚薄), 인원수의 다과(多寡), 체류 일수의
많고 적음에 따라 가감하여 작정한다.

○ 별하정(別下程)도 이와 같으며 승정원에서 아뢰어 물품을 지급한다.


## 예사(例賜)[15]

국왕사로 상관인과 부관인에게는 각각 아홉새 검은 무명 장삼(長衫) 한
벌,[홑과 겹은 철에 따른다.] 아홉새 흰 무명 장삼 한 벌, 아청색(鴉靑色)
비단으로 안 넣은 남초(藍綃) 승관(僧冠) 하나, 검은 말가죽 운혜(雲鞋)
한 켤레와 아홉새 명주, 흰 모시, 검은 삼베 각 한 필을 지급한다.

○ 여러 거추사(巨酋使)는 국왕 사신의 예와 같다.

○ 구주절도사의 사자는 의복과 관과 신만 국왕 사신의 예와 같다.[나머
    지 물품은 지급하지 않는다.]

---

**15**  예사(例賜) : 전례(前例)의 규정에 따라 물품 등을 내려주는 것. 또는 그 물품. 1480년
9월 소 사다쿠니(宗貞國)의 특송사(特送使) 조국차(助國次)가 하직할 때, 1420년의 예사
(例賜)로 조미(糙米)와 황두(黃豆) 2백 석(碩)을 돌아가는 편에 부친 일이 있다. 1764년
통신사행 때의 사행록 『일관기(日觀記)』 '마도예사(馬島例賜)'를 보면 공무역(公貿易)과
회사(回賜) 및 구청(求請)에 의해 내린 물품은 물론 해마다 쌀과 공목(公木)을 내려주었고,
대차왜(大差倭)와 왜관(倭館)에도 전례에 따라 인삼 등 많은 물품을 내려주었다. -조선시
대 대일외교 용어사전

# 별사(別賜)

만약 나라에 일이 있어 인견(引見)할 경우 별사(別賜)를 하게 되면 승정원이 위에 아뢰어 정한다.[그 사람의 비중에 따라 주는 물품의 차이가 있다.]

# 삼포에 머무는 기한[留浦日限]

국왕사는 기한이 없다.

○ 여러 거추사(巨酋使)는 관찰사의 마문(馬文)이 도착한 뒤 15일이 기한이며, 삼포(三浦)로 돌아간 뒤 20일이 기한이다. 만약 기한 이외에 고의로 머무는 자는 요(料)를 주지 않으며, 현저한 병이 있는 자는 병이 낫기를 기다린다. 아래도 이와 같다.

○ 제추사, 수직인, 쓰시마 사람들은 마문(馬文)이 도착한 뒤에, 짐이 많은 자는 10일이 기한이며, 짐이 적은 자는 5일이 기한이다. 기한 이외에 고의로 머무는 자는 요(料)를 주지 않는다.

# 선척 수리 장비의 지급[修船給粧]

이키노시마(壹岐島) 이외의 여러 사자가 선척을 수리하기 위하여 장비의 지급을 요청할 경우에 임금의 교령(敎令)을 받아 수군절도사로 하여금 참작하여 제급(題給)하도록 되어 있다. 이 때문에 여러 사자들이 요(料)를 많이 받기 위해 혹은 '배를 수리한다' 핑계대고, 혹은 '배 수선하는 장비를 받지 못하였다' 핑계대면서 고의로 머물기 때문에 비용이 매우 많이 들었다. 지금은 임금의 교령을 받아, 처음에 선척을 헤아릴 때에 선체(船體)의 보존 상태와 배 장비의 쓸 수 있고 없는 정도를 아울러 검열하여 보고한다. 수군절도사가 다시 조사하여 요량하여 주되, 배에 머물고 있는 선부(船夫)가 미리 수리하여 돌아갈 수 있도록 한다. 그 판자와 쇠못을 지급한 모든 사유는 돌아가는 날 계문(啓聞)할 때에 아울러 위에 아뢴다.

## 일본선 철정 체제(日本船鐵釘體制)

**대선(大船)** : 큰 못 길이 8치, 무게 2근이다. 중간 못 길이 6치, 무게 1근 14냥이다. 작은 못 길이 5치, 무게 11냥이다. 걸 못[鉅末釘] 길이 6치, 무게 2근 7냥이다.

**중선(中船)** : 큰 못 길이 7치 7푼, 무게 1근 14냥이다. 중간 못 길이 5치 7푼, 무게 1근 7냥 5전이다. 작은 못 길이 4치 7푼, 무게 9냥이다. 걸 못 길이 5치 7푼, 무게 2근 5냥이다.

**소선(小船)** : 큰 못 길이 6치 5푼, 무게 1근 10냥이다. 중간 못은 길이 5치, 무게 1근 3냥이다. 작은 못 길이 4치, 무게 7냥, 걸 못 길이 5치, 무게 2근이다.

# 상경 도로(上京道路)

내이포(乃而浦)에서 금산(金山)·청주(清州)를 거쳐 서울까지 가는 데 하루에 세 참[三息]씩 갈 경우 13일 길이 되고, 대구(大丘)·상주(尚州)·괴산(槐山)·광주(廣州)를 거쳐 서울까지 가는 데는 14일 길이 된다.

○ 부산포(富山浦)에서 대구·상주·괴산·광주(廣州)를 거쳐 서울까지 가는 데는 14일 길이 되고, 영천(永川)·죽령(竹嶺)·충주(忠州)·양근(楊根)을 거쳐 서울까지 가는 데는 15일 길이 된다.

○ 염포(鹽浦)에서 영천·죽령·충주·양근을 거쳐 서울까지 가는 데는 15일 길이 된다.

○ 내이포(乃而浦)에서 수로로 김해(金海)[황산강(黃山江)에서 아래로 낙동강(洛東江)까지]·창녕(昌寧)·선산(善山)·충주(忠州)[김천(金泉)에서 한강까지]·광주(廣州)를 거쳐 서울까지 가는 데는 19일 길이 된다.

○ 부산포(富山浦)에서 수로로 양산(梁山)[황산강에서 낙동강까지] 창녕·선산·충주[김천에서 한강까지] 광주(廣州)를 거쳐 서울까지 가는 데는 21일 길이 된다.

○ 염포(鹽浦)에서 수로로 경주(慶州)·단양(丹陽)·충주(忠州)·광주(廣州)를 거쳐, 서울까지 가는 데는 15일 길이 된다.

○ 국왕사는 기한이 없으나, 여러 거추사(巨酋使) 이하는 기한이 지나면 날수를 계산하여 요(料)를 줄인다. 혹 병이 나거나 물이 넘치거나 짐을 운반하지 못하여 부득이 머무는 자는 그 소재지의 관청에서 명문(明文)을 받아오게 한다. 돌아갈 때도 이와 같다.

## 과해료(過海料)

쓰시마는 5일, 이키노시마는 15일, 큐슈(九州)는 20일의 요(料)를 준다.
[일본 본국과 류큐국 사신도 또한 20일 요만 준다.]

## 급료(給料)

국왕사 이하는 모두 1일 두 끼로 각 1되씩 준다. 국왕사 가운데 상관인
(上官人)과 부관인은 중미(中米)를 주고, 나머지는 모두 조미(糙米)를
준다.

○ 국왕사는 배가 2척도 되고 3척도 되는데, 선부(船夫)는 전원에게 요
   (料)를 준다.

○ 여러 거추사(巨酋使)에게 부선(副船)이 있으면 모두 요를 주는데, 다
   만 선체(船體)의 대소(大小)에 따라 선부의 액수(額數)를 정하여 요를
   주고, 만약 그 나머지 사람의 것을 청하면 교령(敎令)을 받아 가감한
   다.[혹은 절반, 혹은 3분의 1을 준다.]

○ 여러 사신으로 격식을 어긴 사람은 예조에 보고한다. 예조에서 교령
   (敎令)을 받아 주접(住接)을 허용하면 전교를 받은 날로부터 시작하
   여 요를 주고, 주접을 허용받지 못한 사람은 과해료(過海料)의 절반
   만 준다.

# 제도 연의(諸道宴儀)

**국왕사 삼포(三浦) 연향(宴享)** : 선위사(宣慰使)는 동쪽 벽에, 상관인(上官 人)과 부관인(副官人)은 서쪽 벽에 자리하고 모두 교의자(交椅子)에 앉 는다. 차사원(差使員) 중 당상관(堂上官)은 동쪽 벽 선위사의 아래 교 의에 앉으며, 당하관(堂下官)은 남쪽 줄의 승상(繩床)에 앉는다. 정관 (正官)은 서쪽 벽에서 조금 뒤편에 자리하고, 수행원은 다시 뒷줄에 자리하며, 모두 승상(繩床)에 앉는다.

**선위사의 연회** : 선위사가 선온(宣醞)[16]을 받들어 삼포의 객관에 도착해 서 중문으로 들어오면, 객사(客使)는 대문밖에 나가 공경히 맞이한다. 선위사가 대청에 이르러 선온을 탁자 위에 안치한 뒤, 동쪽으로 가까 이 와서 서쪽을 향해 서고, 객사는 서문으로부터 들어와 서쪽 뜰에 나아가 동쪽으로 올라가서 북쪽을 향해 서서, 다른 위차(位次)에서 접줄로 사배(四拜)를 행한다. 통사(通事)는 상·부관인을 인도하여 서 쪽 계단으로 올라와서 탁자 앞에 이르러 꿇어앉고, 선위사는 조금

---

16 선온(宣醞) : 임금이 신하에게 내려주는 술로, 나라에 경사가 있을 때나 신하의 노고를 치하할 때, 또는 상(喪)을 당한 신하를 위로할 때 내렸다. 경우에 따라 술뿐만 아니라 함께 내리는 음식 전체를 선온이라 부르기도 했다. 선온은 사온서(司醞署)에서 담당했다. 일본 사신이 조선에 도래한 경우에도 선온례(宣醞禮)를 행했는데, 그 방식을 두고 조선과 일본 의 사신 간에 마찰이 빚어지기도 했다. 예를 들면, 1609년에 게이테쓰 겐소(景轍玄蘇)와 야나가와 가게나오(柳川景直) 등이 조선에 왔을 때 선위사(宣慰使) 이지완(李志完)이 박대 근(朴大根)을 시켜 선온례를 행할 때 임금이 내린 물건을 문밖에서 지영(祗迎)하며 뜰 아 래에서 절하고 꿇어앉아 선온례를 행하는 예에 대해 아는지 묻도록 했다. 그러자 야나가 와 가게나오가 화를 내며 겐소에게 전에도 이런 예가 있었는지 물었다. 이에 대해 겐소는 기억에 없다고 답했는데, 이지완 등이 꾸짖으며 재차 확인하자 겐소가 희미한 기억에 그 랬던 것 같다고 고쳐 말하였다. 결국 야나가와 가게나오 등이 조선 측이 제시하는 예절을 따르기로 했다. -조선시대 대일외교 용어사전

앞으로 나와 서쪽을 향해 서서 전지(傳旨)가 이러이러하다고 전달한
다. 집사자(執事者)가 술잔에 술을 따라 선위사에게 주면, 선위사는
술잔을 잡고 서서 상·부관인에게 준다. 상·부관인은 머리를 숙여 엎
드렸다가 일어나 술잔을 받아 마시고, 이를 마치면 정관(正官) 이하도
각각 차례로 올라와서 술을 마신다. 이것을 마치면 상관인 이하가
다시 뜰 아래의 자리로 나아가서 사배를 행한다. 상·부관인이 서쪽
계단으로 대청에 올라와 선위사 앞에 나아가서 재배(再拜)하면, 선위
사는 답배(答拜)하고 각기 자기 자리로 나아간다. 정관은 올라와 선위
사 앞에 나아가서 재배하고[답배는 없다.] 자기 자리에 나아간다. 수행
원은 영외(楹外)로 나가서 북쪽을 향하여 재배하고, 또한 자기 자리에
나아간다. 연회를 보통 의식과 같이 한다.

**노중(路中)에서 관찰사의 연회** : 관찰사와 선위사는 동쪽 벽에 위치하고,
상·부관인은 서쪽 벽에 위치하며 모두 교의에 앉는다. 정관 이하는
각기 서쪽 벽에서 조금 뒤편에 겹줄로 자리하니, 선위사의 연회 의식
과 같다. 객사(客使)가 들어오면 관찰사는 뜰 아래로 나와서 객사를
인도하여 대청에 올라와 동쪽과 서쪽에서 서로를 향해 재배하고, 자
기 자리에 나아간다. 정관은 관찰사 앞으로 나아가 재배하고[답배는
없다.] 수행원은 영외(楹外)로 나아가서 재배하고 각자 자기 자리로
나아간다. 차사원과 수령은 비록 당상관일지라도 참례(參禮)하지 못
한다.

**노중에서 수령의 연회** : 자리 순서가 삼포(三浦)의 연회 의식과 같다.

**여러 거추사(巨酋使)를 노중에서 접대하는 관찰사의 연회** : 관찰사는 북쪽
벽에, 상·부관인은 서쪽 벽에 위치하고 모두 교의에 앉으며, 정관
이하는 서쪽 벽에서 조금 뒤편으로 앉는데, 국왕사를 접대하는 연회

의식과 같다. 상·부관인이 처음 들어와서 관찰사의 앞에 나아가 재
배하면, 관찰사는 읍으로 답하고 자리에 나아간다. 정관 이하의 배례
(拜禮)는 삼포(三浦)의 연회 의식과 같다.

**여러 거추사(巨酋使)를 노중에서 접대하는 수령의 연회** : 당상관인 수령은
동쪽 벽에 위치하여 교의에 앉고, 별통사(別通事)[17]는 조금 뒤편으로
승상(繩床)에 앉는다. 당하관인 수령은 별통사와 동쪽 벽에 위치해
직계의 차례대로 앉고, 상·부관인은 서쪽 벽에 자리해 모두 교의에
앉는다. 절도사의 사신과 특송사도 이와 같다.

## 예조 연의(禮曹宴儀)

**국왕사의 연회** : 겸판서(兼判書)·판서(判書)·참판(參判)은 동쪽 벽에 위
치하여 교의에 앉고,[각자 차례대로 조금씩 뒤쪽에 자리한다.] 상·부관

---

17 별통사(別通事) : 경통사(京通事)·향통사(鄕通事) 외에 별도로 임명한 통사. 별정통사
(別定通事)라고도 한다. 조선시대 통역관의 양성은 중앙에서는 사역원(司譯院)에서, 지방
에서는 각 지방에 있는 역학원(譯學院)에서 맡았다. 중앙 사역원에서 양성 배출되는 경통
사나, 제포·부산포·염포 등에 왜학역학원(倭學譯學院)에서 양성 배출되는 향통사와 달리
통사(通事)가 된 역관이 바로 별통사이다. 상사별통사(上使別通事)와 부사별통사(副使別
通事)가 있다. 여러 거추사(巨酋使)를 노중에서 접대하는 수령의 연회 의식에 별통사가
참여하였다. 1448년 예조에서 계정(啓定)한 일본국사(日本國使) 숙배의(肅拜儀)에 의하
면, 사신이 이르러 국서(國書)를 전달할 때 봉례랑(奉禮郎)을 따라 근정전 월대(月臺) 위에
나아가면 별통사가 사신을 인도하여 근정전에 오르게 하였다. 이후 별통사는 통찬(通贊)
이 찬(贊)하는 것을 통역하고 사신을 인도하였다. 1466년 2월 예조에서 왜인(倭人)과 야인
(野人)의 접대하는 절차를 아뢰었는데, 국왕사신이 있는 곳의 선위사(宣慰使) 별통사와
후히 대접하는 객인의 통사는 이조(吏曹)로 하여금 본조의 이문을 기다려서 차견(差遣)하
게 하였다. -조선시대 대일외교 용어사전

인은 서쪽 벽에 자리하여 교의에 앉는다. 정관은 서벽 뒷줄에 자리하
고, 반종인은 월대(月臺) 위에서 북쪽을 향하고 모두 승상에 앉는다.
객사(客使)는 서쪽 협문(夾門)으로 들어와 겸판서·판서·참판 앞에 나
아가 모두 재배하고[모두 답배한다.] 각자 자리에 나아가 앉는다. 정관
은 서쪽 뜰로 들어와 서쪽 섬돌로 올라가 동쪽 벽에 나아가서 재배하
고,[답배는 없다.] 수행원은 가운데 섬돌로 나아가 북쪽을 향하여 재배
하고, 각자 자리에 나아가 앉는다. 연회가 끝나면 각자 재배하기를
처음의 의례와 같이하고서 나간다.

**여러 거추사의 연회** : 겸판서는 북쪽 벽에 자리하고, 판서는 동쪽 벽에
자리하고, 참판은 조금 뒤편에 자리하며, 모두 교의(交椅)에 앉는다.
상·부관인은 서쪽 벽에 자리하고 정관은 뒷줄에 자리하며, 수행원은
월대(月臺) 위에 자리하여 모두 승상에 앉는다. 상·부관인이 서쪽 섬
돌로 올라와 겸판서 자리에 나아가 재배하면, 겸판서는 읍(揖)으로
답한다. 또 동쪽 벽에 판서·참판에게 나아가서 재배하기를 위와 같
이 하고, 자리에 나아가서 앉는다. 정관은 들어와 겸판서 앞에 나아
가서 재배하고, 다음은 동벽에 나아가서 재배한다.[모두 답배는 없다.]
수행원은 가운데 섬돌 위에 나아가서 북쪽을 향하여 재배하고, 동쪽
을 향하여 재배한다. 각자 차례대로 자리에 나아가서, 각자에게 술잔
을 드리고 연회를 행한다. 연회가 끝나면 각각 재배하기를 처음의
의례대로 하고 나간다.

**제추사 연회** : 거추사의 연회 의식과 같다.[답배는 없다.]

# 삼포금약(三浦禁約)

쓰시마 사람이 처음에 삼포에 와서 우거하면서[웅천의 내이포(乃而浦),
동래의 부산포, 울산의 염포를 삼포라 한다.] 교역과 고기잡이를 하겠다고
청하였다. 거주지와 통행지는 모두 정해진 곳이 있어 어길 수 없으며,
일을 마치면 곧 돌아가도록 되어있었는데, 이로 인해 남아서 사는 이들
이 점차 불어났다. 세종께서 명하여 도주인 소 사다모리(宗貞盛)에게
서계를 보내[정통 원년 병진년(1436)이다.] 모두 쇄환하도록 하였다. 사다
모리가 답서에 이르길, "마땅히 모두 쇄환해야 하지만, 그 중에 가장
오래된 이들 60명을 우선 그대로 남겨두길 청합니다."라 하니, 이에 허
락하였다. 그 뒤에 그대로 돌아가지 않자, 세조께서 또 명하여 도주인
소 시게모토(宗成職)에게 서계를 보내[기축년(1469)[18]이다.] 쇄환하도록
하였는데 시게모토(成職)가 얼마 뒤에 죽었다. 다시 지금의 도주인 소
사다쿠니에게 편지를 보내자, 사다쿠니가 답서에 이르길, "제가 쇼니도
노(小二殿)를 따라 하카타에 있기에 두 해 동안 봉행하지 못했습니다만,
마땅히 명을 어기지 않을 것입니다."라 하였다.

○ 병술년(1466)에 순찰사(巡察使) 박원형(朴元亨)이 궤향(饋餉)을 인해
  인구를 비밀리에 계산하니, 내이포(乃而浦)는 3백 호에 남녀 1천 2백
  여 명이고, 부산포(富山浦)는 1백 10호에 남녀 3백 30여 명이고, 염포
  (鹽浦)는 36호에 남녀 1백 20여 명이었다.

○ 이전의 조약에는, 상업하는 사람이 항시 거주하는 인가에 몰래 주접
  (住接)하는 자, 이를 빙자하여 막사(幕舍)를 짓는 자, 무역 일이 끝나

---

**18** 기축년(1469) : 실제 세조의 재위 기간은 1455~1468년이므로 수정이 필요하다.

고 난 뒤에도 고의로 머무는 자는 모두 엄히 금지하였다.


## 조어금약(釣魚禁約)

쓰시마 사람 중에 고기잡이하는 자가 도주(島主)의 삼착도서 문인(三着圖書文引)[19]을 받아서 지세포(知世浦)에 도착해 문인을 바치면, 만호(萬戶)가 문인을 다시 만들어서 준다. 고초도(孤草島)[20]의 정해진 곳 외에는 함부로 다니지 못하게 하며, 고기잡이를 마치면 지세포에 돌아와 만호에게 문인을 돌려주고 세어(稅魚)를 바친다. 만호는 도주의 문인에 회비(回批)하여 인을 찍어 돌려주어 증거로 삼는다. 만약 문인이 없는 자가 풍랑을 이기지 못해 왔다고 핑계를 대고서 몰래 병기를 지니고 변방 섬을 마구 돌아다니면 적(賊)으로서 논죄한다.


해동제국기 끝


---

**19** 삼착도서 문인(三着圖書文引) : 쓰시마도주(對馬島主)가 조선에 오는 왜인(倭人)의 통행 증명서에 도서(圖書)를 찍을 때 절실히 긴요한 것일 때에는 인(印)을 세 번 찍던 것을 말한다. 보통인 경우에는 두 번 찍고, 그다지 필요하지 않은 경우에는 한 번 찍었는데, 그 도서의 수에 따라 대접하였다.

**20** 고초도(孤草島) : 고도와 초도를 아우르는 말로, 고도는 거문도, 초도는 전라남도 여수시의 삼산면 북서쪽에 있는 섬을 가리킨다.

**【부록】**

# 하타케야마도노(畠山殿)의 부관인 양심(良心)이
# 예조의 궤향일에 올린 서계[1]

지금 일본국이 크게 어지러워진 근원을 거슬러 올라가보면 이러합니다. 세천우경대부(細川右京大夫) 미나모토노 가쓰모토(源勝元)와 산명좌위독(山名左衛督) 미나모토노 모치토요(源持豐)는 국왕과 같은 성으로, 여러 대에 걸쳐 대신으로서 좌우에서 국왕을 보필하며 조정의 권력을 쥐고 있었습니다. 비유하자면 조나라에 염파(廉頗)와 인상여(藺相如)가 있는 것 같아서 두 집안이 무력을 다투어 연일 불화가 이어져 전쟁을 벌이는 데까지 이르렀으니, 천하가 둘로 나뉘고 병졸들이 서울에 모여들어 그 수가 몇 천만이 되는지 알지 못하게 되었습니다. 국왕이 거듭 화친하라는 조(詔)를 내렸으나 사람이 많아지면 하늘을 이기게 되고 마구 불어나 처치하기 어렵게 되니 끝내 난세가 되고 말았습니다.

이에 가쓰모토 편에 선 자를 동군(東軍)이라 칭하고, 모치토요 편에 선 자는 서군(西軍)이라 칭했으니, 각각 차지하고 있는 땅이 동서에 있기 때문이었습니다. 동과 서에 진을 벌여놓고 지척 사이에 있으면서 선봉을 내어 자웅을 겨루려 하였는데, 이때에 이르러 가쓰모토가 뜻밖에 진중에서 기이한 꾀를 내어 급히 궁내(宮內)의 사면을 포위하여 우리 군영 안으로 들어왔습니다. 그 즉시 단단히 방어하여 어가(御駕)로 하여

---

1 이 글부터는 신숙주의 기록이 아니라, 간행할 때에 덧붙인 다른 사람들의 기록이다.

금 밖으로 나올 수 없게 하니 모치토요 일당은 중류에서 배를 잃은 듯이 되었습니다. 또한 이렇게 되고 보니 모치토요와 손잡은 도당들이 무기를 버리고서 국왕의 군대에 투항하기를 원했으나 가쓰모토가 역모를 꾀한 무리라 하여 받아들이지 못하게 하였습니다. 이로 인해 서군 가운데 가쓰모토에게 원한을 품은 자가 전보다 만 배가 되었으니, 비록 임금에게 불충한 데에 이른 것 같기는 했지만 싸우지 않고서 어찌 멈출 수가 있었겠습니까.

서군의 마음에 실로 임금에게 대적하려는 뜻이 있었다면 백만의 군대가 따른다 하더라도 하늘의 벌을 피할 수 없었을 것이니, 어찌 시간이 지나 사라지도록 내버려 두었겠습니까? 그렇다면 서군은 죄가 없는 자이겠습니까? 어찌 그러하겠습니까? 전(傳)에 이르기를, '조순(趙盾)이 진(晉)나라 국경을 나가지 않은 것으로 군주를 시해했다는 말을 들었다.'고 하였는데, 하물며 저들 군대의 무리는 경도(京都)를 떠나지 않고 밤낮으로 전투를 벌여 유혈이 낭자하고 북소리가 천지에 진동한 것이 이미 7년이 됩니다. 위로 왕과 제후로부터 아래로 사(士)와 서민에 이르기까지 온갖 신고를 겪으며 국가가 날로 피폐해지고 있으니 어찌 필설로 다 말할 수 있겠습니까?

비록 그러하나 아침볕이 들지 않아도 반딧불은 저절로 꺼진다고 하였습니다. 처음에 서군에 있던 자들 가운데 지금 동군에 항복한 자가 열에 여섯 일곱은 되고, 동군에 있던 자가 서군의 무리에 붙었다는 말은 듣지 못했으니 이는 곧 하늘의 명이 인간을 이기는 이치인 것입니다. 지금 보기에 서군의 도당은 한두 해가 못 되어 사라질 것 같습니다. 전산좌경대부(畠山左京大夫) 요시카쓰(義勝)는 처음에는 종제인 전산우위문독(畠山右衛門督) 요시히로(義就)를 따라서 서군에 있었는데 작년

봄 국왕이 은밀히 조서를 내려 즉시 부름에 나아갔습니다. 이로부터 에치젠(越前), 엣추(越中), 노토(能登), 가가(加賀) 네 주의 관문이 열리고 행려(行旅)가 절로 평온해져서 낙예(洛汭)[2]에 곡식을 운반하는 것이 평소와 다를 바가 없게 되었습니다. 북번(北藩)을 편안하게 만든 공이 오직 요시카쓰의 거사에 있었다고 하여 지금 간레이(管領)의 직을 더해 주었습니다.

위의 문서 한 통은 말이 비루하고 구두도 잘 떼어지지 않으니 민망하여 등에 땀이 배어날 지경입니다. 실로 합하(閤下)께서 보시기에 적당치 않으니, 통역을 맡은 자는 다만 시속 말만 통할 뿐이어서 이러한 큰 논의는 언어로 통하기 어렵습니다. 그리하여 큰 줄거리만 기록하여 받들어 올립니다.

성화 9년(1473) 9월 초2일 계(啓).

---

2 원문의 '洛訥'은 '洛汭'의 오기이다. 『성종실록』 4년 계사년(1473) 9월 2일 기사에 의거하여 수정하였다. '낙예'는 낙수의 북쪽 언덕으로 궁궐이 있는 곳을 가리킨다.

# 류큐국(琉球國)[3]

○ 지경(地境)은 동서로 7,8일 거리이고, 남북으로 12,3일 거리이다.

○ 논은 일 년에 두 번 수확한다. 정월에 파종하여 5월에 거두고, 6월에 파종하여 10월에 거둔다. 밭은 일 년에 한 번 수확한다.

○ 남자는 귀천을 막론하고 머리를 묶어 오른쪽에 상투를 튼다. 국왕은 평소에 붉은 두건으로 머리를 감싸고, 벼슬을 맡은 자는 잡색 두건을 쓰며, 백성들은 흰 두건을 쓴다. 옷은 모두 소매가 넓다. 중국 사신이 올 때에 국왕은 오사모(烏紗帽)를 쓰고 홍포(紅袍)를 입고 옥대(玉帶)를 두르며, 여러 신하들은 품계에 따라 각각 해당 복장을 갖추는데, 모두 중국의 제도를 본뜬 것이다.

○ 초하루와 보름날 아침에 여러 신하들이 반드시 잔치를 배설한다.

○ 중국인으로 와서 사는 이가 삼천 여 집이 되는데, 따로 성 하나를 지어 거처하게 하였다.

○ 삼발사(三發司)가 두 사람이 있는데, 국정을 맡은 대신으로 크고 작은 정사를 모두 총괄한다. 그 나라 사람이 아니면 이 벼슬을 제수 받을 수 없다.

○ 장사(長史) 두 사람과 정의대부(正議大夫) 두 사람이 정무를 맡은 자

---

**3** 병조판서 이계동(李季仝)이 아뢰기를, "류큐국 사신이 세조 때에 예물을 가지고 찾아왔으며, 금년에도 다시 찾아 왔습니다. 그 나라의 풍토, 인물, 세대에 관해서 자세히 모르니, 청컨대 선위사(宣慰使) 성희안(成希顔)으로 하여금 조용히 상세하게 물어서『해동제국기(海東諸國紀)』의 끝에 써서 후일의 참고에 대비하도록 하소서." 하니, "가하다." 하고 전교하였다. -『연산군일기』7년(1501) 1월 22일
이 글이 바로 성희안의 보고서이다.

이다. 모두 이곳에 와서 사는 중국인들로 임명한다.

○ 조사(朝士)에게는 직전(職田)이 있다. 또 장삿배를 품계에 따라 나눠 주어 세금을 거두어 먹게 한다.

○ 국왕의 상(喪)에는 금은을 사용해서 관을 장식하고, 돌을 파서 곽을 만든다. 매장하지 않고 산에 집을 만들어 안치하고서 10여일 후에 친족과 비빈들이 모여 곡을 하고 관을 열어 시신을 꺼내 살과 피부를 모두 발라내 물에 던지고 뼈는 도로 관에 넣는다. 사(士)나 서민의 상도 또한 이렇게 하는데, 다만 석곽이 없다.

○ 부모의 상은 사대부는 백 일, 서민은 오십 일인데 고기를 먹지 않고 술을 마시지 않는다.

○ 자식이 없는데 남편이 죽으면 따라서 목을 매는 여자가 열에 일곱 여덟은 된다. 왕도 또한 금할 수가 없다.

○ 형벌은 유배와 참형만 있고 태형과 장형은 없다.

○ 천지단(天地壇)이 있어서 무릇 기도할 때에 반드시 이곳에서 제사를 지낸다. 다른 나라로 사신 가는 자들은 단에 나아가 분향을 하고, 그 재를 가져다 삼키고는 "우리나라의 일은 마땅히 저들에게 말하지 않으리라."고 맹세한 후에 출발한다.

○ 나라의 동남쪽에 물길로 7,8일을 가면 소유구국(小琉球國)이 있다. 임금이 없고 사람들은 모두 장대하며 옷 입는 제도가 없다. 사람이 죽으면 친족들이 모여 그 고기를 나누어 먹으며, 그 두개골에 금을 입혀 식기로 쓴다.

○ 어음번역(語音翻譯)

你是那裏的人 우라ᄌ마피츄

我是日本國的人 마온야마도피츄

你的姓甚麼 우라나와이갸이우가

你的父親有麼 우라야샤아리

你哥哥有麼 우라신자아리

你姐姐有麼 우라아리아리

妹子有麼 오라리아리

你幾時離了本國 우라잎ᄌ시마타졔ㄱ

我舊年正月起身 마온구죠쇼옹과ᄌ탈졔

你幾時到這裏 우라잎ᄌ고마가

我們今年正月初三日纔到這裏 마온구두ㅅ사옹과ᄌ취라지긴졔

你初到江口是好麼 우라밀라모도징가

一路上喫食如何 우라민지민지아긔모로란도

多酒 오부시

好下飯 오샤가라나

無甚麼好下飯 사가나무야랴비랃루모

請一鍾酒 스긔부테ᄌ이긔라

湯酒 스고와가시

灑酒來 사긔와가지구

撒酒風 스가구뤼

不要饋他喫 아리로마스라

小饋他喫 예계나구로마셰

酒盡了 스긔미나랃디

請裡頭要子 우지바라왜쳐아숨비平坐 마숭고유왜리

面紅 ᄌ라루아개스

面白 자라루시루사

這箇叫甚麼子구리야루욱가

這箇人心腸好고노피죠기모로요다스

這箇人心腸惡고노피죠기모로요왈사

天텬天陰了텬구모데

天晴了텬과리테

下雨아믜믈데

雨晴了아믜과릴데

下雪유기푸리雪

住了유기피핕니

日頭텬다

日頭上了텬다앙갇데

日頭落了텬다야스며잇데

風칸피天亮了이우가미

淸早쏘믜지

晌午필마

晚夕요감븨

黑夜이우루

白日피루

暖和록시

天熱악사

涼快손다스

向火피루구미

春파루

夏날ᄌ

秋아기

冬퓨유

今日쿄오

昨日커리우

明日아자

後日아산지

這月고로즈기

來月뎨왕과즈

開年먀우년

拜年쇼용과즈노패

地지

地平正지마상고

山頂스노촌지

山底사노시즈

大路오부미지

小路구미지

酒사긔

白酒링가나스긔

淸酒요가스긔

飮酒누미

酒有스긔아리

酒無了스긔니

酒醉了스긔이우디

飯음바리

喫飯 앙긔리

做飯 오바리스데

大米飯 코메로오반리

小米飯 ㅇ와로오반리

做下飯 사가나

缺 라리

米 고믜시랑가지

肉 시시

魚 이우

鹿肉 카우루시시

猪肉 오와시시

免肉 우상가시시

油 ㅇ부라

鹽 마시오

醬 미쇼

醋 스우

芥末 난다리카다시

胡椒 코슈

川椒 산시오

生薑 스옴가

葱 깅비나

蒜 피루

菜蔬 쇼리

燒茶 차와기시

甛아미스

苦리가스

酸쉬사

淡아바스

鹹시바가나스

粹카니스

硯스즈리

墨스미

筆푼디

弓이우미

箭이야

弓偫이우미누스

箭偫이야누스

弓弦이우미누됴누

窓로오리

門요

掛帳바스

帳미구

席子모시루

靴픠상가

紙카미

匙캐

筯파시

篩푸뤼

梡子마가리

砂貼匙싀뢰

木貼匙파지

樻子카이

刀子카라ᄂ

鍋兒나븨

簀피오기

火盆피팔지

衣服기루

袴兒과가마

裙兒카마모

瓦카라

車子구루마

卓子타가더

炭ᄉ미

柱파냐

身子도우

面츠라

眼무

鼻과나

口크지

耳미

頭가난우

手데

足피샨

舌頭시쟈

手指頭외븨

頭髮카시리

牙齒과

花과라

綠ᄋ오ᄉ

黑구루ᄉ

靑탄쳥

牛우시

馬우마

猪우와

鷄루리

狗이노

羊비ᄌ쟈

老鼠오야비쥬

蛇파무

龍타ᄌ

象자

獅시시

虎도라

홍치(弘治) 14년(1501) 4월 22일

승문원에서 재가 받음

# 海東諸國紀

海東諸國紀序

夫交隣聘問。撫接殊俗。必知其情。然後可以盡其禮。盡其禮。然後可以盡其心矣。我主上殿下命臣叔舟。撰海東諸國朝聘往來之舊館穀禮接之例以來。臣受命祗栗。謹稽舊籍。參之見聞。圖其地勢。略敍世系源委。風土所尙。以至我應接節目。衷輯爲書以進。臣叔舟久典禮官。且嘗渡海。躬涉其地。島居星散。風俗殊異。今爲是書。終不能得其要領。然因是知其梗槪。庶幾可以探其情。酌其禮而收其心矣。竊觀國於東海之中者非一。而日本最久且大。其地始於黑龍江之北。至于我濟州之南。與琉球相接。其勢甚長。厥初。處處保聚。各自爲國。周平王四十八年。其始祖狹野。起兵誅討。始置州郡。大臣各占分治。猶中國之封建。不甚統屬。習性强悍。精於劍槊。慣於舟楫。與我隔海相望。撫之得其道。則朝聘以禮。失其道。則輒肆剽竊。前朝之季。國亂政紊。撫之失道。遂爲邊患。沿海數千里之地。廢爲榛莽。我太祖奮起。如智異·東亭·引月·兎洞力戰數十。然後賊不得肆。開國以來。列聖相承。政淸事理。內治旣隆。外服卽序。邊氓按堵。世祖中興。値數世之昇平。慮宴安之鴆毒。敬天勤民。甄拔人才。與共庶政。振擧廢墜。修明紀綱。宵衣旰食。勵精圖理。治化旣洽。聲敎遠暢。萬里梯航。無遠不至。臣嘗聞。'待夷狄之道。不在乎外攘。而在乎內修。不在乎邊禦。而在乎朝廷。不在乎兵革。而在乎紀綱。'其於是乎驗矣。益之戒舜曰："儆戒無虞。罔失法度。罔遊于逸。罔淫于樂。任賢勿貳。去邪勿疑。罔違道以干百姓之譽。罔咈百姓以從己之欲。無怠無荒。四夷來王。”以舜爲君。而益之戒如是者。蓋當國家無虞之時。法度易以廢弛。逸樂易至縱恣。自修之道。苟有所未至。則行之朝廷。施之天下。推之四夷。安得不失其理哉。誠能修己以治人。修內而治外。亦必無怠於心。無荒於事而後。治化之隆遠。達四夷矣。益之深意。其不在玆乎。其或舍近而圖遠。窮兵而黷武。以事外夷。則終於疲敝天下。如漢武而已矣。其或自恃殷富。窮奢極侈。誇耀外夷。則終於身且不保。如隋煬帝而已矣。其或紀綱不立。將士驕惰。橫跳强胡。則終於身罹戮辱。如石晉而已矣。是皆棄本而逐末。慮內而務外。內旣不治。寧能及外哉。有非儆戒無虞。無怠無荒之義矣。雖欲探情酌禮。以收其心。其可得乎。光武之閉玉門。而謝西域之質。亦爲先內後外之意矣。故聲名洋溢乎中國。施及蠻貊。日月所照。霜露所墜。莫不尊親。乃是配天之極功。帝王之盛節也。今我國家。來則撫之。優其餼廩。厚其禮意。彼乃狃於尋常。欺誑眞僞。處處稽留。動經時月。變詐百端。溪壑之慾無窮。少咈其意。則便發憤言。地絶海隔。不可究其端倪。審其情僞。其待之也。宜按先王舊例以鎭之。而其情勢各有重輕。亦不得不爲之厚薄也。然此瑣瑣節目。特有司之事耳。聖上念古人之所戒。鑑歷代之所失。先修之於己。以及朝廷。以及四方。以及外域。則其於終致配天之極功也無難矣。何況於瑣瑣節目乎。

成化七年辛卯季冬。輸忠協贊靖難同德佐翼保社炳幾定難翊戴純誠明亮經濟弘化佐理功臣大匡輔國崇祿大夫議政府領議政兼領經筵藝文館春秋館弘文館觀象監事禮曹判書高靈府院君臣申叔舟。拜手稽首謹序。

凡例

一。圖中黃畫爲道界。墨畫爲州界。紅畫爲道路。

一。日本紀用其年號。

一。琉球紀用中國年號。

一。道路用日本里數。其一里准我國十里。

一。計田用日本町段。其法以中人平步兩足相距爲一步。六十五步
爲一段。十段爲一町。一段准我五十負。

一。巨酋以下甚多。然姑記朝聘者於所居州下。

熊川薺浦之圖

自薺浦。由金山。至京城。日行二息。十三日程。由大丘‧尙州‧槐
山‧廣州。至京城。十四日程。由水路。金海〔自黃山江。至洛東江〕昌
寧‧善山‧忠州〔自金遷。至漢江〕廣州。至京城。十九日程。自熊川。至
薺浦。五里。恒居倭戶。三百八。人丁男女老少。幷一千七百二十
二。寺社一十一。

東萊富山浦之圖

自富山浦。由大丘‧尙州‧槐山‧廣州。至京城。十四日程。由永
川‧竹嶺‧忠州‧楊根。至京城。十五日程。自東萊。至富山浦。二十
五里。恒居倭戶六十七。男女老少。幷三百二十三。由水路。梁山〔自
黃山江。至洛東江。〕昌寧‧善山‧忠州〔自金遷。至漢江。〕，廣州。至京城。
二十一日程。

蔚山鹽浦之圖

自鹽浦。由永川‧竹嶺‧忠州‧楊根。至京城。十五日程。由水路。
慶州‧丹陽‧忠州‧廣州。至京城。十五日程。自蔚山。至鹽浦。三十
里。恒居倭戶三十六。男女老少。幷一百三十一。寺社一。

成化十年甲午三月。禮曹佐郎南悌。因饋餉三浦付火倭人去。圖來

# 日本國紀

天皇代序

天神七代

地神五代

人皇始祖神武天皇名狹野。地神末主彦瀲尊第四子。母玉依姬。〔俗稱海神女〕以庚午歲生。〔周幽王十一年也〕四十九年戊午。入大倭州。盡除中洲賊衆。五十二年辛酉 周平王五十一年 正月庚申。始號天皇。百十年己未。周惠王十五年 定國都。在位七十六年。壽百二十七。

綏靖天皇。神武第三子。自神武崩四年。兄弟共治國事。辛巳正月卽位。在位三十三年。壽八十四。

安寧天皇。綏靖太子。元年甲寅。在位三十八年。壽八十四。

懿德天皇。安寧第三子。元年壬辰。在位三十四年。壽八十四。

孝昭天皇。懿德太子。元年丙寅。在位八十三年。壽百十八。

孝安天皇。孝昭第二子。元年己丑。在位百二年。壽百三十七。

孝靈天皇。孝安太子。元年辛未。七十二年壬午。秦始皇遣徐福。入海求仙福。遂至紀伊州居焉。在位七十六年。壽百十五。

孝元天皇。孝靈太子。元年丁亥。在位五十七年。壽百十七。

開化天皇。孝元第二子。元年甲申。在位六十年。壽百十五。

崇神天皇。開化第二子。元年甲申。始鑄璽劍。開近江州大湖。六年己丑。始祭天照大神。〔天照大神地神始主。俗稱日神。至今四方共祭之〕七年庚寅。始定天社國社神戶。十四年丁酉。伊豆國獻船。十七年庚子。始令諸國造船。在位六十八年。壽百二十。是時熊野權現神始現。徐福死而爲神。國人至今祭之。

垂仁天皇。崇信第三子。元年壬辰。十三年甲辰。天照大神降。二十年甲寅。初置伊勢國齋宮。二十五年丙辰。始立天照大神宮于伊勢國。在位九十九年。壽百四十。

景行天皇。垂仁第三子。元年辛未。十三年癸未。賜諸國人姓氏。十八年戊子。始定諸國名。在位六十年。壽百六。

成務天皇。景行第四子。元年辛未。初定州郡。三年癸酉。始置大臣。五年乙亥。諸州始貢稻。七年丁丑。定諸州經界。在位六十一年。壽百七。

仲哀天皇。景行孫。日本武尊第二子。身長十尺。元年壬申。九年庚辰。初作神樂。百濟國始遣使來。在位九年。壽五十二。

神功天皇。開化五世孫息長宿禰女。仲哀納爲后。仲哀歿。遂主國事。元年辛巳。五年乙酉。新羅國始遣使來。三十九年己未。始遣使于漢。在位六十九年。壽百。

應神天皇。仲哀第四子。母神功。元年庚寅。七年丙申。高麗始遣使來。十四年癸卯。始制衣服。十五年甲辰。百濟送書籍。十六年乙巳。百濟王太子來。二十年己酉。漢人始來。在位四十一年。壽百十。

仁德天皇。應神第四子。應神歿二年無主。癸酉正月卽位。五十五年丁卯。大臣武內死。年三百四十。歷仕六朝。六十一年癸酉。始造氷室。在位八十七年。壽百十。

履中天皇。仁德太子。元年庚子。始置大臣四人任國事。在位六年。壽七十。

反正天皇。仁德第二子。履中同母弟。身長九尺二寸半。齒一寸如貫珠。元年丙午。在位六年。壽六十。

允恭天皇。仁德第三子。反正同母弟。元年壬子。在位四十二年。壽八十。

安康天皇。允恭第二子。元年甲午。初允恭立太子。而性惡。乃殺之。立安康。安康立。殺仁德之子大草香王。而取其妻爲后。三年丙申八月。大草香王之子眉輪王。弑之。安康弟大泊瀨稚武。發兵討之。眉輪與大臣。皆燒死。在位三年。壽五十六。

雄略天皇。允恭第四子。安康同母弟。卽大泊瀨稚武也。元年丁酉。二十二年戊午。丹後州余社郡人。釣於水江浦。得大龜化爲女。在位二十三年。壽百四。

淸寧天皇。雄略第三子。元年庚申。五年甲子歿。在位五年。壽四十五。皇女弟卽位。號飯豐天皇。是年十二月又歿。初安康之亂。履中之孫二人。或云在丹波州。或云在幡摩州赤石郡。至是以無皇子。求同姓於諸州。以小楯奉迎爲後。卽顯宗仁賢也。

顯宗天皇。履中孫。市邊押羽第三子。元年乙丑。在位三年。壽四十八。

仁賢天皇。顯宗同母兄。名大脚。初飯豐歿。讓于顯宗。至是卽位。元年戊辰。在位十一年。壽五十二。

武烈天皇。仁賢太子。元年己卯。殺大臣眞鳥。性好殺人。在位八年。壽五十七。

繼體天皇。應神五世孫。名彥主人。元年丁亥。十六年壬寅。始建年號爲善化。五年丙午。改元正和。六年辛亥。改元發倒。二月歿。在位二十五年。壽八十二。

安閑天皇。繼體第二子。自繼體歿後二年無主。至是卽位。元年甲寅。〔用發倒〕在位二年。壽七十。

宣化天皇。繼體第三子。安閒同母弟。元年丙辰。改元僧聽。在位四年。壽七十三。

欽明天皇。繼體長子。一云宣化長子 元年庚申。明年辛酉。改元同要。始爲文子。十二年壬申。改元貴樂。佛敎始來。三年甲戌。改元結淸。百濟送丑經博士醫博士。五年戊寅。改元兄弟。二年己卯。改元藏和。六年甲申。改元師安。二年乙酉。改元和僧。六年庚寅。改元金光。在位三十二年。壽五十。

敏達天皇。欽明第二子。元年壬辰。〔用金光〕五年丙申。改元賢接。三年戊戌。以六齋日。披覽經論。殺其太子。六年辛丑。改元鏡當。

三年癸卯。新羅來伐西鄙。四年甲辰。大臣守屋。以佛法不利。奏壞
佛敎。僧尼皆復俗。五年乙巳。改元勝照。在位十四年。壽五十。

　用明天皇。欽明第四子。〔或云第十四子〕元年丙午。〔用勝照〕二年丁未。
聖德太子蘇我。大臣馬子等。領兵討守屋。〔聖德敏達孫用明之子〕在位二
年。壽五十。

　崇峻天皇。欽明第五子。〔或云第十五子〕元年戊申。明年己酉。改元端
政。在位五年。壽七十二。

　椎古天皇。欽明女。幼名額田部。敏達納爲后。元年癸丑。明年甲
寅。改元從貴。百濟僧觀勤。來進曆本天文地理等書。八年辛酉。改
元煩轉。二年壬戌。始用曆。四年甲子。始賜諸臣冠。聖德太子制十
七條法。五年乙丑。改元光元。七年辛未。改元定居。三年癸酉。大
職冠生于大和州高市郡。八年戊寅。改元倭京。三年庚申。聖德太子
卒。六年癸未。改仁王。二年甲申。陰陽書始來。初立僧正僧都。是
時國中寺四十六。僧八百十六。尼五百六十九。在位三十六年。壽七
十三。

　舒明天皇。敏達孫。名田村。元年己丑。改元聖德。六年甲午八
月。慧星見。七年乙未。改元僧要。三月慧星見。二年丙申。大旱。六
年庚子。改元命長。在位十三年。壽四十五。

　皇極天皇。敏達曾孫女。舒明納爲后。元年壬寅。〔用命長〕在位三
年。

　孝德天皇。皇極同母弟。元年乙巳。〔用命長〕三年丁未。改元常色。
三年己酉。初置八省百官及十禪師寺。六年壬子。改元白雉。在位十
年。壽三十九。

　齊明天皇。〔皇極復位〕元年己卯。〔用白雉〕六年庚申。始造漏刻。七年
辛酉。改元白鳳。遷都近江州。在位七年。壽六十八。

　天智天皇。舒明太子。母皇極。名葛城。元年壬戌。〔用白鳳〕七年戊
辰。始任太宰師。八年己巳。以大職冠。爲內大臣。賜姓藤原。藤姓

始此。大職冠尋死。以大友皇子。〔天智子〕爲大政大臣。任大政。大臣始此。初置大納言三人。在位十年。

天武天皇。舒明第二子。天智同母弟。名大海人。元年壬申。〔用白鳳〕天智七年。天武爲太子。天智將禪位。天武辭避出家。隱吉野山。天智歿。太友皇子謀篡。欲攻吉野。天武將濃張二州兵。入京城討之。遂即位。二年癸酉。初置大中納言。六年丁丑。始作詩賦。十一年壬子。始作冠。令國中男女。皆束髮。女子皆被髮。十二年癸未。始造車。停銀錢用銅錢。十三年甲申。改元朱雀。三年丙戌。改元朱鳥。慧星見。在位十五年。

持統天皇。天智第二女。天武納爲后。元年丁亥。〔用朱鳥〕七年癸巳。定町段。中人平步兩足相距爲一步。方六十五步爲一段。十段爲一町。九年乙未。改元太和。三年丁酉八月。禪位于文武。在位十年。

文武天皇。天武孫。母元明。元年丁酉。明年戊戌。改元大長。定律令。四年辛丑。改元大寶。三年癸卯。初置參議。立東西市。四年甲辰。改元慶雲。三年丙午。初定封戶。造斗升。在位十一年。壽二十五。

元明天皇。天智第四女。適天武之子草壁太子。生文武。元年戊申。改元和同。四年辛亥。始織錦綾。五年壬子。初置出雲州。六年癸丑。初置丹後美作日向大隅等州。七年甲寅。始定京城條里坊門。八年乙卯。改元靈龜。九月禪位于元正。在位八年。壽四十八。

元正天皇。文武姊元明女。名氷高。元年乙卯。三年丁巳。改元養老。二年戊午。慧星見。四年庚申。新羅來伐西鄙。八年甲子二月。禪位于聖武。在位十年。壽六十九。

聖武天皇。文武太子。名首。元年甲子。改元神龜。五年戊辰。始設進士試。六年己巳。改元天平。十九年丁亥。初置近衛大將軍。二十一年己丑七月。禪位于孝謙。在位二十六年。壽五十六。

孝謙天皇。聖武女。名阿閉。元年己丑。改元天平勝寶。八年丙

申。有虫蠱八幡神社殿柱。爲天下太平之字。九年丁酉。改元天平寶
字。二年戊戌八月。禪位于淡路。在位十年。

淡路廢帝。天武孫。元年戊戌。〔用天平寶字〕以道鏡爲大臣。八年乙
巳。爲孝謙所廢。放于淡路州。在位八年。壽三十二。

稱德天皇。〔孝謙復位。改名隆基〕淡路八年乙巳正月。發兵廢之。復卽
位。改元天平神護。三年丁未。改元神護景雲。在位五年。壽五十三。

光仁天皇。天智孫名白璧。元年庚戌。改元寶龜。稱德歿無嗣。大
臣共議立之。慧星見。三年壬子。初置內供大臣。道鏡死。七年丙
辰。遣使于唐。十二年辛酉。改元天應。四月。禪位于桓武。在位十
二年。壽七十三。

桓武天皇。光仁太子名山部。元年辛酉。明年壬戌。改元延曆。三
年甲子十月。遷都山城長岡。十二年癸卯。命大納言藤小黑。參議左
大弁小左相山城野郡宇多村。乃國中膏腴之地。十三年甲戌十月辛
酉。自長岡遷都平安城。乃今京都也。命賀茂明神。定條里坊門。十
七年戊寅。中納言坂上田村瓦。創淸水寺。二十三年甲申。賜第五皇
子楓原親王姓平。平氏始此。在位二十六年。壽七十。

平城天皇。桓武太子名安殿。元年丙戌。改元大同。四年己丑四
月。禪位于嵯峨。在位四年。壽五十一。

嵯峨天皇。桓武第二子。平城同母弟。元年己丑。明年庚寅。改元
弘仁。十四年癸卯正月。彗星見。四月。禪位于淳和。在位十五年。
壽五十七。或云四十六。博雅好文。尤善書法。後宮十四人。生四十
七子。

淳和天皇。桓武第三子名大伴。元年癸卯。明年甲辰。改元天長。五
年戊申。始定諸州七道。十年癸丑。禪位于仁明。在位十一年。壽五
十五。

仁明天皇。嵯峨第二子名正良。元年癸丑。明年甲寅。改元永和。四
年丁亥。彗星見。五年戊午五月。雨雪。十五年戊辰。改元嘉祥。三

年庚午三月。以病禪位于文德。遂出家。在位十八年。壽四十一。

文德天皇。仁明太子。元年庚午。明年辛未。改元仁壽。二年壬申。彗星見。四年甲戌。改元齊衡。三年丙子三月。地震。四年丁丑。改元天安。在位九年。壽三十三。後宮六人。生二十九子。

清和天皇。文德第四子名惟仁。法名素貞。元年戊寅。年九歲。忠仁公良房爲攝政。明年己卯。改元貞觀。六年甲申。彗星見。十四年壬辰。良房死。十八年丙申。賜第六皇子貞純親王姓源。源氏始此。十一月。禪位于陽成。在位十九年。壽三十二。

陽成天皇。清和太子名貞明。元年丙申。年九歲。昭宣王基經爲攝政。〔基經卽良房之子。中納言長良第三子〕明年丁酉。改元元慶。八年甲辰二月。禪位于光孝。在位九年。壽八十一。

光孝天皇。仁明第三子名時康。元年甲辰。明年乙巳。改元仁和。在位四年。壽五十八。

宇多天皇。光孝第三子名定省。法名空理。後政金剛覺。元年丁未。〔用仁和〕三年己酉四月。改元寬平。三年辛亥正月。攝政基經死。九年丁巳七月。禪位于醍醐。在位十一年。又號寬平天皇。壽六十六。

醍醐天皇。宇多太子名敦仁。元年丁巳。明年戊午。改元昌泰。三年庚申。以右大臣管原道。爲太宰眞外師。四年辛酉。改元延喜。放管原道於紫芝太宰府。三年癸亥。管原道死。七年丁卯。彗星見。二十三年癸未。改元延長。八年庚寅六月。雷震清涼殿。又震大納言清貫右大弁希世。人稱管原道爲祟。九月。禪位于朱雀。在位三十四年。壽四十六。後宮十一人。生三十六子。

朱雀天皇。醍醐第十一子。〔或云長子〕名寬明。法名佛陀樹。元年庚寅。年八歲。貞信公忠平爲攝政。〔昭宣公第四子〕明年辛卯。改元承平。八年戊戌。自四月至八月地大震。改元天慶。二年己亥二月。將門純友謀叛。三年庚子。討長門純友。四年辛丑。以攝政忠平爲關白。九年丙午四月。禪位于邑上。在位十七年。壽三十。

邑上天皇。〔或作村上〕醍醐第十四子。朱雀同母弟。名成明。元年丙
午。明年丁未。改元天曆。二年戊申九月。禁中火。三年己酉八月。攝
政忠平死。六年壬子。陞授國中諸神一階。十一年丁巳。改元天德。四
年庚申。禁中火。五年辛酉正月。改元應化。彗星見。二年壬戌。彗
星見。三年癸亥十一月。彗星見。民饑。斗米百錢。禁中又火。四年
甲子。改元康寶。在位二十二年。壽四十二。

冷泉天皇。邑上第二子名憲平。元年丁卯。以淸愼公實賴爲關白。
〔貞信公長子〕明年戊辰。改元安和。二年己巳八月。禪位于圓融。在位
三年。壽六十三。

圓融天皇。邑上第五子。冷泉同母弟。名守平。元年己巳。年十一
歲。明年庚午。改元元祿。五月。關白實賴死。以謙德公伊尹爲攝
政。〔貞信公孫〕三年壬申。謙德公死。以忠義公兼通。爲關白。〔伊尹同母
弟〕四年癸酉。改元天延。三年乙亥。彗星見。四年丙子五月。禁中
火。七月。改元天貞。十一月。忠義公死。以廉義公賴忠。爲關白。〔淸
愼公第二子〕三年戊寅。改元天元。三年庚辰七月。大風雨。羅城門
毀。十一月。禁中火。五年壬午。禁中火。六年癸未。改元永觀。二年
甲申八月。禪位于華山。〔華或作葉〕在位十六年。壽三十三。

華山天皇。冷泉太子名師貞。元年甲申。明年乙酉。改元寬和。二
年丙戌六月。禪位于一條。遂出家。法名入覺。在位二年。壽四十
一。

一條天皇。圓融太子。名懷仁。法名精進覺。元年丙戌。年七歲。以
右大臣兼家。爲攝政。〔忠義公同母弟〕明年丁亥。改元永延。三年己丑七
月。彗星見。改元永祚。二年庚寅五月。以攝政兼家。爲關白。七月
死。以兼家長子道隆。爲關白。遂爲攝政。十一月。改元正曆。六年
乙未二月。改元長德。四月。攝政道隆死。以其同母弟道謙。爲關
白。五月又死。以其同母弟道長。爲關白。禁中火。五年己亥。改元
長保。禁中火。三年辛丑。禁中火。六年甲辰。改元寬弘。二年乙巳。

禁中火。八年辛亥六月。禪位于三條。在位二十六年。壽三十二。

三條天皇。冷泉第二子名居貞。元年辛亥。明年壬子。改元長和。禁中火。四年乙卯。禁中火。五年丙辰正月。以關白道長。爲攝政。七月。禪位于後一條。在位六年。壽三十二。

後一條天皇。一條第二子名敦成。元年丙辰。年九歲。明年丁巳。改元寬仁。以道長長子賴通。爲攝政。二年戊午六月。彗星見。三年己未。道長出家。法名行觀。以賴通爲關白。五年辛酉。改元治安。四年甲子。改元萬壽。五年戊辰。改元長元。二年己巳。彗星見。自二月至三月大雪。是歲大饑。九年丙子四月。禪位于後朱雀。遂出家。是夜歿。在位二十一年。壽二十九。燒尸置骨于淨土寺。遺命也。

後朱雀天皇。一條第三子。後一條同母弟。名敦良。元年丙子。明年丁丑。改元長曆。三年己卯。禁中火。四年庚辰。改元長久。三年壬申。禁中火。五年甲申。改元寬德。二年乙酉正月。禪位于後冷泉。遂歿。在位十年。壽三十七。燒屍置骨于圓敎寺。

後冷泉天皇。後朱雀太子。名親仁。元年乙酉。明年丙戌。改元永承。三年戊子。禁中火。八年癸巳。改元天喜。四年丙申。彗星見。五年丁酉。太極殿火。六年戊戌。改元康平。禁中火。三年庚子。彗星見。八年乙巳。改元治曆。四年戊申四月歿。在位二十四年。壽四十四。燒尸置骨于圓敎寺。

後三條天皇。朱雀第二子。名尊仁。元年戊申。以賴通同母弟敎通。爲關白。明年己酉。改元延久。四年壬子十二月。禪位于白河。在位五年。壽四十。燒尸置骨于禪林寺。

白河天皇。後三條太子。名貞仁。元年壬子。〔用延久〕三年甲寅。賴通死。改元承保。二年乙卯。禁中火。九月。關白敎通死。以賴通第二子師實。爲關白。四年丁巳。改元承曆。五年辛酉。改元永保。二年壬戌。彗星見。四年甲子。改元應德。三年丙寅。禪位于堀川。〔或作堀河〕遂出家。法名圓寂。在位十五年。壽七十七。

堀川天皇。白河第二子。元年丙寅。年八歲。以關白師實。爲攝
政。明年丁卯。改元寬治。八年甲戌。以師實長子師通。爲關白。改元
嘉保。三年丙子。改元永長。地震。二年丁丑。改元承德。彗星見。三
年己卯。關白師通死。改元康和。三年辛巳。師實死。六年甲申。改
元長治。二年乙酉。以師通長子忠實。爲關白。三年丙戌。改元嘉
承。二年丁亥七月歿。在位二十二年。壽二十九。

鳥羽天皇。堀川太子名宗仁。元年丁亥。年五歲。明年戊子。改元
天仁。二年己丑。彗星見。三年庚寅。改元天永。四年癸巳。改元永
久。六年戊戌。改元元永。二年己亥。彗星見。三年庚子。改元保
安。二年辛亥。以忠實長子忠通。爲關白。四年癸卯正月。禪位于宗
德。〔或作崇德〕遂出家。法名空覺。在位十七年。壽五十四。

宗德天皇。鳥羽太子。名顯仁。元年癸卯。年五歲。以關白忠通。爲
攝政。明年甲辰。改元天治。三年丙午。改元大治。彗星見。六年辛
亥。改元天承。二年壬子。改元長承。彗星見。四年乙卯。改元保
延。四年戊午。彗星見。七年辛酉七月。改元永治。十二月見廢。在
位十九年。壽四十六。

近衛天皇。鳥羽第六子。名體仁。元年辛酉。年三歲。明年壬戌。改
元康治。三年甲子。改元天養。彗星見。二年乙丑。改元久安。彗星
見。七年辛未。改元仁平。四年甲戌。改元久壽。二年乙亥。彗星
見。七月歿。在位十五年。壽十七。

後白河天皇。鳥羽第四子。宗德同母弟。名雅仁。元年乙亥。明年
丙子。改元保元。七月。天皇與宗德戰。宗德敗績。遂放纘州。宗德
將奧州判官源爲義。左大臣賴長伏誅。下野守義朝。爲左馬頭。安藝
守平淸盛。爲幡摩刺史。賞功也。三年戊寅八月。攝政忠通。辭退。是
月禪位于二條。後出家。法名行眞。在位四年。壽六十六。

二條天皇。後白河太子。名守仁。元年戊寅。年十六歲。以忠通太
子基實。爲關白。亦年十六歲。明年己卯。改元平治。右金吾信賴。左

馬頭義朝。作亂。十二月夜。焚王宮。天皇奔六波羅大貳平淸盛之
家。信賴兵潰。義朝族滅。以與尾遠武紀五州。封淸盛之族賞之。二
年庚辰。改元永曆。是年。竄兵衛佐源賴朝於伊頭。二年辛巳。改元
應保。三年癸未。改元長寬。六月。前攝政忠通出家。二年甲申死。
三年乙酉。改元永滿。玉宮火。六月。禪位于六條。在位八年。壽二
十二。

　六條天皇。二條太子。名順仁。元年乙酉。年二歲。明年丙戌七
月。關白基實死。以忠通第二子基房。爲攝政。八月。改元仁安。三
年戊子二月。禪位于高倉。在位四年。壽十三。

　高倉天皇。後白河第二子。名憲仁。〔或云兼仁〕元年戊子。年八歲。明
年己丑。改元嘉應。時平淸盛長子重盛。爲內大臣。兼左大將。弟崇
盛。爲中納言。兼右大將。父子兄弟。權傾一國。三年辛卯。改元承
安。五年乙未。改元安元。三年丁酉四月。彗星見。京城火。公卿家
延燒者多。遂及王宮。自朱雀門至太極殿。諸司八省掃地。八月。改
元承治。二年戊戌。彗星見。三年己亥。攝政基房。以事左遷。以基
實長子基通。爲關白。六月。大風。十月。地震。四年庚子二月。禪位
于安德。在位十三年。壽二十二。是年八月二十三日。源賴朝起兵。與
平氏戰於相之石橋山。二十八日。又戰於三浦。翌日。賴朝乘舟渡房州
小浦。十一月十二日。平大將重衡。焚三井寺。源氏先陷關東。遂有
其地。十二月。大發官軍。欲東討源氏。至富士河。官軍不進乃還。

　安德天皇。高倉太子。名言仁。元年庚子。年三歲。明年辛丑。改
元養和。二月。源氏平氏。戰於濃州。平淸盛死。淸盛執國政二十有
三年。二年壬寅。改元壽永。六月。平氏屯兵於越上。與源氏大戰。平
氏不利。又戰於臨坂。平軍大潰。源氏乘勝。遂陷京城。七月。天皇
自鞍馬山。奔叡岳藏人行家。率兵六萬。自宇治入京城。又木曾冠者
義仲。率兵八萬。自栗田口入京城。十一月。攻法住寺院。王師敗
績。賴朝遣弟義經。討義仲。二年癸卯。平氏挾天皇。奔西海。在位

四年。

後鳥羽天皇。高倉第三子。名尊成。安德壽永二年八月卽位。年四歲。以基房長子師家。爲攝政。明年甲辰。罷師家。以基通復爲攝政。改元元曆。二月。源氏平氏又戰於攝之一谷。二年乙巳二月。又戰于讚之八島。三月。又戰于長之壇浦。平氏兵敗。安德祖母後白河后。抱安德投海。壽八歲。平氏及後宮從死者多矣。至今塑像于長門州。給田歲祀之。七月。地大震。八月。改元文治。二年丙午。罷攝政基通。以忠通第三子兼實。爲攝政。五年己酉。右大將源賴朝。征奧州大捷。六年庚戌。改元建久。七年丙辰。攝政兼實辭退。以基通復爲關白。九年戊午正月。禪位于土御門。在位十六年。順德之承久三年辛巳。竄於隱岐州。號隱岐院。歿於隱岐。壽六十。公卿坐黨誅者甚多。

土御門天皇。後鳥羽太子。名爲仁。元年戊午。年四歲。以基通復爲攝政。明年己未。改元正治。右大將源賴朝死。年五十三歲。三年辛酉。改元建仁。五年癸亥。以兼實第二子良經。爲攝政。四年甲子。改元元久。三年丙寅。攝政良經死。以基通長子家實。爲攝政。改元建永。二年丁卯。改元承元。〔或云永元〕二年戊辰。朱雀門火。四年庚午。彗星見。十一月。禪位于順德。順德之承久三年辛巳。流土佐。後移阿波。號阿波院。在位十三年。壽二十七。

順德天皇。鳥羽第三子。名守成。元年庚午。明年辛未。改元建曆。三年癸酉。改元建保。六年戊寅九月。震御輿。七年己卯。改元承久。禁中火。三年辛巳。廢竄佐渡。號佐渡院。在位十二年。壽六十四。

廢皇。〔或稱先帝。或稱前東宮〕順德太子。名懷誠。元年辛巳。年四歲。以良經長子道家。爲攝政。五月。關東將軍武藏守泰時。相模守時房。左馬頭義氏等。舉兵攻京城。大戰宇治橋。遂入京城。移鳥羽於隱岐。移土御門於阿波。遂廢天皇。在位七十日。〔或云九十八日。或云二十六日〕壽十七。

後堀川天皇。高倉子守貞親王之子。名茂仁。元年辛巳。年十一歲。以家實。復爲攝政。明年壬午。改元貞應。三年甲申。改元元仁。二年乙酉。改元嘉祿。三年丁亥。改元安貞。二年戊子。攝政家實。辭退。以道家。復爲關白。三年己丑。改元寬喜。三年辛卯。道家辭退。以其長子敎實。爲關白。是年大饑。四年壬辰四月。改元永貞。十月。禪位于四條。在位十二年。壽二十三。

四條天皇。後堀川太子。名秀仁。元年壬辰。年二歲。以關白敎實。爲攝政。明年癸巳。改元天福。二年甲午。改元文曆。二年乙未。攝政敎實死。以道家。復爲攝政。改元嘉禎。三年丁酉。道家辭退。以家實長子兼經。爲攝政。四年戊戌。改元曆仁。二年己亥。改元延應。二年庚子。改元仁治。二年辛丑。大饑。三年壬寅正月歿。在位十一年。壽十二。

後嵯峨天皇。土御門第四子。名郡仁。元年壬寅。年二十三歲。以攝政兼經。爲關白。三月。兼經辭退。以道家第二子良實。爲關白。明年癸卯。改元寬元。四年丙午正月。關白良實辭退。以道家第三子實經。爲攝政。禪位于深草。後出家。法名素覺。在位五年。壽五十三。

深草天皇。後嵯峨太子。名久仁。元年丙午。年四歲。明年丁未。攝政實經罷。以兼經爲攝政。改元寶治。三年己酉。改元建長。四年壬子。幸關東。以家實第二子兼平。爲攝政。八年丙辰。改元康元。二年丁巳。改元正嘉。三年己未。改元正元。是年大饑。春夏癘疫又行。飢病死者。不可勝計。骸骨暴於道路。前攝政兼經死。十一月。禪位于龜山。後出家。在位十四年。

龜山天皇。後嵯峨第三子。名恒仁。元年己未。年十一歲。明年庚申。改元文應。二年辛酉。改元弘長。攝政兼平罷。以前左大臣良實。復爲攝政。四年甲子。改元文永。二年乙丑。攝政良實罷。以左大臣實經。復爲關白。三年丙寅七月。關東將軍入洛。八月。大風。四

年丁卯。關白實經罷。以兼經長子基平。爲關白。五年戊辰。蒙古使
來。京城火。關白基平死。以基平長子基忠。爲關白。六年己巳。蒙
古使來。七年庚午二月。後嵯峨歿。以諒闇罷五節。十年癸酉正月。彗
星見。五月。關白基忠罷。以敎實長子忠家。爲關白。大旱。禁中
火。十一年甲戌。蒙古兵伐西鄙。禪位于後多宇。後出家。號禪林
院。在位十六年。

　後宇多天皇。龜山第二子。名世仁。元年甲戌。年八歲。關白忠家
罷。以實經長子家經。爲攝政。明年乙亥。改元建治。蒙古使來。二
年丙子十一月。皇子生。三年丁丑正月。天皇御元服加冠。七月。京
城火。四年戊寅。改元弘安。正月地震。二月彗星見。四月地震又
雹。四年辛巳。蒙古兵伐博多。適値大風。蒙古船敗沒。十年丁亥八
月。攝政兼平罷。以良實長子師忠。爲關白。十月。禪位于伏見。在
位十四年。

　伏見天皇。深草太子名熙仁。元年丁亥。年二十二歲。卽位之日。地
再震。明年戊子。改元正應。六月。納大納言實兼女。是月地震十
度。二年己丑。以基平長子家基。爲關白。四年辛卯。家基辭退。以
忠家長子忠敎。爲關白。六年癸巳。關白忠敎辭退。以家基復爲關
白。改元永仁。自四月至六月。鎌倉地震。山嶽崩裂。屋宇頹壞。人
民死者凡七萬餘。四年丙申。關白家基死。以兼忠爲關白。五年丁
酉。禁中火。六年戊戌七月。禪位于持明。在位十二年。壽五十三。

　持明天皇。〔或云後伏見〕伏見太子。名春仁。元年戊戌。以兼基爲攝
政。〔此以下關白攝政不現。然至今世襲。但掌天皇家事。不復預國政〕明年己
亥。改元正安。在位四年。壽四十九。

　後二條天皇。後宇多太子。名邦治。元年辛丑。明年壬寅。改元乾
元。二年癸卯。改元嘉元。四年丙午。改元德治。二年丁未八月歿。在
位七年。壽二十四。

　花山天皇。〔或稱花國〕持明第二子。〔或云伏見第二子〕名富仁。元年丁

未。明年戊申。改元延慶。三年辛亥。改元應長。二年壬子。改元正
和。六年丁巳。改元文保。二年戊午二月。禪位于後醍醐。在位十一
年。壽五十三。

後醍醐天皇。後宇多第二子。名尊治。元年戊午。明年己未。改元
元應。三年辛酉。改元元亨。四年甲子。改元正中。三年丙寅。改元
嘉曆。四年己巳。改元元德。三年辛未。改元元弘。是年。源氏攻平
氏。天皇密出京城避之。自清和幼年卽位。良房攝政。幼沖相繼。政
歸攝政。及高倉之世。平氏擅權。天皇攝政。亦不得與焉。源氏賴
朝。自伊豆起兵。逐平氏而世鎭鎌倉。至是源仁山。又攻逐平氏。遂
執國政。天皇在位十六年。壽四十五。

光嚴天皇。持明太子。名量仁。元年癸酉。明年甲戌。改元建武。在
位五年。壽五十二。

光明天皇。持明第二子。名豐仁。元年丁丑。明年戊寅。改元曆
應。五年壬午。改元康永。四年乙酉。改元貞和。五年己丑十月。禪
位于崇光。在位十三年。壽六十二。

崇光天皇。光嚴太子。名興仁。元年己丑。明年庚寅。改元觀應。二
年辛卯八月。禪位于後光嚴。在位三年。壽六十五。

後光嚴天皇。光嚴第二子。名彌仁。元年辛卯。明年壬辰。改元文
和。五年丙申。改元延文。六年辛丑。改元康安。二年壬寅。改元貞
治。七年戊申。改元應安。四年辛亥三月。禪位于後圓融。在位二十
一年。壽三十七。

後圓融天皇。後光嚴太子。名緖仁。元年辛亥。〔用應安〕五年乙卯。
改元永和。五年己未。改元康曆。三年辛酉。改元永德。三年癸亥十
二月。禪位于小松。〔或稱後小松〕在位十三年。

小松天皇。後圓融太子。名幹仁。元年癸亥。明年甲子。改元至
德。四年丁卯。改元嘉慶。四年庚午。改元康應。二年辛未。改元明
德。四年甲戌。改元應永。十九年壬辰八月。禪位于稱光。在位三十

年。壽五十七。

稱光天皇。小松太子。名實仁。元年壬辰。〔用應永〕三十五年戊申。改元正長。七月歿。在位十七年。壽二十九。

當今天皇。崇光曾孫。名彦仁。元年戊申。明年己酉。改元永享。十三年辛酉。改元嘉吉。四年甲子。改元文安。六年己巳。改元寶德。四年壬申。改元亨德。四年乙亥。改元康正。三年丁丑。改元長祿。四年庚辰。改元寬正。七年丙戌。改元文正。二年丁亥。改元應仁。三年己丑。改元文明。至今辛卯爲三年。


國王代序

國王姓源氏。〔第五十六代清和天皇十八年丙申。賜第六皇子貞純親王姓源。源氏始此。卽唐僖宗乾符三年也〕後白河天皇保元三年戊寅。征夷大將軍源賴朝。主鎌倉。二條天皇永曆元年庚辰。賴朝以兵衛佐。竄于伊豆州。是時平清盛秉政。父子兄弟。盤據要路。政治征伐。出於其手。驕奢淫虐。道路仄目。賴朝自伊豆起兵而西。先據關東。累戰而勝。乘勝席卷。安德天皇壽永元年壬寅。遂入京城。平氏兵敗。挾安德奔于西海。乃立後鳥羽天皇。仍鎭鎌倉。世相承襲。傳十二代。至仁山。後醍醐天皇辛未。又攻平氏。遂逐其黨。摠攬國政。自號等持殿。仁山死。子瑞山嗣。號寶篋院殿。瑞山死。子義滿嗣。〔後出家。法名道義〕號鹿苑院殿。義滿死。子義持嗣。〔後出家。法名道詮〕號勝定院殿。義持死。子義教嗣。號普廣院殿。義教以大臣占地太廣難制。欲稍稍分封之。大臣有赤松殿者。其從弟嬖于義教。義教欲分赤松之地。以封從弟。遂以語赤松家臣。家臣洩於赤松。今天皇嘉吉元年辛酉。〔卽正統六年〕赤松伏兵。請義教宴于其家。義教盛兵而往。請入內廳。酒酣。放廐馬因闔門。伏發遂弑義教。大內持世被槍。踰重垣而出。遂與管領細川等。立義教子義勝。三年癸亥。病死。又立其弟義成。義成死。又立其弟義政。卽今所謂國王也。於其國中。不敢稱王。只稱御所。所

令文書。稱明敎書。每歲元。率大臣一謁天皇。常時不與相接。國政
及聘問隣國。天皇皆不與焉。

## 國俗

天皇之子。娶于其族。國王之子。娶于諸大臣。○諸大臣而下。官
職世襲。其職田封戶。皆有定制。然世久相幷。不可爲據。○刑無笞
杖。或籍家産。或流竄。重則殺之。○田賦。取三分之一。無他繇
役。〔凡有工役。皆募人爲之〕兵好用槍劍。〔俗能鍊鐵爲刃。精巧無比〕弓長
六七尺。取木之理直者。以竹夾其內外而膠之。○每歲正月元日。三
月三日。五月五日。六月十五日。七月七日。十五日。八月一日。九
月九日。十月亥日。以爲名日。人無大小。各會鄕黨族親。燕飮爲
樂。相遺以物。○飮食用漆器。尊處用土器。〔一用卽棄〕有筯無匙。○男
子斷髮而束之。人佩短劍。婦人拔其眉而黛其額。背垂其髮。而續之
以髢。其長曳地。男女冶容者。皆黑染其齒。○凡相遇。蹲坐以爲
禮。若道遇尊長。脫鞋笠而過。○人家以木板蓋屋。惟天皇國王所居
及寺院。用瓦。○人喜啜茶。路傍置茶店賣茶。行人投錢一文飮一椀。
人居處處。千百爲羣。開市置店。富人取女子之無歸者。給衣食容飾
之。號爲傾城。引過客留宿。饋酒食而收直錢。故行者不齎粮。○無
男女。皆習其國字。〔國字號加多干那。凡四十七字〕惟僧徒讀經書知漢字。
○男女衣服。皆斑染。靑質白文。男子上衣纔及膝。裙長曳地。無
冠。或着烏帽。〔以竹爲之。頂平而前後銳。纔是掩髻〕天皇國王及其親族所
着。號立烏帽。〔直而頂圓銳。高半尺。以絹爲之〕笠用蒲或竹或椶木。〔男女出
行則着〕

## 道路里數

自我慶尙道東萊縣之富山浦。至對馬島之都伊沙只。四十八里○自
都伊沙只。至船越浦。十九里○自船越。至一歧島風本浦。四十八里

○自風本浦。至筑前州之博多。三十八里○自博多。至長門州之赤間
關。三十里。〔自風本。直指赤間。則四十六里〕○自赤間。至竈戶關。三十
五里○自竈戶。至尾路關。三十五里○自尾路。至兵庫關。七十里。〔竝
水路〕○自兵庫。至王城。十八里。〔陸路〕○都計水路三百二十三里。陸
路十八里。〔以我國里數計。則水路三千二百三十里。陸路一百八十里。〕

八道六十六州 對馬島一歧島付

畿內五州
山城州。
今爲國都。有山如城險峻。自北而南。東西回抱。至南而未合。別
有圓山當其口。二川東西而下。至圓山合流。南入于海。都中閭巷道
路。皆方通四達。每一町有中路。三町爲一條。條有大路。井井不
紊。凡九條。二十萬六千餘戶。戶巷有市。國王而下諸大臣。皆有分
地。如封建世襲。雖居外州。亦皆置家京中。謂之京邸。所屬郡八。
水田一萬一千一百二十二町。
天皇宮。
在東北隅。周以土垣有大門。軍士數百把守。國王而下諸大臣。以
其麾下兵。輪番遞守。凡過門者皆下馬。宮中支用。別有二州。收其
稅供進。
國王殿。
在天皇宮西北。亦有土垣。軍士千餘把守其門。大臣等率麾下兵。
輪番入直。謂之御所。
畠山殿。
居天皇宮東南。世與左武衛細川。相遞爲管提卽管領。佐國王秉
政。今天皇康正元年乙亥。〔景泰六年〕遣使來朝。書稱管提畠山修理大
夫源義忠。寬正六年乙酉。〔成化元年〕義忠死。子義勝嗣。文明二年庚

寅。〔成化六年〕遣使來朝。書稱管提畠山在京大夫源義勝。○又有源義
就。寬正元年庚辰。遣使來朝。書稱雍河紀越能五州摠太守畠山右金
吾督源朝臣義就。義就乃義忠同母弟。德本之子。同宗故皆稱畠山。

細川殿。

居國王殿西。世與畠山左武衛。相遞爲管提。源持之死。子勝元
嗣。時未遣使於我。勝元娶山名源敎豐之女而無子。敎豐以其幼子屬
爲養子。其後敎豐受譴於國王。黜居外州。其子義安等二人。侍國王
敎豐。令二子請還於國王。二子以其父性惡。恐遠而起釁。不爲之
請。乃令勝元請之。勝元爲請於國王。遂得還。以是敎豐。甚德勝
元。及勝元有子。以其所養敎豐之子爲僧。敎豐怒。乃與勝元相仇相
戰。敎豐之外孫大內殿及女壻。爲一色殿土岐殿等。擧兵助之。勝元
挾國王。移天皇於其陣內。大小群臣。從細川者衆。焚京都二條以北
塹而守之。相持今六年。勝元年四十餘矣。○又有持賢。文明二年庚
寅。遣使來朝。書稱細川右馬頭源朝臣持賢。持賢乃勝元父持之之
弟。持賢無子。勝元於其家後作別室。號典廐。置持賢而師事之。年
老。或云已死。○又有細川勝氏勝元從兄弟。文明二年庚寅。遣使來
朝。初上松浦那久野能登守藤源朝臣賴永。遣壽藺書記來朝。時我世
祖方議通信於日本國王。以風水險遠。欲因諸酋使爲使。問時在館
者。則壽藺於其中稍解事。遂命授書與禮物。以送于國王。又命禮
曹。書諭大內殿及賴永護送。兼致賜物。文正元年丙戌五月。受命而
去。庚寅乃來。壽藺言。"其年六月。還上松浦。修船備行裝。丁亥二
月。自上松浦發向國都。都中兵起。海賊充斥。南海路梗。從北海而
往。四月始到若狹州。〔倭訓臥可沙〕馳報國王。國王遣兵迎之。然盜賊
縱橫。或從間道。或留滯。備經艱苦。凡六十日。而得達國都。致書
與禮物于國王。館于東福寺。國王方在細川殿陣中。與山名殿相持。
未暇修答。至戊子二月。受答書。國王更議。不可無答使。又命勝
氏。備方物遣使。勝氏自爲書。遣心苑東堂等。與壽藺偕來。"壽藺又

言。"大內處書與賜物。使人傳送。爲海賊所掠。"其所言多浮浪。不可
盡信。

左武衛殿。

居國王殿南。世與畠山細川。相遞爲管提。掌他國使臣支待諸事。
後光嚴天皇應安三年庚戌。〔宣德三年〕源義淳遣使來朝。書稱左武衛源
義淳。及義敏嗣。寬正元年庚辰。遣使來朝。書稱左武衛源義敏。義
廉嗣。四年癸未。遣使來朝。書稱左武衛將軍源義廉。

山名殿。

居國王殿西。今天皇長祿三年己卯。〔天順二年〕始遣使來朝。書稱但
幡伯作因備前後藝石九州總太守山名霜臺源朝臣敎豐。敎豐出家。法
名宗全。方與細川相持。國王有異母弟。嘗出家。號淨土院。國王無
嗣。命還俗。將以爲嗣。號今出川殿。後一年。國王有子。語今出川
曰。汝必傳之我子。今出川誓而許之。山名旣與細川爲仇。細川挾國
王以令。山名亦推今出川爲敵。國王今年三十七歲。國王之子年七
歲。今出川殿年三十二歲矣。敎豐二子義安等。侍國王不敢歸敎豐。
其長義安尋死。義安之子在山名所。山名將以爲嗣。○文明元年己
丑。義安遣使來朝。書稱丹波丹後但馬因幡伯者備前備後八ケ州總太
守山名彈正少弼源朝臣義安。續父山名左金吾源朝臣宗全之踪。宗全
書亦曰。"我所領八ケ州悉與義安。"二年庚寅。宗全又遣使來朝。書稱
因伯丹三州太守山名少弼源敎豐。

京極殿。

居畠山殿南。世掌刑政。長祿二年戊寅。源持淸遣使來朝。書稱京
兆尹江歧雲三州刺使住京極佐佐木氏兼太膳大夫源持淸。出家法名生
觀。○又有源高忠。文明二年庚寅。遣使來朝。書稱所司代京極多賀
豐後州源高忠。其使人言生觀同母兄。三年辛卯。又有榮熙遣使來
朝。書稱山陰路隱岐州守護代佐佐木尹左近將監源榮熙。其使人言生
觀同母弟也。初以高忠。旣稱生觀之兄。榮熙又稱其弟。其所言難

信。不許接待其使。强留不還。乃以對馬島特送例接待。其使言於禮
曹曰。生觀兄弟。只榮熙一人耳。高忠乃生觀族親之爲麾下者也。榮
熙時居隱岐州。

右武衛殿。

自高麗之季。海寇爲患。門下府移書。稱關西省探題相公。令禁約
海寇。及我朝開國。亦往來通書。然失其來書。未得其詳。稱光天皇
應永十五年戊子〔永樂六年〕議政府答書。始稱九州牧右武衛將軍源
公。十六年己丑。源道鎭遣使來朝。書稱九州府探題。或稱鎭西節度
使。或稱九州伯。或稱九州都督。或稱九州都元帥右武衛。或稱九州
都督府探題。或只稱右武衛。或稱九州摠管。前後所稱不一。而國人
稱右武衛殿。二十七年庚子。道鎭以年老。委政其子義俊。自稱前都
元帥義俊。稱九州都督左近大夫將監。自此父子俱遣使不絶。其所進
方物甚豐。故我之報賜亦厚。三十一年甲辰。道鎭書云。不意有訟事
入京去。其後在其王城。只有道鎭。猶遣使求丐。至今天皇永亨元年
己酉〔宣德四年〕以後無使。文正元年丙戌。京城澁河源朝臣義堯。遣使
來朝。其使言義堯之父。曾爲右武衛西海道九州摠管。然不能言其
詳。蓋是道鎭之後歟。

甲斐殿。

左武衛之臣。專掌左武衛之事。文明元年己丑。源政盛遣使來朝。
書稱甲斐遠尾越濃四州守。其使。以巨酋例接待。

伊勢守。

政親文明二年庚寅。遣使來朝。書稱國王懷守納政所伊勢守政親。
其書略曰。細川與山名。私起干戈。京城大亂。余爲停止而未止。兩人
之罪不少。依扶桑殿下命。集諸侯諸軍。將收太平。欲蒙大國餘力所
望。綿紬錦布苧布米其所進方物亦豐。且政親爲國王近侍之長。出納
庶政者。特給綿布正布各千正米五百石。以助軍需。令轉達國王。又
於政親。別有回賜。其使。以巨酋使例館待。

教通。

庚寅年。稱壽藺護送。遣使來朝。書稱山城居住四川伊與住人河野刑部大輔藤原朝臣教通。壽藺往來兵中。故多稱護送而來者。下同。

之種。

庚寅年。稱壽藺護送。遣使來朝。書稱京城奉行頭飯尾肥前守藤原朝臣之種。其使人言。近侍國王。其使。以特送例館待。

信忠。

庚寅年。稱壽藺護送。遣使來朝。書稱京城居住宗見駿河守源朝臣信忠。

勝忠。

庚寅年。稱壽藺護送。遣使來朝。書稱京城居住鷹野民部少輔源朝臣勝忠。

建胄。

庚寅年。以館接壽藺。遣使來朝。書稱彗日山內常喜詳庵住持建胄。建胄能文。喜詳庵在東福寺內。

昌堯。

戊子年。遣使來朝。書稱京城東山淸水寺住持大禪師昌堯。以宗貞國請接待。日本國亂年饑。寄食於我者甚多。故前不遣使之人。皆不許接待。使人等強留三浦而不還。宗貞國。爲遣人請之。乃許接待。下並同。

用書記。

己丑年。遣使來朝。書稱深修庵住持用書記。以宗貞國請接待。

太和州。

郡十三。水田一萬七千六百十四町。

和泉州。

郡三。水田四千一百二十六町。

河內州。

郡十一。水田一萬九千九十七町。

攝津州。

郡十四。水田一千一百二十六町。

忠吉。

今天皇應仁元年丁亥。〔成化三年〕 遣使來朝。書稱畿內攝津州兵庫津
平方民部尉忠吉。受圖書。約歲遣一船。

吉光。

戊子年。遣使來朝。書稱畿內攝津州西宮津尉長鹽備中守源吉光。
以宗貞國請接待。

昌壽。

戊子年。遣使來朝。書稱畿內攝津州佛法護持四天王寺住持比丘昌
壽。以宗貞國請接待。


東山道八州

近江州。

郡二十四。水田三萬三千四百二町五段。

美濃州。

郡十八。水田一萬四千八百二十四町五段。

飛彈州。

郡三。水田一千六百十五町五段。

信濃州。

郡十。水田三萬九千二十五町三段。

善峯。戊子年。遣使來朝。書稱信濃州禪光寺住持比丘善峯。以宗
貞國請接待。

上野州。

郡十四。水田三萬二千一百四十町三段。

下野州。

有火井。産硫黃。郡九。水田二萬七千四百六十町。

出羽州。

有溫井。産金。郡十。水田二萬六千九十町二段。

陸奧州。

産金。郡三十五。水田五萬一千一百六十二町二段。


東海道十五州

伊賀州。

郡四。水田一千五百町。州有天照大神祠。國無貴賤遠近。皆來謁
祭。

伊勢州。

産水銀。郡十三。水田一萬九千二十四町。

志摩州。

郡二。水田九十七町。

尾張州。

郡八。水田一萬一千九百四十町。

參河州。

郡八。水田八千八百二十町。

遠江州。

郡十三。水田一萬二千九百六十七町。

伊豆州。

有溫井二所。火田一所。産硫黃。郡三。水田二千八百十四町。

駿河州。

郡七。水田九千七百十七町。

甲斐州。

郡四。水田一萬四千三町。

相模州。

郡八。水田一萬二千二百三十六町一段。

上總州。

郡十二。水田二萬二千八百七十六町六段。

鎌倉殿所居。國人謂之東都。今鎌倉殿。源氏仁山之後。據鎌倉以
東而叛二十餘年。國王累征不克。

下總州。

郡十二。水田三萬三千一町。

常陸州。

郡十四。水田四萬九千九町六段。

武藏州。

郡二十四。水田三萬五千七十四町七段。

安房州。

郡四。水田四千三百四十五町八段。


山陽道八州

幡摩州。

郡十二。水田一萬一千二百四十六町。

吉家。丁亥年。遣使來朝。賀觀音現象。書稱幡摩州室津代官藤原
朝臣吉家。自上院寺有觀音現象。圓覺寺有雨花舍利之異。以後諸州
遣使來賀者甚多。雖前不遣使者。皆許接待。下並同。

盛久。戊子年。遣使來賀觀音現象。書稱幡摩州太守周問浦居住源
光祿盛久。

美作州。

郡七。水田一萬一千二十二町四段。

備前州。

郡八。水田一萬三千二百十町二段。

貞吉。丁亥年。遣使來賀觀音現象。書稱備前州卵島津代官藤原貞

吉。

廣家。戊子年。遣使來賀觀音現象。書稱備前州小島津代官藤原廣
家。

備中州。

産銅。郡九。水田一萬二百二十七町八段。

備後州。

産銅。郡十四。水田九千二百六十九町二段。

吉安。丁亥年。遣使來賀觀音現象。書稱備後州海賊大將橈原左馬
助源吉安。

政良。戊子年。遣使來朝。書稱備後州高崎城大將軍藤原朝臣政
良。以宗貞國請接待。

光吉。戊子年。遣使來朝。書稱備後支津代官藤原朝臣光吉。以宗
貞國請接待。

家德。戊子年。遣使來朝。書稱備後州三原津太守在京助源家德。
以宗貞國請接待。

忠義。己丑年。遣使來朝。書稱備後州守護代官山名四宮源朝臣忠
義。以宗貞國請接待。

安藝州。

郡八。水田七千二百五十町九段。

持平。庚申年。遣使來朝。書稱安藝州小早川美作守持平。約歲遣
一船。父常賀近侍國王。

國重。甲申年。遣使來朝。書稱安藝州海賊大將藤原朝臣村上備中
守國重。受圖書。約歲遣一船。

敎實。戊子年。遣使來賀觀音現象。書稱安藝州太守藤原武田大膳
大夫敎實。

公家。戊子年。遣使來賀觀音現象。書稱安藝州嚴島太守藤原朝臣
公家。

周防州。

産荷葉綠。有溫井。郡六。水田七千二百五十七町九段。

大內殿。多多良氏。世居州大內縣山口。〔倭訓也望仇知〕管周防長門豐前筑前四州之地。兵最强。日本人。稱百濟王溫祚之後。入日本。初泊周防州之多多良浦。因以爲氏。至今八百餘年。至持世二十三代。世號大內殿。至持世無子。以姪教弘爲嗣。教弘死。子政弘嗣。大內兵强。九州以下無敢違其令。以係出百濟。最親於我。自山名與細川爲敵。政弘領兵往助山名。今六年未還。小二乘間。復取博多宰府等舊地。詳見筑前州小二殿。

弘安。庚寅年。遣使來朝。書稱周防州山口所司代杉河守源弘安。大內殿代官。時方居守山口。

教之。甲戌年。遣使來朝。書稱周防州大內進亮多多良別駕教之。大內殿政弘叔父。約歲遣一船。

藝秀。丁亥年。遣使來賀雨花。書稱周防州太畠太守海賊大將軍源朝臣藝秀。

義就。丁亥年。遣使來賀觀音現象。書稱周防州上關太守鎌苅源義就。

正吉。戊子年。遣使來賀觀音現象。書稱周防州上關守屋野藤原朝臣正吉。

盛祥。戊子年。遣使來賀觀音現象。兼報漂流人。書稱富田津代官源朝臣盛祥。

長門州。

産銅及刃鐵。郡五。水田四千九百二町四段。

弘氏。丁亥年。遣使來賀觀音現象。書稱藝石防長四州守護代官陶越前守多多良朝臣弘氏。

光久。丁亥年。稱壽藺護送。遣使來朝。書稱長門州文司浦大將軍源光久。

忠秀。丁亥年。遣使來賀觀音現象。書稱長門州赤間關鎭守高石藤原忠秀。辛卯年。又遣使來報我漂流人事。

忠重。丁亥年。遣使來賀舍利分身。書稱赤間關太守矢田藤原朝臣忠重。

義長。戊子年。遣使來賀觀音現象。書稱長門州賓重關太守野田藤原朝臣義長。

國茂。戊子年。遣使來賀觀音現象。書稱長門州鷲尾多多良朝臣國茂。

正滿。戊子年。遣使來朝。書稱長門州乾珠滿珠島代官宮內頭藤原正滿。以宗貞國請接待。

貞成。己丑年。遣使來朝。書稱長門州三島尉伊賀羅駿河守藤原貞成。以宗貞國請接待。


南海道六州

紀伊州。

郡七。水田七千二百三町七段。

淡路州。

郡二。水田二千七百三十七町三段。

阿波州。

郡九。水田三千四百十四町五段。

義直。戊子年。遣使來賀觀音現象。書稱阿波州鳴渡浦大將軍源朝臣義直。

伊豫州。

郡十四。水田一萬五千五百七町四段。

盛秋。戊子年。遣使來朝。書稱伊豫州川野山城守越知朝臣盛秋。以宗貞國請接待。

貞義。戊子年。遣使來朝。書稱伊豫州鎌田關海賊大將源貞義。以宗貞國請接待。

讚岐州。

郡十一。水田一萬八千八百三十町一段。

土佐州。

郡七。水田六千二百二十八町。


北陸道七州

若狹州。

郡三。水田三千八十町八段。

忠常。辛卯年。稱壽藺護送。遣使來朝。書稱若狹州十二關一番遠敷守護備中守源朝臣忠常。

義國。戊子年。遣使來朝。書稱若狹州大濱津守護代官左衛門大夫源義國。以宗貞國請接待。

越前州。

郡六。水田一萬七千八百三十九町五段。

越中州。

有溫井。水田一萬七千九十九町五段。

越後州。

郡七。水田一萬四千九百三十六町五段。

能登州。

郡四。水田八千二百九十七町。

佐渡州。

郡三。水田三千九百二十八町三段。

加賀州。

郡四。水田一萬二千七百六十七町四段。


山陰道八州

丹波州。

郡五。水田一千八百四十六町九段。

丹後州。

産深重青銅。郡六。水田五千五百三十七町。

家國。戊子年。遣使來朝。書稱丹後州田伊佐津平平朝臣門四郎家
國。以宗貞國請接待。

但馬州

郡八。水田七千一百四十町。

源國吉。丁亥年。遣使來賀舍利分身。書稱但馬州津山關佐佐水兵
庫助源國吉。

因幡州。

郡七。水田八千一百二十六町。

伯耆州。

郡六。水田八千八百三十町。

義保。己丑年。遣使來朝。書稱伯耆州太守緣野源朝臣義保。以宗
貞國請接待。

出雲州。

郡十。水田九千四百三十町八段。

盛政。丁亥年。稱壽藺護送。遣使來朝。書稱出雲州美保關卿左衞
門大夫藤原朝臣盛政。

公順。丁亥年。遣使來賀觀音現象。書稱出雲州見尾關處松田備前
太守藤原朝臣公順。

義忠。己丑年。遣使來朝。書稱出雲州留關海賊大將藤原朝臣義
忠。以宗貞國請接待。

石見州。

郡六。水田四千九百十八町。

和兼。周布兼貞之子。丁卯年。親來受國書。書稱石見州因幡守藤

原周布和兼。約歲遣一船。

賢宗。庚寅年。遣使來朝。書稱石見州櫻井津土屋修理大夫平朝臣賢宗。

久直。丁亥年。稱壽藺護送。遣使來朝。書稱石見州益田守藤原朝臣久直。

正教。丁亥年。稱壽藺護送。遣使來朝。書稱石見州三住古馬守源氏朝臣正教。

吉久。戊子年。稱壽藺護送。遣使來朝。書稱石見州北江津太守平朝臣吉久。

隱岐州。

郡四。水田五百八十四町九段。

秀吉。己丑遣使來朝。書稱隱岐州太守源朝臣秀吉。以宗貞國請接待。


西海道九州

筑前州。

有山距海濱三里。山頂有火井。日正照。煙熖漲天。水沸而溢。凝而爲硫黃。凡產硫黃島皆同。郡十五。水田一萬八千三百二十八町九段。州有博多。或稱霸家臺。或稱石城府。或稱冷泉津。或稱筥崎津。居民萬餘戶。小二殿。與大友殿分治。小二西南。四千餘戶。大友東北。六千餘戶。以藤原貞成爲代官。居人業行商。琉球南蠻商舶所集之地。北有白沙三十里。松樹成林。日本皆海松。唯此有陸松。日本人多上畫。以爲奇勝。往來我國者。於九州中。博多最多。

小二殿。居宰府。或稱大都督府。西北去博多三里。居民二千二百餘戶。正兵五百餘。源氏世主之。稱筑豐肥三州摠太守太宰府都督司馬少卿。號小二殿。至源嘉賴。今天皇嘉吉元年辛酉。大臣赤松作亂。國王徵兵諸州。小二殿不至。國王命大內殿討之。嘉賴兵敗。肥

前州。平戶源義所居。尋投對馬島。居美女浦。對馬島亦其所管。大
內殿。遂盡有小二所管筑前州博多宰府等地。後嘉賴欲復舊地。舉兵
而往至上松浦。大內迎擊敗之。嘉賴奔還對馬島。嘉賴死。子敎賴
嗣。丁亥年。敎賴又以對馬島兵。往至博多宰府之間見月之地。爲大
友殿及大內代官可申所敗而死。對馬島代官宗盛直算。亦蹤敗沒。己
丑年。國王以大內黨山名。命小二復舊土。又命諸州助之。秋七月。
對馬島主宗貞國。舉兵奉敎賴之子賴忠而往。沿路諸酋護送助之。遂
至宰府。悉復舊境。賴忠旣至宰府。令貞國守博多。貞國身留愁未
要。小〔二殿所管。在博多西南半里。民居三百餘戶〕遣麾下守博多肥前州。
千葉殿。與其弟有隙。小二右其弟。命貞國往攻之。貞國難之。小二
强遣之。値大雪敗還。對馬島兵千之凍瘃多死者。長門筑前一歧之
境。海賊縱橫。今辛卯年春。我宣慰官田養民等。往慰賴忠貞國。至
對馬島。貞國聞之。托以海賊梗路。宣慰官不能來。我當往迎。遂留
兵守博多愁未要。時不告賴忠。身還對馬。賴忠前在對馬島。約歲遣
一二船。今還本土。其使人。依巨酋使例館待。

　護軍島安。曾爲琉球圖使。來聘於我。因是往來。乙亥年。來受圖
書。丁丑年。來受職。大友殿管下。

　司正林沙也文。道安子。庚寅年。從其父來受職。大友殿管下。

　護軍宗家茂。乙亥年。來受圖書。受職。富商石城府代官宗金之
子。宗金。大友殿所差大友殿管下。

　司果信盈。己丑年。來受職向化卒。中樞藤安吉女婿。安吉父曾來
朝。死於京館。因葬于東郊。其母命安吉來待朝。仍守父墳。安吉
死。弟茂林又來待朝。爲副司果。安吉母時時遣船。稱藤氏母大友殿
管下。

　氏鄉。乙亥年。遣使來朝。書稱筑前州宗像朝臣氏鄉。約歲遣一
船。小二殿管下。與氏俊。承國王之命。爲宗像殿主。有麾下兵。

　貞成。辛巳年。遣使來朝。書稱筑前州冷泉津尉兼內州太守田原藤

原貞成。受圖書。約歲遣一二船。大友殿族親博多代官。

信重。丙子年。遣使來朝。書稱筑前州冷泉津藤原佐藤四郎信重。約歲遣一船。辛卯冬。以琉球國王使。來受中樞府同知事。博多富商定淸女婿。大友殿管下。

安直。丁亥年。遣使送漂流人。書稱筑前州筥崎津寄住臣藤原孫右衛門尉安直。八幡神留守殿管下。

直吉。丁亥年。送我漂流人。書稱筑前州筥崎津寄住藤原兵衛次郎直吉。信重兄子。八幡神留守殿管下。居筥崎津。

重家。丁亥年。送我漂流人。書稱冷川津布永臣平與三郎重家。大友殿管下。

親慶。丁亥年。遣使來賀觀音現像。書稱筑前州胎土邦北崎津源朝臣親慶。

正家。丁亥年。稱壽藺護送。遣使來朝。書稱筑前州相以島大將軍源朝臣正家。

氏俊。丁亥年。遣使來賀舍利分身。書稱筑前州宗像先社務氏俊。

道京。戊子年。遣使來朝。書稱筑前州絲島太守大藏氏道京。以宗貞國請接待。

繩繁。戊子年。遣使來朝。書稱名島櫛島兩島太守藤原繩繁。以宗貞國請接待。

成直。己丑年。遣使來朝。書稱筑前州聰政所秋月太守源成直。以宗貞國請接待。大友殿管下。稱秋月殿。有武才。

信歲。丙戌年。遣使來賀觀音現象。書稱筑前州麻生藤原信歲。丁亥年。又遣使來。以不緊不接待。

筑後州。

郡十。水田一萬三千八百五十一町八段。

豐前州。

郡八。水田一萬三千二百七十八町二段。

邦吉。戊子年。遣使來朝。書稱豐前州蓑島海賊大將玉野井藤原朝
臣邦吉。以宗貞國請接待。

俊幸。戊子年。遣使來朝。書稱豐前州彦山座主黑川院藤原朝臣俊
幸。以宗貞國請接待。大友殿管下。居彦山有武才。

豐後州。

有溫井五所。郡八。水田七千五百二十四町。

大友殿。源氏世襲所居。民戶萬餘。見兵二千。在博多東六七日
程。兼管博多與小二分治。初源持直。稱豐筑兩後州太守。今天皇永
享元年己酉。〔宣德四年〕始遣使來朝。自是使船不絶。九年丁巳。又有
源親重者。稱豐筑兩後州太守而遣使。其書稱持直爲伯父。持直書。
亦稱讓于親戚親重。至長祿元年丁丑。又有親繁者。稱豐州大友而遣
使。源持直使亦至。禮曹問其使及同來諸使。皆言持直與小二殿。同
時失土。大內殿以親繁。代持直爲大友殿。今大內與安藝州相攻。持
直小二。欲乘間復土而未能。或云源持直養從弟親重爲嗣。及大內討
小二。黜親重。而以其弟親繩代之。二年戊寅。親繁又遣使。其書略
曰。曾祖父以來。捧書通使。自九州陷兵。雖續箕裘之業。不以時致
敬。寬正元年庚辰。〔天順四年〕又有師能者。亦稱豐筑守大膳大夫而遣
使。其書略曰。大友持直。蒙大國之恩不知幾年。去年十月逝去。余
爲持直嫡孫。續大友家業。今辛卯年。豐州日田守護親常。遣使來
朝。其使言。親常。今大友殿政親之弟也。前大友親重年老。傳之其
子政親。政親。乃大內政弘妹婿。小二之復土也。政親欲助大內。父
親重以爲。王命不可違。遂助小二。又問來時諸使。其言皆同。是年
冬來國王使光以藏主曰。源持直初無子。以從弟親繁爲嗣。親繁今爲
大友殿。年六十一歲。長子親政。今爲豐前州太守。將爲嗣。持直旣
以親繁爲嗣。而後生二子。長師能。次能堅。皆封小地。其曰親重
者。不知爲何人。疑繁重二字。於國訓相近。故或稱重也。其曰親繩
者。親繁之同母弟。封豐後州小地。死已十四年矣。同時來琉球使博

多人信重曰。親繁五子。一曰五郎。卽政親。年三十餘。當爲嗣。二
曰親常。年二十餘。今爲日田守。曰七郎。年十八。四曰僧。五幼。大
友殿於九州兵強。小二而下。皆敬事之。然稱大友者數人。豐後州在
九州之東。地最遠。來者稀少。未能辨其眞僞。姑記往來之書及諸使
之言。以待後考。

親常。大友殿異母弟。辛卯年。遣使來朝。書稱日田郡守護修理大
夫藏親常。

國光。庚辰年。遣使來報我漂流人。丁亥年。又遣使來賀觀音現
像。書稱豐後州日田郡太守源朝臣國光。

茂實。戊子年。遣使來朝。書稱豐後州受護代官木部山城守茂實。
以宗貞國請接待。

肥前州。

有溫井二所。郡十一。水田一萬四千四百三十二町。州有上下松
浦。海賊所處。前朝之季。寇我邊者。松浦與一歧對馬島之人。率
多。又有五島。〔或稱五多島〕日本人往中國者。待風之地。

節度使。己丑年。遣使來朝。約歲遣一二船。書稱九州節度使源教
直。或稱九州都元帥。或稱九州摠管。居肥前州阿也非知。有小城。
在博多南十五里。居民一千餘戶。正兵二百五十餘。總治九州之兵。
對馬島人宗大膳等言。初教直助大內及小二復土。懼棄所居。潛投肥
後也望加知。

千葉殿。己未年。遣使來朝。居有小城。北距博多十五里。居民一
千二百餘戶。正兵五百餘。書稱肥前州小城千葉介元胤。約歲遣一
船。

源義。乙酉年。遣使來朝。書稱呼子一歧守源義。約歲遣一二船。
小二殿管下。居呼子。有麾下兵。稱呼子殿。

源納。乙亥年。遣使來朝。書稱肥前州上松浦波多島源納。受圖
書。約歲遣一二船。小二殿管下。居波多島。人丁不過十餘。

源永。丙子年。遣使來朝。書稱肥前州上松浦鴨打源永。受圖書。
約歲遣一二船。小二殿管下。居鴨打。有麾下兵。稱鴨打殿。

藤原次郎。丙子年。遣使來朝。書稱肥前州上松浦九沙島主藤原次
郎。約歲遣一船。

源祐位。丁丑年。遣使來朝。書稱肥前州上松浦那護野寶泉寺源祐
位。約歲遣一船。僧居寶泉寺。

源盛。丁丑年。遣使來朝。書稱肥前州上松浦丹後太守源盛。受圖
書。約歲遣一船。小二殿管下。有麾下兵。

源德。丙子年。遣使來朝。書稱肥前州上松浦神田能登守源德。受
圖書。約歲遣一船。

源次郎。己丑年。遣使來朝。書稱肥前州上松浦佐志源次郎。受圖
書。約歲遣一船。小二殿管下。能武才。有麾下兵。稱佐志殿。

義永。丙子年。遣使來朝。書稱肥前州上松浦九沙島主藤原朝臣筑
後守義永。受圖書契。歲遣一船。

源義。乙亥年。遣使來朝。書稱肥前州下松浦一歧州太守志佐源
義。約歲遣一二船。小二殿管下。能武才。有麾下兵。稱志佐殿。

源滿。丁丑年。遣使來朝。書稱肥前州下松浦三栗野太守源滿。約
歲遣一船。小二殿管下。有麾下兵。居三栗野。

源吉。乙丑年。始遣使來朝。書稱肥前州下松浦山城太守源吉。受
圖書。約歲遣一船。

源勝。乙亥年。遣使來朝。書稱五島宇久守源勝。受圖書。約歲遣
一二船。丁丑年。以刷還我漂流人。特加一船。居宇久島。總治五
島。有麾下兵。

少弼弘。丁丑年。遣使來朝。書稱肥前州平田寓鎮源朝臣彈正少弼
弘。約歲遣一二船。有麾下兵。

源義。丙子年。始遣使來朝。書稱肥前州平戶寓鎮肥州太守源義。
受圖書。約歲遣一船。少弼弘弟。有麾下兵。居平戶。

藤原賴永。丙子年。遣壽藺書記來朝。書稱肥前州上松浦那久野藤
原賴永。壽藺受書契禮物。傳于國王。事見上山城州細川勝氏。居邦
久野。

源宗傳。戊子年。遣使來朝。書稱肥前州上松浦多久豐前守源宗
傳。以宗貞國請接待。居多久。有麾下兵。

源泰。戊子年。遣使來朝。書稱肥前州上松浦波多下野守源泰。以
宗貞國請接待。居波多。有麾下兵。

四郎左衛門。乙酉年。以源滿使來受同參。丁亥戊子。連年而來。
不許接待。源貞。丁亥年。遣使來朝。賀觀音現像。書稱肥前州下松
浦大島太守源朝臣貞。居大島。有麾下兵。

源義。丁亥年。遣使來朝。賀觀音現像。書稱肥前州下松一歧津崎
太守源義。有麾下兵。

貞茂。己丑年。遣使來朝。書稱五島悼大島太守源朝臣貞茂。以宗
貞國請接待。居五島。源勝管下微者。

源茂。丁亥年。遣使來賀雨花舍利。書稱五島玉浦守源朝臣茂。居
五島。源勝管下微者。

源貞。丁亥年。遣使來賀觀音現像。書稱五島太守源貞。居五島。
源勝管下微者。

藤原盛。己丑年。遣使來朝。書稱五島日島太守藤原朝臣盛。以宗
貞國請接待。居五島。原勝管下微者。

清男。己丑年。遣使來朝。書稱肥前州彼杵郡彼杵遠江清原朝臣清
男。以宗貞國請接待。

源重俊。丁亥年。遣使來賀舍利分身。書稱肥前州太村太守源重
俊。居太村。能武才。有麾下兵。

源信吉。戊子年。遣使來賀觀音現像。書稱肥前州風島津太守源信
吉。

源豐久。辛卯年。遣使來朝。書稱平戶寓鎮肥州太守源豐久。先父

義松。己丑春逝去。又送義松所受圖書。而請受新圖書。今乃給送。

肥後州。

有溫井。郡十四。水田一萬五千三百九十七町。

菊池殿。丙子年。遣使來朝。書稱肥筑二州太守藤原朝臣菊池爲邦。約歲遣一二船。庚寅年。又遣使來受圖書。所管兵二千餘。世號菊池殿。世主肥後州。

藤原爲房。乙亥年。遣使來朝。書稱肥後州藤原爲房。約歲遣一船。

教信。己卯年。遣使來朝。書稱肥後州八代源朝臣教信。約歲遣一船。

政重。丁亥年。遣使來賀觀音現像。前此再度救我漂流人。書稱備後州大將軍大橋源朝臣政重。

武教。丁丑年。以武磨稱名。使人來朝。以遠處不緊人。不接待。丁亥年。改名武教。來賀觀音現象。書稱肥後州高瀨郡藤原武教。菊池殿族親。爲其管下。居高瀨。

日向州。

郡五。水田七千二百三十六町。

大隅州。

郡八。水田六百七十三町。

薩摩州。

產硫黃。郡十三。水田四千六百三十町。

盛久。丁丑年。遣使來朝。書稱薩摩州日向太守藤原盛久。約歲遣一二船。

熙久。乙亥年。遣使來朝。書稱薩摩州伊集院寓鎭隅州太守藤原熙久。約歲遣一二船。

持久。丁丑年。遣使來朝。書稱薩摩州島津藤原朝臣持久。約歲遣一船。忠國族親。爲其管下。居島津。

源忠國。丁丑年。遣使來朝。書稱薩摩三州太守島津源忠國。約歲

遣一船。丁亥年。以觀音現象。又遣使。書稱曰隅薩三州太守島津陸
奧源忠國。國王族親。總治薩摩日向大隅三州事。

　藤原忠滿。丁亥年。遣使來賀觀音現象。書稱薩摩州一歧島代官藤
原忠滿。

　只吉。戊子年。遣使來朝。書稱薩摩州市房泊代官只吉。以宗貞國
請接待。

　久重。戊子年。遣使來朝。書稱薩摩州市來千伐太守大藏氏久重。
以宗貞國請接待。

　國久。戊子年。遣使來朝。書稱市來太守大藏氏國久。以宗貞國請
接待。忠國從弟。爲其管下。居部府。

　吉國。己丑年。遣使來朝。書稱薩摩州內種島太守吉國。以宗貞國
請接待。

　持永。己丑年。遣使來朝。書稱薩摩州島津藤原朝臣持永。以宗貞
國請接待。


　對馬島

　郡八。人戶皆沿海浦而居。凡八十二浦。南北三日程。東西或一日
或半日程。四面皆石山。土瘠民貧。以煮鹽捕魚販賣爲生。宗氏世爲
島主。其先宗慶死。子靈鑑嗣。靈鑑死。子貞茂嗣。貞茂死。子貞盛
嗣。貞盛死。子成職嗣。成職死而無嗣。丁亥年。島人立貞盛母弟盛
國之子貞國。爲島主郡守。而下土官。皆島主差任。亦世襲。以土田
鹽戶分屬之。爲三番。七日相遞。會守島主之家。郡守各於其境。每
年踏驗損實收稅。取三分之一。又三分其一。輸二于島主。自用其
一。島主牧馬場四所。可二千餘匹。馬多曲背。所産柑橘木楮耳。南
北有高山。皆名天神。南稱子神。北稱母神。俗尚神。家家以素饌祭
之。山之草木禽獸。人無敢犯者。罪人走入神堂。則亦不敢追捕。島

在海東諸島要衝。諸酋之往來於我者。必經之地。皆受島主文引而後
乃來。島主而下。各遣使船。歲有定額。以島最近於我而貧甚。歲賜
米有差。


八郡
豐崎郡。〔或稱都伊沙只郡〕
　郡守宗盛俊。宗貞國異母兄。在前宗貞國爲郡守。今傳于盛俊。盛
俊居古于浦遙治。戊子年。遣使來朝。書稱對馬島守護代官平朝臣宗
助六盛俊。
　豆豆郡。
　郡守宗彦次郎盛世。
　伊乃郡。
　郡守宗盛弘。資茂之子。宗貞盛妹弟。乙丑年。遣使來朝。書稱對
馬州宗右衛門尉盛弘。約歲遣四船。歲賜米豆幷十五石。
　卦老郡。〔或稱仁位郡〕
　郡守宗茂秀。癸丑年。遣使來朝。書稱出羽守宗大膳茂秀。無子。
以其弟茂直子宗彦九郎貞秀。爲嗣。茂秀父賀茂。曾黜島主靈鑑。而
奪其任。靈鑑之子貞茂。還奪之。然以賀茂族盛。不得絶之。以茂秀
爲都代官。
　要羅郡。
　郡守。島主自守。
　美女郡。
　郡守。島主自守。
　雙古郡。
　郡守。島主自守。
　尼老郡。
　郡守宗盛家。宗貞盛再從弟。爲貞盛女壻。甲子年。遣使來朝。書

稱對馬州宗信濃守盛家。約歲遣四船。壬申年。以其請加三船。歲賜
米豆幷二十石。

　護軍多羅而羅。一名而羅灑文家次。一名而羅灑文家繼。一名平松
而羅灑文家繼。一名太郎二郎。庚辰年。受圖書。來則賜米豆並十
石。賊首也。


· 八十二浦

　時古里浦〔二十餘戶〕

　尼神都麻里浦〔百餘戶〕

　皮多加池浦〔五十餘戶〕

　安而老浦〔二十餘戶〕

　司直源茂崎。乙亥年。以救我漂流人功。受職。

　守于時浦〔五十餘戶〕

　郎加古時浦〔三十餘戶〕

　頭未浦〔十餘戶〕

　蘊要浦〔百餘戶〕

　緊浦〔四十餘戶〕

　阿時未浦〔百餘戶〕

　皮都浦〔二十餘戶〕

　和因都麻里浦〔二十餘戶〕

　五時浦〔二十餘戶〕

　時多浦〔三百五十餘戶〕

　沙加浦〔五百餘戶〕

　護軍六郎灑文。己卯年。來受圖書。來則賜米豆幷十石。

　護軍阿馬豆。舊居一歧島毛都伊浦。海賊首宮內四郎子。戊寅年。
受圖書。來則賜米豆幷十石。戊子。改名又四羅盛數。

　司正都羅馬都。六郎灑文子。甲申年。來受職。

司正都羅而老。向化鐵匠千知沙也文子。隨父而來受職。今還本島。

奉盛幸。本係唐人。島主宗成職時。掌書契文引。丁丑年。因島主請。受圖書。約歲遣一船。書稱海西路關處鎭守奉盛幸。

職盛。故代官宗盛直之子。戊子年。遣使來朝。己丑年。又遣使來朝。請繼父遣船。以無島主之書不從。書稱對馬州平朝臣宗四郎職盛。

時羅浦〔十餘戶〕

仇時老浦〔三十餘戶〕

所溫老浦〔百餘戶〕

溫知老毛浦〔六十餘戶〕

昆知老浦〔四十餘戶〕

也里古浦〔三十餘戶〕

要古浦〔二十餘戶〕

時羅古浦〔二十餘戶〕

要時浦〔十餘戶〕

可門諸浦〔三十餘戶〕

訓羅串〔百餘戶〕

上護軍平茂持。平盛秀之弟。爲從兄六郎次郎繼後。來則賜米豆幷十五石。

護軍皮古時羅。平茂持弟。甲申年。受職。己丑年。受圖書。來則賜米豆幷十石。

副司果平伊也知。平茂知子。又名早田彦八。庚寅年。以島主請受職。

仇愁音夫浦〔二十餘戶〕

吾可多浦〔二十餘戶〕

桂地浦〔四百餘戶〕

尼于浦〔十餘戶〕

那無賴浦〔三十餘戶〕

古浦〔十餘戶〕

安沙毛浦

古于浦〔百餘戶〕

島主宗貞國。今天皇嘉吉三年癸亥。〔正統八年〕 宗貞盛爲島主時。約歲遣五十船。如有不得已報告事。數外遣船。則謂之特送。歲賜米豆幷二百石。

宗貞秀。貞國長子。與貞國同居。丁亥年。遣使來朝。書稱對馬州平朝臣貞秀。約歲遣七船。歲賜米豆幷十五石。貞秀襲貞國前任。故使船賜米。皆仍其舊。

盛俊。豐崎郡守。〔詳見豐崎郡〕

國幸。今辛卯年。以對馬島特送來朝。兼察三浦。稱宗大膳國幸。以島主所親信。別例厚待而送之。

仇多浦〔三十餘戶〕

造船五浦〔十餘戶〕

仰可未浦〔十餘戶〕

卦伊老浦〔二十餘戶〕

那伊老浦〔二十餘戶〕

安佐毛浦〔五十餘戶〕

豆豆浦〔三處。合三百餘戶〕

宗茂世。一名宗虎熊丸。宗貞盛之姪。乙亥年。約歲遣三船。來則賜米豆幷十石。書稱九州侍所管事平朝臣宗彦八郎茂世。

世伊浦〔二十餘戶〕

仇女浦〔二處。合五十餘戶〕

沙愁浦〔四處。合三百餘戶〕

國久。己酉年。因島主請受圖書。書稱對馬州佐護郡代官平朝臣宗幡摩安國久。約歲遣一船。管天神山海賊。今領兵在博多。

　宗彥九郎貞秀。故代官宗盛直從弟。卦老郡守宗茂秀。立以爲後。
庚寅年。遣使來朝。書稱對馬州平朝臣宗彥九郎貞秀。受圖書。約歲
遣一船。

　上護軍宗盛吉。宗盛家弟。癸未年。受圖書。來則賜米豆幷十五
石。今身死有子。時未遣使。

　宗秀茂。卦老郡守。

　宗茂直。宗茂秀同母弟。

　阿里浦〔一百餘戶〕

　麻吾里浦〔二十餘戶〕

　于那豆羅浦〔五十餘戶〕

　多浦〔百餘戶〕

　美女浦〔六百五十餘戶〕

　仇知只浦〔三處。合百五十餘戶〕

　伊乃浦〔二處。合百餘戶〕

　尼多老浦〔三百餘戶〕

　是時未浦〔二十餘戶〕

　仇波老浦〔二十餘戶〕

　豆羅浦〔百餘戶〕

　加羅愁浦〔五十餘戶〕

　沙愁那浦〔四百餘戶〕

　國吉。戊子年。遣使來朝。書稱佐須那代官平朝臣宗石見守國吉。

　吾溫浦〔百餘戶〕

　護軍皮古汝文。戊寅年。受職。庚辰年。受圖書。總治三浦恒居倭。

　司正所溫皮破知。宗茂次子。改名宗茂實。丁亥年。因島主請受職。

　宗茂次。庚辰年。救我漂流人來朝。丁亥年又來。稱對馬州上津郡
追浦平朝臣宗伯耆守茂次。

尼時老道伊浦〔七十餘戶〕

道于老浦〔四十餘戶〕

也音非道浦〔無人戶〕

臥尼老浦〔十餘戶〕

可吾沙只浦〔有神堂〕

阿吾頭羅可知浦〔百餘戶〕

可里也徒浦〔二百餘戶〕

敏沙只浦〔二百餘戶〕

頭知洞浦〔二百餘戶〕

中樞平茂續。賊首早田之子。曾來侍朝爲中樞。今還本島。

護軍中尾吾郞。平茂續之子。中尾彈正。立以爲後。戊子年。受職。

可時浦〔一百五十餘戶〕

護軍井可文愁戒。父賊首井大郞。於己亥年。東征有功。乙酉年。
受圖書。歲賜米豆幷十石。壬午年。襲父職。

皮老浦〔四十餘戶〕

多計老浦〔八十餘戶〕

仇老世浦〔一百四十餘戶〕

護軍皮古仇羅。海賊首護軍藤武家。倭訓邊沙也文之子。乙酉年。
受職圖書。來則給米豆十石。

愁毛浦〔四百餘戶〕

吾也麻浦〔五百餘戶〕

老夫浦〔二百餘戶〕

臥伊多浦 一〔百餘戶〕

古老世浦〔五十餘戶〕

介伊俟那浦〔二百餘戶〕

護軍時難價毛。平家久。倭訓和知難灑毛之子。戊子年受職。

吾甫羅仇時浦〔五十餘戶〕

雙介浦〔五十餘戶〕

完多老浦〔一百餘戶〕

古茂應只浦〔二百餘戶〕

沙吾浦〔一百餘戶〕


一歧島

鄉七。水田六百二十町六段。人居六里十三。海浦十四。東西半日
程。南北一日程。志佐・佐志・呼子・鴨打・鹽津留分治。有市三所。
水田旱田相半。土宜五穀。收稅如對馬島。


七鄉

加愁鄉。

佐志代官主之。

惟多只鄉。

志佐代官源武主之。戊子年。受圖書。約歲遣一二船。書稱一歧守
護代官眞弓兵部少輔源武。

古仇音夫鄉。

源經主之。己丑年。受圖書。約歲遣一二船。書稱上松浦鹽津留助
次郎源經。

源重實。丁丑年。約歲遣一船。書稱上松浦鹽津留松林院主源重
實。

宗殊。己卯年。遣使來朝。書稱一歧州上松浦鹽津留觀音寺宗殊。
約歲遣一船。

小于鄉。

呼子代官源實主之。約歲遣一船。書稱上松浦呼子一歧州代官牧山
帶刀源實。庚寅年。源實子正。遣使來朝。書稱去歲六月。父爲官軍

先鋒而死于敵。臣繼家業。乃依父例舘待。

　無山都鄉。

　鴨打代官主之。

　時日羅鄉。

　呼子鴨打分治。各有代官。

　郎可五豆鄉。

　呼子鴨打分治。各有代官。


　十三里

　波古沙只〔一百五十餘戶〕

　信昭于〔七十餘戶〕

　信加尹〔一百三十餘戶〕

　阿里多〔五十餘戶〕

　伊除而時〔一百餘戶〕

　愁未要時〔七十餘戶〕

　也麻老夫〔九十餘戶〕

　也那伊多〔三百餘戶〕

　牛時加多〔一百三十餘戶〕

　多底伊時〔九十餘戶〕

　毛而羅〔五十餘戶〕

　侯計〔八十餘戶〕

　戶應口〔五十餘戶〕


　十四浦

　世渡浦〔三十餘戶〕

　豆豆只浦〔二十餘戶〕

　仇只浦〔二十餘戶〕

因都溫而浦〔四十餘戶〕

阿神多沙只浦〔四十餘戶〕

頭音甫浦〔四十餘戶〕

火知也麻浦〔一百餘戶〕

毛都伊浦〔一百戶〕

護軍三甫郞大郞。賊首護軍藤永繼子。辛巳年。受圖書。來則賜米豆幷十石。

司正有羅多羅。又名可文愁戒源貞。乃三甫郞大郞之兄。戊寅年受職。

司正豆流保時。藤九郞次子。庚寅年受職。長子也三甫羅。今來侍朝。爲司正。

訓乃古時浦〔四十餘戶〕

臥多羅浦〔百餘戶〕

無應只也浦〔一百四十餘戶〕

仇老沙只浦〔二十餘戶〕

于羅于未浦〔五十餘戶〕

風本浦〔倭訓間沙毛都于羅〕

# 琉球國紀

### 國王代序

國王世襲。洪武二十三年庚午。國王察度。遣使來朝。稱琉球國中山王。自是連歲遣使。其世子武寧。亦獻方物。永樂七年己丑。其孫思紹。遣使稱琉球國中山王。其書略曰。先祖王察度。及先父王武寧。相繼薨逝。以致各寨不和。連年征戰。一向疎曠。今荷大明皇帝寵封王爵。十六年戊戌。又遣使稱琉球國中山王二男賀通連寓鎭。其

書略曰。予兄今年淹逝。予始通聘。宣德六年辛亥。稱琉球國中山王
尙巴志而遣使。景泰四年癸酉。稱琉球國中山王尙金福見而遣使六年
乙亥。稱琉球國王尙泰久而遣使。天順二年戊寅。稱琉球國王見而遣
使。三年己卯。復稱尙泰久而遣使。五年辛巳。遣使而稱琉球國王尙
德。成化二年丙戌。又稱尙德而遣使。七年辛卯冬。國王使自端書堂
來朝。自端曰。尙巴志以上。所不知。尙姓。巴志號。名億載。尙金
福見。名金皇聖。尙泰久。名眞物。尙德。名大家。無兄弟。今王名
中和。時未號。年十六歲。娶宗姓丹峯殿主女王弟名於思。年十三
歲。次弟名截溪。年十歲。國王所居地名中山。故稱中山王。自察道
始遣使以來。相繼不絶。進方物甚謹。或直遣國人。或因日本人商販
在其國者爲使。其書或箋或咨或致書。格例不一。其稱號姓名。亦不
定。琉球去我最遠。不能究其詳。姑記朝聘名號次第。以待後考。


### 國都

國在南海中。南北長而東西短。都有石城。諸島星列。所治凡三十
六島。土産硫磺。堀之一年。復滿坑。取之無窮。歲遣使中國。貢硫
磺六萬斤。馬四十匹。

梁回。宣德五年庚戌。遣使來朝。書稱琉球國長史梁回。

李金玉。成化四年戊子。遣使來朝。書稱琉球國摠守將李金玉。

等悶意。成化五年己丑。遣使來朝。書稱琉球國中平田大島平州守
等悶意。


### 國俗

地窄人多。以海舶行商爲業。西通南蠻中國。東通日本我國。日本南
蠻商舶。亦集其國都海浦。國人爲置酒肆浦邊互市。○國王樓居。每
宴他國使。爲構假樓。與之相對。中國及我國書至。具旗纛出迎。○有
左右長史二人。出納王命。又有五軍統制府議政司六曹。○地常暖無

霜雪。草木不凋落。○水田。一年再收。每十一月播種。三月移秧。六月收穫。卽又播種。七月移秧。十月又穫。○男女衣服。與日本大同小異。

### 道路里數

自我慶尙東萊縣之富山浦。至對馬島之都伊沙只四十八里。○自都伊沙只。至船越浦十九里。○自船越浦。至一歧島之風本浦四十八里。○自風本。至毛都伊浦五里。○自毛都伊。至肥前州之上松浦十三里。○自上松浦。至惠羅武一百六十五里。○自惠羅武。至大島一百四十五里。○自大島。至度九島三十里。○自度九島。至興論島五十五里。○自興論島。至琉球國都十五里。○都計五百四十三里。〔以我國里數計。則五千四百三十里〕

## 朝聘應接紀

### 使船定數

國王及諸巨酋使來則接待。○對馬島主歲遣五十船。或因事別遣船。則稱特送。〔無定數〕○諸酋之在諸州者。或歲遣一二船。〔時計四十人。名在諸州〕或歲遣一船〔時計二十七人。名在諸州〕皆有定約。其餘諸酋。或因事來朝。或遣使。皆臨時受敎應接。○受我國官職者。歲一來朝。不得遣人。○國王使。例有副船。或至三船。巨酋使。只有副船。其餘並一船。○諸使皆受對馬島主文引。而後乃已。

### 諸使定例

館待諸使有四例。國王使爲一例。○諸巨酋使爲一例。〔日本畠山・細川・左武衛・京極・山名・大內・小二等爲巨酋〕○九州節度使。對馬島主。

特送爲一例。○諸酋使。對馬島人受職人。爲一例。

### 使船大小船夫定額

○船有三等。二十五尺以下爲小船。二十六尺七尺爲中船。二十八尺九尺三十尺爲大船。船夫。大船四十。中船三十。小船二十。以爲定額。客使來則三浦節度萬戶。與差使員。尺量船體。又點船夫名數。船夫雖多。不得過定額。若不足。則以點數給料。因是三浦恒居人等。冒名受點。而分其料。姦僞日滋。今受敎。只量船體。以三等定額給料。不復點人。○國王使。不量船點人。只以所見定數以報。並給料。

### 給圖書

凡給圖書。着見樣於紙。置禮曹典校署。又分置三浦。每書來。憑考驗其眞僞。

### 諸使迎送

國王使。遣三品朝官。率京通事。迎于三浦。還時護送。○諸巨酋使。遣京通事。迎于三浦。還時朝官率京通事護送。○對馬島主特送。九州節度使。使鄕通事率上京。朝官護送。

### 三浦熟供

國王使留三浦時。上副官人。〔正使稱上官人。副使稱副官人。後並同〕正官。〔船主・押物侍奉稱正官。後並同〕伴從人。量數熟供。其餘船夫。給料。○諸巨酋使。特送節度使使正官以上熟供。○諸酋使以下。並給料。〔一日兩時。凡給料並同〕○國王使。早飯。正官以下。車食七果床。伴從人。車食五果床。並三度湯。○朝夕飯。上副官人。七楪床。飯羹。二樣湯。二樣炙。○正官伴從人。五楪床。飯羹。二樣湯。一樣炙。○畫點心。上副官人正官。五楪床。飯羹。一樣湯。伴從人。三楪床。飯羹。一樣湯。○諸巨酋使。與國王使同。節度使使特送。與國王使同。早飯。乾魚主楪。五果床三度湯。

### 三浦分泊

對馬島歲遣五十船。二十五船。泊乃而浦。二十五船。泊富山浦。其餘諸使。各任意分泊三浦。

### 上京人數

國王使二十五人。○諸巨酋使十五人。○特送三人。別例則加一倍。○九州節度使三人。卜滿五駄。加一人。每五駄則加毋過五人。○諸酋使一人。五駄加一人。毋過三人。○受職人堂上官三人。上護軍以下二人。○對馬島五十船。每船一人。五駄加一人。毋過二人。

### 三浦宴

國王使。三浦留時。宴享三度。〔其一度宣慰使。其二度差使員設行〕還時一度。〔差使員設行〕○諸巨酋使。留浦時二度。還時一度。〔並差使員設行。下同。〕○特送節度使使。留浦時一度。還時同。一歧島以外諸酋使。留浦時一度。○宣慰使宴。上副官人長車食外。行安酒入排小一果四行床。正官宣慰使同。但無一果。伴從人馬蹄車食七果床。並紙野生花。〔下並同〕三度湯點點果大肉。〔雉猪〕○差使員宴。上副官人馬蹄車食外。行安酒入排四行床。正官對客三行床。伴從人馬蹄車食七果床。餘與宣慰使宴同。〔國王使以下並同〕○每宴留船。船夫。人給眞麥末一升。油一合。乾魚一首。生魚肉隨宜。白酒一鐥。

### 路宴

國王使。慶尙道三所。其一所觀察使。其二所守令設行。忠淸京畿各一所。觀察使設行。○諸巨酋使。慶尙道二所。其一所觀察使親

行。其一所守令設行。忠淸京畿各一所。觀察使親行。還時同。○特
送節度使使。慶尙忠淸道。各一所。還時同。〔守令設行〕○諸酋使以下
一歧以外人。慶尙忠淸道各一所。對馬島人。慶尙一所。還時幷同。守
令設行 ○觀察使宴品。與三浦宣慰使宴同。守令宴品。與三浦差使員
宴同。〔國王使以下並同〕

京中迎餞宴

國王使。漢江迎宴。上副官人車食七果床。正官以下車食五果床。
並四度湯。點點果油密果五星二部。實果五星二部。茱肉交排五星二
部。〔已上禮賓寺〕大肉乾猪三口。〔司宰監〕酒。〔司醞署〕諸巨酋使初到館。
迎宴宴品。與國王使漢江迎宴同。還時並餞于漢江。

畫奉杯

國王使。隔三日一設。上副官人正官對客。〔禮賓寺正有故。則內資內瞻
寺正〕車食七果床。伴從人車食五果床。並三度湯。點點果。〔禮賓寺掌
設。〕酒。〔司醞署〕○諸巨酋使。與國王使同。

京中日供

國王使。早飯三時食品。與三浦同。自願乾受。則早飯熟供。其餘
三時。五日一次都給。正官以上。每一人中米二斗。黃豆六斗。〔船主・
押物侍奉。則太五斗〕眞麥末七升。全鮑一百五十介。石首魚五尾。靑魚
二十尾。白鰕三升。眞魚二首。生鮮五首。醢五合。眞油二合。醬三
升。醋一升五合。藿十兩。芥子二合。茶一合。僧則除魚醢。給眞茸
蘽古竹筍吾海召各五合。淸酒三甁。燒木三十五斤。炭自二月至九
月。二斗五升。自十月至正月。五斗五升。伴從人。每一人中米二
斗。黃豆四斗。木麥米五升。其餘上同。○諸巨酋使。早飯三時食品
乾受。與國王使同。○對馬島特遣節度使使。亦與國王使同。〔都給。眞
麥・末全鮑・眞魚・生鮮・茶・眞茸無〕○諸酋使以下。一日兩時。乾受都給

中米一斗五升。黃豆三斗。〔伴從人二斗〕淸酒二甁。雜物與特送同。早
飯熟供。杻炬。國王使。每一日都給三柄。〔司宰監〕

關內宴
國王使。進上肅拜後。餉饋上副官人。茶食外。行安酒。入排小一
果四行床。絲虛乙去皮・絲表花纓絡・炷香具。正官對客。〔內侍府官〕
馬蹄車食安酒入排四行床。〔已上朝啓廳〕伴從人對客。〔內侍府官〕馬蹄車
食九果床。〔已上勤政門南行廊〕幷四度湯・點點果・床・湯〔內瞻寺〕酒〔司
醞署〕大肉〔司畜署。下同。〕○下直肅拜饋餉。與進上肅拜同。○諸巨酋
使與國王使同。○對馬島特遣・九州節度使使。上副上官人。茶食外
行安酒。入排小一果四行床。虛乙去皮與國王使同 對客正官。馬蹄車
食四行床。伴從人。馬蹄車食九果床。並四度湯・點點果・大肉。○諸
酋使・受職人・對馬島人等。並馬蹄車食四行床。伴從人對客。馬蹄
車食九果床。並四度湯・點點果・乾大肉。〔司宰監〕

禮曹宴
國王使慰宴。上副官人。散子外行小一果四行床。紵布花。〔勸花同〕
正官長。車食四行床。紙花。〔勸花同。伴從人亦同〕曹堂上官馬蹄車食三
行床。〔下並同〕伴從人馬蹄車食九果床。並四度湯・點點果〔已上禮賓寺〕
大肉〔司畜署。僧則餅。禮賓寺〕酒〔司醞署〕妓二人。於常例倍數。近杖
使令三十名。皆着皁隷衣冠。〔兵曹〕○餞宴同。○諸巨酋使。與國王使
同。○對馬島特送・九州節度使使宴品。與國王使同。並紙花。〔勸花
同〕○諸酋使以下。上官人長。車食四行床。伴從人。馬蹄車食九果
床。並四度湯・點點果・大肉並紙花。〔勸花同〕

名日宴
國王使以下。大小諸使。上官人正官以上。車食七果床。伴從人。車

食五果床。並四度湯‧點點果。

下程

國王使‧巨酋使。並三度。九州節度使使‧特送。並二度。每度餠‧
酒‧果實‧蔬菜‧海菜‧乾茸‧笋‧豆腐‧眞末‧清蜜‧乾魚肉‧生魚
肉‧醢‧芥子‧五味子茶‧油‧醬‧醋等物。禮曹啓給。其度數物
目。以使人厚薄‧人數多少‧留日久近。加減酌定。○別下程。亦
同。承政院啓給。

例賜

國王使上副官人。各給九綜緇染木綿長衫一。〔單袂隨時〕九綜白綿布
長衫一。鴉青羅內藍綃僧冠一。黑馬皮雲鞋一。九綜白綿紬‧白紵
布‧黑麻布各一匹。○諸巨酋使。與國王使同。○九州節度使使。衣
服‧冠‧鞋。與國王使同。〔餘物無〕

別賜

如有國事引見。則有別賜。臨時承政院啓定。〔因人緊不緊。有多寡〕

留浦日限

國王使。無限日。○諸巨酋使。觀察使馬文到後十五日。還浦後二
十日。若限外故留者。不給料。有現病者。待差下同。○諸酋使之受
職人。對馬島人等。馬文到後。卜多者十日。卜少者五日。限外故留
者。不給料。

修船給粧

一歧島以外諸使。請修船給粧者受教。令水軍節度使。酌量題給。
因此諸使。欲多受料。或稱修船。或稱未修船粧故留。所費甚多。今

受教初量船時。船體完壞。船粧用不用。並檢報。水軍節度使更覈量
給。留船船夫預修待還。其所給板釘諸緣。還歸日時啓聞時並啓。

### 日本船鐵釘體制

大船。大釘長八寸重二斤。中釘長六寸重一斤十四兩。小釘長五寸
重十一兩。鉅末釘長六寸重二斤七兩。○中船。大釘長七寸七分重一
斤十四兩。中釘長五寸七分重一斤七兩五錢。小釘長四寸七分重九
兩。鉅末釘長五寸七分重二斤五兩。○小船。大釘長六寸五分重一斤
十兩。中釘長五寸重一斤三兩。小釘長四寸重七兩。鉅末釘長五寸重
二斤。

### 上京道路

自乃而浦。由金山淸州至京城。日行三息。十三日程。由大丘·尙
州·槐山·廣州。至京城。十四日程。○自富山浦。由大丘·尙州·槐
山·廣州。至京城。十四日程。由永川·竹嶺·忠州·楊根。至京城。
十五日程。○自鹽浦。由永川·竹嶺·忠州·楊根。至京城。十五日
程。○自乃而浦水路。由金海〔自黃山江。下至洛東江〕昌寧·善山·忠
州。〔自金遷。至漢江〕廣州。至京城。十九日程。○自富山浦水路。由梁
山〔自黃山江。至洛東江〕昌寧·善山·忠州〔自金遷。至漢江〕廣州。至京
城。二十一日程。○自鹽浦水路。由慶州·丹陽·忠州·廣州。至京
城。十五日程。○國王使。無限日。諸巨酋使以下。過限則計日減
料。或病。或水漲。或未得輸卜。不得已留滯者。於所在官。受明文
而來。還時同。

### 過海料

對馬島五日。一歧島十五日。九州二十日。〔日本本國·琉球國使亦只二
十日〕

### 給料

國王使以下。皆一日兩時各一升。國王使上副官人。中米。餘皆糙米。○國王使。或二船三船。船夫。全數給料。○諸巨酋使有副船。則並給料。只以船體大小。定船夫額數給料。若請其餘。則受敎加給。〔或半。或三分之一〕○諸使違格者。報禮曹。禮曹受敎許接。則受敎日爲始給料。不許接者。給過海料之半。

### 諸道宴儀

國王使三浦宴享。宣慰使東壁。上副官人西壁。並交椅。差使員堂上。則東壁宣慰使之下交椅。堂下官。則南行繩床。正官西壁差後。伴從人則又後行並繩床。○宣慰使宴。宣慰使陪宣醞到三浦客館。由中門入。客使就大門外祗迎。宣慰使至大廳。安宣醞於卓上訖。近東西向立。客使由西門入就西庭。東上北向立。異位重行四拜。通事引上副官人。陞自西塔至卓前跪。宣慰使稍前西向立。傳旨云云。執事者。酌酒授宣慰使。宣慰使執盞立。授上副官人。上副官人。俛伏興受盞飮。訖。正官以下。各以次陞飮。訖。上官以下各還就庭下位。行四拜。上副官人。由西階升詣大廳。就宣慰使前再拜。宣慰使答拜。各就位。正官陞詣宣慰使前再拜。〔無答〕就坐。伴從人。就楹外北向再拜。亦就坐。行宴如常儀。○路次觀察使宴。觀察使宣慰使。東壁。上副官人。西壁。并交椅。正官以下。各西壁差後重行。如宣慰宴儀。客使將入。觀察使出庭下。引陞大廳。東西相向再拜。就坐。正官。就觀察使前再拜。〔無答〕伴從人。就楹外再拜。各就坐。差使員守令。雖堂上。不得參。○路次守令宴。坐與三浦宴同。○諸巨酋使路次觀察使宴。觀察使。北壁。上副官。西壁。并交椅。正官以下。西壁差後。如國王使宴儀。上副官人初入。就觀察使前再拜。觀察使答揖就坐。正官以下拜。與三浦宴同。○諸巨酋使路次守令宴。堂上官守令。東壁交椅。別通事差後繩床。堂下官守令。與別通事東壁。以職次坐。上副官人。西壁並交椅。節度使使。特送同。


### 禮曹宴儀

國王使宴。兼判書判書參判。東壁交椅。〔各以次差後〕上副官人。西
壁交椅。正官。西壁後行。伴從人。月臺上北向並繩床。客使入自西
夾門。就兼判書判書參判前。以次再拜。〔皆答拜〕各就坐。正官入自西
庭。陞自西階。就東壁再拜。〔無答〕伴從人。就中階上北向再拜。各就
坐。宴訖。各再拜如初儀。乃出。○諸巨酋使宴。兼判書。北壁。判
書。東壁。參判。差後。幷交椅。上副官人。西壁。正官後行。伴從
人。月臺上並繩床。上副官人。陞自西階。入就兼判書前再拜。兼判書
答揖。就東壁再拜如上。就坐。正官。入就兼判書前再拜。次東壁。〔幷
無答〕伴從人。就中階上北向再拜。東向再拜。各以次就坐。以各呈杯
行宴。宴訖。各再拜如初儀。乃出。○諸酋使。與巨酋使同。〔無答〕


### 三浦禁約

對馬島之人。初請來寓三浦。〔熊川之乃而浦。東萊之富山浦。蔚山之鹽浦號
爲三浦〕互市釣魚。其居止及通行。皆有定處。不得違越。事畢則
還。因緣留居。漸止繁滋。世宗命移書島主宗貞盛。〔正統元年丙辰〕令
皆刷還。貞盛答書曰。"當並刷還。其中最久者六十名。姑請仍留。"乃
許之。其後因仍不還。世祖又命移書島主宗成職。〔己丑年〕令刷還。成
職尋死。又移書今島主宗貞國。貞國之言曰。"以我從小二殿。在博多
兩年。未得奉行。然當不食言。"○丙戌年。巡察使朴元亨。因饋餉。密
計人口。乃而浦。戶三百男女一千二百餘口。富山浦。戶一百一十男
女三百三十餘口。鹽浦。戶三十六男女一百二十餘口。○舊約。商販
人潛接恒居人戶者。因緣結幕者。貿易事畢後故留者。並痛禁。


### 釣魚禁約

對馬島人釣魚者。受島主三着圖書文引。到知世浦納文引。萬戶改
給文引。孤草島定處外。勿許橫行。釣魚畢。還到知世浦。還萬戶文
引。納稅魚。萬戶於島主文引。回批着印。還付爲驗。若無文引者。
稱不勝風浪。潛持兵器。橫行邊島者。以賊論。

海東諸國紀終


◆ 畠山殿副官人良心曹饋餉日呈書契
凡今原日本國大亂之起本矣。細川右京大夫源勝元。山名左衛督源
持豐。國王一姓。累代之大臣。而左輔右弼。執朝家之權柄。喻如趙
有廉藺。兩家爭威。連日有隙。將及戰鬪。則天下中分。士卒輻湊
於京師者。不知其幾千萬之計。國王屢雖下和親之詔。而人多則勝
天。滋蔓難圖。遂爲亂世矣。於此屬於勝元者。稱東軍。屬於持豐
者。稱西軍。蓋其所居之地。以在東西也。東西張陣。旣在咫尺之
間。方出先鋒。欲決雌雄。及此時勝元。不意運奇策於幄中。而急圍
宮內之四面。以入我軍營之裏。卽深溝高壘。不使鳳輦龍旗。出於
外。則持豐一黨。中流失舟。亦如斯乎。故與持豐比而黨者。捨甲弛
弓。雖請降於國王之軍。而勝元稱謀逆之徒。不使受其降。西軍忿怒
含讎於勝元者。倍萬於舊日。雖似致不忠於君。不戰而何其息矣。西
軍中心。實欲爲敵於君。則從雖有百萬之帥。天誅不可其逭。豈其待
歲月後滅沒矣哉。然則西軍其無罪者歟。何其然乎。傳云。趙盾不出
晉境。而有弒君之名。況今彼等軍衆。不去京都。日夜戰鬪。流血漂
杵。鼓之聲。動天地者旣及七年。上自王侯。下至士庶人。百辛千
苦。國家日疲苶。何其以言語足說之乎。雖然朝陽不侵。而螢爝自然
熄光。初在西軍者。今降於東軍者。十其六七。未聞在東軍者。屬於西
軍之黨。是乃天定勝人之理也。如今所見。則西軍之徒黨。不過於一
兩年而亡者歟。爰畠山左京大夫義勝。始隨於從弟畠山右衛門督義
就。在西軍。去年之春。國王密下詔。不俟駕而就召。由是越前越中

能登加賀四州。關塞旣開。行旅自穩。運粮於洛汭。不異於平日。北藩
爭謚之功。但在義勝之一擧。故今忝管領之職云云。右草狀一通。語
言卑野。句讀難分。慚汗浹背。實雖不足備於閣下之尊覽。而通事
人。只通世語耳。如是之大議。以言語難通者歟。故記其大槪奉呈。

　成化九年九月初二日啓


　◆琉球國
　一。地界東西七八日程。南北十二三日程。
　一。水田一年再收。正月播種。五月刈穫。六月播種。十月刈穫。
陸田一年一收。
　一。男子無貴賤。結髮爲髻於右。國王常以紅巾包頭。有職人用雜
色巾。庶人用白巾。衣皆闊袖。
　中朝使臣來。則國王烏紗帽紅袍玉帶。群臣隨品。各服其服。皆做
中朝之制。
　一。朔望。群臣必設宴。
　一。中朝人來居者三千餘家。別築一城處之。
　一。三發司有二員。當國大臣也。政無大小。皆總之。非本國人。
則不得除是職。
　一。長史二員。正議大夫二員。用事者也。並以中朝人來居者爲
之。
　一。朝士有職田。又以商販船。隨品計給。令收稅食之。
　一。國王之喪。用金銀飾棺。鑿石爲槨。不埋葬。造屋于山以安
之。後十餘日。親族妃嬪。會哭開棺出尸。盡剔肥膚投諸水。還骨于
棺。士庶人之喪。亦如之。但無石槨。
　一。父母之喪。士大夫百日。庶人五十日。不食肉飮酒。
　一。婦無子女而夫死。則自刎從之者。十常七八。王亦不能禁。
　一。刑有流配處斬。無笞杖。

一。有天地壇。凡祈禱必祭之。奉使他國者。詣壇焚香。取香灰呑
之誓曰。我國之事。當不說於彼云云。然後發行。

一。國之東南。水路七八日程。有小琉球國。無君長。人皆長大。
無衣裳之制。人死則親族會而割食其肉。漆其頭廂以金。爲飮食之
器。

◆ 語音翻譯

你是那裏的人 우라ㅈ마피츄

我是日本國的人 꽌야마도피츄

你的姓甚麼 우라나와이갸이우가

你的父親有麼 우라야샤아리

你哥哥有麼 우라신자아리

你姐姐有麼 우라아리아리

妹子有麼 오라리아리

你幾時離了本國 우라일ㅈ시마타졔기

我舊年正月起身 꽌구조쇼옹과ㅈ탈졔

你幾時到這裏 우라일ㅈ고마싱가

我們今年正月初三日纔到這裏 꽌구두시샤옹과ㅈ취타지긴졔

你初到江口是好麼 우라푸라모도징가

一路上喫食如何 우라믿지믿지아긔모로랃도

多酒 오부시

好下飯 오사가라나

無甚麼好下飯 사가나무야랴비란루모

請一鍾酒 사긔부데ㅈ아긔라

湯酒 사고와가시

灑酒來 사긔와가디구

撒酒風 사가구뤼

不要饋他喫아릐로마스라

小饋他喫예계나구로미셰

酒盡了시긔미나랃디

請裡頭要子우지바라왜쳐아슴비

平坐마숭고유왜리

面紅ᄌ라루아개사

面白ᄌ라루시루사

這箇叫甚麼子구릐야루욱가

這箇人心腸好고노피죠기모로요다샤

這箇人心腸惡고노피죠기모로요왇사

天텬

天陰了텬구모데

天晴了텬파리테

下雨아믜푿데

雨晴了아믜파릳뎨

下雪유기푸리

雪住了유기피릳디

日頭텬다

日頭上了텬다앙갇뎨

日頭落了텬다야ᄉ며잇졔

風칸즤

天亮了이우가미

淸早쏘믜디

晌午필마

晩夕요삼븨

黑夜이우루

白日피루

暖和록사

天熱악사

涼快슨다사

向火피루구미

春파루

夏날즈

秋아기

冬퓨유

今日쿄오

昨日키리우

明日아쟈

後日아산디

這月고로즈기

來月뎨왕과즈

開年먀우년

拜年쇼용괴즈노패

地지

地平正지마숭고

山頂스노촌지

山底사노시쟈

大路오부미지

小路구미지

酒사긔

白酒링マ나사긔

淸酒요가사긔

飮酒누미

酒有사긔아리

酒無了사긔내

酒醉了사긔이우디

飯음바리

喫飯앙긔리

做飯오바리스례

大米飯코메로오반리

小米飯아와로오반리

做下飯사가나요라리

□米고믜시랑가지

肉시시

魚이우

鹿肉카우루시시

猪肉오와시시

兔肉우샹가시시

油아부라

鹽마시오

醬미쇼

醋스우

芥末난다리카다시

胡椒코슈

川椒산시오

生薑샤옹가

葱깅비나

蒜피루

菜蔬소내

燒茶챠와가시

甛아미사

苦리가사
酸쉬샤
淡아바샤
鹹시바가나사
粹카니사
硯스즈리
墨스미
筆푼디
弓이우디
箭이야
弓袋이우미누스
箭袋이야누스
弓弦이우미누조누
窓로오리
門요
掛帳카샤
帳미구
席子모시루
靴피샹가
紙카미
匙캐
筯피시
篩푸뤼
梡子마가리
砂貼匙수뢰
木貼匙파지
樻子카이

刀子카다나
鍋兒나븨
箸파오기
火盆피팔지
衣服기루
袴兒파가마
裙兒카마모
瓦카라
車子구루마
卓子타기대
炭스미
柱파냐
身子도우
面츠라
眼뮈
鼻과나
口크지
耳미
頭가난우
手티
足피샤
舌頭시쟈
手指頭외븨
頭髮카시라
牙齒과
花과라
綠아오사

黑구루사

靑탄쳥

牛우시

馬우마

猪우와

鷄투리

狗이노

羊비즈쟈

老鼠오야비쥬

蛇파무

龍타즈

象자

獅시시

虎도라

弘治十四年四月二十二日

啓下承文院

# 海東諸國紀

## 해동제국기

夫交隣聘問撫接殊俗必知其情然後

可以盡其禮盡其禮然後可以盡其心

矣我

主上殿下命臣叔舟撰海東諸國朝聘往來

之舊館穀禮接之例以來臣受

命祗栗謹稽舊籍參象之見聞圖其地勢略

叙世係源委風土所尚以至我應接御

目裏輯為書以進臣叔舟以典禮官月

嘗渡海朝涉其地島居星羅域俗殊異

然為是書然累得其要領然函是其

其梗槩庶幾可以探其情酌其禮而收
其心矣夫觀國於東海之中者非一而
日本最久且大其地始於黑龍江之北
至于我濟州之南與琉球相接其勢甚
長厥初處處保聚各自為國周平王四
十八年其始祖狹野起兵誅討始置州
郡大臣各占分治猶中國之封建不甚
統屬習性強猂精於劍槊慣於舟楫與
我隔海相望撫之得其道則朝聘以禮
失其道則輒肆剽竊前朝之季國亂政

素撫之失道遂為邊患沿海數千里之
地廢為榛莽我
太祖奮起如智異東亭引月兔洞力戰數十
然後賊不得肆
開國以來
列聖相承政清事理內治既隆外服即序邊
氓按堵
世祖中興值數世之昇平慮宴安之鴆毒敬
天勤民甄拔人才與共庶政振舉廢隆
修明紀綱宵衣旰食勵精圖理治化既

洽聲教遠暢萬里梯航無遠不至臣嘗
聞待夷狄之道不在乎外攘而在乎内
修不在乎邊藥而在乎朝廷不在乎兵
革而在乎紀綱其於是乎驗舜益之戒
舜曰儆戒無虞罔失法度罔遊于逸罔
滛于樂任賢勿貳去邪勿疑罔違道以
干百姓之譽罔咈百姓以從己之欲無
怠無荒四夷来王以舜為君而益之戒
如是者盖當國家無虞之時法度易以
廢弛逸樂易至縱恣自修之道苟有所

6

未至則行之朝廷施之天下推之四夷
安得不失其理哉誠能修已而治人修
內而治外亦必無怠於心無荒於事而
後治化之隆遠達四夷矣益之深意其
不在兹乎其或捨近而圖遠窮兵而黷
武以事外夷則終於疲敝天下如漢武
而已矣其或自恃殷富窮奢極侈誇耀
外夷則終於身且不保如隋煬而已矣
其或紀綱不立將士驕惰橫挑強胡則
終於身罹裁辱如石晉而已矣是皆棄

本而逐末虛內而務外內既不治寧能
及外戎有非徼戒無虞無怠無荒之義
矣雖欲探情酌禮以收其心其可得乎
光武之閉玉門而謝西域之質亦為先
內後外之意美故聲名洋溢乎中國施
及蠻貊日月所照霜露所墜莫不尊親
乃是配天之極功帝王之盛節也今我
國家來則撫之優其餼廩厚其禮意彼乃
狂於尋常款誑真偽慶慶稽留動經時
月變詐百端溪壑之欲無窮小咈其意

則便嗸忿言地絶海隔不可究其端倪

審其情偽其待之也宜按

先王舊例以鎮之而其情勢各有重輕亦不

得不為之厚薄也然此瑣瑣節目特有

司之事耳

聖上念古人之所戒鑑歷代之所失先修之

於已以及朝廷以及四方以及外域則

其於終致配天之極功也無難矣何況

於瑣瑣節目乎成化七年辛卯季冬翰

忠恊䇿靖難同德佐翼保社炳幾定難

翊戴純誠明亮經濟弘化佐理功臣大

匡輔國崇祿大夫議政府領議政兼領

經筵藝文館春秋館弘文館觀象監事禮

曹判書髙靈府院君臣申叔舟拜手稽

首謹序

海東諸國紀目錄 附凡例

海東諸國總圖

日本本國圖

日本國西海道九州圖

日本國一岐島圖

日本國對馬島圖

琉球國圖

日本國紀

天皇代序

國王代序

國俗

道路里數

八道六十六州 對馬島一 岐島附

琉球國紀

國王代序

國都

國俗

道路里數

朝聘應接紀

使船定數

諸使定例

使船大小船夫定額

給圖書

諸使迎送

三浦熟供

三浦分泊

上京人數

三浦宴

路宴

京中迎餞

畫奉盃

京中日供

闕內宴

禮曹宴

名日宴

下程

例賜

別賜

留浦日限

修船給粧

日本船鐵釘體制

上京道路

過海料

給料

諸道宴儀

禮曹宴儀

三浦禁約

釣魚禁約

凡例

一圖中黃畫爲道界墨畫爲州界紅

畫爲道路

一日本紀用其年號

一琉球紀用中國年號

一道路用日本里數其一里准我國
十里

一計田用日本町段其法以中人平
步兩足相距爲一步六十五步爲
一段十段爲一町一段准我五十
頁

一臣首以下甚多然姑記朝聘者於

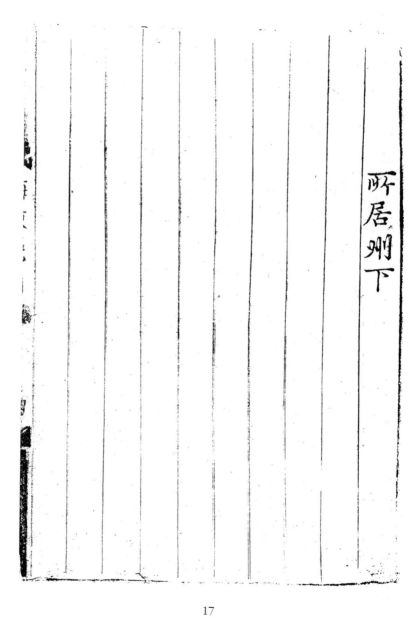

所居州下

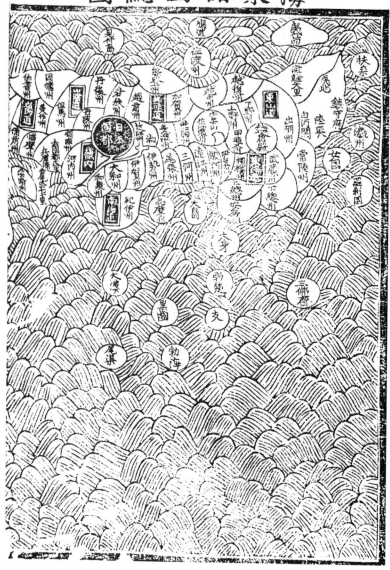

20

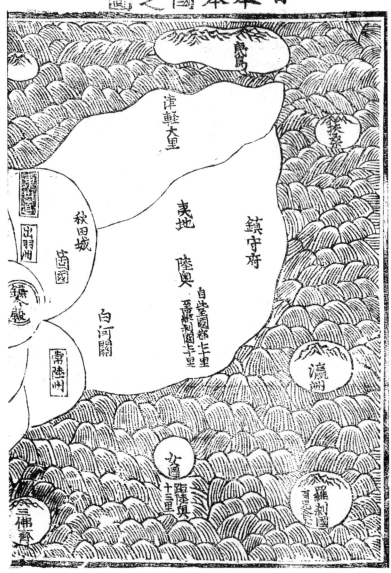

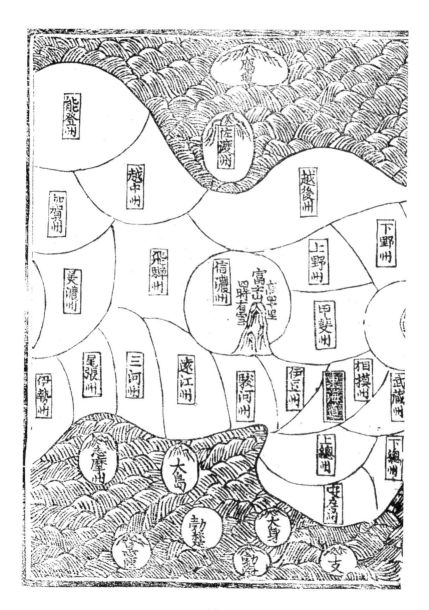

22

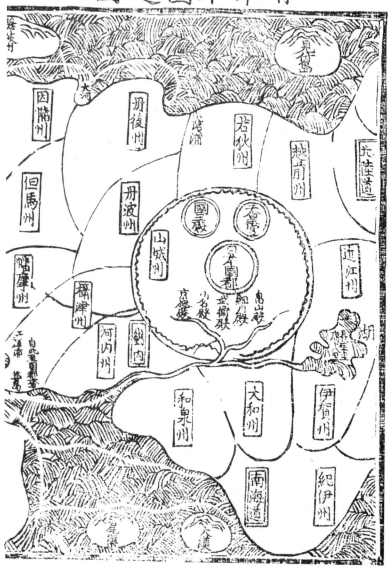

23

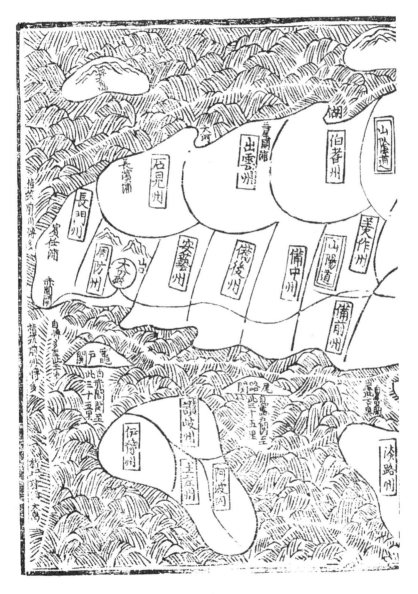

日本國西海道九州之圖

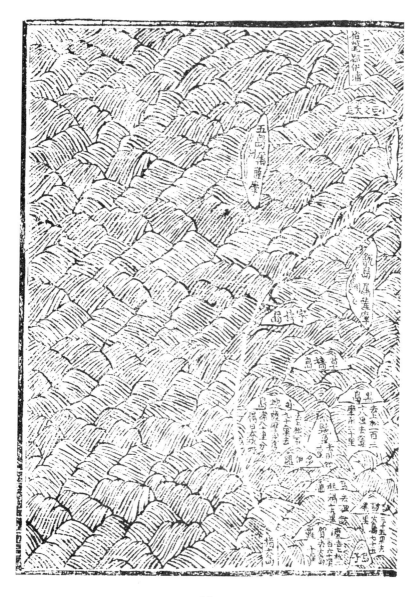

# 日本國一岐島之圖

沙古沙只里
信昭于重
唯多只鄉 忠佐代官源武
仇加伊里 阿里多里 伊條而時里 也森老夫里
古仇音只鄉 毯未要時里
小于鄉 呼于代官 頭音冑浦
火炤麻浦
岐島
恬筑前州博多

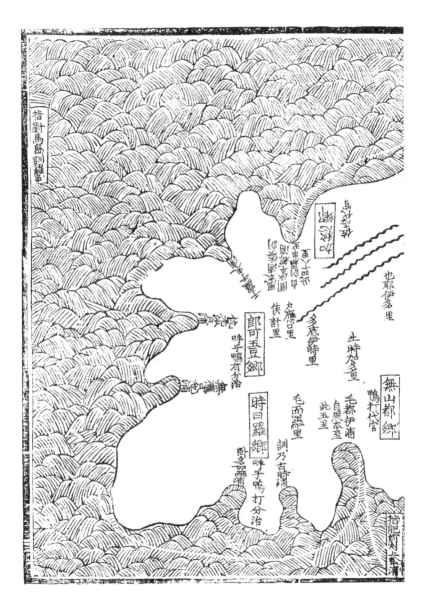

28

日本國對馬島之圖

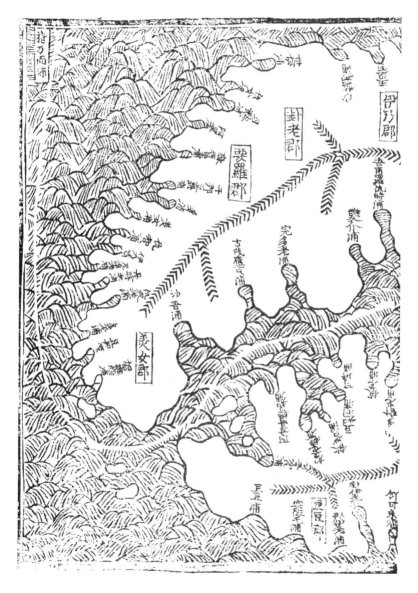

30

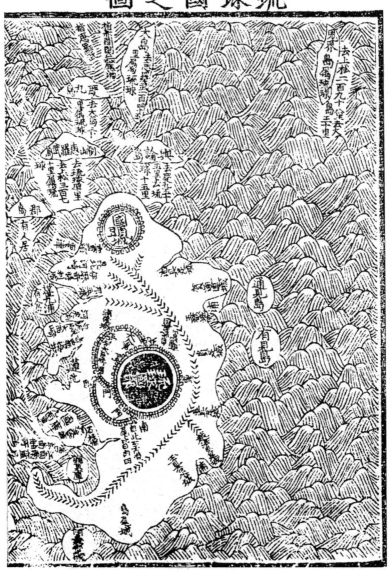

31

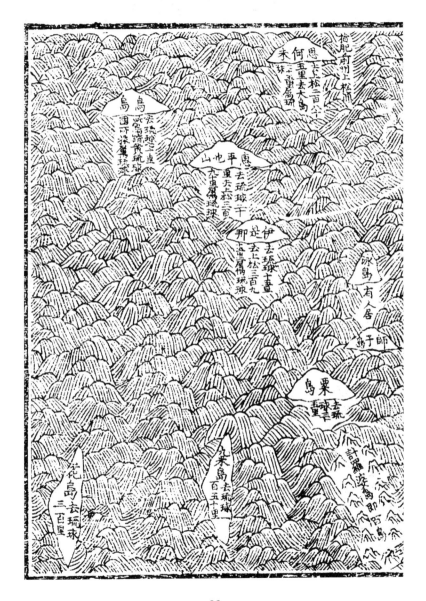

32

# 熊川薺浦之圖

自薺浦由金山至京城旧行二息十□

程由大立尚州槐山廣州至京城十四日

程由水路金海自黄山江至洛東江昌寧善山忠州

自金遷廣州至京城十九日程自熊川至

薺浦五里恒居倭戸三百八人丁男女老

少并一千七百二十二寺社一十一

# 東萊富山浦之圖

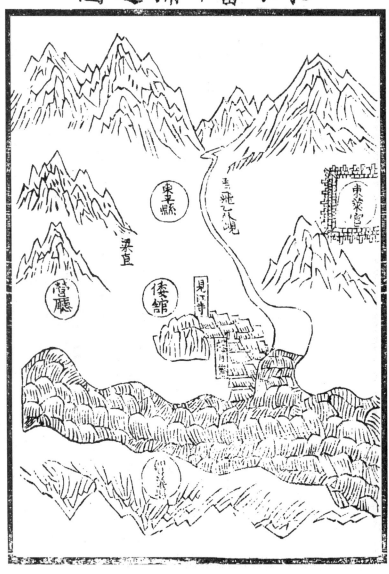

自富山浦由大丘尚州槐山廣州至京城

十四日程由永川竹嶺忠州楊根至京城

十五日程自東萊至富山浦二十五里恒

居倭戶六十七男女老少并三百二十三

由水路梁山至黄山江自路東江昌寧善山忠州金

遷至漢江至廣州至京城二十一日程

36

# 圖之浦盎山蔚

自盖浦由永川竹嶺忠州楊根室京城

五日程由水路慶州丹陽忠州廣州至京

城十五日程自蔚山至盖浦三十里恒居

倭戶三十六男女老少弁一百三十一寺

社一

成化十年甲午三月禮曹佐郎南悌因

饋餉三浦付火倭人去圖來

海東諸國紀

日本國紀

天皇代序

天神七代

地神五代

人皇始祖神武天皇名狹野地神末
主彥瀲尊第四子母玉依姬俗稱海
神女
以庚午歲生周幽王十
一年也
午入大倭州盡除中洲賊眾五十二
年辛酉正月庚申始躋天皇百十年

巳未定國都在位七十六年壽百二
十七

綏靖天皇神武第三子自神武崩四
年兄弟共治國事辛巳正月即位在
位三十三年壽八十四

安寧天皇綏靖太子元年甲寅在位
三十八年壽八十四

懿德天皇安寧第三子元年壬辰在
位三十四年壽八十四

孝昭天皇懿德太子元年丙寅在位

40

八十三年壽百十八

孝安天皇孝昭第二子元年已丑在
位百二年壽百三十七

孝靈天皇孝安太子元年辛未七十
二年壬午秦始皇遣徐福入海求仙
福遂至紀伊卅居爲在位七十六年
壽百十五

孝元天皇孝靈太子元年丁亥在位
五十七年壽百十七

開化天皇孝元第二子元年甲申在

41

位六十年壽百十五

崇神天皇開化第二子元年甲申始
鑄璽劔開近江州大湖六年已丑始
祭天照大神<sup></sup>天照大神地神始主俗方共祭
之
七年庚寅始定天社國社神戶十
四年丁酉伊豆國獻船十七年庚子
始令諸國造船在位六十八年壽百
二十是時熊野權現神始現徐福死
而爲神國人至今祭之
垂仁天皇崇神第三子元年壬辰十

三年甲辰天照大神降二十三年甲
寅初置伊勢國齋宮二十五年丙辰
始立天照大神宮于伊勢國在位九
十九年壽百四十

景行天皇垂仁第三子元年辛未十
三年癸未賜諸國人姓氏十八年戊
子始定諸國名在位六十年壽百六

成務天皇景行第四子元年辛未初
定州郡三年癸酉始置大臣五年乙
亥諸州始貢稻七年丁丑定諸州經

43

界在位六十一年壽百七

仲哀天皇景行孫日本武尊第二子
身長十尺元年壬申九年庚辰初作
神樂百濟國始遣使來在位九年壽
五十二

神功天皇開化五世孫息長宿禰女
仲哀納為后仲哀沒遂主國事元年
辛巳五年乙酉新羅國始遣使來三
十九年己未始遣使于漢在位六十
九年壽百

應神天皇仲哀第四子母神功元年
庚寅七年丙申高麗始遣使来十四
年癸卯始制衣服十五年甲辰百濟
送書籍十六年乙巳百濟王太子来
二十年己酉漢人始来在位四十一
年壽百十
仁德天皇應神第四子應神殁二年
無主癸酉正月即位五十五年丁卯
大臣武内死年三百四十歷仕六朝
六十一年癸酉始造冰室在位八十

七年壽百才

履中天皇仁德太子元年庚子始置
大臣四人任國事在位六年壽七十

反正天皇仁德第二子履中同母弟
身長九尺二寸半齒一寸如貫珠元
年丙午在位六年壽六十

允恭天皇仁德第三子反正同母弟
元年壬子在位四十二年壽八十

安康天皇允恭第二子元年甲午初
允恭立太子而性惡乃弑之立安康

安康立弒仁德之守大草香王而取
其妻為后三年丙申八月大草香王
之子眉輪王弒之安康弟大泊瀬稚
武發兵討之眉輪與大臣皆燒死在
位三年壽五十六
雄略天皇允恭第四子安康同母弟
即大泊瀬稚武也元年丁酉二十二
年戊午丹後州余社郡人釣於水江
浦得大龜化為女在位二十三年壽
百四

清寧天皇雄略第三子元年庚申五
年甲子歿在位五年壽四十五皇女
弟即位彌飯豐天皇是年十二月又
歿初安康之亂彌飯中之孫二人或云
在丹波州或云在幡摩州赤石郡至
是以無皇子求司姓於諸州以小楯
奉迎為後即顯宗仁賢也
顯宗天皇履中孫市邊押羽第三子
元年乙丑在位三年壽四十八
仁賢天皇顯宗同母兄名大脚初飯

豐發讓于顯宗至是即位元年戊辰
在位十一年壽五十二

武烈天皇仁賢太子元年己卯弑大
臣真鳥性好殺人在位八年壽五十

七

繼體天皇應神五世孫名彦主人元
年丁亥十六年壬寅始建年號為善
化五年丙午改元正和六年辛亥改
元衰倒二月歿在位二十五年壽八
十二

安閑天皇繼體第二子自繼體歿後
二年無主至是即位元年甲寅倒用發

在位二年壽七十

宣化天皇繼體第三子安閑同母弟
元年丙辰改元僧聽在位四年壽七

十三

欽明天皇繼體長子化一云宣元年庚化長子宣
申明年辛酉改元同要始為文字十
二年壬申改元貴樂佛教始來三年
二年壬申改元結清百濟送五經博士醫

博士五年戊寅改元兄弟二年己卯

改元藏和六年甲申改元師安二年

乙酉改元和僧六年庚寅改元金光

在位三十二年壽五十

敏達天皇欽明第二子元年壬辰
光五年丙申改元賢接三年戊戌以

六齋日披覽經論祭其太子六年辛

丑改元鏡當三年癸卯新羅來伐西

鄙四年甲辰大臣守屋以佛法不利

奏壞佛教僧尼皆復俗五年乙巳改

元勝照在位十四年壽五十

用明天皇欽明第四子或云第十四子元年

丙午用勝二年丁未聖德太子蘇我聖德敏達之孫用明之

大臣馬子等領兵討守屋

子在位二年壽五十

崇峻天皇欽明第五子十或云第五子元年

戊申明年己酉改元端政在位五年

壽七十二

椎古天皇欽明女幼名額田部敏達

納為后元年癸丑明年甲寅改元從

貴百濟僧觀勒來進曆本天文地理
等書八年辛酉改元煩轉二年壬戌
始用曆四年甲子始賜諸臣冠聖德
太子制十七條法五年乙丑改元光
元七年辛未改元定居三年癸酉大
職冠生于大和州高市郡八年戊寅
改元倭京三年庚辰聖德太子辛六
年癸未改元仁王二年甲申陰陽書
始來初立僧正僧都是時國中寺四
十六僧八百十六尼五百六十九在

位三十六年壽七十三

舒明天皇敏達孫名田村元年己丑
改元聖德六年甲午八月彗星見七
年乙未改元僧要三月彗星見二
丙申大旱六年庚子改元命長在位
十三年壽四十五

皇極天皇敏達魯孫女舒明納為后
元年壬寅長用命在位三年

孝德天皇皇極同母弟元年乙巳命用
長三年丁未改元常色三年己酉初

置八省百官及十禪師寺六年壬子

改元白雉在位十年壽三十九

齊明天皇復位元年乙卯雉用白六年

庚申始造漏刻七年辛酉改元白鳳

遷都近江州在位七年壽六十八

天智天皇舒明太子母皇極名葛城

元年壬戌鳳用白七年戊辰始任太宰

師八年己巳以大職冠為内大臣賜

姓藤原藤姓始此大職冠尋死以大

友皇子子天智為大政大臣皇子任大

政大臣始此初置大納言三人在位

十年

天武天皇舒明第二子天智同母弟
名大海人元年壬申用鳳白天智七年
天武為太子天智將禪位天武辭避
出家隱吉野山天智殁太友皇宁謀
篡欲攻吉野天武將濃張二州兵入
京城討之遂即位二年癸酉初置大
中納言六年丁丑始作詩賦十一年
壬午始作冠令國中男子皆束髮女

子皆被髮十二年癸未始造車停銀

錢用銅錢十三年甲申改元朱雀三

年丙戌改元朱鳥彗星見在位十五

年

持統天皇天智第二女天武納爲后

元年丁亥朏用朱七年癸巳定町段中

人平步兩足相距爲一步方六十五

步爲一段十段爲一町九年乙未改

元大和三年丁酉八月禪位于文武

在位十年

文武天皇天武孫母元明元年丁酉

明年戊戌改元大長定律令四年辛

丑改元大寶三年癸卯初置祭議立

東西市四年甲辰改元慶雲三年丙

午初定封戶造斗升在位十一年壽

二十五

元明天皇天智第四女適天武之子

草璧太子生文武元年戊申改元和

同四年辛亥始織錦綾五年壬子初

置出雲州六年癸丑初置丹後美作

日向大隅等州七年甲寅始定京城

條里坊門八年乙卯改元靈龜九月

禪位于元正在位八年壽四十八

元正天皇文武姝元明女名氷高元

年乙卯三年丁巳改元養老二年戊

午彗星見四年庚申新羅來伐西鄙

八年甲子二月禪位于聖武在位十

年壽六十九

聖武天皇文武太子名首元年甲子

改元神龜五年戊辰始設進士試六

年已巳改元天平十九年丁亥初置
近衛大將軍二十一年已丑七月禪
位于孝謙在位二十六年壽五十六
孝謙天皇聖武女名阿閉元年已丑
改元天平勝寶八年丙申有虫蠱八
幡神祠殿柱為天下大平之字九年
丁酉改元天平寶字二年戊戌八月
禪位于淡路在位十年
淡路廢帝天武孫元年戊戌用天平寶字
以道鏡為大臣八年乙巳為孝謙所

廢放于淡路州在位八年壽三十二

稱德天皇改名孝謙復位淡路八年乙巳

正月發兵廢之復即位改元天平神

護三年丁未改元神護景雲在位五

年壽五十三

光仁天皇智孫名白璧元年庚戌

改元寶龜稱德歿無嗣大臣共議立

之彗星見三年壬子初置內供大臣

道鏡死七年丙辰遣使于唐十二年

辛酉改元天應四月禪位于桓武在

位十二年壽七十三

桓武天皇光仁太子名山部元年辛
酉明年壬戌改元延曆三年甲子十
月遷都山城長岡十二年癸酉命大
納言藤小黑麻議左大弁小左相山
城野郡宇多村乃國中膏腴之地十
三年甲戌十月辛酉自長岡遷都平
安城乃令京都也命賀茂明神定條
里坊門十七年戊寅申納言坂上田
村瓦創清水寺二十三年甲申賜第

62

五皇子楓原親王姓平平氏始此在
位二十六年壽七十

平城天皇桓武太子名安殿元年丙
戌改元大同四年已丑四月禪位于
嵯峨在位四年壽五十二

嵯峨天皇桓武第二子平成同母弟
元年已丑明年庚寅改元弘仁十四
年癸卯正月彗星見四月禪位于淳
和在位十五年壽五十七或云四十
六博雅好文尤善書法後宮十四人

生四十七子

淳和天皇桓武第三子名大伴元年
癸卯明年甲辰改元天長五年戊申
始定諸州七道十年癸丑禪位于仁
明在位十一年壽五十五

仁明天皇嵯峨第二子名正良元年
癸丑明年甲寅改元永和四年丁亥
彗星見五年戊午五月雨雪十五年
戊辰改元嘉祥三年庚午三月以病
禪位于文德遂出家在位十八年壽

四十一

文德天皇仁明太子元年庚午明年
辛未改元仁壽二年壬申彗星見四
年甲戌改元齊衡三年丙子三月地
震四年丁丑改元天安在位九年壽
三十三後宮六人生二十九子

清和天皇文德第四子名惟仁法名
素貞元年戊寅年九歲忠仁公良房
為攝政明年己卯改元貞觀六年甲
申彗星見十四年壬辰良房死十八

年丙申賜第六皇子貞純親王姓源

源氏始此十一月禪位于陽成在位

十九年壽三十二

陽成天皇清和太子名貞明元年丙

申年九歲昭宣公基經為攝政即基經良

長良第三子

房之子中納言明年丁酉改元元慶

八年甲辰二月禪位于光孝在位九

年壽八十一

光孝天皇仁明第三子名時康元年

甲辰明年乙巳改元仁和在位四年

壽五十八

宇多天皇光孝第三子名定省法名

空理後改金剛覺元年丁未〔用仁和三〕

年己酉四月改元寬平三年辛亥正

月攝政基經死九年丁巳七月禪位

于醍醐在位十一年又號寬平天皇

壽六十六

醍醐天皇宇多太子名敦仁元年丁

巳明年戊午改元昌泰三年庚申以

右大臣管原道爲太宰眞外師四年

辛酉改元延喜放管原道於紫芝太
寧府三年癸亥管原道死七年丁卯
彗星見二十三年癸未改元延長八
年庚寅六月雷震清涼殿又震大納
言清貫右大弁希世人稱管原道爲
崇九月禪位于朱雀在位三十四年
壽四十六後宮十一人生三十六子

朱雀天皇醍醐第十一子 長子云 名寬
明法名佛随樹元年庚寅年八歲貞
信公忠平爲攝政 昭宣公
第四子 明年辛卯

改元承平八年戊戌自四月至八月

地犬震改元天慶二年己亥二月將

門純友謀叛三年庚子討將門純友

四年辛丑以攝政忠平為關白九年

丙午四月禪位于邑上在位十七年

壽三十

邑上天皇 或作醍醐第十四子朱雀
村上

同母弟名成明元年丙午明年丁未

改元天曆二年戊申九月禁中火三

年己酉八平攝政忠平死六年壬子

69

陛授國中諸神一階十一年丁巳改

元天德四年庚申禁中火五年辛酉
正月改元應化彗星見二年壬戌彗

星見三年癸亥十一月彗星見民饑

斗米百錢禁中又火四年甲子改元

康寶在位二十二年壽四十二

冷泉天皇邑上第二子名憲平元年

丁卯以清慎公實賴為關白 貞信公
長子

明年戊辰改元安和二年已巳八月

禪位于圓融在位三年壽六十二

圓融天皇邑上第五子冷泉同母弟
名守平元年巳巳年十一歲明年庚
午改元元禄五月關白實賴死以謚
德公伊尹為攝政（公孫貞信）三年壬申謚
德公死以忠義公薨通為關白（伊尹同母）
第四年癸酉改元天延三年乙亥彗
星見四年丙子五月禁中火七月改
天貞元十一月忠義公死以廉義公
賴忠為關白（清愼公第二子）三年戊寅改元
天元三年庚辰七月大風壞羅城門

毀十一月禁中火五年壬午禁中火

六年癸未改元永觀二年甲申八月

禪位于華山〔華或作葉〕在位十六年壽三

十三

華山天皇冷泉太子名師貞元年甲

申明年乙酉改元寬和二年丙戌六

月禪位于一條遂出家法名入覺在

位二年壽四十一

一條天皇圓融太子名懷仁法名精

進覺元年丙戌年七歲以右大臣兼

家為攝政忠義公同母弟明年丁亥改元永

延三年巳丑七月彗星見改元永祚

二年庚寅五月以攝政燕家為關白

七月死以燕家長子道隆為關白遂

為攝政十一月改元正曆六年乙未

二月改元長德四月攝政道隆死以

其同母弟道謙為關白五月又死以

其同母弟道長為關白禁中火五年

巳亥改元長保禁中火三年辛丑禁

中火六年甲辰改元寬弘二年乙巳

禁中火八年辛亥六月禪位于三條

在位二十六年壽三十二

三條天皇冷泉第二子名居貞元年
辛亥明年壬子改元長和禁中火四
年乙卯禁中火五年丙辰正月以開
白道長爲攝政七月禪位于後一條

在位六年壽三十二

後一條天皇一條第二子名敦成元
年丙辰年九歲明年丁巳改元寬仁
以道長長子賴通爲攝政二年戊午

74

六月彗星見 三年巳未道長出家法
名行觀以賴通為關白五年辛酉改
元治安四年甲子改元萬壽五年戊
辰改元長元二年巳巳彗星見自二
月至三月大雪是歲大饑九年丙子
四月禪位于後朱雀遂出家是夜殁
在位二十一年壽二十九燒屍置骨
于淨土寺遺命也

後朱雀天皇一條第三子後一條同
母弟名敦良元年丙子明年丁丑改

元長曆三年己卯禁中火四年庚辰

改元長久三年壬午禁中火五年甲

申改元寬德二年乙酉正月禪位于

後冷泉遂殁在位十年壽三十七燒

屍置骨于圓教寺

後冷泉天皇後朱雀太子名親仁元

年乙酉明年丙戌改元永承三年戊

子禁中火八年癸巳改元天喜四年

丙申彗星見五年丁酉大極殿火六

年戊戌改元康平禁中火三年庚子

彗星見八年乙巳改元治曆四年戊
申四月殁在位二十四年壽四十四
燒屍置骨于圓教寺
後三條天皇朱雀第二子名尊仁元
年戊申以賴通同母弟教通為關白
明年己酉改元延久四年壬子十二
月禪位于白河在位五年壽四十燒
屍置骨于禪林寺
白河天皇後三條太子名貞仁元年
壬子　用延三年甲寅賴通死改元承

保二年乙卯禁中火九月開白教通
死以賴通第二子師實為關白四年
丁巳改元承曆五年辛酉改元永保
二年壬戌彗星見四年甲子改元應
德三年丙寅禪位于堀川域作遂出
家法名圓寂在位十五年壽七十七
堀川天皇白河第二子元年丙寅年
八歲以關白師實為攝政明年丁卯
改元寬治八年甲戌以師實長子師
通為關白改元嘉保三年丙子改元

永長地震二年丁丑改元承德彗星
見三年已卯關白師通死改元康和
三年辛巳師實死六年甲申改元長
治二年乙酉以師通長子忠實爲關
白三年丙戌改元嘉承二年丁亥七
月歿在位二十二年壽二十九

鳥羽天皇堀川太子名宗仁元年丁
亥年五歲明年戊子改元天仁二年
已丑彗星見三年庚寅改元天永四
年癸巳改元永久六年戊戌改元元

永二年己亥彗星見三年庚子改元

保安二年辛亥以忠實長子忠通為

關白四年癸卯正月禪位于宗德作誠

崇德遂出家法名空覺在位十七壽五

十四

宗德天皇鳥羽太子名顯仁元年癸

卯年五歲以開白忠通為攝政明年

甲辰改元天治三年丙午改元大治

彗星見六年辛亥改元天承二年壬

子改元長承彗星見四年乙卯改元

保延四年戊午彗星見七年辛酉七
月改元永治十二月見廢在位十九
年壽四十六
近衛天皇鳥羽第六子名體仁元年
辛酉年三歲明年壬戌改元康治三
年甲子改元天養彗星見二年乙丑
改元久安彗星見七年辛未改元仁
平四年甲戌改元久壽二年乙亥彗
星見七月歿在位十五年壽十七
後白河天皇鳥羽第四子宗德同母

弟名雅仁元年乙亥明年丙秊政元
保元七月天皇與宗德戰宗德敗績
遂放讃刕宗德將奥刕判官源為義
左大臣頼長伏誅下野守義朝為左
馬頭安藝守平清盛為幡摩刺史賞
功也三年戊寅八月攝政忠通辭退
是月禪位于二條後出家法名行真
在位四年壽六十六
二條天皇後白河太子名守仁元年
戊寅年十六歲以忠通長子基實為

關白赤年十六歲明年己卯改元平
治右金吾信賴左馬頭義朝作亂十
二月夜焚王宮天皇奔六波羅大貳
平清盛之家信賴與義朝族滅以
與尾遠武紀五州封清盛之族賞之
二年庚辰改元永曆是年竆兵衛佐
源賴朝於伊豆二年辛巳改元應保
三年癸未改堯長寬六月前攝政忠
通出家二年甲申死三年乙酉改元
永滿王宮火六月禪位于六條在位

八年壽二十二

六條天皇二條太子名順仁元年乙
酉年二歲明年丙戌七月關白基實
死以忠通第二子基房爲攝政八月
改元仁安三年戊子二月禪位于高
倉在位四年壽十三

高倉天皇後白河第二子名憲仁云或
兼
仁元年戊子年八歲明年巳丑改元
嘉應時平清盛長子重盛爲內大臣
燕左大將弟崇盛爲中納言燕右大

将父子兄弟權傾一國三年辛卯改

元承安五年乙未改元安元三年丁

酉四月彗星見京城火公卿家延燒

者多遂及王宮自朱雀門至大極殿

諸司八省掃地八月改元治承二年

戊戌彗星見三年已亥攝政基房以

事左遷以基實長子基通為關白六

月大風十月地震四年庚子二月禪

位于安德在位十三年壽二十一是

年八月二十三日源賴朝起兵與平

氏戰於相之石橋山二十八日又戰
於三甫望日賴朝乘舟渡房州小浦
十一月十二日平大將重衡焚三井
寺源氏先陷關東遂有其地十二月
大發官軍欲東討源氏至富士河官
軍不進乃還
安德天皇高倉太子名言仁元年庚
子年三歲明年辛丑改元養和二月
源氏平氏戰於濃州平清盛死清盛
執國政二十有三年二年壬寅改元

86

壽永六月平氏屯兵於越上與源氏

大戰平氏不利又戰於臨坂平軍大

潰源氏乘勝遂陷京城七月天皇自

鞍馬山奔叡岳藏人行家率兵六萬

自宇治入京城又木魯冠者義仲率

兵八萬自粟田口入京城十一月攻

法住寺院王師敗績賴朝遣弟義經

討義仲二年癸卯平氏挾天皇奔西

海在位四年

後鳥羽天皇高倉第三子名尊成安

德壽永二年八月即位年四歲以基
房長子師家爲攝政明年甲辰罷師
家以基通復爲攝政改元元曆二月
源氏平氏又戰於攝之一谷二年乙
巳二月又戰于讚之八島三月又戰
于長之壇浦平氏兵敗安德祖母後
白河后抱安德投海壽八歲平氏及
後宮從死者多至今塑象于長門州
給田歲杷之七月地大震八月改元
文治二年丙午罷攝政基通以忠通

88

第三子蕪實爲攝政五年已酉右大
将源頼朝征奧州大捷六年庚戌改
元建久七年丙辰攝政蕪實辭退以
基通復爲關白九年戊午正月禪位
于土御在位十六年順德之承久三
年辛巳竄於隱岐州彌隱岐院歿於
隱岐壽六十公卿坐黨謀者甚多
土御門天皇後鳥羽太子名爲仁元
年戊午年四歲崩基通復爲攝政明
年已未改元正治右大將源頼朝死

年五十三歲三年辛酉改元建仁三

年癸亥以蕪實第二子良經爲攝政

四年甲子改元元久三年丙寅攝政

良經死以基通長子家實爲攝政改

元建永二年丁卯改元承元$^{或云二}_{末元}$

年戊辰朱雀門火四年庚午彗星見

十一月禪位于順德順德之承久三

年辛巳流出左後移阿波彌阿波院

在位十三年壽二十七

順德天皇鳥羽第二子名守成元年

90

庚午明年辛未改元建曆三年癸酉
改元建保六年戊寅九月震御興七
年巳卯改元承火禁中火三年辛巳
廢寬佐渡彌佐渡院在位十二年壽
四十六
廢皇稱或先帝或順德太子名懷誠
稱前東宮
元年辛巳年四歲以良經長子道家
爲攝政五月關東將軍武藏守泰時
相模守時房左馬頭義氏等舉兵攻
京城大戰宇治橋遂入京城移鳥羽

於隱岐移土御門於阿波遂廢天皇
在位七十日或云九二十八日壽十七
或云二十六日

後堀川天皇高倉子守貞親王之子
名茂仁元年辛巳年十一歲以家實
復為攝政明年壬午改元貞應三年
甲申改元元仁二年乙酉改元嘉禄
三年丁亥改元安貞二年戊子攝政
家實辭退以道家復為關白三年己
丑改元寬喜三年辛卯道家辭退以
其長子教實為關白是年大饑四年

壬辰四月改元永貞十月禪位于四

條在位十二年壽二十三

四條天皇後堀川太子名秀仁元年

壬辰年二歲以關白敎實爲攝政明

年癸巳改元天福二年甲午改元文

曆二年乙未攝政敎實死以道家復

爲攝政改元嘉禎三年丁酉道家辭

退以家實長子兼經爲攝政四年戊

戌改元曆仁二年己亥改元延應二

年庚子改元仁治二年辛丑大饑三

年壬寅正月薨在位十一年壽十二

後嵯峨天皇土御門第四子名郡仁
元年壬寅年二十三歲以攝政無經
為關白三月無經辭退以道家第二
子良實為關白明年癸卯改元寬元
四年丙午正月關白良實辭退以道
家第三子實經為攝政禪位于深草
後出家法名素覺在位五年壽五十
三

深草天皇後嵯峨太子名久仁元年

丙午年四歲明年丁未攝政實經罷

以燕經爲攝政改元寶治三年巳酉

改元建長四年壬子辛開東以家實

第二子燕平爲攝政八年丙辰改元

康元二年丁巳改元正嘉三年巳未

改元正元是年大饑春夏疫癘又行

飢病死者不可勝計骸骨暴於道路

前攝政燕經死十一月禪位于龜山

後出家在位十四年

龜山天皇後嵯峨第三子名恒仁元

年己未年十一歲明年庚申改元文

應二年辛酉改元弘長攝政兼平罷

政前左大臣良實復爲攝政四年甲

子改元文永二年乙丑攝政良實罷

以左大臣實經復爲關白三年丙寅

七月關東將軍入洛八月大風四月

丁卯關白實經罷以兼經長子基平

爲關白五年戊辰蒙古使来京城火

關白基平死以基平長子基忠爲關

白六年己巳蒙古使来七年庚午二

Page 494 해동제국기(海東諸國紀)

月後嵯峨歿以諒闇罷五節十年癸

酉正月彗星見五月關白基忠罷以

教實長子忠家為關白大旱禁中火

十一年甲戌蒙古兵伐西鄙禪位于

後宇多後出家號禪林院在位十六

年

後宇多天皇龜山第二子名世仁元

年甲戌年八歲關白忠家罷以實經

長子家經為攝政明年乙亥改元建

治蒙古使来二年兩子十一月皇子

97

生三年丁丑正月天皇御元服加冠
七月京城火四年戊寅改元弘安正
月地震二月彗星見四月地震又雹
四年辛巳蒙古兵伐愽多適值大風
蒙古船敗歿十年丁亥八月攝政薨
平罷以良實長子師忠為關白十月
禪位于伏見在位十四年
伏見天皇深草太子名熙仁元年丁
亥年二十二歳即位之日地再震明
年戊子改元正應六月納大納言實

燕女是月地震十度二年己丑以基
平長子家基為關白四年辛卯家基
辭退以忠家長子忠教為關白六年
癸巳關白忠教辭退以家基復為關
白改元永仁自四月至六月鎌倉地
震山岳崩裂屋宇頹壞人民死者凡
七萬餘四年丙申關白家基死以燕
忠為關白五年丁酉禁中火六年戊
戌七月禪位于持明在位十二年壽
五十三

持明天皇 伏或見云後

元年戊戌以無基為攝政 此以下關白攝政不

現然至今世襲但掌天皇家事不復頭國政 明年已亥改

元正安在位四年壽四十九

後二條天皇後宇多太子名邦治元年癸卯改元嘉元四年丙午改元德治二

年辛丑明年壬寅改元乾元二年癸

花山天皇 花或稱國持明第一子 見或云伏第二

年丁未八月歿在位七年壽二十四

子名富仁元年丁未明年戊申改元

延慶三年辛亥改元應長二年壬子
改元正和六年丁巳改元文保二年
戊午二月禪位于後醍醐在位十一
年壽五十三
後醍醐天皇後宇多第二子名尊治
元年戊午明年己未改元元應三年
辛酉改元元亨四年甲子改元正中
三年丙寅改元嘉曆四年己巳改元
元德三年辛未改元元弘是年源氏
攻平氏天皇窘出京城避之自清和

幼年即位良房攝政幼冲相繼政歸

攝政及高倉之世平氏擅權天皇攝

政亦不得與焉源氏賴朝自伊豆起

兵逐平氏而世鎮鎌倉至是源仁山

又攻逐平氏遂執國政天皇在位十

六年壽四十五

光嚴天皇持明太子名量仁元年癸

酉明年甲戌改元建武在位五年壽

五十二

光明天皇持明第二子名豐仁元年

丁丑明年戊寅改元曆應五年壬午

改元康永四年乙酉改元貞和五年

己丑十月禪位于崇光在位十三年

壽六十二

崇光天皇光嚴太子名興仁元年己

丑明年康寅改元觀應二年辛卯八

月禪位于後光嚴在位三年壽六十

五

後光嚴天皇光嚴第二子名彌仁元

年辛卯明年壬辰改元文和五年丙

申改元延文六年辛丑改元康安三
年壬寅改元貞治七年戊申改元應
安四年辛亥三月禪位于後圓融在
位二十一年壽三十七
後圓融天皇後光嚴太子名緒仁元
年辛亥<sub>安用應</sub>五年乙卯改元永和五
年己未改元康曆三年辛酉改元永
德三年癸亥十二月禪位于小松<sub>或稱</sub>
<sub>後小松</sub>在位十三年
小松天皇後圓融太子名幹仁元年

104

癸亥明年甲子改元至德四年丁卯
改元嘉慶四年庚午改元康應二年
辛未改元明德四年甲戌改元應永
十九年壬辰八月禪位于稱光在位
三十壽五十七
稱光天皇小松太子名實仁元年壬
辰亥用應三十五年戊申改元正長七
月歿在位十七年壽二十九
當今天皇崇光曾孫名彥仁元年戊
申明年已酉改元永享十三年辛酉

改元嘉吉四年甲子改元文安六年

已巳改元寶德四年壬申改元享德

四年乙亥改元康正三年丁丑改元

長祿四年庚辰改元寬正七年丙戌

改元文正二年丁亥改元應仁三年

已丑改元文明至今辛卯爲三年

國王代序

國王姓源氏　第五十六代清和天皇

　十八年丙申賜第六皇

　子貞純親王姓源源氏始後白河天

　此即唐僖宗乾符三年也

皇保元三年戊寅征夷犬將軍源賴

106

朝辛鑑倉二條天皇承曆元年庚辰

賴朝以兵衛佐竄于伊豆州是時平

清盛東政父子兄弟盤據要路政治

征伐出於其手驕奢滛虐道路側目

賴朝自伊豆起兵兩西先據關東累

戰兩勝乘勝席卷安德天皇壽永元

年壬寅遂入京城平氏兵敗挾安德

奔于西海乃立後鳥羽天皇仍鎮鐮

倉世相承襲傳十二代至仁山後醍

翻天皇辛未又攻平氏盡逐其黨總

攬國政首彌等持殿仁山死子瑞山
嗣彌寶簏院殿瑞山死子義滿死嗣俊後
家法名彌鹿苑院殿義滿死子義持
道後出家法
名道詮
嗣彌勝定院殿義持死子
義教嗣彌普廣院殿義教以大臣占
地太廣難制欲稍稍分封之大臣有
赤松殿者其從弟嬖于義教義教欲
分赤松之地以封從弟遂以語赤松
家臣家臣洩於赤松今天皇嘉吉元
年辛酉六年即正統
赤松伏兵請義教宴

于其家義教盛兵而往請入内廳酒
酣放廄馬因闔門伏發遂弑義教大
内持世被槍喻重垣而出遂與管領
細川等立義教子義勝三年癸亥病
死又立其弟義成義成死又立其弟
義政即今所謂國王也於其國中不
敢稱王只稱御所所令文書稱明教
書每歲元率大臣一謁天皇常時不
與相接國政及聘問隣國天皇皆不
與焉

國俗

天皇之子娶于其族國王之子娶于
諸大臣○諸大臣兩下官職世襲其
職田封戶皆有定制然世久相并不
可為據○刑無笞杖或籍家產或流
竄重則殺之○田賦取三分之一無
他徭役凡有工役皆募人為之○兵好用槍劍
俗能鍊鐵為刃精巧無比弓長六七尺取木之理
直者以竹夾其內外而膠之○每歲
正月元日三月三日五月五日六月

十五日七月七日十五日八月一日

九月九日十月亥日以為名日人無

大小各會鄉黨族親燕飲為樂相遺

以物○飲食用漆器尊處用土器用一

即棄 有筋無匙○男子斷髮而東之人

佩短劍婦人拔其眉而黛其額背垂

其髮而續之以髢其長曳地男女冶

容者皆黑漆其齒○凡相遇蹲坐以

為禮若道遇尊長脫鞋笠而過○人

家以木板蓋屋唯天皇國王所居及

寺院用瓦○人喜啜茶路傍置茶店
賣茶行人投錢一文飲一椀人居處
處千百為聚開市置店富人取女子
之無歸者給衣食容飾之彌為傾城
引過客留宿饋酒食而收直錢故行
者不齎粮○無男女皆習其國字國字
號加多千那唯僧徒讀經書知漢字
凡四十七字
○男女衣服皆斑染青質白文男子
上衣繞及藤裙長曳地無冠或着烏
帽前後銳繞之頂平而掩臀天皇國王及其

親屬哜著獅立烏帽直而頂圓鈍高半尺以繒爲之男女出行則著之

笠用蒲或竹或楉木

## 道路里數

自我慶尚道東萊縣之富山浦至對馬島之都伊沙只四十八里○自都

伊沙只至船越浦十九里○自船越

至一岐島風本浦四十八里○自風

本至筑前州之博多三十八里○自

博多至長門州之赤間關三十里風自

本直指赤間則四十六里○自赤間至竈戶關三

十五里〇自竈戶至尾路關三十五
里〇自尾路至兵庫關七十里路並以水
〇自兵庫至王城十八里路陸〇都計
水路三百二十三里陸路十八里並以
國里數計則水路三千二百
三十里陸路一百八十里
八道六十六州歧島附
對馬島一
畿內五州
山城州
今爲國都有山如城峻嶺自北而
南東西回抱至南而未合別有圖

山當其口〔二川東西而下至圓山
合流南八于海都中閭巷道路皆
方通四達每一町有中路三町為
一條條有大路井井不紊凡九條
二十萬六千餘戶巷有市國王而
下諸大臣皆有分地如封建世襲
雖居外州亦皆置家京中謂之京
邸所屬郡八水田一萬一千一百
二十二町

天皇宮

在東北隅周以土垣有大門軍
士數百把守國王而下諸大臣
以其麾下兵輪番遞守凡過門
者皆下馬宮中支用別有二州
收其稅供進

國王殿
在天皇宮西北亦有土垣軍士
十餘把守其門大臣等率麾下
兵輪番入直謂之御所

畠山殿

居天皇宮東南世與左武衛細
川相遞為管提即管領佐國王
東政令天皇康正元年乙亥景泰
年遣使來朝書稱管提畠山修六
理大夫源義忠寬正六年乙酉
元年義忠死子義勝嗣文明二成化
年庚寅遣使來朝書稱管六成化
提畠山左京大夫源義勝○又
有源義就寬正元年庚辰遣使
来朝書稱雍河紀越能五州地

太守畠山右金吾督源朝臣義
就義就乃義忠同母弟德本之
子同宗故皆稱畠山

細川殿

居國王殿西世與畠山左武衛
相逓為管提源持之死子勝元
嗣時未遣使於我勝元娶山名
源教豐之女而無子教豐以其
幼子屬為養子其後教豐受譴
於國王黜居外州其子義安等

二人侍國王教豐令二子請還
於國王二子以其父性惡恐還
而起釁不為之請乃令勝元請
之勝元為請於國王遂得還以
是教豐甚德勝元及勝元有子
以其所養教豐之子為僧教豐
怒乃與勝元為仇相戰教豐之
外孫大內殿及女壻一色殿土
岐殿等舉兵助之勝元挾國王
移天皇於其陣內大小羣臣從

細川者衆焚京都二條以比輊
而守之相持今六年勝元年四
十餘矣○又有持賢文明二年
庚寅遣使来朝書稱細川右馬
頭源朝臣持賢持賢乃勝元父
持之之弟持賢無子勝元於其
家後作別室彌典厩置持賢而
師事之年老或云已死○又有
細川勝氏勝源從兄弟文明二
年庚寅遣使来朝初上松浦那

又野態登守藤源朝臣賴永遣

壽藺書記来朝時我

世祖方議通信於日本國王以風水險遠欲

因諸首使為使問時在館者則

壽藺於其中稍解事遂　命授

書與禮物以送于國王又　命

禮曹書諭大内殿及賴永護送

燕致賜物文正元年丙戌五月

受　命而去庚寅乃来壽藺言

其年六月遂上松浦修船備行

121

裝丁亥二月自上松浦裝向國
都都中兵起海賊充斥南海路
梗從北海而往四月始到善狄
州<sup>倭訓臥</sup>馳報國王國王遣兵
迎之然盜賊縱橫或從間道或
留滯備經艱苦凡六十日而得
達國都都致書與禮物于國王館
于東福寺國王方在細川殿陣
中與山名殿相持未暇修咨至
戊子二月受咨書國王更議不

可無荅使又命勝氏備方物遣

使勝氏自爲書遣心苑東堂等

與壽藺偕来壽藺又言大内憂

書與賜物使人傳送爲海賊所

掠其所言多浮浪不可盡信

左武衛殿

居國王殿南世與畠山細川相

遞爲管提掌他國使臣支待諸

事後光嚴天皇應安三年庚戌

宣德三年源義淳遣使来朝書稱左

武衛源義淳及義敏嗣寬正元
年庚辰遣使來朝書稱左武衛
源義敏義廉嗣四年癸未遣使
來朝書稱左武衛將軍源義廉

山名殿

居國王殿西今天皇長禄三年
已卯天順三年始遣使來朝書稱但
幡伯作四備前後藝石九州總
太守山名霜臺源朝臣教豐教
豐出家法名宗全方與細川相

持國王有異母弟嘗出家彌淨
土院國王無嗣命還俗將以為
嗣彌今出川殿後一年國王有
子語今出川曰汝必傳之我子
今出川誓兩許之山名既與細
川為仇細川挾國王以令山名
亦推今出川為敵國王今年三
十七歲國王之子年七歲今出
川殿年三十二歲矣教豐二子
義安等侍國王不敢歸教豐其

125

長義安尋死義安之子在山名
所山名将以爲嗣○文明元年
巳丑義安遣使來朝書稱丹波
丹後但馬因幡伯者備前備後
八个州總太守山名彈正少弼
源朝臣義安續父山名左金吾
源朝臣宗全書之跋宗全書亦曰
我所領八个州悉與義安二年
庚寅宗全又遣使來朝書稱因
伯丹三州太守山名少弼源教

126

豐

京極殿

居昌山殿南世掌刑政長禄二
年戊寅源持清遣使來朝書稱
京兆尹江岐雲三州刺史住京
極佐佐木氏燕太膳大夫源持
清出家法名生觀○又有源高
忠文明二年庚寅遣使來朝書
稱所司代京極多賀豐後州源
高忠其使人言生觀同母兄也

三年辛卯又有榮熙遣使来朝

書稱山陰路隱岐州守護代佐

佐木尹左近将監源榮熙其使

人言生觀同母弟也初以高忠

既稱生觀之兄榮熙又稱其弟

其所言難信不許接待其使強

留不還乃以對馬島特送例接

待其使言於禮曹曰生觀兄弟

只榮熙一人耳高忠乃生觀族

親之為麾下者也榮熙時居隱

岐州

右武衛殿

自高麗之季海寇為患門下府
移書稱關西省探題相公令禁
約海寇及我朝開國亦往來通
書然失其來書未得其詳稱光
天皇應永十五年戊子〈末樂六年〉議
政府答書始稱九州牧右武衛
将軍源公十六年巳丑源道鎮
遣使來朝書稱九州府探題或

129

稱鎮西節度使或稱九州伯或
稱九州都督或稱九州都元帥
右武衛或稱九州都督府探題
或只稱右武衛或稱九州摠管
前後所稱不一兩國人稱右武
衛殿二十七年庚子道鎮以年
老委政其子義俊自稱前都元
帥義俊稱九州都督左近大夫
將監自此父子俱遣使不絕其
所進方物甚豐故我之報賜

130

亦厚三十一年甲辰道鎮書云

不意有訟事入京去其後在其

王城只有道鎮猶遣使求丐至

今天皇永享元年己酉四年以宣德

後無使文正元年丙戌京城澁

河源朝臣義堯遣使來朝其使

言義堯之父魯爲右武衛西海

道九州總管然不能言其詳蓋

是道鎮之後歟

甲斐殿

左武衛之臣專掌左武衛之事

文明元年己丑源政盛遣使來

朝書稱甲斐遠尾越濃四州守

其使以臣首例接待

伊勢守

政親文明二年庚寅遣使來朝

書稱國王懷守納政所伊勢守

政親其書略曰細川與山名私

起干戈京城大亂余為停止而

未止兩人之罪不少倚扶桑殿

下命集諸倭諸軍將收太平欲
蒙大國餘力祈望綿紬綿布苧
布來其所進方物亦豐且致親
為國王近侍之長出納庶政者
石以助軍需令轉達國王又於
特給綿布正布各千四束五百
政親別有回　賜其使以巨酋
使例館待
通
教
庚寅年稱壽蘭護送遣使來朝

書稱山城居住四川伊與住人

河野刑部大輔藤原朝臣教通

壽藺往來兵中故多稱護送而

來者下同

之種

庚寅年稱壽藺護送遣使來朝

書稱京城奉行頭飯尾肥前守

藤原朝臣之種其使人言近特

國王其使以特送例館待

信忠

庚寅年稱壽藺護送遣使來朝

書稱京城居住宗見駿河守源

朝臣信忠

勝忠

庚寅年稱壽藺護送遣使來朝

書稱京城居住鷹野民部少輔

源朝臣勝忠

建胄

庚寅年以館接壽藺遣使來朝

書稱慧日山內常喜詳庵住持

135

建冑建冑熊文喜詳庵在東福

寺内

昌堯

戊子年遣使來朝書稱京城東

山清水寺住持大禪師昌堯以

宗貞國請接待日本國亂年饑

寄食於我者甚多故前不遣使

之人皆不許接待使人等強留

三浦而不還宗貞國為遣人請

之乃許接待下並同

用書記

已丑年遣使来朝書稱深修庵

住持用書記以宗貞國請接待

町

大和州

郡十三水田一萬七千六百十四

和泉州

郡三水田四千一百二十六町

河内州

郡十一水田一萬九千九十七町

攝津州

郡十四水田一千一百二十六町

忠吉

今天皇應仁元年丁亥〈我世祖三年〉遣
使来朝書稱畿内攝津州兵庫
津平方民部尉忠吉受圖書約
歲遣一船

吉光

戊子年遣使来朝書稱畿内攝
津州西宮津尉長塩備中守源

138

吉光以宗貞國請接待

昌壽

戊子年遣使来朝書稱畿内攝
津州佛法護持四天王寺住持
比丘昌壽以宗貞國請接待

東山道八州

近江州
　郡二十四水田三萬三千四百二
　町五段

美濃州

郡十八水田一萬四千八百二十
四町五段

飛驒州
郡三水田一千六百十五町五段

信濃州
段
郡十水田三萬九千二十五町三

善峯
戊子年遣使来朝書稱信濃州
禪光寺住持比丘善峯以宗貞

國請接待

上野州
郡十四水田三萬二千一百四十
町三段

下野州
有火井産硫黄郡九水田二萬七
千四百六十町

出羽州
有溫井産金郡十水田二萬六千
九十町二段

陸奥州

産金郡三十五水田五萬一千一
百六十二町二段

東海道十五州

伊賀州

郡四水田一千五百町州有天照
大神祠國無貴賤遠近皆來謁祭

伊勢州

産水銀郡十三水田一萬九千二
十四町

志摩州
郡二水田九十七町

尾張州
郡八水田一萬一千九百四十町

參河州
郡八水田八千八百二十町

遠江州
郡十三水田一萬二千九百六十七町

伊豆州
七町

有温井二所火井一所産硫黄郡

三水田二千八百十四町

駿河州·

郡七水田九千七百十七町

甲斐州

郡四水田一萬四千三町

相模州

郡八水田一萬二千二百三十六

町一段

上總州

郡十二水田二萬二千八百七十

六町六段

鎌倉殿所居國人謂之東都今鎌

倉殿源氏仁山之後據鎌倉以東

而叛二十餘年國王累征不克

下總州

郡十一水田三萬三千一町

常陸州

郡十四水田四萬九千九町六段

武藏州

郡二十四水田三萬五千七十四
町七段

安房州
郡四水田四千三百四十五町八
段

山陽道八州

播摩州
郡十二水田一萬一千二百四十
六町

吉家

丁亥年遣使来賀觀音現像書

稱幡摩州室津代官藤原朝臣

吉家自上院寺有觀音現像圓

覺寺有雨花舍利之異以後諸

州遣使来賀者甚多雖前不遣

使者皆許接待下並同

盛久

戊子年遣使来賀觀音現像書

稱幡摩州太守周間浦居住源

光禄盛久

美作州

郡七水田二萬一千二十二町四

段

備前州

貞吉

郡八水田一萬三千二百十町二

段

貞吉

丁亥年遣使來賀觀音現像書

稱備前州外島津代官藤原貞

吉

廣家
戊子年遣使来賀、觀音現像書

稱備前州小島津代官藤原廣
家

備中州
産銅郡九水田一萬二百二十七
町八段

備後州
産銅郡十四水田九千二百六十
九町二段

149

吉安

丁亥年遣使来賀觀音現像書

稱備後州海賊大將橈原左馬

助源吉安

政良

戊子年遣使来朝書稱備後州

高崎城大將軍源朝臣政良以

宗貞國請接待

光吉

戊子年遣使来朝書稱備後州

支津代官藤原朝臣光吉以宗
貞國請接待

家德
戊子年遣使來朝書稱備後州
三原津太守在京助源家德以
宗貞國請接待

忠義
己丑年遣使來朝書稱備後州
守護代官山名四宮源朝臣忠
義以宗貞國請接待

安藝州

郡八水田七千二百五十町九段

持平

　庚申年遣使來朝書稱安藝州
　小早川義作守持平約歲遣一
　舡父常賀近侍國王

國重

　甲申年遣使來朝書稱安藝州
　海賊大將藤原朝臣村上備中
　守國重受圖書約歲遣一舡

教實
戊子年遣使来賀觀音現像書
稱安藝州太守藤原武田大膳

大夫教實

公家
戊子年遣使来賀觀音現像書
稱安藝州嚴島太守藤原朝臣

公家

周防州
產荷葉緑有溫井郡六水田七千

大內殿

二百五十七町九段

多多良氏世居州大內縣山口
管周防長門豊前筑前
倭訓也<br>整仇邪<br>
四州之地兵最強日本人稱百
濟王溫祚之後入日本初泊周
防州之多多良浦因以為氏至
今八百餘年至持世二十三代
世彌大內殿至持世無子以姪
教弘爲嗣教弘死子政弘嗣大

內兵強九州以下無敢違其令

以係出百濟最親於我自山名

與細川爲敵政弘領兵住助山

名今六年未還小二乘間復取

博多宰府等舊地詳見筑前州

小二殿

弘安

庚寅年遣使來朝書稱周防州

山口所司代杉河守源弘安大

內殿代官時方居守山口

教之

甲戌年遣使来朝書稱周防州

大内進亮多多良別駕教之大

内殿政弘叔父約歲遣一舡

藝秀

丁亥年遣使来賀雨花書稱周

防州太畠太守海賊大将軍源

朝臣藝秀

義就

丁亥年遣使来賀觀音現像書

稱周防州上關太守鑶苅源義

就

正吉
戊子年遣使来賀觀音現像書
稱周防州上關守屋野藤原朝
臣正吉

盛祥
戊子年遣使来賀觀音現像燕
報漂流入書稱富田津代官源
朝臣盛祥

長門州

產銅及刃鐵郡五水田四千九百
二町四段

弘氏
丁亥年遣使來賀觀音現像書
稱藝石防長四州守護代官陶
越前守多多良朝臣弘氏

光久
丁亥年稱壽藺護送遣使來朝
書稱長門州文司浦大將軍源

光リ

忠秀

丁亥年遣使来賀觀音現像書

稱長門州赤間關鎮守高石藤

原忠秀辛卯年又遣使来報我

漂流人事

忠重

丁亥年遣使来賀舍利分身書

稱赤間關太守矢田藤原朝臣

忠重

義長

戊子年遣使来賀觀音現像書
稱長門州賓重開太守野田藤
原朝臣義長

國茂

戊子年遣使来賀觀音現像書
稱長門州鷲尾多多良朝臣國
茂

正滿

戊子年遣使来朝書稱長門州

乾珠滿珠島代官宮內頭藤原

正滿以宗貞國請接待

貞成

　己丑年遣使來朝書稱長門州

　三島尉伊賀羅駿河守藤原貞

成以宗貞國請接待

南海道六州

紀伊州

　郡七水田七千二百三町七段

淡路州

郡二水田二千七百三十七町三

段

阿波州

郡九水田三千四百十四町五段

義直

戊子年遣使來賀觀音現像書

稱阿波州鳴渡浦大將軍源朝

臣義直

伊豫州

郡十四水田一萬五千五百七町

162

四段

盛秋
戊子年遣使來朝書稱伊豫州
川野山城守越知朝臣盛秋以
宗貞國請接待

貞義
戊子年遣使來朝書稱伊豫州
鑵田關海賊大將源貞義以宗
貞國請接待

讚岐州

郡十一水田一萬八千八百三十
町一段

土佐州
郡七水田六千二百二十八町

北陸道七州

若狹州
郡三水田三千八十町八段

忠常
辛卯年稱壽藺護送遣使來朝

書稱若狹州十二關一番遠敷

164

守護備中守源朝臣忠常

義國

戊子年遣使來朝書稱若狹州
大濱津守護代官左衛門大夫
源義國以宗貞國請接待

越前州

町五段

郡六水田一萬七千八百三十九

越中州

有溫井水田一萬七千九十九町

五段

越後州

郡七水田一萬四千九百三十六

町五段

能登州

郡四水田八千二百九十七町

佐渡州

郡三水田三千九百二十八町三

段

加賀州

郡四水田一萬二千七百六十七
町四段

山陰道八州

丹波州
郡五水田一千八百四十六町九
段

丹後州
産深重青銅郡六水田五千五百
三十七町

家國

戊子年遣使来朝書稱丹後州
田伊佐津平朝臣門四郞家國
以宗貞國請接待

但馬州
源國吉
郡八水田七千一百四十町
丁亥年遣使来賀舍利分身書
稱但馬州津山關佐佐木兵庫

因幡州
助源國吉

郡七水田八千一百二十六町

伯耆州

義保

　郡六水田八千八百三十町

　巳五年遣使來朝書稱伯耆州

　太守緣野源朝臣義保以宗貞

　國請接待

出雲州

盛政

　郡十水田九千四百三十町八段

丁亥年稱壽藺護送遣使來朝
書稱出雲州義保關卿左衛門
大夫藤原朝臣盛政

公順
丁亥年遣使來賀觀音現像書
稱出雲州見尾關慶松田備前
太守藤原朝臣公順

義忠
己丑年遣使來朝書稱出雲州
留關海賊大將藤原朝臣義忠

以宗貞國請接待

石見州

郡六水田四千九百十八町

和燕

周布燕貞之子丁卯年親來受

圖書書稱石見州因幡守藤原

周布和燕約歲遣一舡

賢宗

庚寅年遣使來朝書稱石見州

櫻井津土屋修理大夫平朝臣

賢宗

火直

丁亥年稱壽藺護送遣使来朝

書稱石見州益田守藤原朝臣

火直

正教

丁亥年稱壽藺護送遣使来朝

書稱石見州三住右馬守源氏

朝臣正教

吉冬

戊子年稱壽藺護送遣使來朝

書稱石見州北江津太守平朝

臣吉久

隱岐州

郡四水田五百八十四町九段

秀吉

己丑年遣使來朝書稱隱岐州

太守源朝臣秀吉以宗貞國請

接待

西海道九州

筑前州

有山距海濱三里山頂有火井日
正照煙焰漲天水沸而溢凝而爲
硫黃凡產硫黃島皆同郡十五水
田一萬八千三百二十八町九段
州有博多或稱霸家臺或稱石城
府或稱冷泉津或稱筥崎津居民
萬餘戶小二殿與大友殿分治小
二西南四千餘戶大友東北六千
一餘戶以藤源貞成爲代官居人業

行商琉球南蠻商舶所集之地也

有白沙三十里松樹成林日本皆

海松唯此有陸松日本人多上盡

以為奇勝往来我國者於九州中

慱多最多

小二殿

居宰府或稱大都督府西北去

慱多三里民居二千二百餘户

正兵五百餘源氏世主之稱筑

豐肥三州摠太守太宰府都督

司馬少卿彌小二殿至源嘉賴

今天皇嘉吉元年辛酉大臣赤

松作亂國王徵兵諸州小二殿

不至國王命大內殿討之嘉賴

兵敗奔肥前州平戶源義所居

尋投對馬島居美女浦對馬島

亦其所管大內殿遂盡有本二

所管筑前州博多宰府等地後

嘉賴欲復舊地舉兵而往至上

松浦大內殿迎擊敗之嘉賴奔

遞對馬嘉賴死子教賴嗣丁亥
年教賴又以對馬島兵往至博
多宰府之間見月之地為大友
殿及大內代官可申所敗而死
對馬島代官宗盛直等亦從敗
沒己丑年國王以大內黨山名
命小二復舊土又命諸州助之
秋七月對馬島主宗貞國擧兵
奉教賴之子賴忠而往沿路諸
酋護送助之遂至宰府悉復舊

境賴忠既至宰府令貞國守博

多貞國身留愁未要時所管在<small>小二殿</small>

<small>博多西南半里民居三百餘戶</small>遣麾下守博多

肥前州千葉殿與其弟有隙小

二右其弟命貞國往攻之貞國

難之小二強遣之值大雪敗還

對馬島兵千之凍瘃多死者長

門筑前一岐之境海賊縱橫今

辛卯年春我宣慰官田養民等

往慰賴忠貞國至對馬島貞國

聞之托以海賊梗路宣慰官不

能來我當往迎遂留兵守博多

愁未要時不告賴忠身還對馬

賴忠前在對馬島約歲遣一二

舡今還本土其使人依巨酋使

例館待

護軍道安

魯爲琉球國使來聘於我因是

往來乙亥年來受圖書丁丑年

來受職大友殿管下

司正林沙也文

道安子庚寅年從其父來受職

大友殿管下

護軍宗家茂

乙亥年來受圖書受職富商石

城府代官宗金之子宗金大友

殿所差大友殿管下

司果信盈

己丑年來受職向化率中樞藤

安吉女壻安吉父曾來朝死於

京館因葬于東郊其母命安吉

來侍朝仍守父墳安吉死弟茂

村又來侍朝為副司果安吉母

時時遣船稱藤氏毋大友殿管

下

氏鄉

乙亥年遣使來朝書稱筑前州

宗像朝臣氏鄉約歲遣一船小

二殿管下與氏俊承國王之命

為宗像殿主有麾下兵

貞成

辛巳年遣使來朝書稱筑前州

冷泉津尉撫內州太守田原藤

原貞成受圖書約歲遣一二船

大友殿族親博多代官

信重

丙子年遣使來朝書稱筑前州

冷泉津藤原佐藤四郎信重約

歲遣一船辛卯冬以琉球國王

使來受中樞府同知事博多富

商定清女壻大友殿管下

安直

丁亥年遣使送漂流人書稱筑
前州筥崎津寄住臣藤原孫右
衞門尉安直八幡神留守殿管

下

直吉

丁亥年送我漂流人書稱筑前
州筥崎津寄住藤原兵衞次郎
直吉信重兄子八幡神留守殿

管下居管崎津

重家

殿管下

丁亥年送我漂流人書稱冷泉

津布永臣平與三郎重家大友

親慶

丁亥年遣使來賀觀音現像書

稱筑前州胎土邦北崎津源朝

臣親慶

正家

丁亥年稱壽蘭護送遣使來朝

書稱筑前州相以島大將軍源

朝臣正家

氏俊

丁亥年遣使來賀舍利分身書

稱筑前州宗像先社務氏俊

道京

戊子年遣使來朝書稱筑前州

絲島太守大藏氏道京以宗貞

國請接待

繩繁

戊子年遣使来朝書稱名島櫛
島兩島太守藤原繩繁以宗貞
國請接待

成直

己丑年遣使来朝書稱筑前州
聰政所秋月太守源成直以宗
貞國請接待大友殿管下稱秋
月殿有武才

信歳

丙戌年遣使来賀觀音現像書

稱筑前州麻生藤原信歲丁亥

年又遣使来以不緊不接待

筑後州

郡十水田一萬三千八百五十二

町八段

豐前州

郡八水田一萬三千二百七十八

町二段

邦吉

戊子年遣使来朝書稱豊前州

蓑島海賊大將玉野井藤原朝

臣邦吉以宗貞國請接待

俊幸

戊子年遣使来朝書稱豊前州

彦山座主黑川院藤原朝臣俊

幸以宗貞國請接待大友殿管

下居彦山有武才

豊後州

有溫井五所郡八水田七千五百

二十四町

大友殿

源氏世襲所居民戶萬餘見兵
二千在博多東六七日程無管
博多與小二分治初源持直稱
豐筑兩後州太守今天皇永享
元年己酉宣德四年始遣使來朝自
是使船不絕九年丁巳又有源
親重者稱豐筑兩後州太守而
遣使其書稱持直為伯父持直

書亦稱讓于親戚親重至長禄
元年丁丑又有親繁者稱豊州
犬友而遣使源持直使亦至礼
曹問其使及同来諸使皆言持
直與小二殿同時失土大内殿
以親繁代持直為大友殿今大
内與安藝州相攻持直小二欲
乘間復土而未能或云源持直
養從弟親重為嗣及大内討小
二黜親重而以其弟親繩代之

二年戊寅親繁又遣使其書略

曰魯祖父以来捧書通使自九

州陷兵雖續箕裘之業不以時

致敬寬正元年庚辰天順四年又有

師能者亦稱豐筑守大膳大夫

而遣使其書略曰大友持直蒙

大國之恩不知幾年去年十月

逝去余為持直嫡孫續大友家

業今辛卯年豐州日田守護親

常遣使来朝其使言親常今大

友殿政親之弟也前大友親重
年老傳之其子政親政親乃大
內政弘妹壻小二之復土也政
親欲助大內父親重以爲王命
不可違遂助小二又問時來諸
使其言皆同是年冬來國王使
光以藏主曰源持直初無子以
從弟親繁爲嗣親繁今爲大友
殿年六十一歲長子政親今爲
豐前州太守將爲嗣持直既以

192

親繁為嗣而後生二子長師能
次熊堅皆封小地其曰親重者
不知為何人疑繁重二字於國
訓相近故或稱重也其曰親繩
者親繁之同母弟封豐後州小
地死巳十四年矣同時來琉球
使博多人信重曰親繁五子一
曰五郎即政親年三十餘當為
嗣二曰親常年二十餘今為日
田守三曰七郎年十八四僧五

幼大友殿扵九州兵强小二而
下皆敬事之然稱大友者數人
豐後州在九州之東地最遠來
者稀少未能辨其真偽姑記往
来之書及諸使之言以待後考

親常
大友殿異母弟辛卯年遣使来
朝書稱日田郡守護修理大夫

國光
大藏親常

唐辰年遣使來報我漂流人丁

亥年又遣使來賀觀音現像書

稱豐後州日田郡太守源朝臣

國光

茂實

戊子年遣使來朝書稱豐後州

受護代官木部山城守茂實以

宗貞國請接待

肥前州

有溫井二所郡十三水田一萬四

千四百三十二町州有上下松浦

海賊所慶前朝之季寇我邊者松

浦與一岐對馬島之人率多又有

五島或稱島五　日本人往中國者待

風之地

節度使

已丑年遣使來朝約歲遣一二

船書稱九州節度使源教直或

稱九州都元帥或稱九州總管

居肥前州阿也非知有小城在

博多南十五里民居一千餘户
正兵二百五十餘總治九州之
兵對馬島人宗大膳等言初教
直助大內及小二復土懼棄所
居潛投肥後州也望加知

千葉殿

己卯年遣使來朝居有小城北
距博多十五里民居一千二百
餘户正兵五百餘書稱肥前州
小城千葉介元亂約歲遣一舡

源義

乙酉年遣使来朝書稱呼子一
岐守源義約歳遣一二舡小二
殿管下居呼子有麾下兵稱呼
子殿

源納
子殿
乙亥年遣使来朝書稱肥前州
上松浦波多島源納受圖書約
歳遣一二舡小二殿管下居波
多島人丁不過十餘

198

源永

丙子年遣使来朝書稱肥前州
上松浦鴨打源永受圖書約歲
遣一二舡小二殿管下居鴨打
有麾下兵稱鴨打殿

藤源次郎

丙子年遣使来朝書稱肥前州
上松浦九沙島主藤源次郎約

源祐位

歲遣一舡

丁丑年遣使来朝書稱肥前州
上松浦那護野寶泉寺源祐位
約歲遣一舡僧居寶泉寺

源盛
丁丑年遣使来朝書稱肥前州
上松浦丹後太守源盛受圖書
約歲遣一舡小二殿管下有麾
下兵

源德
丙子年遣使来朝書稱肥前州

上松浦神田能登守源德受圖

書約歲遣一舡

源次郞

巳丑年遣使來朝書稱肥前州

上松浦佐志源次郞受圖書約

歲遣一舡小二殿管下能武才

有麾下兵稱佐志殿

義永

丙子年遣使來朝書稱肥前州

上松浦九沙島主藤原朝臣筑

後守義永受圖書約歲遣一舡

源義

乙亥年遣使来朝書稱肥前州
下松浦一岐州太守志佐源義
約歲遣一二舡小二殿管下能

武才有麾下兵稱志佐殿

源淵

丁丑年遣使来朝書稱肥前州
下松浦三栗野太守源淵約歲
遣一舡小二殿管下有麾下兵

居三栗野

源吉

乙丑年始遣使來朝書稱肥前
州下松浦山城太守源吉受圖
書約歲遣一舡

源勝

乙亥年遣使來朝書稱五島宇
久守源勝受圖書約歲遣一二
船丁丑年以刷還我漂流人特
加一船居宇久島總治五島有

麾下兵

少弼弘

丁丑年遣使來朝書稱肥前州
田平寓鎮源朝臣彈正少弼弘
約歲遣一二船有麾下兵

源義

丙子年始遣使來朝書稱肥前
州平戶寓鎮肥州太守源義受
圖書約歲遣一船小弼弘弟有
麾下兵居平戶

藤原賴永

丙戌年遣壽藺書記来朝書稱
肥前州上松浦那久野藤原賴
永壽藺受書契禮物傳于國王
事見上山城州細川勝氏居那
久野

源宗傳

戊子年遣使来朝書稱肥前州
上松浦多久豐前守源宗傳以
宗貞國請接待居多久有麾下

源泰兵

戊子年遣使来朝書稱肥前州
上松浦波多下野守源泰以宗
貞國請接待居波多有麾下兵

四郎左衛門
乙酉年以源滿使来受同僉丁
亥戊子連年而来不許接待

源貞
丁亥年遣使来朝賀觀音現像

書稱肥前州下松浦大島太守

源朝臣貞居大島有麾下兵

## 源義

守源義有麾下兵

稱肥前州下松浦一岐津﨑太

丁亥年遣使来賀觀音現像書

## 貞茂

己丑年遣使来朝書稱五島悼

犬島太守源朝臣貞茂以宗貞

國請接待居五島源勝管下微

者

源茂
丁亥年遣使來賀雨花舍利書
稱五島玉浦守源朝臣茂居五
島源勝管下微者

源貞
丁亥年遣使來賀觀音現像書
稱五島太守源貞居五島源勝
管下微者

藤原盛

已丑年遣使来朝書稱五島日島太守藤原朝臣盛以宗貞國請接待居五島源勝管下徽者

清男

已丑年遣使来朝書稱肥前州彼杵郡彼杵遠江清原朝臣清男以宗貞國請接待

源重俊

丁亥年遣使来賀舍利分身書稱肥前州太村太守源重俊居

肥後州

書而請受新圖書今乃給送

已丑春逝去又送義松所受圖

鎮肥州太守源豐久先父義松

辛卯年遣使来朝書稱平戸寓

源豐久

稱肥前州風島津太守源信吉

戊子年遣使来賀觀音現像書

源信吉

太村能武才有麾下兵

有溫井郡十四水田一萬五千三
百九十七町

菊池殿
丙子年遣使来朝書稱肥筑二
州太守藤原朝臣菊池為邦約
歲遣一二船庚寅年又遣使来
受圖書所管兵二千餘世彌菊
池殿世主肥後州

源藤為房
乙亥年遣使来朝書稱肥後州

211

藤原為房約歲遣一船

教信

己卯年遣使来朝書稱肥後州

八代源朝臣教信約歲遣一船

政重

丁亥年遣使来賀觀音現像前

此再度救我漂流人書稱肥後

州大将軍大橋源朝臣政重

武教

丁丑年以武磨稱名使人来朝

以遠處不緊人不接待丁亥年

改名武教來賀觀音現像書稱

肥後州高瀬郡藤源武教菊池

殿族親為其管下居高瀬

日向州
郡五水田七千二百三十六町

大隅州
郡八水田六百七十三町

薩摩州
産硫黄郡十三水田四千六百三

213

十町

盛久
丁丑年遣使来朝書稱薩摩州
日向太守藤原盛久約歲遣一
二船

熙久
乙亥年遣使来朝書稱薩摩州
伊集院寓鎮隅州太守藤原熙
久約歲遣一二船

持久

丁丑年遣使來朝書稱薩摩州
島津藤原朝臣持久約歲遣一
船忠國族親爲其管下居島津

源忠國
丁丑年遣使來朝書稱薩摩三
州太守島津源忠國約歲遣一
船丁亥年以觀音現像又遣使
書稱日隅薩三州太守島津陸
奧源忠國國王族親總治薩摩
日向大隅三州事

藤原忠淌

丁亥年遣使来賀觀音現像書

稱薩摩州憲岐島代官藤原忠

淌

只吉

戊子年遣使来朝書稱薩摩州

房泊代官只吉以宗貞國請接

待

久重

戊子年遣使来朝書稱薩摩州

市來千伐太守大藏氏以重以

宗貞國請接待

國久

戊子年遣使来朝書稱市來太
守大藏氏國久以宗貞國請接
待忠國從弟為其管下居部府

吉國

已丑年遣使来朝書稱薩摩州
内種島太守吉國以宗貞國請
接待

217

持永
　已丑年遣使来朝書稱薩摩州
島津藤原朝臣持永以宗貞國
請接待

對馬島
郡八人戶皆沿海浦而居凡八十
二浦南北三日程東西或一日或
半日程四面皆石山土确民貧以
煮塩捕魚販賣為生宗氏世為島
主其先宗慶死子靈鑑嗣靈鑑死

子貞茂嗣貞茂死子貞盛嗣貞盛
死子成職嗣成職死而無嗣丁亥
年島人立貞盛母弟盛國之子貞
國為島主郡守而下土官皆島主
差任亦世襲以土田塩戶分屬之
為三番七日相遞會守島主之家
郡守各於其境每年踏驗損實收
稅取三分之一又三分其一輸二
于島主自用其一島主收馬場四
所可二千餘匹馬多曲背所產柑

橘木楮耳南北有高山皆名天神
南稱子神北稱毋神俗尚神家家
以素饌祭之山之草木禽獸人無
敢犯者罪人走入神堂則亦不敢
追捕島在海東諸島要衝諸島主
往來於我者必經之地皆受島主
文引而後乃來島主而下各遣使
船歲有定額以島最近於我而貢
甚歲賜米有差

八郡

豐﨑郡 或稱沙只郡俣

郡守宗盛俊

宗貞國異母兄在前宗貞國為

郡守今傳于盛俊盛俊居古于

浦遙治戊子年遣使來朝書稱

對馬州守護代官平朝臣宗助

六盛俊

豆豆郡

郡守宗彥次郞盛世

伊乃郡

郡守宗盛弘

資茂之子宗貞盛妹壻乙丑年
遣使来朝書稱對馬州宗右衛
門尉盛弘約歲遣四舡歲賜米
豆幷十五石

卦老郡 位稱仁郡
郡守宗茂秀

癸丑年遣使来朝書稱出羽守
宗大膳茂秀無子以其弟茂直
子宗彦九郎貞秀為嗣茂秀父

賀茂魯黠島主靈鑑而奪其任
靈鑑之子貞茂還奪之然以賀
茂族盛不得絕之以茂秀為都
代官

要羅郡
郡守島主自守

美女郡
郡守島主自守

雙古郡
郡守島主自守

尼老郡

郡守宗盛家

宗貞盛弟從從弟為貞盛女壻甲
子年遣使來朝書稱對馬州宗
信濃守盛家約歲遣四舡壬申
年以其請加三舡歲賜米豆并
二十石

護軍多羅而羅

一名而羅洒文家次一名而羅
洒文家繼一名平松而羅洒文

家繼一名太郎二郎庚辰年受
圖書来則賜米豆幷拾石賊首
也

八十二浦

時古里浦 二十餘戶

尼神都麻里浦 百餘戶

皮多加地浦 五十餘戶

安而老浦 二十餘戶

司直源茂﨑
乙亥年以救我漂流人功受職

守于時浦　十五餘戶

郎加古時浦　三十餘戶

頭未浦　十餘戶

蘊要浦　百餘戶

緊浦　四十餘戶

阿時未浦　百餘戶

皮都浦　二十餘戶

和因都麻里浦　二十餘戶

五時浦　二十餘戶

時多浦　三百五十餘戶

226

沙加浦 五百餘戶

護軍六郎洒文

己卯年来受圖書来則賜米豆

并十石

護軍阿馬豆

舊居一岐島毛都伊浦海賊首
宮内四郎子戊寅年受圖書来
則賜米豆并十石戊子改名又
四羅盛數

司正都羅馬都

六郎洒文子甲申年来受職

司正都羅而老

向化鐵匠干知沙也文子随父

而来受職今還本島

秦盛幸

本係唐人島主宗成職時掌書

契文引丁丑年因島主請受圖

書約歲遣一舡書稱海西路關

慶鎮守秦盛幸

職盛

228

故代官宗盛直之子戊子年遣
使來朝己丑年又遣使來朝請
繼父遣舡以無島主之書不從
書稱對馬州平朝臣宗四郎職

盛

時羅浦 十餘戶

仇時老浦 三十餘戶

所溫老浦 百餘戶

溫知老毛浦 六十餘戶

昆知老浦 四十餘戶

也里古浦 三十餘戶

要古浦 二十餘戶

時羅古浦 二十餘戶

要時浦 十餘戶

可門諸浦 三十餘戶

訓羅串 百餘戶

上護軍平茂持

平盛秀之弟為從兄六郎次郎
繼後來則賜米豆幷十五石

護軍皮古時羅

平茂持弟甲申年受職已丑年
受圖書來則賜米豆幷十石

副司果平伊也知
平茂持子又名早田彦八庚寅
年以島主請受職

仇愁音夫浦 二十餘戶

吾可多浦 二十餘戶

桂地浦 四百餘戶

尼于浦 十餘戶

那無賴浦 三十餘戶

古浦 十餘户

安沙毛浦

古于浦 百餘户

島主宗貞國

今天皇嘉吉三年癸亥八年 <sub>正統</sub> 宗

貞盛爲島主時約歲遣五十船

如有不得已報告事數外遣船

則謂之特送歲賜米豆幷二百

石

宗貞秀

貞國長子與貞國同居丁亥年
遣使來朝書稱對馬州平朝臣
貞秀約歲遣七船歲賜米豆幷
十五石貞秀襲貞國前任故使
船賜米皆仍其舊

盛俊
豐崎郡守 詳見豐崎郡

國幸
今幸卯年以對馬島特送來朝
羔察三浦稱宗大膳國幸以島

主所親信別例厚待而送

仇多浦 三十餘戶

造船五浦 十餘戶

仰可未浦 十餘戶

卦伊老浦 二十餘戶

那伊老浦 二十餘戶

安佐毛浦 十五餘戶

豆豆浦 三處合三百餘戶

宗茂世

一名宗虎熊丸宗貞盛之姪乙

亥年約歲遣三船来則賜米豆

幷十石書稱九州侍所管事平

朝臣宗彥八郎茂世

世伊浦 二十餘戶

仇女浦 二處合五十餘戶

沙愁浦 四處合三百餘戶

國久

乙酉年因島主請受圖書書稱

對馬州佐護郡代官平朝臣宗

幡摩守國久約歲遣一船管天

神山海賊今領兵在博多

宗彦九郎貞秀
故代官宗盛直從弟卦老郡守
宗茂秀立以為後庚辰年遣使
来朝書稱對馬州平朝臣宗彦
九郎貞秀受圖書約歲遣一船

上護軍宗盛吉
宗盛家弟癸未年受圖書来則
賜米豆并十五石今身死有子
時未遣使

宗茂秀

卦老郡守

宗茂直

宗茂秀同母弟

阿里浦　一百餘戶

麻吾里浦　二十餘戶

于那豆羅浦　五十餘戶

多浦　百餘戶

羨女浦　六百五十餘戶

仇知只浦　三處合百五十餘戶

伊乃浦　二處合百餘戶

尼多老浦　三百餘戶

是時未浦　三十餘戶

仇波老浦　二十餘戶

豆那浦　百餘戶

加羅愁浦　五十餘戶

沙愁那浦　四百餘戶

國吉

戊子年遣使來朝書稱佐須那
代官平朝臣宗石見守國吉

吾温浦百餘戶

護軍皮古汝文

戊寅年受職庚辰年受圖書總

治三浦恒居倭

司正所温皮古破知

宗茂次子改名宗茂實丁亥年

因島主請受職

宗茂次

庚辰年救我漂流人来朝丁亥

年又来稱對馬州上津郡迫浦

平朝臣宗伯耆守茂次

尼時老道伊浦 七十餘戶

道于老浦 四十餘戶

也音非道浦 無人戶

卧尼老浦 十餘戶

可吾沙只浦 有神堂

阿吾頭羅可知浦 百餘戶

可里也徒浦 二百餘戶

敏沙只浦 二百餘戶

頭知洞浦 二百餘戶

中樞平茂續

賊首早田之子魯來侍朝爲中

樞今還本島

護軍中尾吾郞

平茂續之子中尾彈正立以爲

後戊子年來受職

可時浦　一百五十餘戶

護軍井可文愁戒

父賊首井大郞於己亥年東征

有功乙酉年受圖書歲賜米豆

幷十石壬午年襲父職

皮老浦 四十餘戶

多計老浦 八十餘戶

仇老世浦 一百四十餘戶

護軍皮古仇羅

海賊首護軍藤茂家倭訓邊沙
也文之子乙酉年受職受圖書
來則給米豆十石

愁毛浦 二百餘戶

吾也麻浦 三百餘戶

老夫浦 二百餘戶

臥伊多浦 一百餘戶

古老世浦 五十餘戶

介伊俁那浦 二百餘戶

護軍時難洒毛

平家久倭訓和知難洒毛之子

戊子年受職

吾甫羅仇時浦 五十餘戶

雙介浦 五十餘戶

完多老浦 一百餘戶

古茂應只浦 二百餘戶

沙吾浦 二百餘戶

一岐島

鄉七 水田六百二十町六段 人居

陸里十三 海浦十四 東西半日程

南比一日程 志佐佐志呼子鴨打

塩津留分治有市三所 水田旱田

相半 土宜五穀 收稅如對馬

七鄉

加愁鄉

佐志代官主之

唯多只鄉
志佐代官源武主之
戊子年受圖書約歲遣一二船
書稱一岐守護代官真弓兵部

少輔源武

古仇音夫鄉
源經主之
已丑年受圖書約歲遣一二舡
書稱上松浦鹽津留助次郎源

經

源重實

丁丑年約歲遣一舩書稱上松

浦塩津留松林院主源重實

宗殊

己卯年遣使來朝書稱一岐州

上松浦塩津留觀音寺宗殊約

歲遣一舩

小于鄕

呼子代官源實主之

約歲遣一舡書稱上松浦呼子

一岐州代官牧山帶刀源實庚

寅年源實子正遣使来朝書稱

去歲六月父為官軍先鋒而死

于敵臣繼家業乃依父例館待

無山都鄉

鴨打代官主之

時曰羅鄉

呼子鴨打分治各有代官

郎可五豆鄉

呼子鴨打分治各有代官

十三里

波古沙只 一百五十餘户

信昭于 七十餘户

俟加伊 一百三十餘户

阿里多 五十餘户

伊除而時 一百餘户

愁未要時 七十餘户

也麻老夫 九十餘户

也那伊多 三百餘户

牛時加多 一百三十餘戶

多底伊時 九十餘戶

毛而羅 五十餘戶

俟計 八十餘戶

戶應口 五十餘戶

十四浦 三十餘戶

世渡浦 三十餘戶

豆豆只浦 二十餘戶

仇只浦 二十餘戶

因都溫而浦 四十餘戶

阿神多沙只浦

頭音甫浦 四十餘戶

火知也麻浦 一百餘戶

毛都伊浦 一百戶

護軍三甫郞大郞

賊首護軍藤永繼子辛巳年受
圖書朶則賜米豆幷十石

司正有羅多羅
又名可文愁戒源貞乃三甫郞
大郞之兄戊寅年受職

琉球國紀

風本浦 倭訓間沙毛都于羅

于羅于未浦 五十餘戶

仇老沙只浦 二十餘戶

無應只也浦 一百四十餘戶

卧多羅浦 百餘戶

訓乃古時浦 四十餘戶

也三甫羅今來侍朝爲司正

藤九郎次子庚寅年受職長子

司正豆留保時

251

國王代序

國王世襲洪武二十三年庚午國王
察度遣使來朝稱琉球國中山王自
是連歲遣使其世子武寧亦獻方物
永樂七年己丑其孫思紹遣使稱琉
球國中山王其書略曰先祖王察度
及先父王武寧相繼薨逝以致各寨
不和連年征戰一向踈曠今荷
大明皇帝寵封王爵十六年戊戌又遣使稱
琉球國中山王二男賀通連寓鎮其

252

書略曰予兄今年淹逝予始通聘宣
德六年辛亥稱琉球國中山王尚巴
志而遣使景泰四年癸酉稱琉球國
中山王尚金福見而遣使六年乙亥
稱琉球國王尚泰久而遣使天順二
年戊寅稱琉球國王見而遣使三年
己卯復稱尚泰久而遣使五年辛巳
遣使而稱琉球國王尚德成化二年
丙戌又稱尚德而遣使七年辛卯冬
國王使自端書堂来朝自端曰尚巴

志以上所不知尚姓巴志鯑名億載

尚金福見名金皇聖尚泰久名真物

尚德名大家無兄弟今王名中和時

未鯑年十六歲娶宗姓丹峯殿王女

主弟名於思年十三歲次弟名截溪

年十歲國王所居地名中山故稱中

山王自察度始遣使以來相繼不絕

進方物甚謹或直遣國人或因日本

人商販在其國者為使其書或箋或

咨或致書格例不一其稱鯑姓名亦

不定琉球去我最遠不能宪其詳姑
記朝聘名號次第以待後考

國都
　國在南海中南北長而東西短都有
　石城諸島星列所治凡三十六島土
　産硫黃堀之一年復滿坑取之無窮
　歲遣使中國貢硫黃六萬斤馬四十
　匹

　梁回
　宣德五年庚戌遣使來朝書稱

琉球國長史梁回

李金玉

成化四年戊子遣使來朝書稱

琉球國摠守将李金玉

等悶意

成化五年己丑遣使來朝書稱

琉球國中平田大島平州守等

悶意

國俗

地窄人多以海舶行商為業西通南

蠻中國東通日本我國日本南蠻商
舶亦集其國都海浦國人爲置肆浦
邊互市〇國王樓居每宴他國使爲
權假樓與之相對中國及我國書至
具旗纛出迎〇有左右長史二人出
納王命又有五軍統制府議政司六
曹〇地常暖無霜雪草木不彫落〇
水田一年再收每十一月播種三月
移秧六月收穫即又播種七月移秧
十月又穫〇男女衣服與日本大同

小異

道路里數

自我慶尚東萊縣之富山浦至對馬島之都伊沙只四十八里○自都伊

沙只至船越浦十九里○自船越至

一岐島之風本浦四十八里○自風

本至毛都伊浦五里○自毛都伊至

肥前州之上松浦十三里○自上松

浦至惠羅武一百六十五里○自惠

羅武至大島一百四十五里○自大

島至度九島三十里○自度九島至
興論島五十五里○自興論島至琉
球國都十五里○都計五百四十三
里（以我國里數計則五千四百三十里）

朝聘應接紀

使舡定數

國王及諸巨酋使來則接待○對馬島
主歲遣五十舡或因事別遣舡則稱特
送（無定數）○諸酋之在諸州者或歲遣一
二船（名在諸州時計四十八人或歲遣一船時計二十七人）

259

名在
諸州

皆有定約其餘諸酋或因事來朝

或遣使皆臨時受教應接○受我

國官職者歲一來朝不得遣人○國王

使例有副舡或至三船巨首使只有副

船其餘並一船○諸使皆受對馬島主

文引而後乃來

## 諸使定例

館待諸使有四例國王使為一例○諸

巨首使為一例 日本畠山細川左武衛 京極山名大內小二芽

酋為巨○九州節度使對馬島主特送為

一例〇諸酋使對馬島人受職人爲一

例

使船大小船夫定額

船有三等二十五尺以下爲小船二十

六尺七尺爲中船二十八尺九尺三十

尺爲大船舡夫大舡四十中舡三十小

舡二十以爲定額客使来則三浦節制

使萬户與差使貟尺量舡體又點舡夫

名數舡夫雖多不得過定額若不足則

以點數給料因是三浦恒居人等冒名

受點而分其料姦僞日滋今受
只量船體以三等定額給料不復點人
○國王使不量船點人只以所見定數
以報並給料

給圖書

凡給圖書着見樣於紙置禮曹典校署
又分置三浦每書来憑考驗其眞僞

諸使迎送

國王使遣三品朝官率京通事迎于三
浦逯時護送○諸臣首使遣京通事迎

于三浦還時朝官率京通事護送○對

馬島主特送九州節度使使鄉通事率

上京朝官護送

## 三浦熟供

國王使留三浦時上副官人<sub></sub>正使稱上<br>正官稱副官人<br>副使

稱副官人人　正官<sub>舡主押物侍奉</sub>伴從人<br>稱正官後並同

量數熟供其餘船夫給料○諸巨酋使

特送節度使使正官以上熟供○諸酋

使以下並給料<sub>給料並同</sub>○國王使

早飯正官以上車食七果床伴從入車<sub>一日兩時凡</sub>

263

食五果床並三度湯○朝夕飯上副官
人七楪床飯羹二樣湯二樣炙正官伴
從人五楪床飯羹二樣湯一樣炙○晝
點心上副官人正官五楪床飯羹一樣
湯伴從人三楪床飯羹一樣湯○諸臣
酋使與國王使同節度使使特送與國
王使同早飯乾魚主楪五果床三度湯

三浦分泊

對馬島歲遣五十船二十五船泊乃而
浦二十五船泊富山浦其餘諸使各任

意分泊三浦

上京人數

國王使二十五人○諸臣首使十五人
○特送三人別例則加一倍○九州節
度使三人卜滿五馱加一人每五馱則
加毋過五人○諸首使一人五馱加一
人毋過三人○受職人堂上官三人上
護軍以下二人○對馬島五十舡每舡
一人五馱加一人毋過二人

三浦宴

國王使三浦留時宴享三度 慰使一度宣其二

度差行使貟設行使貟 諸臣酋使

留浦時二度還時一度 設差行使貟 ○特

送節度使使留浦時一度還時同一岐

島以外諸首使留浦時一度 ○宣慰使

宴上副官人長車食外行安酒入排小

一果四行床正官宣慰使同但無一果

伴從人馬蹄車食七果床並紙野生花

下並同三度湯點點果大肉 猪雞 ○差使貟

宴上副官人馬蹄車食外行安酒入排

四行床正官對客三行床伴從人馬蹄

車食七果床餘與宣慰使宴同 國王使以下並同

○每宴留舡舡夫人給真麥末一升

油一合乾魚一首生魚肉隨宜白酒一

鐉

路宴

國王使慶尚道三所其一所觀察使其

二所守令設行忠清京畿各一所觀察

使設行○諸臣首使慶尚道二所其一

所觀察使親行其一所守令設行忠清

京畿各一所觀察使親行還時同○特
送節度使使慶尚忠清道各一所還時
同<sub>設守行令</sub>○諸酋使以下一岐以外人慶
尚忠清道各一所對馬島人慶尚一所
還時並同<sub>設守行令</sub>○觀察使宴品與三浦
宣慰使宴同守令宴品與三浦差使員
宴同<sub>國王使以下並同</sub>
京中迎餞宴
國王使漢江迎宴上副官人車食七果
床正官以下車食五果床並四度湯點

268

點果油蜜果五星二部實果五星二部

菜肉交排五星二部實寺上禮大肉乾猪

三口司宰酒署諸臣首使初到館迎
監酒署

宴宴品與國王使漢江迎宴同還時並

餞于漢江

畫奉盃

國王使隔三日一設上副官人正官對
客禮賓寺正有故則車食七果床伴從
內資內贍寺正實
寺禮賓

人車食五果床並三度湯點點果
寺掌

設酒署○諸臣首使與國王使同
司醞

京中日供

國王使早飯三時食品與三浦同自願

乾受則早飯熟供其餘三時五日二次

都給正官以上每一人中米二斗黃豆

六斗奉則太玉斗 舡主押物侍 真麥末七升全鮑一

百五十介石首魚五尾青魚二十尾白

蝦醢三合真魚二首生鮮五首塩五合

真油二合醬三升醋一升五合藿十兩

芥子二合茶一合僧則除魚醢給真茸

蘗古竹笋吾海臺各五合清酒三瓶燒

木三十五斤炭自二月至九月二斗五
升自十月至正月五升伴從人每
一人中米二斗黄豆四斗木麥米五升
其餘上同○諸臣首使早飯三時食品
乾受與國王使同都給眞麥末全鮑
使使亦與國王使同眞魚生鮮茶眞茸
無○諸首使以下一日兩時乾受都給
中米一斗五升黄豆三斗二斗伴從人 清酒
二瓶雜物與特送同早飯熟供○杻炬
國王使每一日都給三柄司宰
監

271

關內宴

國王使　進上蕭拜後饋飼上副官

人茶食外行安酒入排小一果四行床

絲羅乙臣皮絲表花纓絡炷香具正官

對客府內官侍　馬蹄車食安酒入排四行床

已上朝廳　伴從人對客府內官侍馬蹄車食九

果床門南行行廊　並四度湯點點果
已上勤政
寺酒署　司醞　大肉下同　司畜署

餉與　進上蕭拜同○諸臣首使與

國王使同○對馬島特送九州節度使

272

使上副上官人茶食外行安酒入排小

一果四行床國王乙巳皮虛與對客正官馬王使同

蹄車食四行床伴從人馬蹄車食九果

床並四度湯點點果大肉○諸首使受

職人對馬島人等並馬蹄車食四行床

伴從人對客馬蹄車食九果床並四度

湯點點果乾大肉司宰監

禮曹宴

國王使慰宴上副官人散子外行小一

果四行床紵布花同勸花正官長車食四

273

行床紙花〈勸花同〉曹堂上官馬蹄車〈從人亦同伴〉

食三行床〈同下並〉伴從人馬蹄車食九果

床並四度湯點點果〈寶寺已上禮〉大肉〈司畜署僧〉

則餅禮酒〈司醞署〉妓工人於常例倍數近〈寶寺〉

杖使令三十名皆著皂隷衣冠〈兵曹〉餞

宴同○諸巨首使與國王使同○對馬

島特送九州節度使使宴品與國王使

同並紙花〈勸花同〉○諸首使以下上官人

長車食四行床伴從人馬蹄車食九果

床並四度湯點點果大肉並紙花〈勸花同〉

名日宴

國王使以下大小諸使上官人正官以
上車食七果床伴從人車食五果床並
四度湯點點果

下程

國王使臣首使並三度九州節度使使
特送並二度每度酒餅果實蔬菜海菜
乾葺笋豆腐真末清蜜乾魚肉生魚肉
醯芥子五味子茶油醬醋等物禮曹
啓給其度數物目以使人厚薄人數多少留

日久近加減酌定○別下程亦同承政

院 啓給

例賜

國王使上副官人各給九綜緇染木綿

長衫一單袷九綜白綿布長衫一鴉青

羅內藍絹僧冠一黑馬皮雲鞋一九綜

白綿紬白紵布黑麻布各三四綠花席

五張正官綿紬白紵布黑麻布各一匹

○諸臣酋使與國王使同○九州節度

使使衣服冠鞋與國王使同餘物無

276

別賜

如有因事引見·則有別賜臨時承政院

啓定
因人緊不緊有多寡

留浦日限

國王使無限日○諸臣首使觀察使馬
文到後十五日還浦後二十日著限外
故留者不給料有現病者待差下同○
諸酋使受職人對馬島人等馬文到後
卜多者十日卜少者五日限外故留者
不給料

修船給粧

教令水軍節度使酌量題給因此諸使欲多
受料或稱修船或稱未受船粧故留所

一岐島以外諸使請修船給粧者受

費甚多今受

壞舡粧用不并檢報水軍節度使更

霉量給留船夫預修待還其所給板

釘諸緣還歸日時啓聞時并

受料或稱修船或稱未受船粧故留所

教初量船時船體完

日本船鐵釘體制

大船大釘長八寸重二斤中釘長六寸

278

重一斤十四兩小釘長五寸重十一兩

鉅末釘長六寸七寸重二斤七兩○中船大

釘長七寸七分重一斤十四兩中釘長

五寸七分重一斤七兩五錢小釘長四

寸七分重九兩鉅末釘長五寸七分重

二斤五兩○小船大釘長六寸五分重

一斤十兩中釘長五寸重一斤三兩小

釘長四寸重七兩鉅末釘長五寸重二

斤

上京道路

自乃而浦由金山清州至京城日行二

息十三日程由大丘尚州槐山廣州至

京城十四日程○自富山浦由大丘尚

州槐山廣州至京城十四日程由永川

竹嶺忠州楊根至京城十五日程○自

盐浦由永川竹嶺忠州楊根至京城十

五日程○自乃而浦水路由金海自黃山江

京城十九日程○自富山浦水路由梁下江至洛 昌寧善山忠州自金遷江至漢江 廣州至

山至洛東江昌寧善山忠州自漢江 廣

州至京城二十一日程○自鹽浦水路
由慶州丹陽忠州廣州至京城十五日
程○國王使無限日諸巨酋使以下過
限則計日減料或病或水漲或未得輸
卜不得已留滯者於所在官受明文而
來還時同

過海料
對馬島五日一岐島十五日九州二十
日日本本國琉球國
使亦只二十日

給料

國王使以下皆一日兩時各一升國王
使上副官人中米餘皆糙米○國王使
或二船三船船夫全數給料○諸臣首
使有副船則并給料只以船體大小定
船夫額數給料若請其餘則受　教
加給分之半或三○諸使違格者報禮曹
禮曹受　教許接則受　教日為
始給料不許接者給過海料之半

諸道宴儀
國王使三浦宴享宣尉使東壁上副官

人西壁並交椅差使貟堂上則東壁宣
慰使之下交椅堂下官則南行繩床正
官西壁差後伴從人則又後行並繩床
○宣慰使宴宣慰使陪　　宣醞到三
浦客館由中門入客使就大門外祗迎
宣慰使至大廳安　　宣醞於卓上訖
近東西向立客使由西門入就西庭東
上北向立異位重行四拜通事引上副
官人陞自西階至卓前號宣慰使稍前
西向立　傳旨云云執事者酌酒授

宣慰使宣慰使執盞立授上副官人上
副官人俛伏興受盞飲訖正官以下各
以次陞飲訖上官人以下各還就庭下
位行四拜上副官人由西階陞詣大廳
就宣慰使前再拜宣慰使答拜各就位
正官陞詣宣慰使前再拜宣慰使答無就
人就楹外北向再拜亦就坐行宴如常坐伴從
儀〇路次觀察使宴觀察使宣慰使東
壁上副官人西壁並交椅正官以下各
西壁差後重行如宣慰宴儀客使將入

觀察使出庭下引陛大廳東西相向再
拜就坐正官就觀察使前再拜苔無伴從
人就楹外再拜各就坐差使貞守令雖
堂上不得參○路次守令宴坐與三浦
宴同○諸臣酋使路次觀察使宴觀察
使北璧上副官人西璧並交椅正官以
下西璧差後如國王使宴儀上副官人
初入就觀察使前再拜觀察使荅揖就
坐正官以下拜與三浦宴同○諸臣酋
使路次守令宴堂上官守令東璧交椅

別通事差後繩床堂下官守令與別通
事東壁以職次坐上副官入西壁並交

椅節度使使特送同

禮曹宴儀

國王使宴燕判書判書僉判東壁交椅
　各以次
　差後　上副官人西壁交椅正官西璧

後行伴從人月臺上北向並繩床客使

入自西門就燕判書判書僉判前以

次再拜　皆　各就坐正官入自西庭陛
　　　拜　答

自西階就東璧再拜　　伴從人就中階
　　　　　　　答無

上北向再拜各就坐宴訖各再拜如初
儀乃出○諸臣首使宴燕判書北壁判
書東壁泰判差後並交椅上副官人西
壁正官後行伴從人月臺上並繩床上
副官人陞自西階入就燕判書前再拜
燕判書答揖就東壁再拜如上
官入就燕判書前再拜次東壁並無伴
從人就中階上北向再拜東向再拜各答無
以次就坐以各呈杯行宴宴訖各再拜無
如初儀乃出○諸首使與臣首使同無

三浦禁約

對馬島之人初請來寓三浦熊川之乃
鹽浦號爲三浦薪山之富山浦蔚山之
通行皆有定處不得違越事畢則還因
互市釣魚其居止及而浦東兼

緣留居漸止繁滋世宗命移書島
主宗貞盛正統元令皆刷還貞盛答書
年丙辰

日當並刷還其中最久者六十名姑請仍
留乃許之其後因仍不還世祖又命
移書島主宗成職己丑令刷還成職尋
死又移書令島主宗貞國貞國之言曰

以我從小二殿在博多兩年未得奉行
然當不食言○丙戌年巡察使朴元亨
因饋餉密計人口乃兩浦戶三百男女
一千二百餘口富山浦戶一百一十男
女三百三十餘口盬浦戶三十六男女
一百二十餘口○舊約商販人潛接恒
居人戶者因緣結幕者貿易事畢後故
留者並痛禁

釣魚禁約

對馬島人釣魚者受島主三着圖書文

引到知世浦納文引萬户改給文引孤

草島定慶外勿許横行釣魚畢還到知

世浦遷萬户文引納稅魚萬户於島主

文引回批着印遷付為驗若無文引者

稱不勝風浪潜持兵器横行邊島者以

賊論

海東諸國紀終

畠山殿副官人良心曹饋餉日呈書契

凡今原日本國大亂之起本爲細川右京
大夫源勝元山名尤衛督源持豐國王一
姓累代之大臣而尤輔右弼執朝家之權
柄喻如趙有廉藺兩家爭威連日有隙將
及戰闘則天下中分士卒輻湊於京師者
不知其幾千萬之計國王屢雖下和親之
詔而人多則勝天滋蔓難圖遂爲亂世矣
於此屬於勝元者稱東軍屬於持豐者稱
西軍蓋其阼居之地以在東西也東西張

陳既在咫尺之間方出先鋒欲決嶋雄及
此時勝元不意運奇策於幄中而急圍宮
內之四面以入我軍營之裹即深溝高壘
不使鳳輦龍旗出於外則持豊一黨中流
失舟亦如斯乎故與持豊比而黨者舍甲
弛弓雖請降於國王之軍而勝元稱謀逆
之徒不使受其降西軍念怒舍讎於勝元
者倍萬於舊日雖似致不忠於君不戰而
何其息矣西軍中心實欲爲敵於君則縱
雖有百萬之帥天誅不可其遁豈其待歲

月後滅没矣然則西軍其無罪者歟何
其然乎傳云趙盾不出晋境而有弑君之
名况今彼等軍衆不去京都日夜戰鬥流
血漂杵擊鼓之聲動天地者既及七年上
自王侯下至士庶人百辛千苦國家日疲
蕭何其以言語足說之乎雖然朝陽不侵
而螢爝自然熄光初在西軍者今降於東
軍者十其六七未聞在東軍者屬於西軍
之黨是乃天定勝人之理也如今所見則
西軍之徒黨不過於一兩年而亡者歟矣

畠山尤京大夫義勝始随於從弟畠山右
衛門督義就在西軍去年之春國王密下
詔不俟駕而就名由是越前越中俄登加
賀四州關塞既開行旅自穩運粮於洛訥
不異於平日北藩靜謐之功但在義勝之
一舉故今忝管領之職云云右草狀一通
語言早野句讀難分漸汗浹背實雖不足
備於閣下之尊覽而通事人只通世語耳
如是之大議以言語難通者歟故記其大
概奉呈　成化九年九月初二日　啓

琉球國

一地界東西七八日程南北十二三日程

一水田一年再收正月播種五月刈穫六
月播種十月刈穫陸田一年一收

一男子無貴賤結髮爲髻於右國王常以
紅巾包頭有職人用雜色巾庶人用白
巾衣皆闊袖

中朝使臣來則國王烏紗帽紅袍玉帶群臣
隨品各服其服皆倣

中朝之制

一朔望朝群臣必設宴

一中朝人來居者三千余家別築一城處之

一三發司有一貧當圖大臣也政無大小皆
　總之非本國人則不得除是職

一長史二貧正議六大夫二貧用事者也並以
中朝人來居者為之

一朝士有職田又以商販船隨品計給令收
稅食之

一國王之喪用金銀飾棺鑿石為槨不埋葬

造屋于山以安之後十餘日親族妃嬪
會哭開棺出尸盡剔肌膚投諸流水還
骨于棺士庶人之喪亦如之但無石槨
一父母之喪士大夫百日庶人五十日不
食肉飲酒
一婦無子女而夫死則自刎從之者十常
七八王亦不能禁
一刑有流配處斬無笞杖
一有天地壇凡祈禱必祭之奉使他國者
詣壇焚香取香灰吞之誓曰我國之事

當不說於彼云云然後發行

一國之東南水路七八日程有小琉球國
無君長人皆長大無衣裳之制人死則
親族會而割食其肉漆其頭顱以金為
飲食之器

一語音翻譯

你是那裏的人　우라 쯔마 피 쥬　我是日

本國的人　완 야마 도 피 쥬

你的姓甚麼　우라 나 와 이 가 이 우 가

你的父親有麼　우라 아 샤 아 리

你哥哥有麼　우라 신 자

아리 你姐姐有麼 우라아리아리아리 妹子

有麼 오라라아리 你幾時離了本國 우

[라]완즈시다타제 我舊年正月起身

완구조쇼옹과조탈제 你幾時到這裏

우라완즈고마싱가 我們今年正月初

완구두시샤옹과조취 三日纔到這裏

타자간제 你初到江口是好麼 우라뚜

라모도정가 一路上喫食如何 우라민

지민지아기모로란도 多酒 오부시 好

下飯 오사기라나 無甚麼好下飯 사가

請一鍾酒　사과　나무아랴ㅂ란루모

湯酒　사ㄱ와가　뎨조이긔라

洒酒來　不要　撒酒風　사가구리　사긔와가디구

小饋他喫　請　예게　아리로마ㅅ라

饋他喫　酒盡了　시긔미나란디　난구로미셰

平坐　面　이개사　우지바라왜쳐아슴비

裏頭要子　面紅　조라루아　마숭고유왜리

白　這箇叫甚麼　구리　야루욱가　白조라루서루사

這箇人心腸好　고　노피죠기　야루욱가

遠箇人心腸歹　고　노피죠　모로요다샤

300

기모로요왈시 天텬 天陰了텬구모데

天晴了텬파리데 下雨아미편데 雨晴

了아미파린데 下雪유기푸리데 雪住了

유기파린디 日頭텬다 日頭上了텬다

앙관데미 頭落了텬다야ᄉ머잇제 風

칸직 天亮了이우가미 淸早쏘미디 胸

午필마 晩夕요삼비 黑夜이우루 白日

피루룩사 暖和악사 天熱 涼快순다사

向火피루구미 春파루 夏난조 秋아기

冬푸유 今디코오 昨日기리우 明日아

쟈 後日 아산디 這 네코르즈기 來月 네

왕과즈 開年 먀우년 秀年 쇼용과즈노

패地 지 地平正 지아승고 山頂 사노츤

지 山底 사노시쟈 大路 오부미지 小路

구미지 酒 시긔 白酒 링키나사긔 清酒

요가사긔 飲酒 누미 酒有 사긔이우디 清酒

無了 사긔내 酒醉了 샤긔이우디 飯 옴

바리喫飯 앙긔리 做飯 오바리스레 大

米飯 코메로반리 小米飯 아와로오

반리 做下飯 사가나요라리 歸米 고미

사랑가디
肉 시시
魚 이우
鹿肉 카우루

시시
猪肉 오와시시
兎肉 우상기시시

油 아부라
鹽 마'시오
醬 미쇼
醋 스우
芥

末 난다리카다
生薑 샤옹가
胡椒 코슈
川椒 산

소내
오
燒茶 챠와가사
葱 깅비나
蒜 픽루
菜蔬 가

酸 쉬샤
淡 아바샤
苦 리가
甜 아미사

硯 조리
醎 시바가나사

墨
筆 푼디
粹
弓

우미
箭 이우미야
箭筈 이우미누조누
窓 도오리

야누스
弓弦 이우미누조누
弓筈 이우미누스

門 슌
掛帳 카샤
帳 마구
席子 묘시루
靴

피샹가 紙 카미
是 캐
箆 피시
箒 푸뤼
梡

子 마가리
砂貼是 슈리
木貼是 파지
槓

子 카이
刀子 카다나
鍋兒 나비
篩 파오

기 火盆 피판지
衣服 기루
袴兒 파가마
篣

裙兒 카마모
瓦 카라라
車子 구루마
卓子

타기대 炭
柱 파냐
身子 도우
面 太

라 眼 뮈
鼻 파나
口 크지
耳頭 가난수

手티 足 피쟈
舌頭 시쟈
手指頭 외비
頭

髮 카시라
牙齒 파라
花 파라
綠 아오사
黑

啓下承文院

弘治十四年四月二十二日

쥬 蛇 파무 龍 타ㅈ 象 쟈 獅 시시 虎 또라

鷄 투리 狗 이노 羊 비ㅈ쟈 老鼠 그아비

구루사 靑 탄 쳥 牛 우시 馬 우마 猪 우와

305

【영인자료】

# 海東諸國紀

## 해동제국기

여기서부터 영인본을 인쇄한 부분입니다. 이 부분부터 보시기 바랍니다.

▌허경진

1974년 연세대 국문과를 졸업하면서 시「요나서」로 연세문화상을 받았다. 1984년에
연세대에서『허균 시 연구』(평민사, 1984)로 문학박사학위를 받고, 목원대 국어교육
과 교수를 거쳐 연세대 국문과 교수로 재직중이다.『허난설헌시집』(평민사, 1999 개
정판),『교산 허균 시선』(평민사, 2013 개정판)을 비롯한 한국의 한시 총서 50권,『허
균평전』(돌베개, 2002),『사대부 소대헌 호연재 부부의 한평생』(민속원, 2016),『허
균 연보』(보고사, 2013) 등을 비롯한 저서 10권,『삼국유사』(한길사, 2006),『연민
이가원 시선』(보고사, 2017) 등의 번역서 10권이 있다.

통신사 사행록 번역총서 1

# 해동제국기

2017년 8월 30일 초판 1쇄 펴냄

**지은이** 신숙주
**옮긴이** 허경진
**펴낸이** 김흥국
**펴낸곳** 보고사

**책임편집** 황효은
**표지디자인** 손정자

**등록** 1990년 12월 13일 제6-0429호
**주소** 경기도 파주시 회동길 337-15 보고사 2층
**전화** 031-955-9797(대표), 02-922-5120~1(편집), 02-922-2246(영업)
**팩스** 02-922-6990
**메일** kanapub3@naver.com / bogosabooks@naver.com
http://www.bogosabooks.co.kr

ISBN 979-11-5516-716-8   94810
        979-11-5516-715-1   세트
ⓒ 허경진, 2017

정가 28,000원